江闻皓又抬头看了眼这漫天星河，向着前方奔跑起来。
“跟上！”他转身冲覃子朝大喊。
覃子朝轻声说了句：“来了。”迈开了腿追上了江闻皓。
地平线的位置隐约有了亮光。

有爱的青春陪伴者

野风惊扰

提笼遛龙 著

江苏凤凰文艺出版社
JIANGSU PHOENIX LITERATURE AND ART PUBLISHING

图书在版编目（CIP）数据

野风惊扰 / 提笼遛龙著. -- 南京：江苏凤凰文艺出版社，2024.3
ISBN 978-7-5594-8126-9

Ⅰ.①野… Ⅱ.①提… Ⅲ.①长篇小说－中国－当代 Ⅳ.①I247.5

中国国家版本馆CIP数据核字(2023)第229735号

野风惊扰

提笼遛龙 著

责任编辑 王昕宁
特约编辑 周丽萍
出版发行 江苏凤凰文艺出版社
南京市中央路165号，邮编：210009
网　　址 http://www.jswenyi.com
印　　刷 天津睿和印艺科技有限公司
开　　本 880mm×1230mm 1/32
印　　张 10
字　　数 381千字
版　　次 2024年3月第1版
印　　次 2024年3月第1次印刷
书　　号 ISBN 978-7-5594-8126-9
定　　价 45.80元

目录

第一章·闯入者 001
第二章·格格不入 014
第三章·晚星 028
第四章·杨梅 040
第五章·暗角 053
第六章·稻香 065
第七章·阵雨 079
第八章·初晴 091
第九章·一江水 103
第十章·山外山 117
第十一章·楼外楼 129
第十二章·城的灯 142

目录

第十三章 · 归来 158

第十四章 · 入秋 170

第十五章 · 云霄 182

第十六章 · 影子 195

第十七章 · 梧桐 208

第十八章 · 乱 219

第十九章 · 尾冬 233

第二十章 · 新年 246

第二十一章 · 回南天 257

第二十二章 · 向日葵 271

第二十三章 · 明天 284

尾声 295

出版特别番外篇 · 夏日记 303

第一章 闯入者

黑色的“路虎揽胜”行驶在蜿蜒山道间，突然颠了下。

后排的少年从手机屏幕上淡淡地抬起眸子，脸上挂着分明的不悦。

“看看，山里的空气就是好！是不是，江闻皓。”副驾驶位的中年男人倒是没太在意，没得到江闻皓的答复，又跟一旁开车的司机交代，“老陈，把空调关了吧，将车窗打开。”

“好的，江总。”

夹杂热浪的风从窗外灌进来，连带着的还有突然放大的聒噪蝉鸣。江闻皓不耐烦地从兜里掏出耳机，塞进耳朵。

好友群里此时又蹦出好几条新消息，他也懒得往上翻，就顺着最后一条回复。

大于等于：@白告 皓子到哪儿了？

白告：不知道，野山上。

琛琛琛：@白告，拍张照片看看？

白告：[图片.jpg]

琛琛琛：@白告 好儿子！

白告：滚。

群里消停了会儿。

大于等于：对了，二班这学期好像也有人转走了，你们知道吗？

琛琛琛：知道！不过那人没皓子惨，人家就是转去隔壁三中，可皓子是直接被流放山区！

△群主“白告”已将“张凤英”拉入了群聊。

白告：@张凤英 老师，有人上课玩手机。

琛琛琛：嗯？

△“琛琛琛”撤回了一条消息。

张凤英：于斌！罗琛！下课给我带着手机来办公室！

群里陷入一片死寂。

江闻皓手指一划拉，又将“张凤英”踢出了群。

过了会儿，于斌发了条语音过来，一听就是在上课，对方的声音压得极低却又格外具有爆发力：

“江闻皓，我要掐死你……听见没？我、要、掐、死、你！”

江闻皓扬了下眉，回了句：“你俩不是有备用机？”

这两个傻兄弟他再清楚不过，书包里常年备两部手机，一部拿来用，一部拿来被没收。

于斌在回了个“为您举杯”的表情后就没动静了，估计是正盘算待会儿怎么搪塞班主任。

江闻皓将手机扔在座椅上，刚想闭眼睡会儿，前排的江天城又开始叨叨。

“到了新学校务必要老老实实做人，踏踏实实办事。新环境、新开始，借这机会好好改造自己。”

这话说得不像送他去上学，倒像是送他去蹲号儿。江闻皓才转好一些的心情瞬间重新郁结，只觉得憋了一路的火儿又蹿了上来。

他食指蜷了蜷，懒声道：“江总这是会还没开过瘾？”

江天城愣了愣，也知道自己儿子现在心情不好，张张嘴咽下了接下来的话，点了根烟继续跟司机聊天去了。

烟草的味道一出来，江闻皓更心烦，他把视线调向窗外，试图转移注意力。

此时正赶上黄昏，夕阳缓缓落入西边的山坳，天际遍布着火烧云。风将江闻皓额前的碎发撩了起来，露出光洁的额头和那双带着几分散漫的月牙眼。

若不是这个人因过去的种种事迹太声名狼藉，单看他现在这副安静的样子，还以为是哪家听话乖巧的好孩子，在被送往暑期夏令营的路上。

“您已偏航，正在重新为您规划路线。”

听到导航提示，江闻皓在心里冷笑了声：偏吧，最好今天都别找到地方，江天城也别想赶上明天上午的会，大家就一起耗着。

果然，江天城习惯性地抬腕看了看表，也没心情再去感慨山里的空气了，低头回着工作消息。

“江总，那边来了个人！”老陈正摆弄着导航，一抬头就看到迎面的山路上有个身影从余晖里缓步朝他们走来。

他眼睛一亮，赶忙将车窗又降下了些，冲着来人大喊：“劳驾！初云镇怎么走啊？”

对面的人顿了顿，接着稍加快了些脚步朝他们走来。

“您要去镇上还是哪里？”

声音隔着车窗自前排传来，低沉富有磁性的普通话相当悦耳。

江闻皓的眼皮动了动，浅浅睁开，下意识取掉了一侧的耳机。

窗外的人逆光站着，五官都藏在阴影里。他的个头很高，肩膀也宽，跟老陈说话的时候需要稍稍往前弓着身。

老陈正要开口，突然就看到了对方身上那套洗得发白的校服和胸口的校徽，当即一拍方向盘，转头对副驾驶位的江天城喊：“江总，这下问对人了！”

江天城点头示意后，老陈忙冲外面的人说：“我们去云高！”

那人点点头，伸手朝一个方向指了指：“沿着这条路一直往前开，看到个养蜂房后再向左转。指初云的路牌旧了不明显，您以蜂房为标识就好。”

“老陈，让他上来。”江天城说着，也探身朝窗外的人打了个招呼，“你也是云高的学生吧？上车，捎你过去。”

“谢谢，没多远了，我走过去就好。”这个声音还是很好听。

江天城一抬手：“上来吧，顺路的事儿，你手上还提这么多东西。”

江闻皓闻言，倾身顺着那道高大的剪影往下看，就看到了对方手里一边一个提着的蛇皮编织袋，着实不轻的样子。

“老陈，把后备厢打开。”

“好嘞。”老陈说着打开车门，顺手帮外面的人拎过一侧的袋子，“嗬”了声，“这都装的什么呀，死沉！”

那人连忙就要接过：“给食堂师傅带的土豆，我自己来就好！”

见老陈已经将自己的编织袋放进后备厢，那人也不好再拒绝，跟老陈和江天城客客气气地道了声谢。

“江总，后备厢都放满了。”老陈好不容易将一个编织袋塞了进去，另一袋却是怎么也放不下了。

那人见状赶忙道：“没关系，我抱着就行。”

江天城：“不好意思了啊。江闻皓，你往边上挪挪。”

江闻皓闻言皱起眉，他这人多少有点洁癖，平时跟不熟悉的人挨得近点儿都要别扭半天，更别提此时对方手里还抱着个看着就脏兮兮的蛇皮袋。

他刚想跟江天城说，人家既然不好意思上车就别让人家上了呗，老陈已经替那人打开了后车门。

一股夏夜山林里的潮热随着对方的进入扑向江闻皓，那人又道了声谢，带着他的蛇皮袋坐了进来，空间瞬间就被占据了不少。

像是也才发现后座上已经坐了人，对方怔了下，赶忙将他的袋子又往自己跟前挪了挪，江闻皓这才看清了他的五官。

江天城在车子发动后，转头问：“同学，怎么称呼？”

“哦，我姓覃，覃子朝。”大概是因为走了太远山路，上车后的覃子朝呼吸仍不太稳，胸口上下起伏着。

“姓覃啊？你们这儿好像挺多姓覃的吧？”江天城又开始犯老板病，“几年级了？”

“高二。”

“是吗？那你跟我家江闻皓是同级。他刚转学过去，这段时间还得请覃同学多关照一下，让他尽快适应新环境……江闻皓，跟你同学打个招呼。”

江闻皓很烦江天城总这么安排自己，冲身边的覃子朝随意地点了下头：“江闻皓。”

覃子朝笑了下：“以后有什么需要帮忙的，可以来一班找我。”

“你也在一班？”江天城又把话茬接了过去，“江闻皓也是一班的。听说能考进你们学校一班的都是尖子生，你学习应该不错吧？江闻皓，你多跟小覃学着点。”

江闻皓没理江天城，目光在不经意间看向了覃子朝抱蛇皮袋的手。那手掌宽大且骨节分明，因为用力，手背上还突显出几条淡青色的血管，一看就有力气，抓球应该稳。

“江闻皓能来一班，学习肯定也好。”覃子朝谦逊道，“互相学习。”

“他？”江天城笑了声，从后视镜里看了一眼江闻皓，“你自己跟同学说你是怎么转过来的。”

看着覃子朝投来的眼神，江闻皓凉凉地牵了一下唇，说：“以后有的是机会了解。”

大概是因为离得比较近，江闻皓觉得覃子朝浑身都在散发着热气，好在没什么异味。

见江闻皓不怎么搭理自己，覃子朝便也很识趣地沉默着，间或出声给老陈指下路。

覃子朝其实长得有些冷峻，单眼皮下的眼睛幽沉，嘴唇抿着，下颌线微微绷起。

不得不说，除了那身洗得发白的校服和他手里的破蛇皮袋，这样的长相一点儿都不符合江闻皓对山里人的刻板印象。

也不知道性格怎么样。

车子又行驶了一段时间，终于看到了服务区。

老陈和江天城去了厕所，江闻皓则是下车找了个风口，想吹风冷静一下。

他一回头，就看到了将黑不黑的天色中，覃子朝那双带着些探究的漆黑眼眸。

江闻皓将眉一挑："有事儿？"

覃子朝微微皱了下眉，在"有事儿"和"没事儿"之间抉择了下，最后说的是："你没事儿吧？"

他皱眉的样子很认真，沉静专注还不带攻击性，江闻皓不免又多打量了两眼他的脸，这才淡淡说了句："没。"

车子加满油后，一行人继续朝着初云镇出发。

江天城一坐进车里就又开始念叨："我跟你说，江闻皓，到了云高你最好老实点儿，那儿的教官都是——"

"从武校退下来的。"江闻皓打断江天城，重新戴上耳机，心说：六中的保安还说以前在少林寺练过呢。

江天城从鼻子里发出一声冷哼，摆出一副"到时候你就知道厉害了"的样子。他刚又要看表，手机突然响了起来。

江闻皓好巧不巧瞥见了来电显示，眼底瞬间闪过了一抹厌恶。

"喂，老婆。"江天城接通电话，"快到了快到了。夜里山路不好走，没敢开太快……嗯，放心吧，赶得上明早的会。朗朗这会儿在干吗呢？"

江天城说话的时候没开免提，但一个脆生生稚嫩的大嗓门儿还是从听筒里跑了出来："爸爸！你什么时候回来呀？"

"哎——宝贝儿！"江天城的眼尾瞬间就笑出好几条纹，语气也和之前截然不同，"什么？又拿了一百分啊？儿子真棒！"

车子在山道上转了个弯，江闻皓只觉得胃里跟着狠狠翻搅了下，咽了口口水压下恶心。

他刚一扭头，就看到旁边覃子朝询问的目光。

"又干吗？"江闻皓心情不悦，语气自然也算不上多好。

覃子朝顿了下，从校服口袋里拿出了瓶风油精递给他："涂在太阳穴上吧，治晕车的。"

"不了，闻不惯。"

"可你脸色不太好。"

江闻皓在心里"啧"了声，这人怎么跟个老妈子似的，白瞎了一张高冷俊脸。

见对方还是不接，覃子朝垂下眼，默默将风油精又收了回去，继续抱紧他的蛇皮袋。

江天城那边像是信号不好，又跟他的"老婆""宝贝儿"聊了几句后就挂了电话，回头说："人家同学是关心你，别不识好歹。"而后又对覃子朝道，"不要见怪啊，他就这臭德性。"

"没关系。"覃子朝礼貌地笑了笑。

抵达云高的时候，天已经黑透了，空气里弥漫着一股淡淡的柴火味，这是在城市里很少能闻到的。

学生处的王主任在接到江天城的电话后，一早便等在了校门口，看到江天城下车，忙迎上前和他热络地握了握手。

王主任和江天城是初中同学，早些年王主任家里出了事着急用钱，翻遍联系簿最后不抱希望地给江天城打了通电话，江天城二话不说就把钱借给他了。因而，多年后江天城为了倒霉儿子反过来求王主任时，王主任也是毫不推辞地帮江闻皓办好了入学手续。

“你这是真忍心把儿子送到我们这破地方过苦日子啊！”王主任笑着拍了拍江天城的肩。

“哪儿的话，云高的升学率是出了名的。况且我也不求他日后真能给我考个像样的大学，把他关在这儿磨磨性子也是好事。”江天城说着，回头冲江闻皓一招手，“还杵在那儿干吗，过来叫王主任。”

王主任顺着江天城的话朝树下看去，先注意到的不是江闻皓，而是站在一旁的覃子朝。

他愣了愣：“覃子朝，你怎么在这儿？”

“哦，来的路上碰巧遇上这小伙子，就捎他过来了。”江天城接话说，“挺好一孩子，听说也是一班的？”

“那可不！”王主任说到这儿，难掩骄傲之意，“覃子朝是年级第一名，还是班长，以后妥妥考重点的料！”

“哟，是吗！”江天城看向覃子朝的眼神里不免更多出几分欣赏，点点头说，“好好学，以后到叔叔公司来上班。”

王主任和江天城又寒暄了几句，便要请他到自己的办公室里坐坐。

江天城刚要答应，就又接到了公司的电话，到一边吩咐了几句后，回来一脸愧色地对王主任说：“不好意思啊，老王，我明天一早还有个会，得连夜赶回去，改天来看江闻皓的时候再跟你好好叙叙旧！”

“行行，知道你忙，孩子在这儿你就放心吧！”

江天城再次拉住王主任的手：“那就拜托你了，这小子要是敢犯浑，你该打打该骂骂，千万别有顾虑！”

江天城说着又给老陈使了个眼色，老陈从车里取出江天城的公文包，江天城从里面拿出一个鼓鼓囊囊的信封就要塞给王主任。

王主任赶忙摆手，说：“可别，这个你赶紧收回去！对学生负责是我们的责任。”

江天城见拗不过，只得又将信封装了回去。

王主任转头跟覃子朝交代：“子朝，你先带着闻皓去认认宿舍。你班主任那边过会儿我去跟她说，今晚的自习课你俩就不用去上了。”

覃子朝往不远处亮灯的教学楼看了眼，点点头：“好。”

此时，老陈已将江闻皓的东西从后备厢里卸了下来：“东西可是不少，要不我还是开车送他们一趟吧。”

王主任看着大包小包的东西，笑着对江天城说：“你这是把家都给他搬来了呀！”

“我不让他带这么多，非不听！”

王主任围着行李转了圈：“我看这样，既然是来上学的，那些不重要的东西就别带着了，只留基本的生活必需品就行。”

“我看行！”江天城在旁接话，“江闻皓，你抓紧时间挑一下。”

“没法挑，都重要。”江闻皓倚在树干上，目光淡淡睨向一处。

王主任愣了愣，他挺久没见哪个学生敢这么跟自己说话了。但考虑到江天城还在，他只得清清嗓子，尽量语重心长：“那个，江闻皓同学啊，你这次是来云高学习的，要把心思好好收一收，和学习无关的事在接下来的两年时间里都先暂时放在一边，专心……你……应该……你……”

他眼睁睁看着江闻皓当着他的面把耳机给戴上了。

“江闻皓！你看看你现在的样子！”江天城终于忍不住发了火，深吸口气对王主任说，“你先去忙吧老王，我跟他谈。”

王主任此时已经多少见识到了这个硬茬，日后怕是有段时间没法消停。他摇摇头，又象征性地跟覃子朝交代了几句，便迈着“企鹅步”朝教导处方向去了。

见王主任走了，江天城黑着脸快步来到江闻皓面前。因为生气，他脸上的肌肉都在颤抖。

“你到底想干什么！”江天城压低声音怒喝。

江闻皓懒懒地抬了抬眼皮：“既然怕失面子就别把我扔到熟人这儿啊。”

“你！”

见江天城扬起手，老陈赶忙要来拦。

只见江天城的手在半空中僵了僵，最后又无力地放下，叹了口气，说：“我知道你有情绪。说吧，到底要怎样才肯听话？”

江闻皓看了江天城一会儿，忽然牵唇笑了下：“再给两万块，不然换个地儿接着造。”

“你、你这是坐地起价！你、你有本事就给我……”

“试试看”三个字江天城愣是到了嘴边又给咽回去了。

他觉得江闻皓是真有本事且敢试试看的。

手机再次响起来，还是“老婆”打来的。江天城阴沉着脸抓紧手机，锃亮的皮鞋在地上跺了两下，他又看看表，最后转过身说：“明天打你卡上。给我安分点，别再惹事。”

江闻皓见目的得逞，若无其事地吸了下鼻子，借着树干的力蹭起身走到行李边，随手拎过一个箱子和一把吉他，便朝学校大门缓步走去。

路过老陈身边时，他低声说了句：“走了，陈叔。”

覃子朝见江闻皓已经往学校里走了，便也跟江天城和老陈道了别，转身刚要离开就听江天城在身后喊了声。

“那个……小覃啊。”

覃子朝停下脚步，江天城从钱包里抽出一沓钱，缓声说：“我知道你学习好，还是班长，今后江闻皓就麻烦你多照顾了哈。”

覃子朝看着对方随手亮出的大钞，礼貌性地摁下江天城的手：“放心吧，叔叔，我会的。”

而后他不等江天城再多分说，先一步说道：“时间不早了，我们明天还得跑操，你们回去的路上注意安全。”

话毕，他拎起那两个大编织袋，跟了上去。

大概是为了省电，云高的校园里每隔很长一段路才会安一盏路灯，光没多亮，电压还不稳。

教学楼里倒是灯火通明，只是没有一点声音。六中平时这个点也在上晚自习，但江闻皓之前所在的普通班此时已经按捺不住开始狂欢了。

草丛里传来窸窣的虫鸣声，借着有限的光可以看到远处耸立在夜色中的大山，风吹得树叶“哗哗”作响，一切都像极了恐怖片里的场景。

直到身边没人了，江闻皓的后背才稍稍放松下来。明明昨晚他还跟于斌那伙人在繁华的夜市上狂欢撸串，谁能想到一眨眼工夫，自己就被扔到了这穷乡僻壤的地方。

“往右。”

身后突然响起的低沉嗓音让江闻皓吓了一跳，听出是覃子朝的声音后，他眼底的防备敛去，皱眉嘀咕了句：“你走路都没声儿吗？”

“我看你一直在出神，就没喊你。”覃子朝跟上几步，手里还拎着他那两个大袋子，明明看起来很重，但他还是一副挺轻松的样子，“刚在想什么？”

江闻皓心说：我俩很熟？

但看着覃子朝那张真诚的脸，他还是起了逗弄的心思，咧嘴假笑了下，说：“在想该从哪儿翻出去。”

覃子朝果然愣了下，随后耐心告诫道：“你刚来，不熟悉这里，最好还是不要乱跑。”

江闻皓眯了眯眼，一副“你管不着我”的样子。

覃子朝耐心解释："现在是雨季，山里挺多蛇的。上次在男生宿舍楼下，就有人发现了一条眼镜王蛇。"

见江闻皓突然停下了脚步，覃子朝温声道："不过一般情况下，只要你不主动招惹它们，它们也不会咬你的。但要是翻墙的时候不小心踩到，就麻烦了。"

江闻皓听着对方像是在给小学生普及安全知识的口吻，舔了舔腮帮，但打算最近连夜出逃的心思瞬间决定还是先放一放。

两人顺着一条下坡路又走了将近二十分钟，就在江闻皓怀疑覃子朝是不是一时兴起想带自己去看看学校的蛇窝时，两人终于在一栋建筑前停下了。

江闻皓盯着那昏暗破败的小黑楼和扎着铁栏杆的窗户上爬满的大扑棱蛾子，沉默了几秒，觉得"要不还是先去看蛇窝吧"。

宿管是个四十多岁的阿姨，听到门外有动静后，她穿着双老式的襻带塑料凉鞋走了出来，见是覃子朝，凶神恶煞的表情瞬间缓和了不少。

"怎么这会儿回来了？没上晚自习？"她边说边打开大铁门，让覃子朝进门。

"班上来了新同学，王主任让我带他先回来收拾下行李。"

"哦！那我知道了！"宿管阿姨一拍脑门，"王主任也跟我交代了，住302，你带他上去吧。"

她说着，回屋取了钥匙和新被褥递给江闻皓，冲他笑了笑，说："一班的哈，看着学习就好。"

江闻皓扯扯嘴角，没说话，看着阿姨脸上和善的表情，觉得这大概是她最后一次这么跟自己笑了。

覃子朝把手里的两个编织袋暂时放在了宿管阿姨屋里，又跟她说了几句，便帮江闻皓抱着被褥，带他往302宿舍走。

雨季的潮湿导致楼道里散发着一股明显的霉味，墙体也因为湿气掉了皮，黏糊糊地贴在水泥地板上。

江闻皓越走心情越差，直到覃子朝打开宿舍的门，一条晾在电扇上的裤衩差点贴在他脸上，一句脏话终于破口而出。

"这是给人住的地方吗？"

江闻皓僵在门口，愣是不愿意进屋，心里盘算着要不还是随便找个地方对付一晚，明天再想办法。

可他刚要转身走人，窗外突然划过一道闪电，接着便是几声闷雷，瓢泼的大雨像故意要跟他对着干似的倾盆而下。

他脚步顿住。

他是真的，很讨厌雷雨天。

覃子朝快步进屋，将没关好的窗户关严，表情同样透着些无奈。

他原本还想着尽快把江闻皓安顿好，然后赶回教室上晚自习，可现在下雨了，偏偏雨伞还借给了学习委员，眼下怕是只能在宿舍里复习了。

江闻皓仍然沉浸在绝望的情绪里，覃子朝喊了他一声，指着上铺的一张床说："你就睡这儿吧。"

江闻皓顺着覃子朝手指的位置看去，只见老旧的木板床上摆满了各色的脸盆、暖瓶等洗漱用品和书本卷子，还有一堆拧在一起跟抹布似的脏衣服，散发出一股馊味。

他此时很想有个打火机，点着火直接扔到那张床上去，把这儿烧了完事儿。

见江闻皓半天不动，覃子朝又用眼神示意了他一下。

江闻皓将手揣进兜里，磨磨蹭蹭地挪到床下。

一阵诡异的沉默后，他抬眼看向覃子朝，动了动嘴唇："这怎么睡？"

覃子朝被江闻皓的问题逗笑了，原本看起来有些冷硬的面部线条变得生动，然而江闻皓此刻只感到心烦。

"你要不，躺着睡？"

江闻皓揣在兜里的拳攥得更紧："你觉得很好笑？"

覃子朝看着他，其实早就知道对方心里在想什么了。城里来的公子哥多半没亲自动手整理过这么乱的房间，猛一下从大城市来到这儿，手足无措也正常。

覃子朝捋起袖子，从晾衣绳上取下一条干抹布，又拎起水桶到公用水房里打了水，将抹布洗净拧干，动作灵活地攀上了床，帮江闻皓收拾起来。

"之前睡这里的同学因为生病退学了，床位就一直空着。"他边擦床板边说，"我们这儿都是六人间，这间宿舍有两个是二班的，另外三个加上你全在一班。我住隔壁 301，有什么事过去找我就好。"

江闻皓"嗯"了声，还站在床下。他现在脑子很乱，根本不知道自己能做些什么。

覃子朝把一摞被整理好的书从上面递了下来："接着，放到对面桌上去。"

江闻皓顿了顿，慢吞吞地伸手接过，目光在覃子朝肌肉紧实的小臂上扫了眼，默默在心里跟自己比了比。

他背上还背着吉他，放好书后犹豫了下，还是将其取下立在了墙角。

"其实平时宿舍不会这么乱，只是马上要月考了，宿管阿姨为了能让大家多花些心思在学习上，就放了点水，等考完绝对又是一拨严抓。"覃子朝从床上跳下，擦了把汗，"饿不饿？不过食堂这个点应该也没饭了，我屋里好像还有个面包，吃吗？"

江闻皓想说不用了，但肚子却在此时没出息地叫了声。

"等着，我洗个手给你拿。"覃子朝说完拎着水桶走出宿舍，不一会儿就湿着手拿着一个面包回来。

江闻皓道了句谢，撕开包装袋咬了一口，又皱起眉。

这面包不知已经放了多久，在潮湿的梅雨季，居然干得像个面包僵尸。

里面也没馅儿，还有点发酸，就是那种酵母没发酵好的酸味儿。

江闻皓只吃了一口，就再咽不下第二口。他此时很想杀了刚才在校门口的自己，怎么就没再带几包零食过来。

“你给我了，自己吃什么？”他突然想起覃子朝好像也没吃饭。

“我不饿。你杯子给我，我去给你接点水喝。”

“没事，你告诉我在哪儿接水，我自己去。”

“嗯。”覃子朝点点头，给江闻皓指了下走廊尽头的不锈钢锅炉，“那我就先回屋了，还是说需要我帮你套被单？”

“不用。”江闻皓这会儿勉强缓过点劲，不想让覃子朝觉得自己太废物。

覃子朝很自然地伸手拍了下江闻皓的肩：“走了啊。”

见覃子朝回了自己宿舍，江闻皓将手里的面包扔在桌上，嘴里没能咽下去的那口也吐进了垃圾桶。

刚刚当着覃子朝的面，他没好意思，但实在是难以下咽。

江闻皓拉开行李箱，把保姆刘姨提前给他整好的床单和被套拿出来。他一个人鼓捣了半天，最后还是放弃了，直接把被褥一股脑全铺在床板上，又在上边盖了层床单，便关灯躺下来开始摆烂。结果一不小心又看到了电扇上挂着的裤衩，一股深深的凄凉感油然而生。

手机突然振了下，是于斌拍了拍他。

大于等于：皓子，安顿好没?

白告：嗯。

大于等于：晚饭吃没?

白告：没。

大于等于：新学校怎么样?

白告：烂。

大于等于：咱能别一个字一个字往外蹦吗?

白告：[句号 .jpg]

大于等于：懂了，我苦命的兄弟哎！ [大哭 .jpg]

大于等于：不过想想你爸给你的那三万块钱，是不是好受些?

白告：五万。

大于等于：[问号 .jpg]

白告：刚在学校门口又敲了他两万。

大于等于：牛哇!

江闻皓看了眼时间，往常这个时候，他的夜生活才刚刚开始。不过大概是今天一路太劳累，窗外的雨声又太连绵，此时的他居然产生了一丝困意，眼皮也跟着有些发沉。

白告：睡了啊。

大于等于：这才几点？晚自习都没下呢，哥！

白告：说得跟你上晚自习一样。

大于等于：[害羞.jpg]

江闻皓将手机往枕头底下一塞，翻了个身把脸对着墙，闭上了眼睛。

意识逐渐陷入混沌的时候，他看到了一片金灿灿的油菜花田，一个穿白色长裙的女人坐在花丛间，手里抱着一把吉他边弹边唱。

许是有段时间没梦到过她了，江闻皓站在原地竟不敢上前，唯恐一不小心便像过去那样突然梦醒。

一个小男孩从女人身后探出脑袋，似乎不太高兴对方不理他，鼓着腮霸道地要抢女人手里的吉他。

那个小男孩是小时候的自己。

江闻皓很生气，想要狠狠教训小孩，可就在和女人对上目光的那一刻，屋里一下灯光大亮。

“最后一道选择题的答案绝对是D！”

“B吧，老张上课讲过的。”

“赌不赌？输了的洗一星期袜子。”

江闻皓皱了皱眉，仍不甘心地闭着眼。直到确定自己的大脑已经不可自控地彻底清醒，那个梦也不会再继续后，他才缓缓睁开眼睛。眸底的脆弱一闪而过，只剩被吵醒后的烦躁。

像是也没料到宿舍之前的空床上会突然坐起一个人，进屋的三个男生都被吓了一跳。那个说选B的男生更是低骂了声，张嘴打量着一脸起床气的江闻皓。

接着就是非常诡异的一幕——四个人八只眼这么相互看着，竟没有一个人先开口打破这尴尬的寂静。

最后还是江闻皓想着自己初来乍到，日后大概率还要跟他们住在同一屋檐下，先开口打了声招呼。

“江闻皓，今天刚转来的。”

回答他的是一阵沉默。

江闻皓一头雾水，什么情况？刚刚我的确有听到他们说话吧？

就在他被这该死的气氛整得耐心全无，打算找个地方透气儿时，刚才那个说选D的，下巴长青春痘的男生总算冲他点了点头：“晚自习时听班主任说了，没想到你居然会住这儿。”

江闻皓总觉得对方这个“居然”用得微妙，但也懒得细想，翻身下床就要出门。

路过三人身边时，他想了想，还是回头问了句：“我找吃的去，给你们捎吗？”

邪门的沉默又开始了，当江闻皓从他们眼底明显读出了一种带着排斥的疏离后，识趣地点点头，转身离开了宿舍。

他刚出门，就听身后马上传来了关门声。

不重，但足以令人不爽。

第二章 格格不入

江闻皓闭眼吸了口气，尽量无视走廊上那些有意无意朝他投来的目光，将兜帽往头上一盖，加快了脚步。

真是……太憋屈了！

夜雨丝毫没有要停的迹象，还从一楼的铁闸门外飘了进来。

在确定自己无法从落锁的大门出去后，他又在楼里逛了圈，好不容易在二楼尽头拐角处的楼梯边发现了个坏了的窗户，一声炸雷又在耳边轰然响起。

江闻皓的眉心跳了跳，翻了一半的动作停了下来。最后，他干脆直接蹲在窗户下面，爱怎么着怎么着吧。

他一边背靠着墙听雨，一边打量四周。这条楼梯不是主梯，除了一盏昏黄的钨丝灯在头顶飘飘忽忽外，再没有其他光源。

往上往下都是大片的黑暗，几乎隔绝出了一个相对独立的空间，连同走廊里的人声都变得模糊起来。

墙角也是空空的，没装监控，若是放在六中，这里早就成了搞小动作的胜地。可是这里，阴森得仿佛下一秒就会冒出一个没有脸的冤魂，嘴里喊着："啊……卷子从前往后传……"

此时，江闻皓忽然听到黑暗处传来小声读英语的声音。

他循声看去，只见一个矮小瘦弱的身影正蜷缩在那里。

因为这人从头到脚都穿一身黑色，往角落里一窝，一时间还真挺难被发现。

一道闪电劈过，那人像是吓了一跳，又将身子蜷得更紧了些，却没打算要从这里离开。

江闻皓眯起眼，他记得为了让学生晚上有更多时间自发学习，学校在宿舍楼里的每一层都设置了专门的自修教室，全楼最亮的光就在那里了。

这人放着舒服地方不待，非要缩在这里读英语，也不怕把眼看瞎。

对方像是也注意到了江闻皓的视线，又将身体往角落里缩了缩，一副很怕他的样子。

江闻皓心说：怕你就赶紧走呗。

但对方终是没离开，抱着头继续小声背着英语。

就这样一直待到整栋楼差不多都安静下来以后，江闻皓拍拍屁股起身，拖着步子朝宿舍挪去。

刚经过厕所时，他就听到里面压着嗓子耳熟的声音。

要说江闻皓这人平时挺脸盲的，除了那些长得足够帅或是奇特到足以令他记住的外，基本上看谁长得都差不多。但他对声音相当敏感，几乎只要听上一次就能够分得清楚。

此时这个说话的，绝对就是 302 宿舍里那个选 D 的“青春痘”。

“真倒霉，怎么分来咱屋了。”

“就是啊！”选 B 的“眼镜儿”也在，“有邹莽原一个神经病还不够，这又来了个关系户？看着就浑！”

“不过他那身衣服看着不错呀，好像是什么大牌子。”接话的是剩下的那个胖子。

“呵，跑来这儿装什么装。”“青春痘”冷笑了声，声音放得更低，“我今天经过政教处的时候，听到老王在跟这个关系户的家长打电话，你们知道他是为什么转的学吗？”

“眼镜儿”问：“为什么？”

“好像是把人家妹子怎么样了……他们家给了不少钱才封了口。”

“天啊！老王疯了吧，这种学生也敢招进来？”“眼镜儿”瞪大了眼。

胖子拧干自己的袜子扔进水盆，愁眉苦脸地跟“青春痘”说：“要不你还是跟你妈打个电话，让她出面和老班说下吧。把这种人放咱宿舍，真要出了事怎么办？”

“怎么着，你怕了呀？”“眼镜儿”幸灾乐祸。

“滚滚滚！”

三人发出一阵低低的笑声。

“青春痘”像是还没聊尽兴，拉着“眼镜儿”和胖子继续说：“我跟你们说啊，像他那种人吧，就是……”

“哪种人？”

身后冷不丁一声吓得三人一惊，他们不约而同地转头，迎上一双半抬着的、懒洋洋的月牙眼。

随着“哐当”一声巨响在空旷的楼道里回荡开来，云高男生宿舍楼在这个时间点陷入了前所未有的大骚动。

覃子朝闻声赶来时，就看到他们班的梁子洋正被江闻皓摁在地上，脸色惨白，眼神惊慌。

一旁的刘宇和郑强呆呆地杵在那儿，明显是被吓傻了。

地上有一摊水，不知道是谁的袜子和裤衩还躺在水里，而原先用来装这些的铁桶此时被江闻皓抄在手上，面无表情地高高举起。他不慌不忙地问身下的梁子洋："嗯？哪种人？"

"你、你……你要干吗？我说什么了？"梁子洋上下嘴唇疯狂颤抖，用尽毕生的胆子对江闻皓大吼道，"你知道在云高打架是要被劝退的吗？"

江闻皓偏偏头，忽然低笑了声。

梁子洋瞬间反应过来，恨不得咬断自己的舌头。

这人哪是会怕区区劝退的主！

江闻皓看着对方一副敢说不敢认的尿样，厌恶感更甚。就在他要将铁桶砸向梁子洋的脑袋，教梁子洋做人时，一只手横空出现，稳稳抓住了他的手腕。

"别。"

江闻皓抬起头，冷戾与沉静的目光短暂交汇了两秒，他生硬地扯动嘴角："松开。"

覃子朝蹙着眉，仍没打算放手，反而握得更紧。

宿管阿姨听到响动，打着手电筒着急忙慌地跑上楼。大概也是许久没见过这阵仗了，她手里的手电筒差点掉在地上。

"做啥子啊你们！"一着急，她连口音都冒出来了。

手电筒的强光晃在江闻皓脸上，他眯了下眼，但还是卡着梁子洋的脖子。

梁子洋一见宿管来了，红着脸使出吃奶的劲儿冲她大喊："孙姨！快喊教官！喊罗教官来！"

孙姨这才回过神，一边冲围观的人招呼让他们赶紧把人拉开，一边匆匆忙忙翻罗教官和一班班主任董娥的电话。她那时不时看向江闻皓的眼里，早不见了第一面时的好感，而是充斥着震惊、错愕、提防，显然没想到这么一个看起来白白净净又乖巧的男孩子居然会这么暴力。

江闻皓似乎对这样的眼神司空见惯，默默将视线移回到梁子洋身上。

梁子洋刚刚还一副鬼哭狼嚎的样子，被江闻皓一瞪又哑了。

胳膊肘的位置突然被一只温热的手掌贴住，江闻皓一愣，下一秒，只觉得手臂处倏地传来一阵酸麻。

他眸底一暗，覃子朝则趁机将他手里的铁桶抢了过来，梁子洋也迅速地从地上爬了起来。

覃子朝握着江闻皓的手，冲他缓缓地摇了下头，然后回头对孙姨温声道："您先别打电话，闹了点误会。"说着起身朝孙姨走去。

两人又低声交流了几句，只听孙姨嘴里不停念叨着："不行不行，这事必须告诉小董，太不像话了！"

覃子朝温声安抚着孙姨，时不时再奉几个学生干部的招牌笑脸，直到孙姨总算松口说明天一早再通报学校后，他才一口一个"麻烦了""我会处理好"地将人送到楼梯口。

江闻皓面无表情地盯着覃子朝的后脑勺，手背在身后暗自活动着手腕。

拨人麻筋儿这招也太损了。

还拨得挺准！

梁子洋一见这事儿今晚怕是就这样收场了，嘴唇动了动，想叫孙姨回来。可身边的刘宇和郑强都疯狂朝他使眼色，示意他这时候千万别再惹恼江闻皓。梁子洋只得咽了口口水，缩进了人堆里。

覃子朝送走孙姨，站在楼梯口缓了缓，这才转身回到厕所外，冲众人说："大家都赶快回去睡觉吧，明早还要出操。"

或许是他平时人缘好，又或许是的确太晚了，人群很快就在小声的交头接耳中疏散了。

覃子朝叫住正要开溜的梁子洋他们，看了下还在喘粗气的梁子洋，问旁边的郑强："什么情况？强子。"

郑强被江闻皓这么一吓，唯恐对方会把账算在自己头上，摸摸鼻子，不敢说话。

刘宇同样也是把目光转向一旁，战术性扶眼镜。

覃子朝见从他们这里问不出话，又看向倚墙站着的江闻皓。

江闻皓冲梁子洋挑挑下巴："问他。"

梁子洋做贼心虚，但又觉得这是个甩锅的好机会，不然明天老董真问起来了他不好交代，于是心一横，对覃子朝说："他刚刚在宿舍骂我，我让他文明一点儿，他就冲过来动手。"

江闻皓简直要为对方的不要脸鼓掌了。

郑强、刘宇互相看了眼，也都在心里默默为梁子洋的勇气和智慧点了个赞。

江闻皓嗤笑了声，二话不说，又要去拎梁子洋的领子。

梁子洋连忙躲在了比他高出大半个头的覃子朝身后，探头大声道："不是吗？你骂我们穷酸，还让我们别碰你的名牌衣服！"

"你怎么不说你嘴贱的事儿呢？"

覃子朝皱眉看着江闻皓，虽然这位新同学的脾气不好，但他总觉得事情不像梁子洋说的那样。

末了，他拍了下梁子洋的肩："算了，先回去休息，明天再说。"

梁子洋又悄悄瞄了江闻皓一眼，跟着刘宇、郑强快步回了302，"砰"地关上了门。

江闻皓在“立刻踹门往梁子洋的鼻孔里插根笔”和“先找个地方冷静一下”之间短暂思考了下，选择了后者。

他揣着兜，转身朝相反方向走，刚迈出两步就又被身后的覃子朝叫住。

“江闻皓。”

江闻皓停下脚步，没有回头。

覃子朝沉默了下，放缓语气：“要不你今晚先睡我那儿吧。”

老式电风扇在黑暗中摇着头，“嗡嗡”作响。

窗外仍在下雨，屋里晾着的衣服没拧干，水“滴答滴答”地落在下方的塑料盆里。

江闻皓脸冲着墙一动不动，在把滴水声从一数到一百，确定自己还是无法睡着后，自暴自弃地睁开了眼，发自真心地感到了后悔。

也不知刚才他到底是鬼上身还是中降头，怎么就稀里糊涂地真跟着覃子朝回屋了？

一米二宽的单人床着实不太容得下两个大男人。

对方像是已经睡着了，胸口平稳地上下起伏着，气息不断喷在江闻皓的后脖颈上。

江闻皓感到自己的肩膀发僵，半边身子已经彻底被压麻了，于是匀着劲尽量放轻动作翻了个身。

木床随着他翻身的动作“嘎吱嘎吱”响，在安静的宿舍里显得格外清晰。

江闻皓刚想调整呼吸再次尝试入睡，就看到了黑暗中那双幽深的、带着询问的眼睛。

他下意识赶紧闭上眼，想了想又觉得自己的反应挺傻的，于是再次把眼睁开，沉默地跟对方对视。

覃子朝看了他一会儿，笑了下，在黑暗中压低声音问：“手疼不疼？”

江闻皓愣愣的，反应过来他说的是先前他按住自己麻筋的事，移开视线：“不疼。”

“那就好。”覃子朝又将身子往床边挪了一点，给江闻皓多腾出点位置，“睡吧。”

“覃子朝。”

江闻皓叫了声，覃子朝再次看向他。

江闻皓抿抿唇，声音很低且迅速地含混说了句：“我没骂他们。”

他说完这句话瞬间又觉得自己撞邪了，这有什么好解释的？

覃子朝怔了怔，片刻后再次牵起唇角，沉沉“嗯”了声。

江闻皓烦躁地又把脸转过去面向墙壁，就在他以为覃子朝这次应该是真睡着了时，只听对方在他身后温声道："我信。"

而后，余夜无梦。

江闻皓觉得自己才刚睡着，就被一阵震耳欲聋的广播喇叭声吵醒。

他嘴里咕哝着骂了句，习惯性地去拉被角蒙头，胳膊肘刚巧撞到了覃子朝的下巴，发出"咚"一声闷响。

"咝……"覃子朝抽了口气。

江闻皓则是倏地睁开眼，眼底带着倦意的迷茫还没散去，看着身边的覃子朝一时竟没反应过来这是哪里、他是谁。

覃子朝用舌头舔了舔不小心咬到的嘴角，一股血腥味。他不在意地用拇指蹭了下，对还在失神的江闻皓说："起来了。"

江闻皓眯着眼，记忆逐渐回笼。

他吸了下鼻子，问："几点了？"

"五点十分。"

江闻皓无语，他记得他最后一次看表已经将近凌晨四点了，合着自己一共只睡了一个小时？

宿舍里其他人也都陆续起床了，昨晚他们都见识了江闻皓和梁子洋起冲突样子，对这个新来的同学多少有点心存芥蒂。因而大家只是提醒了覃子朝抓紧点时间，便拿着各自的洗漱用品去到公用盥洗室，全程不跟江闻皓交流。

覃子朝换好衣服下床，一看江闻皓还躺在那儿愣神，抬手敲敲床板："快点儿，五点半要在操场集合跑操。"

"嗯。"江闻皓应了声，再次用被子捂住头，隔着被子闷声说，"那你快去吧。"

刚要翻身再睡，头顶的被子被人揭去了，江闻皓皱眉睁眼，一脸起床气地看着覃子朝那张此时只让他觉得麻烦的俊脸。

"出太阳了，我想把被子晒一下。"覃子朝指指被子，语气温和。

江闻皓揪着被角的手指蜷了蜷，缓缓松开，由覃子朝去了。

他才闭上眼，深吸口气。

"枕头也要晒。"

江闻皓抓过脑袋下的枕头扔给覃子朝。

"还有，床单也……"

闻言，江闻皓睁开眼，觉得自己现在很想揍人。要不是昨晚覃子朝好心收留了自己，就凭他现在这拨操作，早被自己往死里揍了。

看着江闻皓一脸杀气，覃子朝像是没感觉到，还冲他很温和地笑了笑："既然醒了，那就干脆起来吧。”

江闻皓严重怀疑覃子朝是故意的，但没有证据。

盥洗室里人挤人，吵得江闻皓脑仁疼。他本想回屋等人走得差不多了再来，覃子朝却已经挤到了一个水管边上正朝他招手。

“来这边。”

江闻皓沉着脸朝那边挪过去，身边的人像是达成了某种默契般纷纷往旁边让开了一条道。江闻皓知道，这绝不是因为谦让，更像在避祸。

凑到覃子朝身边的时候，江闻皓才发现自己忘了带牙膏。

覃子朝拧开水龙头，捧着冰凉的水洗了把脸，将牙膏往江闻皓面前一递：“先用我的。”

江闻皓也不客气，接过覃子朝的牙膏挤在牙刷上。

就是那种最便宜的薄荷味牙膏，比他自己的刺激，还有点发苦，刷完牙后整个口腔都是凉的。

他使劲漱了漱口，突然发现覃子朝的嘴角破皮了。

“你那个，是我撞的？”江闻皓喉结动了动，还是忍不住问。

覃子朝反应了下，满不在乎地笑了笑：“没事儿。”

江闻皓“嗯”了声，将目光收回，过了会儿又低声说了句：“不好意思。”

覃子朝发现这新同学虽然看起来横，倒也不是对谁都凶，有时候还挺懂事的。

“说了没关系。”他指了指江闻皓睡得翘起来的头发，“你这里，要不拿水湿一下？”

“不用，我回去戴个帽子。你先去集合吧。”江闻皓别开视线，转身离开盥洗室。

操场离宿舍还有段距离，覃子朝怕江闻皓找不着路，最后还是等了他一会儿。

走出男生宿舍楼，江闻皓看着乌云密布的天空沉默片刻，扭头问覃子朝：“这就是你说的出太阳？”

他现在可以确定覃子朝刚才是故意的了。

“山里的天是这样，一片云飘过来马上就要下雨。”覃子朝将校服拉链又往上拉了拉，遮住里面的T恤，“走吧，被子明天晒也可以。”

江闻皓斜了他一眼，心说：我是在跟你讲被子的事？

云高的操场很大，不同于城市里的学校有着崭新的塑胶跑道和人工草坪，这里的跑道已经褪色了，草地也是真草，在雨后的早晨散发着一股扑鼻的清新。

各班的同学早已集合完毕，在《运动员进行曲》的乐声里列队绕着操场跑起了圈。

没等江闻皓找到个合适的地方准备待会儿躲起来，就听不远处传来了个震天响的大嗓门儿："那边那两个，滚过来！"

江闻皓眉心一跳。

他刚刚好像听见了个"滚"字？

这时，他的手肘被身边的人轻轻撞了下。

"是罗教官。"覃子朝轻声说，"待会儿不管他说什么，只管服软道歉就是了。"

话毕，他拉住江闻皓的手腕，朝罗教官小跑了过去。

罗教官是个三十多岁的男人，穿着件迷彩冲锋衣，手背在身后，脊背挺得笔直。看清迟到的人居然是覃子朝后，他稍稍愣了下，但语气依然冷硬："怎么回事儿？"

"抱歉，教官。"覃子朝怕江闻皓出言顶撞，不动声色地抬手把人往自己身后藏了藏，"昨晚复习久了点，起晚了。"

"起晚就是起晚，没有借口！"

"是。"

罗教官将目光从覃子朝脸上移向江闻皓，上下打量了一眼："你就是那新来的？"

江闻皓还没说话，罗教官又冷笑了声："刚来第一天就殴打同学，胆子挺肥啊！"

江闻皓想怼，覃子朝又悄悄扯了下他的衣角。他用舌尖顶了顶腮帮，冷着脸把头转向一边。

"少给我在这儿带样儿！"罗教官的声音又提高了八度，当着所有师生的面大声道，"我不管你是从哪儿来的公子哥，到了云高就给我把你那些个臭毛病通通收拾干净扔厕所冲了！这里没人惯着你！"

江闻皓皱皱眉，为数不多的耐心随着对方的挑衅消失殆尽。突然，脑袋上的帽子被人一把"削"了扔在地上。

"入队！跑操结束后给我加罚五圈再加一百个俯卧撑！"

江闻皓看了眼自己的帽子，彻底火了。他抬眼冷冰冰地盯着罗教官，一字一句道："就不跑了怎的？"

罗教官挑了下眉，他也是挺久没被这么挑衅过了。他拿着的大喇叭被他从左手倒腾到右手，最后点头笑了下："很好。"

就在江闻皓以为下一秒对方就要动手时，只见罗教官看向了覃子朝。

"一班班长，我原本是要放过你们的，但是你班同学违反纪律还目无尊长……"

“知道了，待会儿解散以后我跟他一起跑。”

“再加十圈。”

“好。”

江闻皓最烦搞连坐这套，况且覃子朝也的确是因为自己才迟到的。他逼视着罗教官：“不就是十五圈吗，你让他回队，我跑。”

“讨价还价，再加五十个俯卧撑！你们俩一起。一班全体留下，等你们做完！”

江闻皓咬咬牙，他自打来了云高就开始接连憋屈，这会儿更是一股热血直冲脑门，上前就要揪罗教官的领子，被覃子朝一把拽着给拉了回来。

“撒开！”

“你闭嘴。”覃子朝低喝了声，这还是他第一次冲江闻皓发火。

“对不起，罗教官，我会带他跑完。”覃子朝冲罗教官沉声道，而后推了下江闻皓的后背。

见江闻皓还在原地杵着一动不动，覃子朝皱眉压低声音：“还是你真想让全班人留下看着？”

江闻皓握紧拳，咬肌因为用力微微鼓起。

半晌后，他将外套脱了往地上狠狠一摔，然后绕着破旧的塑胶跑道闷头狂奔了起来。

这破地方，他真受够了！

一片云被风吹过，太阳竟真像覃子朝说的那样从云层中钻出了头，天放晴了。

蝉又开始不知疲倦地鸣叫起来，操场上的小水坑逐渐被升高的气温蒸腾成浅浅的印子。

因为最近的确是临近月考，罗教官最后还是善心大发没有让整个一班留下，放他们去吃饭了。

操场上转眼就只剩下了江闻皓和覃子朝。

在跑前十圈的时候，江闻皓勉强还能做到不降速度，可随着气温逐渐升高，他又从昨天到现在一口饭都没吃，跑后面几圈时只觉得塑胶跑道刺鼻的味道越来越冲，嗓子眼连着鼻腔都充斥着一股血腥味，咽口口水都是疼的。

视线越来越模糊，江闻皓觉得自己再跑下去可能真的会死在这儿。这时，耳边传来另一个沉促的呼吸声，应该是覃子朝为了等他故意放缓了脚步。

“坚持住，快了。”覃子朝的声音倒还算平稳。

江闻皓拿余光瞥了眼覃子朝，暗叹他果然是能扛着两个大麻袋走那么远山路的人。

见江闻皓明显感到吃力，覃子朝拉住了他的手，带动他一起加快了速度。

对方的手心覆着层汗有些打滑，若是放在平时，有洁癖的江闻皓应该会很排斥这样的接触，但此时他也顾不了这么多了，咬着牙按覃子朝跟他说的方法调整着呼吸。

当他们总算跑完十五圈后，江闻皓一屁股坐在了草地上。

汗水顺着前端的碎发滴下来，蜇得眼睛又辣又疼。

覃子朝拽着他的手，喘着气说："起来，别坐，刚跑完步就坐很危险。"

江闻皓不动，心说：危险就危险吧，我是坚决不会再挪一下了。

此时，一双沾了泥的球鞋出现在他眼前，踢了踢他的限量款球鞋。

罗教官："怎么样，还有力气狂吗？"

江闻皓收脚闭上眼，眼不见心不烦。

罗教官看了看江闻皓惨白的脸，倒也没再继续为难他，自行拧开水壶灌了两口水后，说："上课去吧，你们董老师刚跟我求了半天情了。可不是为了你，主要是怕耽误班长学习。"

"谢谢教官。"覃子朝捞起衣摆擦了下汗，回头对江闻皓说，"走吧。"

江闻皓理都不带理罗教官的，尽量控制着两条不断发软的腿朝教学楼的方向走去。

他现在非常后悔，怎么就被江天城用区区五万块钱打发了呢？照现在自己的境遇，就是管江天城要二十万都是该的。

不行，必须找机会再狠敲一笔。

覃子朝问："你还好吗？"

"你觉得呢？"

闻言，覃子朝顿了顿，而后停下蹲在了江闻皓面前。

江闻皓一愣，皱起眉。

"上来，我背你。"覃子朝说。

这之后，他们保持着这个动作又有好一会儿。

见江闻皓不动，覃子朝回头看向他，用眼神示意。

"不用，哪这么娇气。"江闻皓说完，绕过覃子朝，径自朝前走去。

覃子朝在江闻皓身后轻轻叹了口气，重新站起身追上江闻皓，抿了抿唇，说："抱歉，我刚刚态度不好。"

江闻皓没吭声。

覃子朝以为他还在生气，更加放缓了语气："这下又没时间吃早饭了，不过大课间可以去食堂边上的小卖部买面包。"

"就是你昨天给我的那种面包？"

"嗯。"

“那还是算了。”

两人的身影在太阳下渐行渐远……

回到教室的时候刚好早自习结束，江闻皓的出现又把一班带入到了那阵默契的沉默里。

一个个看似在各做各的，其实都在悄悄窥探着这位一来就殴打同学、顶撞教官的闯入者。

藏在人群中的梁子洋回头悄悄和刘宇、郑强交换了个眼色，不枉他们今天一早就忙着跟班里同学烘托气氛。

江闻皓压了压帽檐遮住眼睛，他着实烦透了这无形之中的排外。此刻的他只想找个没人的地方待着，谁惹他不爽他就揍谁。

“我先带你去找班主任报个到吧。”覃子朝见江闻皓脸色不好且目光穿过众人冰冷地注视着梁子洋，担心再出什么事，决定还是先支开他再说。

结果，他话音刚落，身后便传来了个沙哑的声音：“不用，我已经来了。”

江闻皓闻声回头，只见门外站着个矮小干瘦的女人，齐肩短发别在耳后，穿件深灰色的老式西服，手上戴着一双深蓝色袖套，一副八十年代老厂工人的打扮。

她也正看着江闻皓，厚厚的嘴唇动了动后咧开，露出口不怎么整齐的牙：“江闻皓是吧？我可是‘久仰’了啊。”

江闻皓摸不准对方的话到底是在讽刺还是套近乎，不过倒是不烦人。只是她的声音着实不怎么好听，嗓子像被磨砂纸刮过似的，带着种干巴巴的粗粝感。

“我叫董娥，一班的班主任兼语文老师，你可以叫我‘董老师’，也可以跟大家一样叫我‘老董’。”董娥说完拍了拍江闻皓的肩，在班里环视了一圈后开口问，“都认识了吧？有谁想跟江闻皓坐同桌的？”

所有人都闷不作声地低下了头，毕竟谁也不想引火上身。

董娥等了一会儿后收回视线：“行吧，那我可就安排了啊。”

江闻皓刚想说其实让他一个人坐最好，董娥就已抢先看向了一旁的覃子朝：“班长？”

“好。”

董娥冲覃子朝笑了下，颊侧的黄褐斑熠熠生辉：“那就让杜亚男往前挪，跟纪律委员坐，江闻皓坐杜亚男原来的位置，和班长一起。抓紧时间换一下，要上课了。”

被点到的叫杜亚男的女生咬着唇默默收拾书包，看起来似乎不太情愿的样子，但也没多说什么。路过江闻皓时，她悄悄抬头瞟了他一眼，红着脸挪去了第二排。

江闻皓慢悠悠地走到空出的座位前坐下，没书包也没课本，跟个光杆司令似的大剌剌往墙上一靠，开始低头自顾自擦他被弄脏的鞋。

董娥倒也不恼，对江闻皓说：“中午回宿舍的时候记得把课本带来，这两节课你先和班长看一本吧，大课间来办公室找我一趟。”

她说完，从粉笔盒里拿出半截粉笔，转身在黑板上写字时，顺手将之前老师的板书拿袖套直接抹干净，也懒得用黑板擦。

江闻皓看着董娥脏兮兮的袖套和空气里浮着的粉笔灰，本能地就想打喷嚏。之前在六中的时候，老师们上课都是用投影仪和电脑，早就不用这么老式的东西了。

覃子朝将自己的课本往江闻皓那边挪了挪。

这节课是讲文言文，董娥山路十八弯的语调搭配她粗哑的嗓音形成了一种十分滑稽的效果。

若是搁在江闻皓以前的班里，估计以于斌为首的几个同学又要贱嗖嗖地模仿董娥讲课的样子了。可在一班，整个课堂都静得出奇。

江闻皓就这么擦了大半节课的鞋，见横竖都擦不干净，郁闷地回头看向最后一排，发现就连把着“皇帝座”的人都在认真听课。

他觉得无聊极了，一晚没睡又被罚连跑十几圈的他此时就像被泡在酒缸里，脑袋混沌，一个劲地发沉，只觉得董娥的声音离他越来越远，最后彻底听不见了。

覃子朝打算翻书时，感觉书被压着动不了，转头一看，只见江闻皓支着一只胳膊托着自己的额角，呼吸均匀。

黑色的棒球帽将他大半张脸藏在阴影里，只留一截下巴刚好被一缕阳光照射到。

覃子朝忽然发现江闻皓撑头那只胳膊的袖子里居然还藏着一枚耳机，此刻已从他的耳朵里滑出来，吊在袖口上一晃一晃。

覃子朝叹了口气，也知道他昨天没休息好，于是伸手勾起耳机，想帮他藏回袖子里。

岂料江闻皓睫毛动了动，突然睁开眼盯着覃子朝。

覃子朝点点自己的耳朵：“耳机，露出来了。”

江闻皓反应了会儿才听懂对方的话，拖着鼻音“嗯”了声，将耳机重新塞进了耳朵里，换了个姿势继续睡。

这一觉，江闻皓直接睡到了大课间，连第二节英语课老师的面都没见着。

醒来后，江闻皓发现身边的座位是空的，覃子朝不知道到什么地方去了。

他揉揉眼，觉得嗓子里又干又涩，偏又忘了带水杯。此刻的他无比希望能有一瓶冰可乐，就算要三十块钱他都会买。

“那个……”身边突然传来个小小的声音。

江闻皓抬头，发现是那个叫杜亚男的女生。

杜亚男："董老师叫你去她办公室。"

江闻皓点了下头，起身朝教室外走去。这期间，他只觉得脑后有一道目光全程都在暗处追随着他。

他停下脚步回头看去，那目光瞬间就又消失了，只看到一个瘦小的身影猫在靠墙的角落，和其他人分割出了明显的天地。

大概是这种不同于他人的画风太过突出，江闻皓认出这就是昨晚在楼道里摸黑读英语的人。但江闻皓也懒得去理解对方的眼神，他现在只想抓紧时间应付完董娥，而后找到覃子朝说的小卖部买瓶水喝。

教职工办公室就设在一班和二班中间，像是隔出来的一间屋子，完全不隔音。

江闻皓站在门口，犹豫了会儿，还是喊了声"报告"。

董娥正跟覃子朝说话，听到江闻皓的声音后转头冲他招招手，粗着"烟嗓"问："睡醒了？"

一旁的英语老师闻言也朝江闻皓看去，挑眉"哟"了声，放缓批改作业的动作，一副坐等看董娥批评教育问题学生的样子。

"子朝，你先回去，记得提醒大家晚自习有数学随堂考。"

"好。"覃子朝点点头，目光在江闻皓和董娥之间来回，欲言又止。

"去吧。"董娥冲门口努努嘴。

覃子朝终是在看了江闻皓一眼后，转身离开。

董娥拉开一旁的板凳示意江闻皓坐下，然后把手里的教案合上搁在一边。

"我听说你昨天跟咱班同学闹矛盾了？"董娥语气不重，将"打架"用"闹矛盾"来定义，瞬间把程度弱化了不少。

"可以问下原因吗？"她抬头看着江闻皓。

江闻皓抿唇沉默了下："他们怎么说？"

"我在问你。"董娥有些好笑，"你管他们怎么说呢。"

江闻皓不想跟这个目前还摸不清脾性的人讲太多，他这人从小就不喜欢老师，也没遇上过什么好老师，更不喜欢告状，因而他不打算告诉董娥自己刚来就被宿舍的人造谣排挤了。

"我想换宿舍。"最后，他选择只给董娥一个结果。

董娥点点头，拧开保温杯喝了口水："行啊，你想住哪儿？"

江闻皓没料到董娥居然这么好说话，抬眼看着她。

董娥被他的眼神逗乐了："我刚刚也在跟班长说这事儿来着，毕竟你要是真出了什么事我还得负责。我看你跟子朝关系还行，他也说不然你就到他们宿舍住。你和薛斌换个位置，正好薛斌和梁子洋他们关系好，应该也没什么意见。"

“你说覃子朝要我跟他一个宿舍？”

“是啊，你觉得行吗？”

江闻皓没说话，董娥等了一会儿又自顾自道：“那就先这么定了啊，晚自习下课你们就抓紧时间搬吧。”

话及此处，董娥突然“啧”了声，起身快步走到一旁的木柜前，从上面端过一个铁饭盒递到江闻皓面前，将盖子掀开。

一股浓郁的红烧牛肉面味瞬间扑鼻而来，江闻皓不自觉地咽了口口水，胃也被刺激得抽痛。

董娥拉开抽屉取出双一次性筷子：“赶紧吃，后面还有两节课呢。”

江闻皓拿着筷子，被董娥的这拨操作整蒙了。他以为对方是找他来训话的，没想到居然是请他吃面。

“还愣着干吗？吃啊，还不饿？”

江闻皓喉头动了动：“覃子朝也没……”

“他刚刚就开过小灶了。”董娥说着，又埋头继续批改起她的试卷。

江闻皓握筷子的手紧了紧，终是耐不住饥饿，端起饭盒大口吃了起来。

“面可不是白吃的啊。”董娥头也不抬，“过会儿去把我的袖套洗了。听到没有？”

江闻皓垂着眼吹了吹冒热气的面汤，没说话。

就在董娥想要提醒他慢点吃别烫着时，江闻皓用很小的声音说了句：“谢谢老师。”

第三章 晚星

回教室后，江闻皓看到自己的位置上坐了人，那人正咬着笔杆让覃子朝给他讲题。

江闻皓准备就在边上站一会儿等覃子朝讲完，结果这位同学看到他后，“嗖”一下就弹开了，也不跟他说话，低声和覃子朝道了句谢就收拾卷子匆匆去到了后排。接着，就有几道目光悄悄投向江闻皓。

覃子朝倒是一切如常，冲江闻皓牵牵唇：“吃饱没？”

江闻皓顿了顿：“老董说我被调到你们宿舍了。”

“嗯，中午回宿舍我帮你搬。”覃子朝拧开杯子喝了口水，发现江闻皓盯着他手里的杯子吞咽了下，“你是不是渴？”

江闻皓移开视线：“你说的小卖部在哪儿？”

覃子朝回头看了眼墙上的时钟：“离这儿有点远，一来一回得二十分钟。”他犹豫了下，试探着说，“要不你先喝我的？”

见江闻皓不接，他轻轻叹口气后站起身：“等下，我去给你刷干净。”

“不用了。”江闻皓不想覃子朝觉得自己太矫情，拿过对方的水杯，仰头隔着些距离就往嘴里倒。

“哎，小心！”

覃子朝“烫”字还没说出口，江闻皓已经一口水喷了出来。他烫得脸都红了，握紧水杯不停抽气：“你怎么不早说！”

覃子朝也被吓了一跳，不顾自己身上被喷到的水，连忙起身掰正江闻皓的头：“杯子隔热，我也没想到你会这么喝啊。”

“不然怎么喝？”江闻皓的舌尖这会儿跟被火燎了似的，又刺又疼。

覃子朝顾不上跟他吵，皱起眉关切地问：“你还好吗？有没有烫伤？”

江闻皓避开覃子朝的手，含混地说了句“没事儿”，只觉得教室里来自四面八方的目光又开始朝他这边聚拢，带着好奇、审视，还有几道带着明显的幸灾乐祸。

覃子朝拿过杯子，叹了口气说："我看我还是去给你洗了吧。教学楼没凉水，你这么喝太危险了。"

说完，他快步离开了教室。

后两节课两人仍是没怎么说话，覃子朝专心致志地记笔记，江闻皓则是继续擦鞋、听歌、睡觉，或者是睡觉、听歌、擦鞋……

就这样到了中午放学的时候，覃子朝写完最后一道题，将习题本合上放进桌斗，回头对江闻皓说："走吧，吃饭去。"

江闻皓也饿了。这个年纪的男生正在长身体，一碗方便面根本不顶用。他双手插兜跟在覃子朝身后，两人出了教学楼随着人流一起朝食堂走去。

而这期间，对江闻皓明里暗里打量的目光仍没间断过。其中有一道，就是来自那个躲在楼梯口读英语的小个子。

云高的食堂统共有两层，看着虽然大，菜色却相当单一。江闻皓好不容易排到了窗口前，看着当中那美其名曰为红烧肉，却只有几片大肥膘子漂在又稀又寡的菜汤上的东西，瞬间一点胃口也没了。

"同学吃什么？"食堂师傅拿着大铁勺，不耐烦地催促，"动作快点，没看后面还排长队呢。"

江闻皓想想要是现在不吃，八成又得挨饿到晚上，况且以中午的饭菜来看，基本也不需要对晚上的饭抱有期待了。于是，他随便要了一个毛豆炒肉、一个醋熘土豆丝和一份米饭。

"三块。"

江闻皓刷了卡，心说：这是真便宜。

在他过去的认知里，三个钢镚掉在地上估计他都懒得弯腰去捡。

覃子朝也打好了饭，找了个位置招手示意江闻皓过去。江闻皓在他对面坐下，发现对方的餐盘里只有一道炒白菜盖在米饭上。

他皱了下眉："你就吃这个？"

"嗯。"

覃子朝倒是吃得香，搞得江闻皓总有种错觉——他盘里的白菜比自己的饭菜好吃。

覃子朝吃完自己的饭后，一抬头就发现江闻皓仍在用筷子一下下戳着餐盘里的白米饭，表情恹恹的。

"不饿吗？"

江闻皓不语，撂了筷子，心说：待会儿还是去小卖部多囤点方便面吧，这玩意儿根本就没法下咽。

覃子朝沉默了下："还是不要浪费，食堂的师傅们平时挺辛苦的。"

江闻皓托着下巴，闲得没事将肥肉丁和毛豆分离："真吃不下，这都没放盐，肉还这么肥。"

覃子朝看他鼓捣着盘子里的菜，最后把他挑出来的肥肉拨到了自己的餐盘里："那就把菜和米饭吃了。"覃子朝说完，便将肥肉全部吃了。

江闻皓见覃子朝完全不介意吃自己的剩饭，有些诧异，顿了顿才问："你不觉得腻吗？"

"不会。"覃子朝收拾好自己的餐盘站起身，"有肉吃就是好的。"

江闻皓看覃子朝将餐盘放到回收处，又看了看自己面前还剩下的大半盘饭菜，突然就有些不太好意思再当着覃子朝的面倒了。

他索性憋着口气将其一股脑塞进嘴里，嚼嚼咽了，而后火速起身把盘子收拾好，走到覃子朝跟前抬了抬下巴："走。"

覃子朝扫了眼被江闻皓吃干净的餐盘和他一脸别扭的表情，不动声色地牵牵唇，随后抬手在他的帽檐上轻叩了下，低声夸了句："真好。"

江闻皓挥开覃子朝的手，十分不爽覃子朝借着身高优势，用这种"居高临下"的方式夸奖自己。

还真好？当我是小屁孩儿吗？

刚出了食堂门，覃子朝就又被厨师长李叔叫住。他系着深蓝色的围裙，身上带着股浓重的油烟味儿："土豆我收到了啊，中午的土豆丝就是用它炒的，吃了没？"

"收到就好。"覃子朝很礼貌地笑了笑，"您平时总照顾我，我也没什么好东西给您。"

"嗐，这孩子你看看！客气啥！"李叔使劲拍拍覃子朝的肩头，"好好学习比什么都重要，将来保准有出息！"

江闻皓见覃子朝被厨师长拉着寒暄，闲得无聊，便先行沿回宿舍的路缓步走着消食儿，顺便找个清静的地方自个儿待会儿。路过一片树林时，他觉得这地儿倒还算不错，便一低头钻了进去。因为深处的地面比较泥泞，他也就没太往里去。

结果才刚站定，他就听见不远的树丛里有人进来，接着便是一声闷响和短促的吃痛声。

江闻皓嘴里嚼着泡泡糖，稍偏了偏头，隔着光影交错的树丛缝隙朝深处看。只见那片树木相对矮小的杂草路上依稀竖着一座破败的雕像，下面是一口废弃的喷水池，刚刚那声"咚"便是有人被推倒，撞在了水池边沿发出的。

江闻皓停下脚往树上一靠，并不打算过去凑热闹，只是不可避免地还是听到了他们的对话。

“穿一身黑，是你爹死了吗，邹莽原？”这个人说的是方言。

从江闻皓的角度刚好能看到撞在水池上的人，他眸色微微沉了沉，发现正是昨晚读英语的小个子。

“钱什么时候还？”

又隔了好一会儿，才听那个叫邹莽原的小个子开口：“我说了，要钱就去找邹大山。他现在就在家里躺着，你们找他去啊。”

他的态度彻底惹恼了对方：“你当你老子现在还算个东西？跟死猪一样瘫在床上爬都爬不起来！我告诉你邹莽原，父债子偿，天经地义，想收拾你的人可排着队呢，只要你一天还待在这儿，就一天不算完！”

对方说着又点了点邹莽原的额头，冷笑道：“明天我还来找你。”

“主任好。”

几人原本还想再威胁邹莽原几句，突然听到隔着树丛的位置冷不丁传来一句话，瞬间都有些慌。

带头的那个迅速跟其他几人交换了眼色，匆匆跑离了树林。

他们走远后，邹莽原才撑着水池边沿站直，像是早已习惯了这种待遇般一声不吭地捏掉了自己头上粘着的枯枝烂叶，脸上平静到接近麻木。

身后传来窸窣声响，邹莽原回头看去，正对上了江闻皓波澜不惊的眼睛。

他眼底划过一丝难堪，但很快就又恢复如常。

当邹莽原低头经过时，江闻皓明显闻到了一股污水的腐败味道，又腥又臭。

“谢谢。”邹莽原低声说。

“不告诉董娥吗？”江闻皓的语气稀松平常，透着股懒劲儿，就像是在随口提醒同学值日的时候别忘了带抹布一样。

邹莽原站住，没料到江闻皓居然会主动跟他说话，回过头，眼里露出几分探究。

江闻皓吐出嚼没味儿的泡泡糖，四下找了找，发现没处扔，便撕开包纸巾将其包好揣进兜里，而后走快两步到了邹莽原前面。

“她不会真的帮我。”邹莽原盯着江闻皓的后脑勺说。

江闻皓没再回应。

正当邹莽原以为对方懒得搭理自己时，一包纸被江闻皓隔空抛了过来。

回到宿舍楼下时，江闻皓隔着老远就看到了坐在门口台阶上等他的覃子朝。

对方手里拿着随身携带的记录错题的小本，随意翻看着，两条长腿屈起微微张开。明明是个很放松的姿势，他的脊背却仍挺得笔直。

见江闻皓来了，覃子朝合上本子站起来。江闻皓禁不住再次在心里感慨，这家伙真高。

“去哪儿了？”

“吃撑了，转转。”

覃子朝也没再多问，温和地说道：“我们动作得快些，午休时间只有一个半小时。”

两人来到302宿舍，一推开门，江闻皓就又感受到了那股令他烦闷的气场。他是一刻都不想再在这里多待了，胡乱将被褥一卷，背上吉他就去了覃子朝的宿舍。

好在江闻皓的东西不多，覃子朝跟他一共也就往返了一趟。和江闻皓调换宿舍的薛斌也已经把床位给他腾了出来，与室友们简单聊了几句后便搬去了隔壁。

大概是中午的休息时间实在太短，宿舍里的其他人都没选择上床睡觉，而是往桌上一趴随便休息下。

江闻皓其实挺不理解这种做法的，想趴教室也能趴，何必还专程回趟宿舍？

午后的阳光从窗户外透进来，刚好照在江闻皓的床位上。他被晒得浑身软绵绵的，就又有些犯困，于是将吉他往墙边一靠，强撑着又找了双一会儿替换的鞋，把他限量版鞋踢到桌子下面，爬上了床。

没想到向来认床的他居然一沾着枕头就睡着了。

覃子朝的宿舍比302干净很多，也没什么异味。室友虽然不太爱理人，但好歹算比较客气。有个叫王城的还给江闻皓扔了几颗自家种的枇杷，大家在他睡觉的时候也没发出什么太大响动。

江闻皓这一觉睡得相当沉，再醒来时只觉得精神恢复了很多。屋子里弥漫着股老式洗衣粉的味道，伴随着的还有刷鞋的声音。

他记得这味道，应该是白猫牌的，小时候他妈妈也总爱用这个牌子的洗衣粉。

江闻皓深吸了口气，掀起眼皮用余光看了眼正在阳台刷鞋的覃子朝。

像是觉察到了来自上方的视线，覃子朝背对着他说：“快起来，等我把鞋刷完晾好就走。”

江闻皓打了个哈欠浅浅地应了声，就又闭上眼。

一秒。

两秒……

江闻皓倏地睁开眼，猛地坐起来，几乎是直接纵身从床上跳下，飞速冲到覃子朝面前一把夺过了他手中的鞋，一句脏话在看到自己那已经被沾满泡沫的限量版后，愣是哽在了喉咙里。

覃子朝看着抢救球鞋的江闻皓，有些不解，解释说：“我看你上午一直在擦鞋，就想着中午洗衣服的时候顺便把你的鞋也……”

“这款不能水洗！”江闻皓眼见自己最宝贝的一双鞋就这么被覃子朝毁了，原本起床气就没消的他更加来火。

然而在覃子朝的认知里，从来就没听说过有什么鞋是不能水洗的。但看着江闻皓被气红的脸，他也知道自己办了错事，手里拿着鞋刷僵在那儿，一时间不知道该怎么开口。

“我……抱歉。”他顿了顿，“我帮你晾起来吧，这会儿太阳大，应该……”

“不能洗也不能晒，你到底有没有常识？”江闻皓打断覃子朝，将鞋往边上一甩，“算了，你别管了。”话毕，他怒冲冲地扔下覃子朝出了宿舍。

然而，江闻皓脑袋被风一吹，很快就又后悔了。

这款鞋不能水洗的事在他看来的确是常识，但覃子朝又怎么会知道？别人好心好意帮忙，反过来被他一通怼，这事儿换他自己早动手了。

下午上课时，江闻皓几次都想要开口找些话来跟覃子朝缓和关系，但看到对方不是在认真听课就是在埋头写卷子，卡在嘴边的话愣是说不出口。

就这样一直挨到了晚自习数学测验结束，他终于忍不住将他同桌叫住。

“覃子朝。”

“江……”

两人都愣了愣。

江闻皓：“你先说。”

覃子朝顿了下，轻声问：“那双鞋，多少钱？”

江闻皓看着覃子朝的眼睛，片刻后将目光移向一边：“不贵。走吧，我饿了。”他说完，绕开覃子朝往外走。

发现对方仍站在原地，江闻皓在心里叹了口气，转头对覃子朝说：“真不贵，我那会儿就是刚睡醒有起床气。”

覃子朝还是没说话，一米八几的个子杵在那儿，单眼皮向下耷拉着，两手垂在身侧。

江闻皓忽然觉得对方这副样子像极了一只犯了错的大型犬，语气不禁缓了几分：“覃子朝，我饿死了，你带我去趟小卖部吧？”

就在江闻皓不知道对方到底还要在这儿哑多久时，覃子朝终于开口：“不去小卖部了。”

半小时后，一碗热气腾腾的挂面摆在了江闻皓面前，上面还窝着个荷包蛋，撒了把嫩绿的小葱花。

江闻皓看看在他对面坐下的覃子朝，又看看无人的食堂后厨，轻轻“啧”了声：“挺有本事的你。”

因为怕浪费电，覃子朝只开了他们头顶的一盏灯。他将筷子递到江闻皓手里：“快吃吧，我跟李叔打过招呼了。”

江闻皓也不客气，用筷子夹开荷包蛋，露出煮得恰到好处的溏心。这大概是他来到这里后吃得最好的一顿，三下五除二便连面带汤吃得干干净净。

一股暖流从胃部蔓延至全身，吃饱喝足后的江闻皓舒服地叹了声：“明天还能来吗？”

覃子朝替江闻皓收拾好碗筷到水池边洗干净，又认真地将其放回消毒柜中，这才对江闻皓说：“真的很抱歉，小皓，我会把鞋赔给你的。”

江闻皓刚想说“你怎么话说不了两句就又绕回鞋上了”，突然间愣了下，眉头蹙起：“你叫我什么？”

覃子朝刚也只是随口一喊，以为江闻皓不喜欢别人这么喊他，重新改口：“抱歉，江闻皓。”

江闻皓抿了抿唇站起身，昏暗的环境让覃子朝看不清他的表情。

“我也有错。”他双手插兜，冲覃子朝冲门外递递下巴，“回去了。”

覃子朝点点头，将电灯关掉，和江闻皓一起并肩离开了后厨。

回到宿舍的时候，刚好赶上洗澡高峰期，不大的公用澡堂里跟下饺子似的挤满了人。

要知道这个年纪的男生只要是光着身子聚在一起，就免不了会借机攀比一番身材。即便是在云高，大家聊的也还是那些话题。

江闻皓向来不能接受跟其他人一起洗澡，从小到大除了在幼儿园的时候跟江天城去过几回澡堂，就再没参加过这样“赤诚相待”的集体活动。

他觉得那么多人光溜溜地挨在一起，实在太脏了，更别提还暴露隐私。

但白天的他先是被教官罚跑，又是在没有空调的教室里闷了一整天，此时浑身上下都黏得难受。加上昨天晚上就没洗澡，再不洗可能真会被自己硌硬死。

“男生宿舍后面的老教学楼里有间厕所，这时候应该没人，可以提些热水到那边去洗。”覃子朝大概也看出了江闻皓的心思，“不过光线会比较暗。”

言下之意，你怕不怕黑？

江闻皓想都不带想地就回宿舍拎了暖瓶灌了两大瓶热水。覃子朝带着他离开宿舍楼，沿着一条狭窄的小道朝着老教学楼走去。

远离了人群，周围的光线瞬间就暗了下来。草丛间的夏虫放肆地鸣叫着，时不时还会突然蹦出来。

江闻皓刚想问覃子朝，这儿不会又有蛇吧，就听覃子朝忽然轻声说让他抬头。

江闻皓看向夜空，瞬间便愣住了。

只见漫天繁星间，像一条银河就悬在他的头顶。

江闻皓依稀记得上一次看到这幅景象还是在川西高原。当时自己正在经历高原反应，为了等星星出来，强撑着一晚上没睡，后来得了感冒差点肺水肿。

覃子朝站在他身边，也一起抬头看着天空："我家那边的星星还会比这儿更亮些。"

江闻皓安静地注视着星河，突然想起曾经有个人跟他说，自己也会变成星星在天上守护着他，只要抬头，就可以看到。

可是他所在的城市太大太繁华，只看得到数不清的霓虹，没有星星。

"走吧。"江闻皓垂下眼加快了脚步。

这儿蚊子真多，快被咬死了。

老教学楼因为现在基本不怎么使用了，厕所也就相对干净得多。

正如覃子朝所说，里面的灯瓦数明显不够，昏黄的光只能勉强照到灯下那一小片区域，还晃晃悠悠、忽明忽暗的。

洗手池上的一个水龙头应该是锈死了拧不紧，水滴一声声砸在白色的瓷砖上，在空旷的环境下显得格外清晰。

要知道，关于校园的恐怖传闻绝大多数都少不了厕所这个地方，所以江闻皓在来到这里后脑海中不可避免地闪现出了无数鬼片里的情节。

但不管下一秒贞子、楚人美和伽椰子到底谁先出来，他这澡都还是得洗。

"我在门口等你，你别往深处走，小心地滑。"覃子朝将暖瓶递给江闻皓，顿了顿，又说，"还是我……"

"不用，我洗完叫你。"江闻皓掂掂暖瓶，觉得里面的水应该是够两个人用的，就拿着洗发水、毛巾朝里走去。

他来到一处气窗的下方，看着暖瓶和脸盆发了会儿愁，无比怀念有淋浴和浴缸的日子。

但一想到覃子朝还在外面喂蚊子，他还是火速把水倒进盆里，脱了衣服，直接举盆冲了下来。

有些发烫的水温其实还挺解压的，江闻皓觉得浑身的毛孔都打开了。他倒了洗发水在头上，结果一不小心倒得有点多，揉搓时泡沫顺水就滑进了眼睛里。

"咝！"江闻皓抽了口气，闭着眼就去摸水盆，想把头冲干净。

覃子朝这边刚想开口问江闻皓洗好没，突然就听到身后传来水盆掉落发出的脆响，还有水洒了的声音。

他心下一慌，赶忙朝江闻皓跑去，就见江闻皓正顶着一头泡沫抬手擦眼睛。

看到面对着自己赶来的覃子朝，江闻皓眯着的眼里瞬间露出一丝尴尬。

覃子朝见人没事，放下心来，却又被对方的神情弄得有些想笑。都是大男人，怎么跟个小姑娘似的？

他弯腰帮江闻皓把打翻的水盆捡起来，到洗手池边冲洗干净，而后拎起暖瓶又往里兑了点水，温声说：“低头。”

江闻皓看不清覃子朝的脸，他很想说“你出去，我自己洗”，但又觉得未免太过矫情，于是闷闷地道了声谢，低头让覃子朝帮他冲洗。

清皎的月光从头顶的气窗照进来，蒸腾起的热气在朦胧的光线下四散成了无数细小的水分子。

江闻皓甩甩头，眯着眼冲覃子朝伸出手：“覃子朝，毛巾。”

覃子朝赶忙将搭在肩上的毛巾还给他。

江闻皓背过身，一边擦一边说：“水好像不多了，你看看够洗吗？”

“嗯，够了。”

大概是因为水温太高，刚又不小心溅了些水在身上，覃子朝出了一头汗。

在江闻皓穿好衣服去门口后，他直接拧开水龙头接了一大盆冷水，“哗”的一声从头浇到了脚，接着抹了把脸，这才把余下的热水又重新倒进盆里。

江闻皓站在门口，只觉得后腰的位置一个劲地生疼。

刚刚端水的时候，他不小心滑了下，腰刚好撞到墙角，见覃子朝来了也没好意思喊疼，就一直忍到现在，估摸着这下不紫也得青了。

覃子朝冲完凉出来，就看到江闻皓正百无聊赖地低头划拉着手机，嘴唇抿成薄薄的一条线，眉眼疏懒地半垂着。

看到覃子朝后，他将手机放进上衣口袋，点点下巴：“好了？”

“嗯。”覃子朝走到江闻皓身边，和他并排。

两人一离近，江闻皓就感受到了对方身上还没散尽的热气，连带着还有股淡淡的香气。

不同于自己洗发水的乌木山茶花香，这气味更加的质朴，倒挺好闻。

“你用什么洗的？”他记得覃子朝来的时候好像没带洗发水和沐浴露。

“舒肤佳。”

江闻皓停下脚步：“不是，你洗头也用的香皂？”

“洗发水用完了，明天去买。”

江闻皓无语了，心说：你就不怕秃吗？

“怎么不用我的？”他问。

覃子朝笑了笑，没说话，江闻皓也没再多说。两人毕竟也才刚认识，估计覃子朝就是人好，其实也没跟他太熟。

宿舍已经熄灯了，宿管孙姨见他们回来晚了随口说了两句，便把人放进来锁上了铁门。

覃子朝他们一宿舍住的都是学霸，此时全在自修室里学习。覃子朝也是回到宿舍拿了套卷子就打算过去，一回头，看到江闻皓正靠在座椅上边玩游戏边拿毛巾擦头。

大概是打到了关键时刻，毛巾被他顶在脑袋上顾不得擦，水从耳后一路流进脖子里。

江闻皓两手飞快控制着屏幕，时不时还跟对面的人发几句语音。

“你这是躲草里等屁吃？”

“于斌，下路再清一拨兵。”

江闻皓正指挥着，突然感觉脑袋上伸过来只大手，帮他擦了几下头发。

忽然的触碰让他手上一颤，对着空气放了个大招。

头顶传来覃子朝的声音：“音量调小点，被查寝的老师发现了会很麻烦。”

手机那边的于斌正在跟对面的人互相问候祖宗，突然就没声儿了。

江闻皓“哦”了下，抬眼看覃子朝：“你怎么还在呢？”

“这就走。”覃子朝又隔着毛巾抓了抓江闻皓的头发，收回手，“头发要擦干，山里天潮容易着凉。”

他话毕转身离开，关上了门。

头上的压力没了，江闻皓将毛巾随便往边上一搭，找出耳机插到手机上，见手机里很久没声音传来，问道：“人呢？”

对面的于斌静了几秒：“刚刚那是谁啊？”

“室友。”

“听着普通话挺标准啊，跟播音员似的！人感觉也不错！”

江闻皓“嗯”了声，眼见自家的塔就差一点就要被推了，索性退出了游戏。

“皓子？”于斌不明所以。

“困了。”江闻皓懒懒地应了声，“还有事没？没事挂了。”

“别啊别啊，还没唠完呢！”于斌闻言赶忙道，“你在那边到底怎么样啊？我跟大琛都特担心！”

江闻皓冷笑了声：“你确定是关心而不是看戏的不嫌事儿大？”

“倒也可以这么说。”

江闻皓扯扯嘴角，凉飕飕道：“我就是来上个学，不是不回去了。给你一秒钟时间撤回。”

“好嘞，撤回！”

“挂了。”

“哎，等下，皓子！”于斌难得不再贫嘴，语重心长道，“在山里不比在家，你那臭脾气还是尽量收敛一点，别到时候真吃了亏。遇事儿咱能忍就忍，等放假了兄弟们组团过去替你出气。”

“知道了。”江闻皓心里清楚他这傻兄弟其实还是挺关心他的，放缓了些语气，“放心，我过得还行。”

“那就好，那就好！”

“快熄灯了，不说了。”

江闻皓挂断电话，看着破旧的宿舍也没了继续玩游戏的兴致，打算回床上听会儿歌睡觉。结果起身时，不小心又牵动了后腰的伤，疼得咧了下嘴。

屋里没镜子，江闻皓打开手机电筒，撩起上衣试着往后看，也没能看着。就在他想着不管了，睡一觉说不定能好时，宿舍的门被人推开，走廊的光一下照了进来。

江闻皓放下衣服，眯眼朝外看去。只见覃子朝站在门口，也正皱着眉注视着他。

就在刚才，覃子朝卷子写到一半发现错题集没带便回来拿，就看到江闻皓的后腰上有一片拳头大小的乌青。

“怎么弄的？”

江闻皓若无其事地耸耸肩：“就洗澡的时候撞了下。”

覃子朝又在原地停了会儿，叹了口气，把手里的卷子暂放到一边，拉着江闻皓到有光的位置：“我看看。”

“真不用。”

江闻皓转身想上床，被覃子朝又拽了回来。

他回头盯着覃子朝，对方叹了口气：“快，明天早操好帮你跟罗教官请假。”

江闻皓抿了下唇，觉得在理，马上背过身掀起衣服。

覃子朝在看清他腰上的伤后表情变得严肃：“撞得不轻，明天估计要更疼。”

覃子朝说着，走到自己的书桌前拉开抽屉，从里面取出一小瓶药酒：“到床上趴着去，我给你擦点药酒，这样会好得快些。”

药酒的味道带着股辛辣，覃子朝刚拧开瓶盖，江闻皓就闻到了。

不像是红花油或者云南白药，酒和中药的味道都要更重，他怀疑这东西一旦弄到身上，没个三两天的，味儿怕是消不了。

覃子朝把药酒倒在掌心搓热，然后贴在了江闻皓的伤上。

江闻皓皱眉抽了口气，他原本就不习惯被人触碰，整个人都绷紧了。

他刚想说让覃子朝别弄了他自己来，覃子朝却先开口：“这个要花点时间完全揉开，让它渗透进去才行。”

说着，覃子朝又加重了些力道，将手掌完全贴上伤处顺时针地揉按。

见覃子朝是真心实意想要帮忙，自己又的确不好操作，江闻皓只能压下了不自在，将头埋进枕头里。

药酒在覃子朝的揉搓下越来越烫，不得不说，江闻皓感觉先前的生疼是真的有所好转。

对方的手法相当熟练，江闻皓渐渐放松了身体，紧绷的肩膀也随之舒缓下来。

大概是不太好用力，覃子朝调整了下姿势，一只手撑在江闻皓脸侧支撑着床板。

床板随着他动作的频率，每一次用力都会发出“嘎吱”一声响，江闻皓想着，别再一不小心给床整塌了他们一起掉下去，伤员从一个变成两个。

“那什么，还得多久？”江闻皓的脸贴着枕头，声音有些发闷。

“快了。”覃子朝听他说话，手上动作放轻，“疼？”

“不是。”江闻皓说，“我怕床塌。”

“不会的。”覃子朝又倒了些药酒在手里，再次覆在江闻皓腰上，见对方一直保持着一个姿势将脸朝下，好心提醒，“你别一直闷着。”

“覃子朝。”

“嗯？”

江闻皓将头偏过来些，眼底夹着几分思索：“你对所有人都这么好的吗？”

覃子朝愣了愣，随即笑道：“都是同学，你又才刚转来，这是应该的。”

江闻皓隔了会儿，默默“嗯”了声，再次闭上眼睛。

“谢了啊。”

“不客气。”

第四章 杨梅

药酒味在江闻皓的呼吸间缭绕了一夜，甚至连做梦的时候，他都梦到自己被人关在酒窖里。

第二天醒来的时候已经七点了，后腰虽然还是有点隐隐作痛，但明显比昨天要好得多。

宿舍早就没人了，覃子朝今早果然没有叫他起来跑操。

江闻皓躺在床上又缓了会儿神，这才慢悠悠地爬下来，换好衣服，去盥洗室洗漱干净。

一想到早餐估计也好吃不到哪儿去，加上昨晚覃子朝带着他开了小灶，肚子不算太饿，江闻皓决定直接去教室。

临走前，他看了眼墙角的吉他，想起自从来到云高后，他一直都还没顾得上擦，便翻出专用的绒布，拉开琴袋，将吉他抱了出来。

接着，他懒散的眼神倏地暗了——琴弦断了，一看就是被人用刀片生生割断的。

江闻皓闭上眼，抓琴颈的手指一点点收紧。

他保持着这个姿势又坐了很久，从齿间逼出一声骂……

此时，门外突然出现一道瘦小的身影，停驻在那儿，像是犹豫着到底该不该进。

江闻皓视线扫向对方，那人立时就又向后退了小半步，却没有走。

“你、你还好吗？”

见江闻皓不回话，那人咽了口口水，终是进了宿舍。他回头将房门仔细关好，看着江闻皓，又不知道该干什么了。

江闻皓没说话，仍垂眼盯着被弄坏的吉他，许久后才抬头看向来者。

“邹莽原。”他叫了声。

听到对方叫自己的名字，邹莽原显然有些意外，同时更多的是江闻皓居然还记得他的欣喜。

江闻皓将吉他重新装回琴袋，问：“你是不是住 302 ？”

邹莽原顿了顿，点了下头。

“他们动我吉他没？”

邹莽原咬了下唇，既没说“动”也没说“没动”。

当然，他更没说不知道。

他低头思索了下，反过来问江闻皓：“这把吉他，对你很重要吗？”

回答他的是一阵沉默，但江闻皓此时的表情足以证明自己心中的答案。

邹莽原轻叹了声，放缓语气：“你刚来云高还不了解，在这儿如果不尽快跟人抱团，就很容易遇到这类情况。”

“那就是动了。”

“江闻皓，你还是忍忍吧。”邹莽原平静地转移话题，“对了，我看你跑操的时候不在，覃子朝说你受伤了。严重吗？”

“割琴弦的是谁？梁子洋，还是对面屋里的都有份？”

邹莽原看向江闻皓，在明显察觉到对方的耐心一点点消失殆尽后，终于犹豫着对他说：“昨天中午你搬宿舍之前，梁子洋说他的耳机找不到了……我的书包也一起被他翻了。”

肩膀被人重重一撞，邹莽原一个趔趄，闷哼了声。

他转身看着江闻皓已经跑远的背影，略等待了下，而后一声不吭地默默帮江闻皓关上了宿舍门。

逆光中，他脸上神色难辨。

覃子朝吃完早饭，又到窗口给江闻皓买了两个包子和一杯豆浆。食堂阿姨难得见覃子朝吃这么丰盛，还以为他今天过生日，说什么都要再赠送他一个水煮蛋。

得知覃子朝是给同学带，阿姨也不好意思再要回来，一口一个夸覃子朝人好热心。

覃子朝几乎是跟江闻皓前后脚到的教室，他刚想把早餐给江闻皓，就发现对方的样子不对劲，浑身都散发着一股戾气。

“江……”

覃子朝刚要去拉江闻皓的胳膊，江闻皓就已经从他面前闪了过去，径直走向后排的梁子洋。

此时的梁子洋正和郑强、刘宇他们对题，突然就觉得一阵风朝他卷来。他还没看清情况，就见面前的桌子被人“哐当”一脚踹翻，卷子、课本、文具顿时散了一地。

“江闻皓，你干什么！”梁子洋又气又慌。

江闻皓话不多说，拎着梁子洋的衣领将人直接按在墙上，淡漠的表情在此时才更吓人。

“谁借你的胆子动我东西？”

郑强和刘宇眼见梁子洋被勒着脖子上不来气，连忙跟江闻皓解释：“梁子洋新买的耳机不见了，他就是找找！”

江闻皓一个眼神斜过来，两人立刻噤声。

“他东西找不到关我什么事？”

梁子洋仗着人多，挣扎着怒喘：“你没拿你慌什么？”

江闻皓简直要被气笑了，自己兜里一副耳机的价格都能买梁子洋三部手机了，难道自己拿他的耳机来翻花绳吗？

就在江闻皓挥起拳头准备朝梁子洋的脸直直砸下去的时候，突然被一个体形宽大胸膛坚实的人从背后抱住。覃子朝低喝道：“江闻皓，这是教室。”

这已经是覃子朝第二次出手帮梁子洋阻止自己了，江闻皓对他吼道：“你少管我！”

覃子朝眉头蹙起，但仍没把他松开。

此时，杜亚男带着董娥匆匆忙忙从办公室赶来，董娥一看这情形，瘦小的身体立刻像个羽毛毽子似的飞了过来。

“我看谁敢动手！”董娥的烟嗓破喉而出。见江闻皓还是执拗地勒着梁子洋的脖子，她将袖套一摘，对着他俩就是一通猛拍。

粉笔灰漫天飞扬，江闻皓和梁子洋都被迷了眼，覃子朝则是趁势将江闻皓拉开，把他拦在身后。

“你们两个跟我去办公室！其他人回到座位上准备上课，第一节语文课改上英语。”董娥利落地吩咐完，转头看向覃子朝，“你也来一下。”

办公室里，江闻皓、覃子朝和梁子洋站了一排。

董娥好坏分明地冲覃子朝点点头：“子朝，你坐下，让他俩站着。”

覃子朝说了句“谢谢老师”，却没有坐。

董娥把袖套往桌上一摔，拧开水杯喝了两口水，这才抬头将视线扫向江闻皓和梁子洋：“说说吧，怎么回事？江闻皓你先说。”

覃子朝也跟着看向江闻皓。

江闻皓冷着一张脸：“我的吉他让他弄坏了。”

“谁弄坏了？”梁子洋大声辩驳，“我就是东西找不到了，想看看在不在你那儿！”

"所以你就趁我不在翻我东西？"

"我……"梁子洋毕竟是假借东西丢了的名义偷翻了江闻皓的琴袋，心里多少有些发虚，当即转移重点，"你吉他坏了，凭什么就赖我？你亲眼看见我弄坏的？"

"行了你。"董娥适时打断，"先不说是不是你弄坏的，你就说你有没有未经别人允许擅自翻人家东西。"

梁子洋蔫儿了。

董娥："这就是了啊。你乱翻东西有错在先，现在别人东西坏了找你，你说不是活该吗？"

"老师，我真没故意弄坏他的吉他。"

江闻皓冷笑了声："现在又成不是故意的了？"

"你也闭嘴！"董娥作势要揍，手却停在半空，隔着距离点了点江闻皓的头，"不管怎么说，打人就是不对！什么事情不能冷静下来好好解决？解决不了不会找老师？我在你眼里是有多无能啊，让你这么不信任？嗯？江闻皓，我跟你说话呢。"

江闻皓将头撇向一边，不吭声。

董娥吁了口气，将两人晾在一边，从抽屉里翻出一张报名表递给覃子朝，语气变得和缓："这是奥数比赛的报名表，你回去填了，明早上课之前交给我。"

覃子朝接过报名表点点头："好。"

"好好准备，这个表现好的话是有助学奖励的。"董娥说着，又剥了两粒咽炎片就水吃了，"找你就这事，快回去上课吧。梁子洋，两千字检查，晚自习给我拿过来。"

"哦。"

"江闻皓你留下。"

在覃子朝和梁子洋离开后，董娥又打量了江闻皓一会儿，站起身。

她个子矮，跟江闻皓说话的时候必须仰着点头。

"你还会弹吉他呢？"口吻不是讽刺，就是单纯的询问。

江闻皓抿抿唇："瞎弹。"

"怎么就坏了？还能修好吗？"

江闻皓回过些头，有些意外董娥居然没训他，而是关心起他的吉他来。他喉头颤了颤，说："就，琴弦断了，得换新的。"

董娥闻言点点头："我记得初云镇上好像有家乐器行有卖吉他，周六放学我帮你去看看，你要什么样的，告诉我吧。"

江闻皓的眸色恍了下，表情有些迷茫。

董娥被他的样子逗笑了："你这小孩儿平时看着挺精，这种时候怎么又呆呆愣愣的？”

江闻皓有些局促地摸摸鼻子，垂下眼：“不用，到时候我自己去吧。”

“也行，那我把具体位置告诉你。”董娥也没再多说，撕了张纸写了个地址给江闻皓，“找不到就给我打电话。”

云高从高二起，一周要上五天半的课，周六下午到周日放假。

周六上午最后一堂课下课，住在附近的学生都以最快的速度收拾好东西准备回家。江闻皓独自慢吞吞地往宿舍走，打算取了他的吉他去初云镇买琴弦，午饭连着晚饭就直接在镇上吃了。

路过篮球场时，他看到覃子朝正跟一群人打球。那些人有的看着眼熟，应该是他们班上的；有的不认识，应该是外班的。

今天的天挺热，又恰好是在大中午，强烈的光线刺得江闻皓有些睁不开眼。

覃子朝难得脱了总穿得规规矩矩的校服，只套了件黑色的运动背心，此时正被两个人死死盯着。

没猜错的话，他打的是中锋。

江闻皓在树荫下停住脚步，眼看着覃子朝破开防守从对方一个黑大个手里抢下篮板，又一个干净利落的扣篮。江闻皓不动声色地扬了下眉，在心里喊了句“漂亮”。

“江闻皓！”覃子朝在赢了一球后也看到了江闻皓，隔着些距离冲江闻皓招手，“过来打球。”

江闻皓这时多少有些犯球瘾，但一看到除了覃子朝以外的其他人都在覃子朝叫住自己后露出了微妙的表情，瞬间兴致全无，淡淡说了声“不了”，就要走。

结果覃子朝直接抓着球朝他跑来，额上的汗水在阳光下显得透亮。

到了江闻皓身边，覃子朝撩起背心擦了把汗，小麦色紧实的腹肌一闪即逝。

“去哪儿？”覃子朝笑着问。

“回宿舍拿吉他，下午去初云镇换弦。”江闻皓顿了下，“你不回家？”

“一会儿就走，这不是他们打球人头不够，把我叫来随便凑个数嘛。”

“哦。”随便凑个数，你可真谦虚。

“覃子朝！过来啊！”那边有人在喊。

江闻皓冲覃子朝抬抬下巴：“叫你呢。”

覃子朝回头应了声，又对江闻皓说：“一起打会儿，刚好我下午也要经过初云镇，跟你一路。”

“不打，都不熟。”

对面的人见覃子朝半天不过去，互相看了看，朝他和江闻皓走来。

大家看着江闻皓站在树荫下脸上一滴汗也没有，还白得很，便默认他不会运动，将手搭在覃子朝肩上，说："走吧，人家不会打球。"

江闻皓觉得人多很烦，前脚才刚要走，听到这句话又停了下来。

他这人平时不爱多说废话，也没什么好胜心，但唯独在打球这件事上不算。

覃子朝看江闻皓不回话，也觉得他应该不喜欢篮球，温和地对他说："天热，你要不回宿舍等我一下，过会儿我们一起走。"

"速度速度，子朝哥！"身边的同学等得不耐烦了，搂着覃子朝的脖子就要回球场。

他们刚转身，江闻皓就从身后拉住了覃子朝抓球的手，然后手腕一勾，篮球落在了他手中。

江闻皓随意地运了两下球找了找手感，只觉得久违的兴奋感逐渐苏醒。他带球向前跑了几步，随即一个起跳——

篮球在半空中划过一道漂亮的弧线，直接空心入筐。

"厉害！"身后不知是谁发出声赞叹。

江闻皓的眸光在投进球的时候跳了跳，而后回头越过众人的视线看向覃子朝，脸上仍没什么表情。

覃子朝也没想到江闻皓上来就能投出这么漂亮的三分球，短暂的意外过后露出了赞赏的笑容。

"可以啊！打二号位的？"他上前揉了把江闻皓的头，忍不住又夸了句，"真棒。"

江闻皓莫名因为覃子朝的这句夸奖有点开心，但他很快就意识到了自己的反应很幼稚，挥开覃子朝的手，冲覃子朝挑起下巴，说："都能打，要不咱俩斗牛？"

覃子朝只觉得江闻皓这副拽拽的样子很好玩，笑了笑，说："改天吧，先把这场打完。"

"是啊江闻皓，你要不来我们这边吧！主要是覃子朝太开挂了，弄得我们一点参与感都没有。"

说话的应该是一班的同学，在见证了江闻皓的实力过后，对这个初来乍到的转校生也没一开始那么排斥了。

旁边几个人闻言也表示赞同。

接下来的这几个小时应该是江闻皓自来到云高后第一次和除覃子朝以外的同学说超过了三句话，他因此也总算记住了班上一些人的名字。

因为有江闻皓的加入，两方阵营的比赛不再需要靠覃子朝故意放水来进行，大家后来都竭尽全力。江闻皓不得不承认覃子朝不仅篮球打得非常好，而且体力惊人，这实力放在六中校队也是数一数二的。

一场球下来，江闻皓跟所有人一样出了一身汗。

结束后，众人对他的态度明显熟络起来，还约他下次一起。

覃子朝全程只是在一旁看着江闻皓跟大家说话，等江闻皓朝他看过来时，他才对其他人说：“散了吧，再晚赶不上回家的车了。”

大伙也都知道覃子朝家住得远，又聊了几句后便散了。

江闻皓这会儿口渴得厉害，刚说要去小卖部买瓶水，一瓶可乐就被人贴在了脸上。

“哪儿来的？”江闻皓这会儿看到可乐，简直比看到江天城亲切多了。

“隔壁班同学送的。”覃子朝说，“我不喜欢喝饮料，给你吧。”

“真的？”

“嗯。”

江闻皓不再客气，拧开瓶盖喝了起来。

这种的味道带着熟悉的快乐让他畅快地叹了声，心说：可惜不是冰的，不然喝着更爽。

两人回到宿舍后先去盥洗室洗了把脸，覃子朝顺带连头也一起冲了，接着把身上的背心脱下来放进盆里，倒上洗衣粉。

江闻皓洗完脸，就看到覃子朝光着上半身，手臂匀称分明的肌肉线条随着搓洗衣服的动作一次次绷紧。

他的肩膀很宽，是江闻皓一直都羡慕的那种体型。

江闻皓默默收回视线，不禁怀疑同样都是锻炼的，怎么覃子朝就能长成这样。

覃子朝一扭头，见江闻皓还站在那儿，眼皮耷拉着也不知道在想什么，便问：“你不去换衣服？”

“要换。”江闻皓说着，又瞟了眼覃子朝盆里的背心。

覃子朝拧开水管，重新接了一盆水继续搓洗，背对着江闻皓的眼底划过一抹无奈：“你脱下来，我给你一起洗了。”

江闻皓揉揉鼻子，又停了会儿：“要不我还是拿到镇上的洗衣店去吧。”

“初云镇没那种地方的，小少爷。”覃子朝拧干衣服，轻叹了声，“衣服给我，我教你洗。”

结果最后江闻皓的衣服还是覃子朝给洗的，因为覃子朝实在是担心照他那么搓下去会把衣服弄烂。就算覃子朝不知道那衣服多少钱，也猜得出来肯定不便宜。

晾完衣服离开学校的时候，太阳已经不怎么刺眼了。江闻皓中午就没吃饭，又打了场球，还跟衣服干了场架，此时饿得头晕眼花。

好在覃子朝又拿出了个那种酸了吧唧的面包给他，多少算是挡了饥饿。岂料在公交车上颠了足足两个多小时，一下车就又给吐干净了。

覃子朝背着江闻皓的吉他帮他拍背：“我不知道你晕车，不过来镇上也只有这个办法了。”

江闻皓吐得眼泪都出来了，他不是晕车，是晕公交车里的那股味道。

人味混着汗味，还有各种食物的气味夹杂在一起，冲得他眼冒金星，刚到镇上就已经开始担心回去的时候该怎么办。偏偏接下来又发生了更悲催的事——董娥跟他说的那家初云镇唯一的琴行关门了。

看着玻璃窗上贴着歪歪扭扭的“转让”两个字，江闻皓像个泄气的气球般在马路边蹲了下来，片刻后，幽幽开口问：“梁子洋家是住镇上吗？”

“嗯，怎么了？”

“我找他算账。”

覃子朝知道江闻皓说的是气话，也没跟他当真，手伸到他的帽子前弹了弹他的帽檐：“带你吃饭去？”

听到吃饭，江闻皓感觉胃里又一阵翻腾，摇头恹恹地说：“不吃，恶心。”

来初云镇前，他其实都还在盘算着要改善下伙食，此时光想到那什么火锅、炒菜、油焖笋鸡就往外反酸水。要说唯一还有点念想的，大概就是覃子朝给他煮的那碗挂面。

太阳眼看着要西落，天际出现一片红彤彤的火烧云。

江闻皓扭头对覃子朝说：“你不是还赶着回家吗？快走吧。”

“你呢？”

江闻皓愣了下，他其实也不知道自己接下来要干什么。如果现在坐公交车回学校，他八成会直接死在半路，可继续待在镇上也不是办法，毕竟人生地不熟。

就这么各自沉默了会儿，江闻皓只觉得肩膀一轻，他背上的吉他忽然又被覃子朝拿走背在了身上。

他抬眼看着覃子朝。

覃子朝：“走吧，跟我回家。”

江闻皓皱眉：“去你家不是比回学校更远吗？”

覃子朝没多说，领着他七绕八绕来到了镇上一家汽修店外。

江闻皓看着生锈的门脸和歪在一旁褪了色的招牌，怀疑覃子朝是不是终于觉得他烦了，打算把他卖到这儿当小工。

覃子朝掀开塑胶帘走进去：“祁叔，在吗？”

他话音落了好一会儿，才从一堆汽车零件里钻出了个小黄毛。

小黄毛见到覃子朝后热情地跟他打招呼：“子桌哥？”

江闻皓刚想问“子桌哥”是谁，在听到对方的后半句“你作来咧”时，才反应过来那是口音。

“三子。”覃子朝冲黄毛点点头，“我来借祁叔的摩托车用用，明天下午还他。祁叔人呢？”

“哦！他去找邹大山咧！”

听到这个名字，江闻皓总觉得有些耳熟。

覃子朝的表情则是直接冷了下来：“他一个人去的？”

“放心吧，莫事咧！”黄毛将满手的机油胡乱在裤子上蹭了蹭，凑到覃子朝跟前，神秘兮兮道，“你还不知道吧？邹大山肾衰竭快不行咧！家门口全是找他要钱的，怕再不要就真要不着咧！”

他说完，走到柜台前，从抽屉里取出一串钥匙，抛给覃子朝。

“哥，你快骑走吧，等祁叔回来我跟他说就行咧！”

覃子朝接过车钥匙，又回头看了眼天色后，点点头：“行吧，麻烦了啊，三子。”

“嗐，说这些！祁叔把你当亲儿子咧！别说要他摩托车，要这家店他都不眨眼咧！走吧走吧！”

覃子朝拿着钥匙出了汽修店，江闻皓跟在后面。

覃子朝骑上一辆红黑相间的摩托车，自己戴上头盔，又将另一个头盔递给江闻皓：“戴好。”

江闻皓很小的时候见过这款铃木王GS125，当时价格还很昂贵，不是谁家都买得起的。但现在几乎已经被淘汰了，恐怕也就是在初云这样的乡镇还偶尔能见得到。

覃子朝扣好头盔，肩宽腿长的他愣是把这辆老牌摩托车开出了几分专业赛车的架势。

见江闻皓还站在那儿，覃子朝冲他扬扬下巴示意他上车。

江闻皓把吉他又往肩上斜挎了下，跳上后座。

覃子朝隔着头盔说：“扶好。”

江闻皓才想说老车开不快，覃子朝直接拉过他的手放在了自己腰上，随即一踹启动杆，拧动油门，铃木王发出一声长啸，像支脱弦的箭般冲了出去。

晚风不断迅速从耳边掠过，发出“呼呼”响声。

摩托车卷着灰尘一路飞驰驶离了初云镇，又在乡道上跑了会儿后转入了盘山路。

江闻皓朝天边看去，发现此时恰是晚霞颜色最深的时候，铺在山间，将视线里的一切都染上了橙红。

他突然产生了一种就这样一直跑下去，永远别停的念头，把所有的一切通通甩在后面，无论好坏，都不要了。

覃子朝稍微放缓了些速度，在后视镜里瞄了江闻皓一眼，语间带着笑意：

“你是不是害怕？”

江闻皓回过神，皱了下眉：“瞎扯。”

“那你抓我抓这么紧干吗？”

江闻皓这才发现自己已经快把覃子朝的衣服揪破了。

他刚想要松手，就被覃子朝连忙制止：“别，这样很危险。我开慢点。”

“不用。”江闻皓淡淡开口，头盔下的眸色颤了颤，闭上眼睛，“加油门，覃子朝。”

覃子朝笑了下：“你确定？”

“嗯。”

在两人经过了一片面积很大的梨园，绕过一片河塘，又爬了一段坡后，江闻皓总算看到了人烟。

此时，天色已经完全暗了，村子里弥漫着烧柴火的味道。水塘里的青蛙和草间的鸣虫像在抬杠似的玩命叫着，一点儿都不怕人。

覃子朝将车停在一棵杨梅树下，摘掉头盔喘了口气：“到了。”

江闻皓看着眼前亮着灯的平房，这才想到自己来的路上都忘了给覃子朝的爸妈带些见面礼。

“叔叔阿姨都在家？”

覃子朝往前走的步子顿了下：“只有我妈。”

屋里的人大概是听到了动静，掀开门帘，见是覃子朝回来了后，高兴地喊了声“朝朝”，从屋里迎了出来。

“怎么这个点儿才回来啊？”说话的女人穿着件洗得有些发白的碎花薄衫，头发在脑后随意绾了个髻，手上拿着团黑色的毛线和两根毛衣针，眉眼和覃子朝有几分相似，但要柔和得多。

“陪同学去了趟镇上，回来晚了。”覃子朝缓声解释，在看到女人手里拿着的毛线后，语气带了点责备，“不是不让你在天黑的时候织毛衣吗？”

女人摸了摸覃子朝的头，温柔地笑了笑，说：“你上次换的灯泡可亮了，看得清。”

接着，她注意到了覃子朝身后的江闻皓，疑惑地看向覃子朝：“这是你同学吧？”

覃子朝点点头：“我们班上的，叫江闻皓。”

“阿姨好……”

没等江闻皓把话说完，女人已经上前拉住了他的手，眼睛弯起来：“朝朝还是第一次把同学带回家呢！饿不饿呀，小皓？云姨做了饭，就等你们回来吃呢。”

江闻皓听着这个自称“云姨”的人喊他“小皓”，盯向她唇边浅浅的梨涡，一时间有些愣神。

脑海中那个身穿白色连衣裙抱着吉他的身影迅速闪现，与眼前的人重叠。

云姨张罗着江闻皓和覃子朝进屋，让他们赶紧去洗脸洗手，自己则是到院子外简易搭成的厨房里给他们热饭。

覃子朝家比江闻皓想象中的还要窄小破旧，一里一外两间屋，加起来还不如他家的车库大。

外厅的墙角摆着张老式木板床，被个大木柜隔出相对半独立的空间。为数不多的家具陈设一看也都是上了年头，光那面贴着两只鸳鸯的镜子，江闻皓也只在年代戏里才见过。

好在屋子被收拾得很干净，地上看不到一点灰尘，还有股淳朴的皂角香，一看住在这里的人平时就总爱打扫。

覃子朝放下书包，安排江闻皓洗完手，就让他先在饭桌前等着，自己去到院子里帮妈妈的忙。

江闻皓在巴掌点大的屋里转悠了两圈，便倚靠在门框上朝厨房看去——

说不上多明亮的暖黄色灯光下，覃子朝将他妈妈拉到身后站着，接过她手里的锅铲，熟练地翻炒着锅里的菜。

他妈妈被他高大的身形衬托得更加瘦小，搓着手，大概是在想她还能干些什么。最后，她在藏蓝色的围裙上擦了擦手，抬手帮覃子朝抹去了额上的汗。两人时不时交流几句，很愉快的样子。

具体说的是什么江闻皓也听不清楚，他只是定定地注视着两人，脸上没有多少表情，但也一直没有移开视线。直到覃子朝像是注意到了他的目光，回头朝他看来，他才偏头避开，坐回了餐桌旁。

晚饭很简单，都是最普通的农家饭菜。但江闻皓知道，云姨因为他的到来，还是尽了最大心力去做。那盘黄瓜炒蛋里的黄瓜是她刚刚专门到地里去摘的，而原本清炒的豆角里又被覃子朝切了好些肉丝进去。

“来来，小皓，让你等久了啊！”云姨把菜端上了桌，然后又给江闻皓盛了一大碗杂粮饭，话语间带着真诚的局促，“子朝跟我说你是从大城市来的，你看，阿姨家也没什么拿得出手的东西招待你，也不知道你吃不吃得惯。”

“谢谢云姨。”江闻皓接过饭碗，在云姨担忧又抱歉的注视下夹了一筷子黄瓜炒蛋放进嘴里，“好吃，家里吃不到这么新鲜的。”

“那就好那就好！”云姨总算舒了口气，又露出颊边的梨涡，“子朝也快吃。”她说着，突然像是想起了什么，匆匆转身走到五屉橱前，弯腰从里面取出了一个铁糖盒，递到江闻皓面前打开，“喏，看看有没有你喜欢的？”

糖盒里装了些散装的瓜子花生大枣，还有几块用锡纸包的老式酒心巧克力和大白兔奶糖。

也不知是放得时间太久了没舍得吃，导致糖纸褪色，还是买到了山寨货，“大白兔”写成了“大白免”。

“妈，正吃饭呢，给他吃什么糖？”

“也是！那我放在这儿，你们吃完饭再吃啊！”云姨专门挑出些她觉得包装最漂亮的糖放在江闻皓面前，这才坐回桌前，不停往江闻皓和覃子朝的碗里挑肉丝。

“云姨，你自己吃。”

“哎！我不太饿，你们多吃点，长身体呢。”云姨端着碗，也没怎么动筷子，看着江闻皓感慨道，“大城市里来的孩子是不一样啊，长得多好看哪！皮肤比小姑娘都好！”

江闻皓闻言扯了扯嘴角，他其实最烦别人说他白，更烦人说他长得像小姑娘。

记得上小学二年级时，班上有个小孩儿跑来摸他的脸，还学着电视剧里的台词说了句“给爷香一口儿”，直接被他揍到不敢来上课。

但这话从云姨嘴里说出来，江闻皓虽然还是觉得别扭，却也没生气，更没摆脸子，只是又往嘴里扒了几口饭，含混地应了句：“遗传吧。”

三人吃完饭，云姨起身收拾桌子，被覃子朝按住：“你歇着，我来就行。”

云姨见拗不过，注意力就又回到江闻皓身上，示意他快吃桌上的“大白兔”。

“别吃了，等我洗了碗带你摘杨梅去。”覃子朝绕过江闻皓时，顺手搭着他的肩凑近，用只有他俩才能听到的声音小声说，“那糖过期了，我妈不知道，一直当好东西收着舍不得吃。”

云姨看着两个大小伙子在对面说悄悄话，觉得挺逗，面带笑意地站边上。

覃子朝伸手要帮江闻皓把糖拿走，江闻皓却先一步剥去糖纸，若无其事地将奶糖塞进嘴里。

“好吃。”

覃子朝略怔了下，看向江闻皓的眼神有些意外。

江闻皓用舌头顶了顶口中那块香精勾兑味明显的“大白免”：“走了，洗碗去，完了带我摘杨梅。”

水池边，覃子朝挽起袖子将碗碟上的水甩了甩，擦干码好放进厨房。江闻皓全程一言不发地跟在他身后，嘴里的劣质奶糖甜得他直倒牙。

“怎么还在吃？”覃子朝一回头就发现江闻皓还在吃糖。

江闻皓顿了顿，抬眼斜着覃子朝。

覃子朝又蹙眉催促了下：“吐了。”

江闻皓将化软的奶糖嚼嚼咽了，转身对覃子朝说：“不是要摘杨梅吗？”

“嗯，我去拿个筐。”

室外的温度并未随着夜幕加深而变得凉爽起来，反而更加闷热。

潮热的风裹在皮肤上，黏糊糊的，着实称不上舒适。

覃子朝往远处绵延的山脉看了眼：“像是憋了场大雨，咱们抓紧时间。”话毕，他身手敏捷地爬上了杨梅树，冲树下的江闻皓伸出手，“剪刀。”

江闻皓递过剪刀，看着覃子朝拽过一大串红彤彤的杨梅将其剪下，扔进自己举着的竹筐里。

在此之前，江闻皓从没吃过现采摘的杨梅，忍不住摘了一颗放进嘴里，瞬间就被酸甜可口的汁水溢满了口腔。

覃子朝又剪了好些杨梅放进筐里，从树上一跃而下，自己也捏起一颗扔进嘴里嚼了嚼：“嗯，熟透了。”

杨梅的滋味盖掉了先前“大白兔”的甜腻味，江闻皓忍不住又连吃了好几颗，眯起眼品味着酸爽的果汁。

覃子朝很少见到这位总冷着脸的小少爷露出现在这副带着点稚气的表情——眼睛半眯着，腮帮一鼓一鼓，像只藏食儿的花栗鼠。

江闻皓吐出果核，就看到对方正用一种看小动物似的眼神注视着他，脸瞬间就又僵了。

“你那什么眼神？”

覃子朝收回视线，弯腰拾起竹筐：“走了，这么多应该够你吃的。”

江闻皓“嗯”了声，两手插兜，跟在覃子朝身后朝屋中走去。

覃子朝将竹筐放在门边，回头看了江闻皓一会儿，温声道：“谢了啊，江闻皓。”

“什么谢……”江闻皓话说到一半，意识到覃子朝说的应该还是过期奶糖的事，垂着眼，无所谓地耸了下肩，“不用，云姨也是好心。”

忽然，一只手伸到他的头顶揉了把，带着身高碾压的动作依旧让江闻皓倍感不爽。

他闭了闭眼，面无表情地说：“覃子朝，你当我是狗吗？”

第五章 暗角

几声震天撼地的炸雷过后，狂风裹挟着瓢泼大雨席卷了山林。

窗外树木剧烈摇晃，好像随时都有可能被拦腰劈断。

云姨徐秋云已经回屋睡下了，覃子朝烧了些水和江闻皓简单洗漱完，躺在他的单人木板床上，熄灭了灯。

覃子朝怕窗户封闭得不严实往里露雨，便让江闻皓躺在外面，自己贴墙睡在窗下。

屋里一静，就只能听到屋外的暴雨声。窗户被风撞得“哐哐”直响，吵得江闻皓原先那点睡意也没了。

“你冷吗？”覃子朝突然问，他声音放得很轻，怕吵到徐秋云休息，“脚怎么这么凉？”

江闻皓本能地往里收了收脚，翻了个身：“还好。”

覃子朝没再说话，一阵窸窣的响动后，床头的灯被他打开了。

突然亮起的灯晃得江闻皓眯起眼，不解地看着覃子朝。

“上次下雨就发现你身上凉。”覃子朝顿了顿，“你是不是怕打雷？”

“呵，瞎扯淡！”江闻皓猝不及防被揭了短，嗤笑一声，条件反射地迅速否认。

覃子朝知道自己说中了，连忙适时替江闻皓找补：“这没什么的，我也有怕的东西。”

见江闻皓盯着他，覃子朝接着说道：“怕打针。小时候听说隔壁家的哑巴就是生病打针给打哑了，就一直害怕。有次发烧被我妈带去卫生所，医生愣是戳弯了两根针头都没戳进我屁股里。搞得我现在身体好得很，压根不敢生病。”

“嗯。”江闻皓想了下，“但我真不怕打雷。”

“好，不怕。”覃子朝点点头，“快睡吧。”

“嗯。”

江闻皓闭上眼，深吸口气。半晌，他嘴角抽了抽，笑出了声。

“干吗？又乐什么？”覃子朝也跟着笑了。

“你屁股也太硬了。”江闻皓满脑子都是医生拿着注射器，对着弯了的针头欲哭无泪的样子，心中先前暴风雨带来的不适消散了许多。

“怎么不说是我肌肉发达呢？”覃子朝感觉到江闻皓的体温回升了些，也放心下来。

江闻皓舔舔腮帮敛去笑，一脸严肃道：“这下我可拿着你了，识相的往后做人做事多留神些。”

“放心，绝不犯在您手上。”

江闻皓调整了个舒服点的姿势，重新闭上眼：“睡了。”

“好。”覃子朝重新关上灯，“明天早上带你钓鱼去。”

雷雨交加的夜晚，江闻皓还是不可避免地做了那个梦。

起初仍是一个穿着白色连衣裙的女人坐在花田里，手中的吉他被小男孩任性地抢走。

她的眼底带着宠溺和无奈，起身亲切地喊着：“小皓，慢点儿跑。”然后朝小男孩追去。

下一秒，小男孩光着脚缩在小床上，怀里仍抱着那把比他大出许多的吉他。没有阳光，也没有花田，偌大的房间里只剩下他自己。

电路箱被雷电劈到了，屋里灯光闪烁了几下后彻底陷入黑暗。

男孩瞪大眼睛，看着窗外的树影投映在墙上，挥舞着干枯的枝丫，好像变成了故事里青面獠牙专吃小孩儿的怪物。

而后，他听到楼下传来汽车发动的声音，车灯透过窗帘缝隙照在床头柜上摆着的小鸭子钟表上，凌晨三点半。

有人推开他卧室的门，接着，他便闻到一股浓重的酒臭。

手电筒倏然亮起直对向他的眼睛，他听到江天城用哑得不像话的声音对他说：“江闻皓，你妈没了。”

没了……

什么叫没了？

江天城的眼中布满通红的血丝，很吓人、很陌生。

吉他摔落在地上，“嗡”的一声，琴弦震颤，他被吵得紧紧捂住了耳朵……

江闻皓猛地睁开眼，恰好看到了骤然划过的闪电，像极了手电筒刺向他瞳孔的光。

现实与梦中的景象重合，他惊喘着从床上坐起身，如同溺水般大口呼吸。

覃子朝被身旁的动静惊醒，正对上了江闻皓在黑夜里那双瞪大的、失焦的眼睛。

江闻皓的额头上布满一层汗，攥紧被角的双手用力到骨节都突显了出来，整个人止不住地发抖。

床头灯被覃子朝打开，屋子被暖黄色的光线铺满。

覃子朝没有着急询问江闻皓怎么了，直到他的呼吸逐渐平缓了些，才伸手安慰地拍了拍他的肩。

江闻皓被人触碰，身子又微微抖了下，怔怔地看向覃子朝。

覃子朝见惯了江闻皓平日里那淡漠的、锋利又倔强的眼神，还头一次看到他如此脆弱的样子，放缓了声音安慰道："没事了，你做噩梦了。"

江闻皓没说话，有些机械地抬起头，显然还没完全从那场梦魇里恢复过来。

又过了许久，他的嘴唇终于动了动，用很小很小的声音问："覃子朝，雨怎么还不停？"

覃子朝起身下床，让江闻皓稍等一会儿，便撑着伞出了屋子。

他走后，里屋的房门轻响了下，原来是徐秋云也被吵醒了。

她披着衣服一出来就看到江闻皓正一个人抱着膝盖蜷在床上，神色略诧异了一下，但还是很快地走到江闻皓面前。

"怎么了，小皓？"徐秋云小心翼翼地问。

江闻皓用手使劲搓了搓脸，摇摇头："没，做梦了。对不起，云姨。"

徐秋云闻言轻声说了句"傻孩子"，便挨着床沿坐了下来，伸手摸了摸江闻皓的头："是不是换环境不习惯了？我也是，一离了家就睡不好。"

见江闻皓呆呆地看着自己，徐秋云冲他笑了下，又露出唇边浅浅的梨涡，让人莫名地安心。

"子朝呢？"

"妈，你怎么起来了？"房门被人推开，只见覃子朝端了碗热牛奶进来。

牛奶是学校发的，他每个周末都会把攒着没喝的牛奶带回来给徐秋云喝。

徐秋云见到覃子朝手里的碗，连忙认同地点头说："对对，喝点热牛奶要睡得好些。子朝，你照顾好皓皓啊。"

"我知道，你快去休息吧，别着凉。"

徐秋云又摸了摸江闻皓的头，这才起身重新回屋去了。

"来把牛奶喝了。"覃子朝将牛奶递给江闻皓。

江闻皓看着还在冒热气的牛奶，没去接。他不喜欢喝牛奶，总觉得有股膻味儿。

见江闻皓不动，覃子朝笑着逗他："别说还要人喂啊，少爷。"

江闻皓皱皱眉，表情总算生动了些。

覃子朝又把碗往江闻皓面前递了递："快接着，不然放凉了。"

"不用了，我不爱喝奶，睡觉吧。"

江闻皓移开眼就要往下躺，被覃子朝摁住。

"快点儿。"覃子朝语气重了些，但一想江闻皓才刚被噩梦吓到，也不忍心真凶他，"喝完刷好牙，我就再跟你讲个秘密。"

结果覃子朝的这个秘密相当应付，大概就是他在附近的菜地里见过一只黄鼠狼跑进隔壁老头家里，后来目不识丁的老头写得了一手好书法。

说是秘密，其实就是个乡村传说，江闻皓甚至怀疑这就是覃子朝随口胡诌出来哄他玩的。

后来江闻皓也不知道自己是什么时候就睡着了，也没再继续那个梦，等到醒来时，天已经蒙蒙亮。

雨停了，屋檐上的积水顺着玻璃窗滴在窗沿上种着的那盆辣椒上，辣椒红彤彤的，色泽鲜艳。

江闻皓盯着辣椒看了会儿，就听到身边传来覃子朝的声音。

"醒了？"

江闻皓翻了个身，见覃子朝正看向自己，眼里没什么睡意，应该是已经醒了一会儿了。

"看你还睡着我也不敢动。"覃子朝起身穿衣，"我煮粥去，你抓紧时间洗漱下。"

等覃子朝出了屋，江闻皓也没再赖床，迅速把衣服穿好。不经意间，他余光又瞥到床头摆着的牛奶碗，昨晚自己被噩梦惊醒的样子跟着浮现出来。

江闻皓将兜帽扣在头上，遮住了眼底划过的羞窘，拉好外套拉链，跟着推开屋门。

雨后山林独有的清新瞬间将困意一扫而光，院子里的树下落了不少杨梅，鸟雀们正活蹦乱跳地啄食，也不怕人。

江闻皓就着冰凉的水蹲在院子里洗漱完，接着坐在了小板凳上围观那些鸟雀。

覃子朝煮完粥，端着走出厨房，就看到江闻皓独自坐在杨梅树下。

他一手托着下巴，十分专注地看鸟，时不时还吹两声口哨模仿鸟叫，将脚下的杨梅果用树枝拨向小鸟。

清晨的阳光洒在他半边的肩头和侧脸上，才敛去睡意的神情带着几分惺忪和懒散，多了些稚气，又少了些锐利。

覃子朝的唇角不由得微微扬起，待江闻皓觉察到身后的目光，扭头朝他看来，他朝屋里抬抬下巴："吃饭。"

江闻皓撑着膝盖站起身，鸟雀被他惊得飞到了树梢上。

见江闻皓还在仰头看小鸟，覃子朝干脆搬了个小桌到屋外，让他先吃，自己又去敲徐秋云的门。

徐秋云膝盖有毛病，天潮就总容易犯病。覃子朝不愿意她总走动，便直接把饭送进了她房间。

两人吃完饭，覃子朝又带着江闻皓去水塘边玩了会儿，临近中午的时候赶回家给徐秋云把午饭做好，便准备返回学校，顺道再去趟镇上把摩托车还了。

他们临走前，徐秋云又抓了把糖，说什么都要江闻皓带着。

江闻皓拗不过，只好接下塞进吉他袋里。

“我妈很喜欢你。”覃子朝发动摩托车，“平时有别的小孩来家里玩，也不见她把糖盒拿出来。”

“为什么？”

“不舍得啊。”

江闻皓顿了顿：“我是说，她为什么喜欢我？”

覃子朝从后视镜里看了眼身后的江闻皓，笑了下：“长得乖吧。”

江闻皓头盔下的脸耷拉了下来，他可以被说长得帅，但很讨厌“长得乖”这个形容，于是反怼了句：“嗯，你也乖。”

看着时间尚早，覃子朝便没把车骑太快。两人边看风景边沿着原路返回初云镇，抵达镇上时也还不到一点。

覃子朝将摩托车停在一家面馆门口：“下车吃点东西吧。这家面做得不错，是手擀的。”

江闻皓本想中午找个稍微像样点的饭店请覃子朝吃顿饭，毕竟打扰了人家两天，但隔着店门他就闻到里面传来阵阵卤肉香，也饿得有点走不动道。

二人进了面馆，江闻皓点了两大碗牛肉面直接付了账，又要了两罐可乐，打算吃完饭后顺便再去趟小卖部抱一箱饮料走。

初云镇的特色就是卤牛肉，江闻皓看着面上铺着的切成薄片的牛肉，食欲大增，拿过筷子埋头吃了起来。

“小心烫。”覃子朝还是第一次见江闻皓狼吞虎咽的样子，觉得很有趣，接着就又莫名有些同情起来。

以前他是大城市里的阔少，生活习惯和那些一看就价值不菲的衣服鞋子护肤品无不彰显着他过去是多么养尊处优。

也不知道怎么就决定来这里。

覃子朝看江闻皓放缓了吃面速度，终于还是问出了心里一直疑惑的问题：“江闻皓，你为什么会转来云高？”

江闻皓拿着筷子的手一顿。覃子朝几乎在同一时间就意识到自己说错了话。

半晌后，江闻皓抠开可乐罐，仰头灌了两口：“不为什么，江天城说只要我来就马上给我转五万块钱。”

他的语气听不出明显的情绪，但最近当着覃子朝的面已经很少流露出的疏离感又冒了出来。

“对不起。”覃子朝下意识道了句歉。

江闻皓勾勾嘴角，盯着覃子朝的眼神有些戏谑：“就这么说吧，覃子朝，我这人浑身都是毛病，从小也没什么爱好，唯一在乎的东西就是钱。拿钱办事，明白了？”

覃子朝看着江闻皓，他知道对方说的一定不是真话，像江闻皓这样的人最不缺的应该就是钱。但最后他还是只点了下头，回道：“明白了。”

之后两人谁都没再往下继续这个话题，覃子朝看着江闻皓碗里没吃完的面，暗自告诫自己：除非以后江闻皓主动提起，不然绝不能再问了。

门外突然传来一阵高亢的唢呐响，接着就见几个人从面馆外经过，有男有女，走在最前面的两个男人一个手里捧着骨灰盒，另一个端着黑白相框，紧随其后的女人则是挎着布包，里面装着金银锡箔和纸钱。

江闻皓起初还以为是谁家有人过世，结果就发现这家面馆和街两旁的商店里都探出了不少人，脸上皆带着副看好戏不嫌事儿大的表情，甚至有些幸灾乐祸。

面馆老板站在店门口，跟隔壁小卖部的老板边凑热闹边兴致勃勃地聊天，他们说话声音很大，根本没想着避人。

“哟，这又是谁家急着送邹大山上路呢？”

“今天已经第三拨了吧，我看还捧着骨灰盒，够大方啊！”

“你这就不懂了不是，这叫心诚则灵！”小卖部老板双手合十地隔空拜拜，“提醒阎王老爷赶紧把他收了！”

“要不咱也去送送？”

“算了吧，来来回回都是那一套，看腻了！”小卖部老板从兜里掏出一把瓜子，分了面馆老板一些，而后借着吐瓜子壳往地上啐了口唾沫，“呸，邹大山这狗娘养的，在我店里赊的账现在都没还完，等着下十八层地狱吧！”

“就是他家那儿子听说成绩不错，在云高读书呢。”面馆老板努努嘴，并不怎么真心地“夸”了句。

“嘁——那也是个狼心狗肺的种！你当他学费哪儿来的，还不是他那土匪爹从咱们镇搜刮来的？拿着昧良心的钱还好意思去念书？”小卖部老板翻了个白眼，“我跟你说吧，老姐姐，我儿子从学校回来都告诉我了，就邹大山的那个种，现在在学校也是谁见了都要吐两口吐沫在他身上的，估计在学校也待不了多久了。”

“是不是啊！哎哟——啧啧！”

江闻皓原本还想着缓一缓再喝两口汤，可不知为何，听着这些无关紧要的闲话，胃里突然就有些顶得慌，看着漂了一层油花的面汤怎么也喝不下去了。

“吃饱了？”覃子朝见他放了筷子，问道。

“嗯，下午还得坐车，怕吐。”

“好，你稍等我一下。”覃子朝加快了吃饭速度。

江闻皓插兜起身道：“没事，你慢慢吃，我出去站站。”

他走出面馆时，店老板和小卖部老板看到有客人出来，不约而同地停止了对话，朝他看了一眼。接着两人对了个眼神，都发现这小孩儿并不是本地人。

江闻皓若无其事地走到一旁，耳边唢呐的声音还很清晰，可见距离面馆应该不远。

眼前又浮现出邹莽原躲在宿舍走廊拐角读英语，以及他被摁在污水池里浑身腥臭的样子。说来，关于刚才店老板们所言的邹莽原在学校里的境遇，自己也算是个见证者。

刚到云高不久的自己都已经知道了邹莽原的处境，那么覃子朝呢？他也知道吗？

江闻皓微微眯起眼，转头隔着玻璃看向面馆里的覃子朝，神色间闪过一丝思索。

覃子朝出了面馆，发动摩托车要去汽修店把车还给老板祁叔。在听到汽修店的方向传来的嘈杂声后，他微微皱了下眉，回头对江闻皓说：“对面就是公交车站，要不你就别跟我去汽修店了，我还完车就来找你。”

闻言，江闻皓无所谓地耸耸肩：“一起吧。”

覃子朝顿了顿：“那边正闹事呢，你别去了。”

“是邹莽原家？”江闻皓抬起眼。

覃子朝先是愣了愣，点头“嗯”了声，随后抿唇停顿了下，低声说：“就在这儿等我。”

江闻皓没说话，只是盯着覃子朝的眼睛又看了会儿。

覃子朝握车把的手紧了紧，先移开了视线，发动油门。

江闻皓目视着对方变远的身影，食指尖轻点了两下裤子，随即向着摩托车离开的方向缓步走去……

他转过街角，最先出现在眼前的便是满地纸钱。

江闻皓垂头扫了眼，再次抬头朝前方看去，就见方才经过面馆的那些人正围堵在一座平房前，一边继续往天上抛撒纸钱，一边大声咒骂着屋里的人，其言辞粗鄙恶毒的程度在江闻皓生活的城市里是鲜有耳闻的。

比起他们，那些平时在菜场掐架的大妈甚至都可以用“文明友善”来形容了。

而后，江闻皓便在人群之中看到了邹莽原，他依旧穿着那身黑色的衣服，手里拿着扫帚，神情麻木地把地上的纸钱扫成一堆。

面对那些不堪入耳的咒骂，他像是早已习惯般泰然自若。

又是一声什么东西被摔碎了的尖锐声响，只不过这次是从屋里传出来的。

围在外面的人静了下，紧接着，吵骂声变本加厉地席卷开来。

站在前边的男人一把抽走邹莽原手里的扫帚摔在一旁，拉着他的后衣领将其扯到身边。

男人粗声吼道："让邹大山出来！"

邹莽原低着头，凌乱的头发遮住眼睛，他被男人摇晃得就像个断了线的木偶。

他的嘴唇翕动了下，说了句什么。

男人没听清，于是又重复了遍："你是小孩儿我们不跟你一般见识，快叫邹大山出来！"

邹莽原缓缓抬起头，平静地看向眼前神情激动的男人，声音很轻地说："门开着呢，你们自己进啊。反正屋里能搬的都搬了，能砸的也都被你们砸了，他现在就躺在床上一动不动，你们倒是去啊。"

男人听到邹莽原的话明显愣了下，脸上闪过些惧色。

邹莽原的唇角轻轻弯起："还是你们害怕了？就算他已经瘫痪，你们还是怕他吧？"

"你小子说什么！"男人像是被激怒了，朝着邹莽原挥起拳头。

然而这一拳还没来得及挥下，屋里飞出的烟灰缸就先一步狠狠砸在了邹莽原的后背上。

邹莽原痛哼了声，闭眼皱紧了眉。

"邹莽原！"

屋里传来沙哑的咆哮，话没说完就又剧烈地咳嗽起来，感觉肺都快咳出来了："咳咳咳……你这狼心狗肺的玩意儿，老子白把你养到这么大！你就是盼着我死！你巴不得这帮狗娘养的王八蛋冲进屋把老子给杀了吧？咳咳咳……"

拎着邹莽原衣领的男人听到邹大山的声音，愤然将邹莽原往边上一甩，手指着屋内破口大骂，却还是不敢往里迈。

"邹大山，你有种出来！老子今儿把你的骨灰盒都带来了，还不滚出来双手接着给大家伙磕头谢罪？"

"咳咳咳，王八蛋，有胆就进来！看老子不把你那对招子抠出来当炮踩！咳咳咳……"

"听见了吧，都听见了吧！"男人气得直跺脚，回头对着身后那帮人大声道，"我看咱们今儿就一起冲进去把这畜生弄死，直接装盒里！"

"咳咳咳……来啊！来啊！你们这帮尿货！孬种！"

邹莽原站在前后两拨的叫嚣谩骂里，脸上依旧麻木一片。

他尝试着伸手去揉被邹大山砸疼的后背，发现够不到干脆也就不管了，弯腰重新捡起扫帚，去扫地上的纸钱。

“我让你扫！”带头的男人还是没有进屋，把怒气又撒回到邹莽原身上，抢过扫把的同时抬脚踹向邹莽原。

邹莽原重心不稳往前连栽了好几步，眼看就要脸着地摔在门口的石台上，双臂突然被人一把架住。

邹莽原仓皇抬头，在看清来者后，眼神慢慢从麻木变成了惊讶，确认般地低声喊了句：“江闻皓？”

躁动的人群随着这个一看就不是本地人的闯入者的到来，短暂地静了下。

江闻皓面无表情地把邹莽原扶起来，旁若无人地说：“邹莽原，准备回学校了。”

邹莽原还没反应过来江闻皓为什么会突然出现在这里，有些发怔。

江闻皓瞥了眼地上摔碎的烟灰缸和邹莽原身上沾着的烟灰，随手替他掸了两下：“快去拿书包，我在外头等你。”

邹莽原咬咬破皮的嘴唇，点了下头，转身要往屋里走。

身后前来闹事的人一看瞬间又不干了。

“进去把邹大山叫出来！”

“就是！叫出来！”

江闻皓回头看着带头的男人，不痛不痒地说：“您是没听见他说的话吗？邹大山就在屋里躺着下不来床，您要找他您就请进。”

“你！”男人语塞了下，一挥手，“我不跟你小孩子家家一般见识！”

江闻皓笑了下：“这就是了。那您也别再为难我同学，都是小孩子家家的，对吧？”

“你这小孩儿到底是哪家的？”跟在男人身后的大妈不乐意了，往前站了半步，想了想又退了回去，拔高嗓门说，“邹大山不干人事儿，你问问我们在这儿的哪个以前没受过他的气！”

“谁不干人事你们就找谁去。”江闻皓将吉他往肩上背了背，“别光挑软柿子捏。”

“哎哎，怎么说话呢你！”人群中又有人吼道，“不是咱镇上的人吧？我们这儿的事你少管！”

“就是！”

邹莽原一脚迈进屋，转头看着江闻皓，眼里夹杂着复杂和担忧，不敢再往里走。

江闻皓跟他使了个眼色让他抓紧，而后也不再多说，直接就着门口的石阶坐在了邹家正门口，面对一众人的指指点点，掏出手机玩起了“跳一跳”。

屋里又爆发出一阵咆哮和砸东西的声音。

“邹莽原，你又要把你老子一个人扔在家是不是！你个没良心的东西，咳咳咳……你就是想让老子死，门儿都没有——”邹大山嗓音沙哑，咳得仿佛下一秒就能直接晕过去，但仍不忘对着外面挑衅，“都来啊！老子就在屋里，老子不怕你们，咳咳咳——”

“邹大山！信不信老子日后天天来你家门口给你哭丧，我还就不信阎王老爷能饶得了你！”

“邹大山，你不得好死！”

江闻皓松开手，游戏里的弹簧小人没能跳到下一个盒子上，屏幕上出现了个大大的“Game over（游戏结束）”。

他在心里叹了口气，觉得邹莽原未免也太磨蹭了。耳边的骂战愈演愈烈，吵得他脑仁疼。他刚想把耳机戴上，只听人群里传来一个熟悉的声音。

“江闻皓。”

江闻皓刚抬头时，覃子朝已经推开人群将他拉了起来，皱眉低声说：“不是让你在面馆等我吗？”

有人认出了覃子朝，大声说：“这不是徐秋云家儿子吗！”

带头的男人一经提醒，赶忙叫住覃子朝，冲江闻皓努嘴，问：“这是你同学啊？”

“是。”

男人气冲冲冷哼了声：“可真横啊，把着邹家大门，死活不让我们进！”

江闻皓被男人的话直接整笑了，挑起唇道：“到底是我堵着门不让进还是你不敢进，自己心里不清楚？”

“你！你们学校老师就是这么教你跟长辈说话的？”

“您先消下气。”覃子朝顿了顿，缓声说，“不管怎么样，邹莽原这不是还在家吗？我们这学期升高二了课程紧，有什么事就不能等他回学校以后再说吗？”

男人闻言倒吸口气：“我说后生，怎么连你也开始帮着邹家说话了？你可别忘了，当初要不是因为他邹大山，你爸也不会被骗，最后……”

“叔，”覃子朝直接打断男人的话，语气明显冷了几分，“这些事不用您提醒我。”

男人刚想再说，可在对上覃子朝的眼神后，一肚子难听话愣是卡在喉头滚了滚，又给咽了回去。他揣手吸吸鼻子，往边上站了站。

覃子朝又对着门口闹事的人客气道：“祁叔马上就过来了，大家看是要等他来再跟各位说道说道，还是今天就先这样散了？”

众人面面相觑，小声议论了会儿后，有人开口说："老祁最近身体不好，就别麻烦他了。今儿个就先这么着，等邹家小子走了以后咱们再来！"

一见大家要散，带头的男人也不便再多撺掇，黑着脸又瞥了覃子朝和江闻皓一眼，转头跟着慢慢疏散的人群一起走了。

邹家门口安静下来，地上仍有不少纸钱，被风吹着滚进了屋里。

覃子朝拍了下江闻皓的肩："走了。"

"等等邹莽原。"江闻皓站着没动。

覃子朝也跟着停住，盯着江闻皓的眼神有些深暗。

隔了会儿，他轻声开口问："你什么时候跟邹莽原这么熟了？"

"也不算熟。"江闻皓低头整了整衣角，再次看向覃子朝，"就是之前在学校那个有雕像的水池边，看见他被几个人堵了。"

他顿了顿，又说："还有梁子洋那伙人，也在背地里骂过他。"

覃子朝听完沉默了一会儿，叹了口气，随后又抬手揉了揉江闻皓的头。

江闻皓不悦地刚要发作，屋门在此时响了声，邹莽原背着书包从里面走了出来。

看到站在江闻皓身边的覃子朝后，他先是一愣，但很快就又恢复如常，走到两人身边低着头，也不说话。

三人一起朝着公交车站走去，午后的阳光将他们的影子拉得有些变形，谁都没先开口说话，气氛既尴尬又诡异。

江闻皓忽然觉得这个陌生的地方藏着太多不为人知、难以想象的秘密。

回想起覃子朝刚刚打断前来邹家闹事的那个男人时的目光，带着陌生的冰冷，这是他之前从未在覃子朝的身上看到过的。

可是，谁都有不想被别人知道的事，他自己也是。

念及此处，江闻皓强行切断了继续延伸的猜想。路上又经过那家待转让的吉他店，他不由得往里看了眼。

覃子朝揽了揽江闻皓的肩："别急，我再想想办法。"

也不知是不是跟对方接连挤了两次小床的关系，江闻皓现在已经习惯了覃子朝的身体接触。他将视线收了回来，无所谓地耸了下肩："没事儿，等放长假了拿回家修也行。"

走在后面的邹莽原抬头默默注视着两人，直到江闻皓觉察到他的目光，朝他看过来，他才又赶忙垂下头盯着自己的鞋尖。

好在回学校的公交车比来时要空不少，打开窗户也基本闻不到什么难闻的味道。

江闻皓挨着覃子朝坐，邹莽原则坐在他们斜后方的位置。

下午的阳光已经不再刺眼，照在人身上还软绵绵的。江闻皓被车颠得有些乏，于是戴上耳机打算能睡就睡会儿。耳机里的音乐声略大，他半眯着眼又把音量调小了些，借着窗外投来的光，就看到覃子朝抱着双臂，也正闭着眼靠在椅背上。

阳光在覃子朝的侧脸勾出一条轮廓，江闻皓不由得又想起第一次遇到覃子朝时的情景。当时他觉得覃子朝虽然人好，但性格实在板正无趣。可经过这段时间的相处，他发现这人虽然大部分时间都很温柔，但总是会在不经意间流露出些令他捉摸不透的深沉。

也许，覃子朝并不像自己最初想的那样，只是个无聊的滥好人……

江闻皓正想着，突然发现覃子朝的鬓角沾了个好像柳絮似的东西，伸手想帮他捏掉。结果覃子朝下意识一把抓住了江闻皓的手，睁开眼，眼底是稍纵即逝的冰冷防备。

“你脸上有东西。”江闻皓用下巴示意他，“鬓角。”

覃子朝“哦”了声，松开江闻皓，抬手将脸上的东西弄掉。

江闻皓调整了下姿势重新戴上耳机，刚要闭眼，靠近覃子朝那侧的耳机就被对方摘了下来，塞进他耳朵里。

江闻皓顿了顿，也没有拒绝，按下了播放键。

那是披头士乐队的保罗·麦卡特尼写给约翰·列侬儿子朱利安的一首老歌《Hey Jude》，也是江闻皓会唱的第一首英文歌。

古典吉他舒缓的曲调借着耳机轻浅地流泻出来，在这条漫长且坑坑洼洼的国道上随着公交车颠了一路，催人入睡。

Hey Jude, don't make it bad.
Take a sad song and make it better.
Remember to let her into your heart.
Then you can start to make it better…

渐渐地，先前在初云镇时心中产生的那些躁动不安，也都随之远去了……

第六章 稻香

回到学校的时候天基本上已经黑了，覃子朝在校门口就被其他几个同学叫住，邀他一起去食堂吃饭。

江闻皓在公交车上颠了一路，这会儿胃里还有些不舒服，决定不吃晚饭直接到教室去。

云高的周日晚上还有两堂自习课，一直要上到十点半。今天自习课要数学测验。

两人在岔路口分开后，江闻皓独自一人往教学楼的方向走，忽然就听到身后多出了个脚步声，和他隔着些距离，但明显是在跟着他。

江闻皓闭了闭眼，头也不回地问："你不去吃饭吗？"

"这会儿教室人少，我想先回去复习。"是一起下车的邹莽原。

"江闻皓，我……"邹莽原垂眼抠着被他撕烂的甲床，沉默了一会儿后，像是鼓足勇气般快步上前与江闻皓并排，"你为什么要帮我？"

江闻皓闻言，扬了下眉："要不你直接跟我说谢谢？"

"哦，谢、谢谢！"邹莽原连忙道了谢，接着就又变得犹犹豫豫，眼睛由下往上抬着看江闻皓，"可是你就不怕给自己惹麻烦吗？毕竟我……"

"不用谢。"江闻皓说完就继续往前走，手突然被邹莽原拉住。

只见对方认真地注视着他的眼睛，一字一句地说："江闻皓，你跟他们都不一样，你是个好人。"

江闻皓从小到大一直是大人们眼中的刺头、浑不吝，被发好人卡还是头一遭。

邹莽原继续道："以后在学校里，我可以和你一路吗？"

江闻皓顿了下："随你。"说完，他抽回邹莽原拉他的手，还是不习惯和人近距离接触。

邹莽原漆黑的眼眸深处流露过一道暗光，然后他就这么安安静静地跟在了江闻皓身边。

晚自习上课铃响，教数学的老张将试卷发了下去，班里很快便安静了。

江闻皓的学习成绩其实不算太差，就是偏科严重，数学不太好。一看到卷子上那些数字他就犯困，更别提还要耐着性子推导演算了。

他火速将选择题胡乱一填，便将帽子戴上趴在桌面补起觉来。

覃子朝做完一道题抬头，就看到他同桌脸对着墙，耳朵里塞着耳机，而讲台上的老张已经目光不善地盯他老半天了，一副随时要爆发的样子。

覃子朝用手肘轻轻碰了江闻皓一下，刚要开口让他稍微收敛点，就见江闻皓又把帽子往下压了压遮住头顶的光线，说了句："别吵。"

他的声音在安静的教室里显得特别清晰。老张一拍讲桌站了起来，就要往江闻皓这边来。

"刺啦——"

后排突然传出座椅摩擦地板的声音，只见邹莽原拿着卷子站起身，朝老张走去。

"老师……那个……我……"邹莽原将卷子往老张面前伸了伸，小声说，"我这道题印得不太清楚。"

老张又瞥了江闻皓一眼，这才重新坐回讲台上，拿笔帮邹莽原把卷子上的题标注清晰。

邹莽原迅速跟老张道了句谢，转身朝座位走去。他走到江闻皓身边时，江闻皓恰好抬头看时间，眼神和他对上。

邹莽原缩在袖子里的手紧了紧，将一个揉得很小的纸团扔在了江闻皓脚下，随后一低头，加快脚步去往后排。

董娥在教室门口敲了敲门，跟老张招招手。

老张起身扫了眼班上的人，出去跟董娥说话。

江闻皓看时间还早就又趴了回去，过了一小会儿，他弯腰将邹莽原扔给他的纸团捡了起来。倒也没看，直接塞进了衣兜。他刚要再睡，就捕捉到了身边人的目光。

他掀起眼皮，看向目光的来源，小声问了句："有事？"

覃子朝抿了抿唇，视线移向江闻皓的衣兜，顿了下，接着一言不发地把头转了回去，继续做题。

江闻皓总觉得覃子朝看起来好像有点不高兴，他猜测大概是瞧不上这种作弊行为。不过他也压根没想作弊，毕竟懒。

放学后，江闻皓又被董娥叫去了办公室训话。老张坐在一旁，董娥说一句他就接一句，一个捧一个逗，跟说相声似的。

董娥训累了嗓子不舒服，干咳了几声后又往嘴里塞了两片药，看着江闻皓停了下，话锋一转："哎，你吉他修好了吗？"

江闻皓正跑神，突然听她没来由地这么一问，有些发蒙地"嗯？"了声。

"我说，吉他修好没？"

江闻皓别开脸："没，那家店要转让了。"

董娥遗憾地"啊"了声，拧开保温杯："我还想说马上艺术节了，让你代表咱班上台唱个歌呢。"

老张闻言笑了，用手点点董娥："我说董老师啊，也就是你还愿意响应号召！你说他们都高二了，一天天不把心思放在学习上，搞什么文艺会演，真不知道领导都是怎么想的。"

"哎，狭隘了不是？"董娥哑着烟嗓打趣，"艺术节年年办，你看咱云高的升学率下去了吗？没有吧？"

"行行，您说得对，谁让您是老校长的得意门生呢！"

"那可不！"董娥笑了笑，又看了江闻皓一眼，"赶紧回去吧，下次再让我看见你考试的时候不好好写卷子，在那儿睡觉，我就专门在操场上给你支张床，再让罗教官在边上给你唱小曲儿！"

江闻皓出办公室时，教学楼里的人已经走得差不多了。

走廊里隐约有个高挑挺拔的身影靠在一班门口的墙上，看到江闻皓后蹭起身朝他走来。

"你怎么还没走？"

"等你。"覃子朝手里拿着本书，往办公室的方向看了眼，"没挨骂吧？"

"没。"江闻皓耸耸肩，"就说下次再睡觉就在操场上给我支张床，让罗教官给我唱小曲儿。"

覃子朝低笑了下，缓声说："其实董老师人挺好的，她是老校长最得意的门生，北京还有上海那边有很多重点学校想挖她，开出的薪资也高，但她说什么都不肯走，说对这里有感情了。"

这之前，江闻皓还从没遇到过这样的老师。

以前在六中，教导主任和班主任一直视他为眼中钉，不论什么事但凡跟他沾上了关系，他就必然是错的那个。

江闻皓和覃子朝回宿舍拿了洗漱用品，又到老教学楼的厕所里洗完澡后，江闻皓打算叫上于斌他们打几把游戏。结果他刚要上床，覃子朝就堵在了他面前。

"现在困吗？"

江闻皓不明所以："不困，怎么？"

覃子朝顿了下："一起去自修室？"

"嗯？"江闻皓怀疑自己听错了。

覃子朝将他先前从教室里带出的书递给江闻皓，江闻皓这才发现这本书原来是自己的。

"今天晚上考试的题其实书上都有，我已经给你画出来了，哪道不会我给你讲。"覃子朝顿了顿，"这样下次就会做了。"

江闻皓这下才是真被覃子朝给整不会了，他舔了舔腮帮，试图组织语言："我觉得，我暂时还没这种需求。"

"我有把握帮你拿满分。"

江闻皓扬扬眉，一副"所以呢？"的表情。

覃子朝："其他人，不见得能做到。"

"覃子朝，"江闻皓叹了声气，"你到底要说什么？"

覃子朝被问得愣了下，他也不知道自己到底是怎么回事，向来表达能力都还挺强的，可现在居然不知道该怎么说。

"你看不惯邹莽原给我传答案？"结果江闻皓先一语中的了。

覃子朝不说话，算是默认了。江闻皓淡淡道："但我就没打算抄。"

"嗯，那就好。"覃子朝说完，又叹了口气，他想说的好像也不是这个。

"我跟你说过，我来这儿不是为了别的，就为了我爸那五万块钱，其他的都不重要。"江闻皓侧身避开覃子朝，牵了下唇，"这下能放心了？班长。"

"嗯。"覃子朝低下头，沉默半晌后再次发问，"所以你还是不跟我去自修室？"

江闻皓爬上床，熟练地打开了游戏界面："好好学习。"

覃子朝又在原地站了会儿，转身离开了宿舍。

这晚，覃子朝的学习效率并不算高。江闻皓和邹莽原走得太近这件事令他隐隐不安，却又一时不知道该怎么跟江闻皓讲。

这个地方的有些事、有些人，当真不是一句话就能简单说清的。

宿舍床上，江闻皓将视线从手机屏幕上大写的"Victory（胜利）"收回，虽然这把赢得很漂亮，他却一直都有些不在状态。

江闻皓将手机塞到枕头下，枕着手臂盯着天花板，脑子里仍在反复过着今天在初云镇发生的事。

结果他想来想去都没想明白，邹莽原家到底是造了多大孽。

这周四一早，覃子朝就代表云高前往市里去参加奥数竞赛了。

江闻皓旁边突然空出个座，董娥又不知道抽了什么风，跑来教室跟着他们听了大半天课，就坐在覃子朝的位置上，弄得江闻皓的睡眠质量严重受到影响。

他起先也没打算正儿八经地听讲，只是碍于董娥在这儿，才勉强看着黑板装装样子，结果没想到历史老师讲课还挺有意思，就这么稀里糊涂给听进去了。

他一回神，就见董娥拿一副看猴戏似的眼神盯着他，哑着嗓子“啧”了声，说：“这不是也能乖乖听讲嘛。”

江闻皓面无表情地合上书本：“覃子朝什么时候回来？”

“怎么都得晚上了吧。”见江闻皓要出去，董娥起身给他腾位置，“你们的感情倒还挺好。”

“主要是您一直坐在这儿，我心塞。”

说完，江闻皓刚要出教室，又被董娥叫住。她将胳膊上的那对蓝袖套取下来，顺势扔给了江闻皓：“说好的让你给我把袖套洗了呢？”

江闻皓站住，想想好像的确有这么回事，就是上回董娥请他吃泡面的时候。

“刚好今天下午后两节课是大扫除，你洗完直接给我晾办公室外头就行。”董娥说完，抱着保温杯起身离开教室。

在此之前，江闻皓就从没动手洗过衣服，更别提帮别人洗了。但看着董娥一副理所应当的样子，他又觉得她之前的确也帮过自己几回忙。

说实话，江闻皓并不讨厌这位班主任。

自从来到云高，这里的人对他的态度一直都让他很不舒服。

如果只是像梁子洋他们那种带着赤裸裸敌意的也就算了，更令江闻皓不舒服的是旁人过分客套还带着些试探的态度，以及有意无意总向他投来的带着排外、窥探的目光。

除了覃子朝，董娥是第二个会让他感到放松的人。

江闻皓将董娥沾满粉笔灰的袖套团成一团塞进桌斗，中午下课时直接拿回了宿舍，打算趁午休给她洗了。

盥洗室里人不多，江闻皓从覃子朝那儿拿了点洗衣粉，把董娥的袖套扔进盆里。

午饭他还是没吃饱，好在之前在镇上买了不少储备粮回来，虽然都是乡镇上卖的廉价货，但也比学校食堂的东西好吃多了。

江闻皓嘴里嚼着块牛肉干，拧开水龙头，把袖套泡进混了洗衣粉的水里，挽起袖子就准备开搓。

身后忽然传来脚步声，在离他不到半米的位置停住，那人还是一言不发。

江闻皓头也不回：“邹莽原，你能别每次都这样不出声吗？”他倒不是怪邹莽原，主要是怕自己哪天没反应过来，真反手一拳招呼上去。

“对不起。”邹莽原又在原地定了定，向前几步来到江闻皓身边，盯着他面前的水盆，“这是董娥的袖套？”

江闻皓没看他，“嗯”了声。

邹莽原欲言又止，过了半天才又小声说：“她凭什么要你给她洗？”

“我欠她个人情。”江闻皓不以为然。

邹莽原垂下头，语气虽然还算轻柔，但隐约多出了几分戏谑：“这里的人就是这样，只施予了别人一丁点东西，就觉得是给了天大的恩惠，想方设法地让人还。”

江闻皓洗袖套的动作顿了顿，微微蹙起眉。

不知为何，邹莽原这么说话让他不太舒服。

可邹莽原很快便又恢复了原先的样子，从江闻皓手里接过董娥的袖套，轻声说：“不是你这样洗的，还是我来吧。”

他说着便帮江闻皓搓起了袖套：“下午大扫除，我被安排去扫实验楼那边的厕所，就是下面有雕像和水池的地方。名单都是郑强定的，他是我们班劳动委员，就是跟梁子洋玩得很好的胖子。”

江闻皓知道这人，今天中午放学的时候，他还被这个郑强偷偷拉到角落，背着梁子洋觍着脸跟他说，自己专门给他换了个“闲差”。

江闻皓对于这人的大变脸起初还觉得有些意外，结果没出两句话，郑强便将自己的意图表露得明明白白。

郑强之前就知道江闻皓是“关系户”，又亲眼看见董娥坐在江闻皓旁边的位置上，对江闻皓很是照顾，于是暗中想要倒戈江闻皓，还信誓旦旦地说要帮江闻皓当梁子洋那边的眼线。

至于条件，则是要江闻皓找机会多跟董娥说他的好话，把他列入年终助学金的候选名单。

这期间，他没少跟江闻皓揭梁子洋的短，口口声声说自己要不是怕被梁子洋带头排挤，在班里没法混，根本就不会选择跟他们在一起。他还说梁子洋的生活作风很差，当初翻江闻皓吉他袋的主意也是梁子洋出的，自己只是被逼无奈。

对此，江闻皓给郑强的回应就只有一句很轻描淡写的“滚”。

比起梁子洋，江闻皓更看不上郑强这样又㞞又坏的孬货。

“那里的摄像头已经坏很久了。”邹莽原的声音打断了江闻皓的思绪。

“你想说什么？”江闻皓不太有耐心一直等邹莽原拐弯抹角。

邹莽原鼓足勇气对江闻皓说：“你能不能……陪我一起去？”接着，他飞快补充，“你就在边上站着就行，我来打扫！”

“嗯。”

听江闻皓同意了，邹莽原十分高兴，更加卖力地把袖套清洗干净。

江闻皓看着邹莽原，顿了顿后，问：“你之前说，董娥不会真的帮你。为什么？”

邹莽原拧干袖套上的水，头也不抬地牵起唇角：“我就是不信她。”他停了下，抬头直视着江闻皓，一本正经地说，“江闻皓，有句话我还是想提醒你。在这里，千万不要轻易相信任何人。”

江闻皓面上没什么表情，也不再继续追问，可心中疑惑不减。

按照覃子朝的描述，以及自己这段时间对董娥的了解，她怎么都该是个认真负责的人。

为什么邹莽原说不相信她？

还有，别相信这里的任何人又是什么意思？

“洗好了。”邹莽原甩甩手，冲江闻皓笑了下，“晾在哪里？”

“给我就行。”江闻皓回过神接下袖套，闻到上面有着跟覃子朝衣服上一样的香气，“谢了。”

下午第二节课下课，学校广播室的大喇叭里便传出了王主任咬字过重的普通话，让各年级各班抓紧时间按照分配好的清洁区开始大扫除。

即便江闻皓没怎么搭理那个郑强，郑强还是给江闻皓安排了个相当轻松的活——留在班里擦黑板，还有桌椅板凳这些。

江闻皓自然没领情，抄起教室后面角落里的扫帚，就跟着邹莽原一起去了实验楼。

这里位于小树林的深处，头顶被一棵巨大的榕树遮住，阳光透不进来，显得有些昏暗。

大概是最近下雨天潮，雕像的脸上爬满了一层黄绿色的青苔，跟发霉了似的，结合着雕像那副半哭不笑的表情，看着挺瘆人。

邹莽原握紧捞落叶的网子站在水池边，仰头望着雕像，应该是又回忆起了什么不太好的事，整个人有些紧绷。

他回头一看，只见江闻皓正挽着袖子有一下没一下地清扫着地上的落叶。

邹莽原盯着懒洋洋扫地的江闻皓看了会儿，犹豫地小声问：“你是不是不太会用扫帚啊？”

江闻皓手上动作一僵。

虽然不愿意承认，但他的确没干过什么活。

邹莽原一看江闻皓的反应立马就慌了，搓着手局促地说：“对不起啊，我这人不太会聊天……在这儿，也没有人愿意跟我聊天。”

邹莽原垂头把从水池里网出的垃圾堆在一起，握网兜的手松了松又再次收紧，悄悄看向江闻皓，说：“其实你不用动，待会儿我……”

“没事。”江闻皓一句话又把对话给终结了。

邹莽原张张嘴，最后有些泄力地垂下眼，默默打扫。

此时草丛里突然传来响动，接着就钻出几个人来，大摇大摆的，正是上次在这儿堵过邹莽原的那几个人。

除此之外，还有一个郑强。

像是压根没想到江闻皓会出现在这里，郑强看清是他后，脸色都变了。但转念一想，只要事后告诉江闻皓自己是被其他人逼着来的，那么……好像也还说得过去，于是郑强稍放心了点。

“怎么的邹莽原，这么急着过来给爹赔礼道歉啊？”带头的“大马猴”果断开始他的表演了，拖长语调故意整出了几分匪气。

邹莽原抿唇僵在原地，向后微微退了小半步。

“大马猴”边上的“黑皮”见邹莽原明显有些害怕，更有成就感了，刚要上前去抓邹莽原的肩膀，就被郑强虚虚拦了下：“别别，我们班同学还在这儿呢，有话好好说。”郑强说着，悄悄瞄了眼江闻皓，想着刚好借这个机会做个顺水人情。

江闻皓原本还一副事不关己的样子，此时闻言竟从鼻间哼出了声低笑。明明就是他郑强故意把邹莽原安排到这儿来的，又叫来了这伙人，现在在这儿演什么和事佬？

其他几个人都不是一班的，虽然也听说过些关于江闻皓的事迹，但毕竟还不了解。

他们想着能分到一班去的不是书呆子就是弱鸡，再看江闻皓长得清瘦白净，多半也就一班的人怕他些，便没了戒备，听他一笑，瞬间不乐意了。

带头的“大马猴”走到江闻皓面前，见他还拿着扫帚，抬手就给抢了过来，扔在一边。

江闻皓没什么表情，只是抬头平静地盯着“大马猴”。

见江闻皓不反抗，“大马猴”更嚣张了，冲他咧嘴一笑：“这么爱劳动啊？不如也帮我们把清洁区给扫了？”还是那股子拿腔拿调的智障语气。

“呵，行啊。”江闻皓轻点了下头，不慌不忙地弯腰将扫帚又拾了起来。

“大马猴”以为江闻皓是怕了，真要帮他扫地，嗤笑了声，骂了句“孬种”。

结果“大马猴”话音未落，带泥的扫帚直接朝他脑袋盖了下来……

覃子朝回到学校的时候，晚自习都快下课了。今晚是英语的重点题解析，他看了眼时间应该还能赶上个尾巴，便匆匆进了教学楼，朝着班级跑去。

回教室的路刚好要经过政教处，覃子朝隔着老远就看到门外站了一排人。

这原本并不是什么稀奇的事，毕竟几乎每天这里都会列队。但当走近时，覃子朝的脚步还是停住了。

站在最边上的人双手插兜，帽檐压得低低的，正百无聊赖地一下下用后背轻抵着墙壁。

见有人在他面前停住，他抬起头，在看清是覃子朝后冲他扬了扬下巴："回来了？"

覃子朝看着对方，目光从那双月牙眼移到颊边划破的一小道伤口，眉头微微蹙起。

有时候他真是服了江闻皓，自己不过才走不到一天，就又惹出事儿了。

覃子朝抬手敲了下江闻皓的帽檐，江闻皓偏头躲了下。

覃子朝转身来到政教处门前，调整好表情后轻轻叩了叩门。

"进！"门内传来王主任的声音。

覃子朝推门进屋："主任好。"

王主任正在气头上，脸色自然好不到哪儿去，但看到来人是覃子朝还是缓和了不少，冲覃子朝招招手，示意他进屋。

"听说竞赛很顺利啊！"王主任亲自给覃子朝倒了杯水，赞赏地点点头，叹道，"不错不错，子朝啊，你是咱们云高的榜样。"

"谢谢王主任。"覃子朝礼貌地颔了下首。

有了好学生的对比，王主任自然就又想起了门口杵着的那几位大麻烦，脸瞬间又垮了下去："要是所有人都像你这么省心就好喽！"

覃子朝端正地坐在椅子上，温声询问："主任，我看门口站着的有我们班的人？"

"江闻皓是吧？"王主任将茶杯往桌上重重一放，"我算是知道他爸怎么舍得把他送来这儿了，这小子就是个藐视校规校纪的浑不吝！"

覃子朝没急着说话，安静地听王主任讲。

"他知道实验楼那边的监控坏了还没来得及修，跟十班的杜家傲他们几个打起来了！"

"打架……"覃子朝顿了顿，轻声道，"为什么？"

在他的认识里，江闻皓这人虽然脾气不好，但并不会毫无理由就跟人动手。

王主任果然沉默了，盯着覃子朝打量了几眼后才又吐出口气："这话其实又得分两面说，这小子虽然打人不对，但也算是见义勇为。邹莽原说是杜家傲他们先故意来找自己麻烦，江闻皓看不过眼才动的手。"

话及此处，王主任的神情变得凝重，压下声问覃子朝："子朝啊，你们董老师就一点不知道这件事吗？邹莽原可是跟我说，杜家傲他们几个已经不止一次欺负他了。董娥毕竟是你们的班主任，这样的事，她……"

"主任，"覃子朝打断，"董老师是怎样的人，您应该很清楚的。"

“可……”

“事实上，董老师已经不止一次找过邹莽原，因为知道他的家庭情况，就怕他在学校受欺负，在学习和生活上也是格外关心他。”覃子朝顿了顿，“我知道的是，董老师总在问邹莽原有没有需要她帮助的地方，但邹莽原向来都拒绝跟她交流。即便如此，她也还是交代过我多留意邹莽原的状态。”

“那你就没发现这些事？”王主任疑惑地问。

覃子朝沉默了下：“邹莽原拒绝帮助，甚至那些曾经想要帮他的人，都被他用言语或行动多多少少给警告了。”

“等等等等，什么叫拒绝帮助？什么叫想帮助他的人反而被他警告了？”王主任张着嘴，显然被覃子朝的话给绕蒙了。

“他不相信所有人。”覃子朝看向王主任，缓缓地说，“邹莽原恨这里的每一个人。”

政教处的门打开了，王主任黑着脸走出来，覃子朝则是跟在后面。

王主任腆着肚子站在靠墙的几个人面前，用手点着他们：“你们几个回去通通一万字检查加留校察看，周一升旗仪式结束后当众做检讨。要是日后再让我听到你们欺负同学，一律开除！”

话毕，他又瞪了江闻皓一眼：“还有你！但念在是见义勇为，先记个过吧，期末之前要是不再犯事了，来找我销。”

最后，王主任看向了带头的“大马猴”杜家傲，严声道：“你明天收拾收拾东西，给我直接回家，云高没有你这样的学生！”

杜家傲一听就慌了，脸色涨红：“凭什么！”

王主任怒喝了声：“凭什么，你说凭什么？就凭你带头霸凌同学！杜家傲啊，你看看你姐杜亚男，人家在一班，考试哪回不是名列前茅？你再看看你！”

“邹莽原他爸开摩托车直接撞断了我爸一条腿！”杜家傲气得嗓子都哑了，“我爸舍不得治，现在都还在拄拐！邹大山钱一分没赔给我家，还快病死了！我凭什么不能找他儿子讨！”

“那是大人之间的事！你不能把这个作为霸凌同学的借口！”

“我不服！”杜家傲怒吼。

“你不服也得服！”王主任懒得再跟他分辩，“给我回家好好反省，什么时候想通了再回来上课！”

下课铃敲响了，王主任被气得头昏脑涨，也不想再看着这些人，挥挥手让他们先散了。

江闻皓一声不吭地跟在覃子朝身后往教室走，想开口说些什么，却又不知道该说什么。

最后还是覃子朝先开了口，轻声问："晚饭吃没？"

江闻皓愣了愣："没。"

覃子朝卸下书包，从里面翻出了一盒炸鸡叉骨："可能有点凉了。"

江闻皓除了中午嚼了半根牛肉干外，今天还真没吃到半点荤腥，见了那炸得金黄酥脆的鸡叉骨，两眼都要冒绿光了。

覃子朝又抬手叩了下江闻皓的帽檐："怎么跟只黄鼠狼似的？"

江闻皓打开盒子，捏了块炸鸡放进嘴里，眯起眼："哪儿来的啊？"

不知为何，他刚才在政教处门口遇到覃子朝时心里竟还有些发虚，就跟做错事被家长抓包了似的。

不，被江天城抓包都不至于那样。

眼下见对方还是副好脾气的样子，又给自己买炸鸡，江闻皓的心情也跟着变好了不少。

"组委会给报的路费还多了些，我就顺道买了。"覃子朝看着江闻皓吃鸡，也知道这下是彻底赶不上晚自习了，索性也就不催他，让他慢慢吃。

"我听见你跟王主任说的了。"江闻皓嘴里塞着东西，说话有些含混。

覃子朝神情一滞，"嗯"了声。

"但我不明白，为什么他没有拒绝我？"江闻皓放缓了咀嚼速度，腮帮慢慢地一鼓一鼓，"不但不拒绝，看起来还很需要帮助的样子。"

覃子朝皱起眉，他也注意到了，邹莽原看江闻皓的表情以及对江闻皓做出的种种表现都和对其他人不同，甚至还会主动给江闻皓传答案。

"王主任不会为难老董吧？"江闻皓咽下口肉，又问。

覃子朝摇摇头："他只说会去找她进一步了解情况。"话及此处，他又顿了下，敛去笑意，对江闻皓一本正经道，"小皓，你记住，不管怎样，董娥都是个好老师。她对邹莽原……她，仁至义尽了。"

江闻皓看着覃子朝，总觉得他在说这句话时是咬着牙的，但看出对方是有意隐瞒，便没多问，转而又问："你好像很喜欢董娥？"

覃子朝淡淡笑了下："有一天你也会的。"

宿舍今天停电，覃子朝便也没再到自修室去。

两人照旧跑去老教学楼那边的厕所里洗了澡，出来时发现今晚的月光极亮。

江闻皓颊侧的伤口刚才被他不小心蹭到，这会儿又出了点血，又刺又疼，还有些发痒。他刚想伸手挠，就被覃子朝按住。

覃子朝从兜里掏出一枚创可贴递给江闻皓，让他贴在伤口上，对他说："我有东西要给你，在我书包里。"接着，覃子朝不由分说，钩着他的脖子一起进了宿舍楼。

宿舍仍没来电，覃子朝的宿舍里除了江闻皓以外全是学霸，因而黑暗并没能阻止他们学习的热情，人手一个手电筒，或是坐在桌前，或是倚躺在床上，都在翻书。

见两人回来了，大家抬头随便打了声招呼，就继续埋头各干各的。

覃子朝拍拍江闻皓的肩，示意他等着，而后走到自己的桌前打开书包，从里面拿出了个长条形木盒递给他。

江闻皓也看不清那是什么，但还是伸手接过，借着手电筒的余光打开了盒子。

“吉他弦？”他看向覃子朝，眸色明显亮了些，“从哪儿搞到的？”

“比赛完突然想起来，咱学校以前有个教音乐的老师会弹吉他。他现在退休了，家就住在那附近，我就顺路去拜访了下。”覃子朝见江闻皓高兴，语气也更加轻快，“他说吉他还分什么古典、民谣，我也不懂，就试着跟他形容了下，你先看能不能用。”

“应该能。”

江闻皓小心翼翼地取出琴弦，又拉开琴包翻出吉他。他正想把手机的电筒打开，让覃子朝帮他拿着照下，身后一道光忽然朝他这边打了过来。

江闻皓回头，见是左边一个叫王什么的室友。对方也不跟他说话，甚至嘴里还在叨叨着英语单词，只是将手电筒默默对准江闻皓的方向。紧接着，陆续又有几道光照了过来，是其他几个连姓什么都不知道的室友。

江闻皓抱琴的动作顿了顿，半晌后说了句：“谢谢。”而后，他抽出板凳坐下，开始专心摆弄起他的吉他。

江闻皓边装弦边问覃子朝：“他收你多少钱？”

“没要钱，那位老师说董娥的学生不收钱。”

“是吗？老董人缘还挺好。”江闻皓说着，又轻轻拨了下弦，满意地要把修好的吉他装回去。

“江闻皓，既然修好了就弹一个啊。”是那位最先给他照亮的王同学。

“改天吧，你们不是在学习？”

“偶尔也放松放松，不然对不起停这场电了。”另一个室友接了话。

江闻皓停下拉琴包拉链的动作，这还是自打他来到这间宿舍后，大家第一次主动跟他说这么多话。

“趁休息时间还没到，弹一首吧。”覃子朝放缓了语气，“我也想听。”

江闻皓脸上仍是那副没什么表情的样子，但隔了几秒后，他还是将吉他重新取出，问覃子朝：“你想听什么？”

“都好。”覃子朝笑了笑，“挑个你擅长的。”

“周杰伦，周杰伦的《稻香》！”王同学提议。

江闻皓垂下眼，活动了下手腕。

这王同学还挺会点，上来就找了个他背过谱子的歌。

琴身被江闻皓轻拍了两下，紧接着，那带着夏日田园气息的熟悉旋律便从他灵活跳动的指尖轻轻流泻了出来。

宿舍的窗子没拉窗帘，随着夜幕渐深，月光越发清亮起来，透过玻璃窗洒进屋里，恰好落在离窗最近的江闻皓身上。

他才刚洗完澡没多久，还未全干的头发遮挡在额前，随着弹吉他的动作轻轻晃动。

他的表情依旧还是惯有的冷淡散漫，眼皮懒懒地半垂着，嘴唇抿成一条薄薄的线。

身为周杰伦铁粉的王同学很是激动，跟着江闻皓的琴声唱了起来，但多少有点跑调，被边上的同学拍了一巴掌才老实。

一曲弹完，江闻皓捻了捻指腹。他有段时间没练琴了，按着居然还有点疼。

“嗯嗯？就弹完了？”王同学一副不尽兴的样子。

“再来一首！江闻皓，你别光弹不唱啊！”

“就是，再秀一个！”

也不知是今晚停电，众人看不清江闻皓总摆着的那副生人勿近的面孔，还是他琴弹得好这件事多少让室友们对他有所改观，总之，大家的态度都变得比之前热络了许多。

熄灯铃响了，即便一屋子人都还没听够，也不得不暂时终止了这项睡前活动。

江闻皓默默将吉他收回到琴包里，从桌子下的纸箱里摸出一瓶矿泉水拧开，灌了几口，爬上了床。

他躺着没多久，就听见隔壁床位发出“嘎吱”两声，覃子朝也躺下了。

王同学似乎还在兴奋，压低嗓音跟另外两个室友小声聊天。只不过他们这次偶尔还会叫江闻皓两声，有意给他递话。

江闻皓起先还有一搭没一搭地随便“嗯”“啊”几声，后来干脆就不再回应。

其他室友大概以为他睡着了，逐渐安静下来，不一会儿，屋里就传来不均匀的鼾声。

黑暗中的江闻皓默默睁开眼，头枕着手臂看着天花板。

他忽然觉得，在这里的日子似乎也没那么难挨了。

这之后，江闻皓和他们宿舍人的关系明显好了不少，也开始有人在他早上不想起床跑操时多劝几句，或是跟他开开玩笑了。

只是江闻皓在赖床这件事上始终有着软硬不吃的亘古决心，最后，这项艰巨任务多半还是会落回到覃子朝身上。

“起了，江闻皓。”覃子朝收拾完自己，又开始新一轮劝说，“不然罗教官又罚你跑圈。”

“不去，昨天晚上失眠了。”江闻皓用被子蒙着头，雷打不动，“你帮我请个假吧，就说我胃疼去医务室了。”

“周一你刚用过这个理由。”

“嗯，复发了。”

覃子朝无奈，眼看着集合时间就快到了，抬手去扯江闻皓的被子。他个子高，只要稍微伸手就能够到。结果江闻皓也是拗脾气上来了，诚心跟他对着干，死死抓着被角就是不撒手。

手上的力道忽然一松，是覃子朝先放开了手。就在江闻皓以为他胜利了，想要调整好姿势再睡去时，只觉得床铺微微向下一陷。

江闻皓迷迷糊糊地在被窝里皱了下眉，准备好再度防守。没想到对方这回用的是寸劲儿，拉着他头顶的被子猛地一掀。

刺眼的亮光瞬间铺满江闻皓的脸，他骂了声，也不管三七二十一，张嘴就在覃子朝手腕上来了一口。

“嘶！”覃子朝倒抽了口气，被江闻皓如此幼稚的反击给整笑了，“怎么还咬人呢？”

江闻皓仍闭着眼，勾了勾唇角，一副胜利者的姿态。

覃子朝看着手腕上那排牙印，心说：这小子还真下得去口。

他在江闻皓的脑袋上狠揉了把：“我看还是你替我去捎个假吧。”

江闻皓掀起眼皮瞥了他一眼。

覃子朝笑道：“就说我去医务室打狂犬疫苗了。”

第七章 阵雨

在集合前的最后几秒钟，覃子朝带着江闻皓及时赶到。

江闻皓弯腰两手撑着膝盖，觉得自己这下多少有点亏，愣是比别人多跑了个八百米出来。

罗教官照例拿着他的大喇叭，背手踱到江闻皓跟前，把喇叭对着江闻皓的耳朵吹了口气，把江闻皓吓了一跳。

“嗯……”罗教官精神抖擞，“不错！”

江闻皓冷着脸掏掏耳朵，默默往后退了半步，懒得搭理他。

“全体各就各位，各班间隔两米距离，排与排之间对齐不要掉队。从一班开始，跑起来！”罗教官发号完施令，便慢悠悠回到了树下的阴影里跟班主任们聊天，间或拿着喇叭凶巴巴吼上几句，而后自得地龇出一排大白牙。

“董老师，我看你们班转来的小刺头最近好像乖点儿了？”罗教官问身边的董娥。

董娥笑了笑：“可不，乖多了。瞧见我的袖套没，就是他给洗的。”

“嚯，真的假的？”罗教官一脸不信，“别是奴役其他同学给洗的吧？”

董娥撇撇嘴：“跟你这种心理阴暗的同志没法儿说。”

两人正聊着，只见不远处有两个人影正朝操场这边匆匆走来，看门的保安则是紧随其后，不停地制止。

“学生家长，你们还没登记呢！”

“俺说了不识字！”皮肤黝黑的男人一边摆手推开保安，一边一瘸一拐往前赶。

他穿着件款式老旧的破汗衫，拄着个拐杖，黑色西裤上溅了不少泥点子，应该是走了很远的路。

紧跟在他身边的中年妇女像是有些胆怯，紧紧挽着男人另一侧的胳膊，不敢正眼看保安，只知道埋头走路。

“那是杜亚男家长？”董娥皱眉嘀咕了句，迎了上去。

男人一看到董娥，大喊了声：“董老师！”然后脚下步子更快，被石子一绊险些摔倒。

董娥赶忙将他扶住。

哪知道下一秒，男人边上跟着的妇女“扑通”就往地上一跪，伸手抱住了董娥的腿。

她这番举动直接把董娥给整蒙了，也引来不少人的注意。

罗教官见情况不对，也赶忙走上前来。

“老师啊，你可不能开除俺们家傲啊！”妇女说着就开始号啕大哭，“俺们家傲是好孩子，他是看不惯他爹被邹大山打断了腿才……”

“你快起来，这像什么话嘛！”董娥皱着眉要扶妇女起来，哪知道这妇女抱着她的腿就是不撒手，一个劲儿扯着嗓门号，“家傲都跟俺们说了，学校不要他，俺们老杜家就指望他长大能出息了，你们不要他，让家傲以后咋个办哪！”

董娥一边安抚着杜家傲的家长，一面回头迅速跟罗教官说：“快去，把王主任叫来。”

罗教官点点头，有些不放心地问：“你一个人行不行？”

“快去！”

这边跑操的队伍听到动静也开始频频回头，等罗教官一走，更是窃窃私语起来。

耸动的人群里，只见杜家傲骂了句脏话，跑离队伍，梗着脖子埋头朝那对中年夫妻冲了上去。

“起来起来！”杜家傲粗声吼了句，将跪在地上的女人强行拖了起来，此时也顾不得什么面子了，“你俩这是闹啥？我说了大不了不上了，我到镇上打工去，我还不稀罕在这儿上了！”说着，他就要拽着妇女走。

拄拐的老汉见状一巴掌就朝杜家傲的脸上扇了过去：“你给老子闭嘴！”

董娥赶忙把杜家傲护在身后，沙哑的嗓门立时提高八度：“这位家长，可不兴在学校打人啊！”

这妇女一看董娥拦在前面，扭头朝着还在跑操的人群大喊：“杜亚男！杜亚男！你人呢？你弟都要被退学了！”

一班的队伍里，一个瘦小的身影慢了下来，死死咬着嘴唇，低着头，脸色惨白。

她身边的女生看着正在叫嚣的妇女，小声地问：“亚男，那是你妈啊？”

随着这句问话，所有人的目光都朝杜亚男看了过去。

杜亚男的脸色更难看了，身体控制不住地发抖。

“杜亚男！杜亚男！你听见没有？”

妇女还在那边持续地喊，可杜亚男死活还是跟在班级队伍里，直到跑完一圈，才逐渐跟着队伍绕到了他们身边。

妇女一看见杜亚男，“噌”地就冲了上去，一把拧住了她的耳朵就往队伍外拖：“死丫头装聋啊，没听见喊你？”

见杜亚男被妇女拖离了队伍，董娥赶忙又上前去拉：“您先放手！有什么话不能好好说？其他同学都别看了，继续跑！”

杜亚男停在原地，被妇女扯过的耳朵通红，她没有伸手去揉，只是紧紧抓住自己的衣角，看着班级队伍跑出了好远。

老汉摸出旱烟，拄拐上前对董娥说：“这样吧，你们要是成心非要俺老杜家有个娃不上学，那俺们家就出杜亚男。反正也是丫头，再大点了就给她想法子说个亲，让她嫁人了。”说着，他又叭叭抽了两口烟徐徐吐出，“家傲不行，俺老杜家就他一个男丁，还指望着他有出息嘞。”

妇女在旁边又推了杜亚男一把：“快！你快跟你老师说，叫你弟留这儿！”

“凭什么！”杜亚男怒吼了声。

“啪！”

响亮的一巴掌瞬间就落在了她脸上，杜亚男被打得偏过头去。她顾不得疼，扭过头狠狠瞪着妇女，强忍着眼泪。

董娥这下也是真恼了，拉着杜亚男护在身后，用手指着妇女厉声道：“我跟你说，你要再敢动我班学生一下，我跟你没完！”接着，她偏头对杜亚男说，“放心啊，我在这儿呢！谁都别想从我班上带走一个人！”

董娥这番话恰恰正中了老汉的下怀，他冲边上的媳妇儿使了个眼色，妇女马上会意，耍起了无赖，道：“要不走俺们就都不走，要走也是丫头走，你看着办吧！”

“你们都先别急，也别在这儿闹了。等王主任过来，我们一起到他办公室去好好协调下这件事。”董娥朝政教处的方向看了眼，“算了，我这就带你们去。不管怎么说，杜家傲霸凌同学就是不应该。”

妇女一听又不乐意了，拽着董娥的胳膊，也没了先前的畏畏缩缩：“咋不应该了？俺儿那是心疼他爹，是孝顺！”话及此处，她眼珠一转，阴阳怪气道，“我说董娥，你可别忘了邹大山当初对你做过什么……咋的，你现在还要护他的种？”

“这是两码事！”董娥深吸口气，脸色也不太好看，“邹莽原是我的学生，跟他爸是谁没关系！”

“你、你……我看你就是不要脸！”妇女恼羞成怒，用手刮着自己的脸皮开始口无遮拦，“你就是诚心要给他邹家的娃当亲妈了！”

“妈，你快闭嘴吧！”杜亚男捂着脸大声制止。

岂料她话音未落，一个高大的身影突然出现在了妇女面前，一把揪起妇女的衣领将人直接拎了起来，悬在半空。

“哎呀呀呀——”妇女挣扎起来，其他人则是完全没反应过来愣在当场。

只见提妇女领子的人语气冰冷，手上持续施力：“你再说一遍？”

阴沉的声音让人不寒而栗。

妇女两脚离地，显然被吓坏了，看着迎面那双恶狼似的眼睛，嘴边的难听话愣是不敢再往外吐。

董娥也是一蒙，连忙大声阻拦：“子朝！”

覃子朝目光阴沉地盯着妇女，仍没放松手上的动作，反而越收越紧。

老汉眼见自己媳妇儿让人欺负，大骂着举起拐杖就砸向覃子朝后背。

但覃子朝愣是实打实扛下了那一击，依旧笔直地站着纹丝不动。

“兔、兔崽子！你快给老子放开！”老汉也被这突然冲出来的小子吓得够呛，刚要举拐再砸，被覃子朝拿眼一斜，顿时定住了。

“覃子朝，你快放手！”董娥眼见着妇女已经呼吸不畅，生怕真出了问题，忙要上前去掰覃子朝的手。

身后的一个人在此时抢先一步，将她往后拉了把，淡声撂了句：“往后退，别伤着了。”

接着，这人另一只手已经迅速攥向了覃子朝的手腕，镇定开口道：“覃子朝，你打算让老董替你背锅吗？”

这话果然管用，覃子朝幽暗的瞳孔微颤了下，手上的力道略松了些，但还是没有马上放开。

江闻皓看着覃子朝，叹了口气，放缓声音：“快松手。”

他边说边将覃子朝的指节一根根掰开。

妇女已经彻底吓软了腿，瘫在地上捂着脖子大口喘气。

杜家傲这时才敢上前，马后炮似的对覃子朝大吼大叫，但底气明显不足。

“你闭嘴。”江闻皓睨了眼杜家傲，杜家傲果然立刻就乖乖闭了嘴。

远处罗教官带着王主任朝这边赶了过来，王主任跑得满头大汗，他昨晚不知吃了什么一直闹肚子，被罗教官直接一脚踹开厕所门给拖了出来。

他也是万万没想到，怎么上个厕所的工夫就出了这么大事儿。

“杜家傲家长，这里是学校，可不带你们这样闹的啊！”王主任喘着粗气，眼见老夫妻又要发难，先来了个下马威，“全校师生都在这儿看着，丢不丢人？”

老汉和妇女一看王主任的派头便认出了他是领导，当即也不敢再多造次。

王主任见此招奏了效，秉着打一巴掌再给一颗枣的原则，拉长了语调：“有什么事咱们慢慢说，走，到我办公室去。董老师你也一道过来。”

董娥总算松了口气，点点头："知道了，主任。"

王主任扫了眼其他人，发现又有江闻皓，只觉得一个头两个大，皱着眉问："怎么哪儿哪儿都有你啊！"

江闻皓耸耸肩。

董娥则是在旁打圆场道："孩子怕出事儿，过来劝架的。"

王主任将信将疑地又打量了眼江闻皓，冲着余下的人说道："赶紧回去上课吧，子朝、亚男，你们也都先回班。"

董娥拍拍江闻皓的肩："去吧。"

覃子朝又深深看了董娥一眼。

董娥冲他努努嘴，示意他快走，接着跟随王主任一行人朝政教处走去……

董娥他们离开后，杜家傲原本还想再跟江闻皓撂句狠话，结果一对上江闻皓的目光还是有点犯怵，加上边上还有个神色阴沉莫测的覃子朝，他又咽了口口水转身要走。

"杜家傲。"杜亚男突然开口将他叫住，她的脸上还有五道鲜红的指印，盯着杜家傲幽幽道，"别的事爸妈要我让你，我都让了，只有读书这事不行。"

杜家傲头也不回，闻言恶声恶气地哼了声："狗稀罕你让！"

话毕，他就拔腿跑远了。

杜亚男盯着他的背影变成了个黑点后才又缓缓回头看向江闻皓和覃子朝。

大概是出于愧疚，她不敢拿正眼看覃子朝，欲言又止了半天后才小声说："对不起，我妈那人就那样……她……"

"去趟医务室吧，找块冰敷下。"覃子朝低声打断。

杜亚男摸了摸发烫的脸，苦笑了下："没事，早习惯了。"

覃子朝也没再多说，他的脸色仍不好看，垂在身侧的手攥成了拳，因用力突显出淡青色的血管。

江闻皓的目光往他握拳的手上浅浅落了眼，心知他这会儿多半还没缓过劲儿来，见他转身朝教学楼走，便一言不发地跟在他身后。

两人一路无言到了教学楼下，覃子朝抬头往政教处的方向看了眼，尽量放缓语气对江闻皓说："你先回班，我去趟政教处。"

"去干吗？"

覃子朝皱眉不语。

的确，现在过去除了站在政教处外听着，其他的他什么也做不了，贸然进屋只会让气氛再次变紧张，毕竟自己刚刚才差点失控伤了人。

一个凉冰冰的触感忽然戳了下他的手背，是江闻皓的指尖。

覃子朝回过神看向他，对上了他似笑非笑的眼神。

“想不到你脾气这么差，跟个二踢脚似的，拉都拉不住。”

方才听到杜亚男妈妈向董娥发难，自己都还没反应过来呢，就见覃子朝掉头朝对方冲了上去。

实话说，在看到覃子朝当时的眼神时，江闻皓也不免感到心惊，全然没想到覃子朝还会有如此暴戾的一面。

覃子朝深深吸了口气，徐徐呼出，在花坛边坐了下来。他双手抱着头，眼底还是暗沉一片。

江闻皓插着兜，也在他身边跟着坐下。

身后的教学楼里已经传来老师上课的声音，覃子朝又兀自沉默了许久，这才缓声开口：“我……”接着就又没声了。

“不想说就别说。”江闻皓无所谓道。

覃子朝泄力地点点头，牵了下唇：“谢谢。”

一包牛肉干递了过来。

“出门前随手放兜里的，吃吗？”江闻皓顿了顿，“就是有点咸，不过比你那酸面包好吃多了。”

覃子朝接过牛肉干，撕开包装袋，捏了一块，却迟迟没放进嘴里。

江闻皓见他半天不吃，“啧”了声，直接从他手里拿走牛肉干塞进了他嘴里。

覃子朝愣了下。

江闻皓则是皮笑肉不笑地扯出个笑：“那就辛苦您嚼一下？”

覃子朝的表情到此时才稍微缓和了些，他伸手揉了揉江闻皓的头，语气幽沉：“你知道吗，我刚刚差点就……”

江闻皓沉默了，他当时看到覃子朝的手只要稍微向上一点，扼到的就是对方的要害。

“我真的很讨厌自己这样……但我没办法，他说这是骨子里带的，我和他是一样的人。”话及此处，覃子朝闭上眼，掩藏住了眸中浓重的自我厌弃。

他缓了会儿后才又重新睁开眼睛：“幸好你及时拦住了。”

直到现在，江闻皓才确信自己是真的一点都不了解覃子朝。

随着与覃子朝日益熟识，他发现覃子朝平日里那副温柔阳光的外表下，似乎总有团散不开的浓雾，密不见光，阴郁深沉。

所以，覃子朝话中提到的“他”，又是谁？

即便疑惑，但江闻皓最后还是没问出口。他自己本身就是个很讨厌被挖掘的人，自然也不会为了那点求知欲去挖掘别人。

“你好点没？”江闻皓捏了块牛肉干在嘴里嚼嚼咽了，扭头看向覃子朝，“还是你想先逃个课？”

覃子朝当然没选择逃课，等江闻皓吃完牛肉干后站起身，带着他一起回了教室。

教数学的老张多少听闻了些早上发生的事，也没多问，便让他们赶紧回到座位上。

到了大课间，董娥来了，看起来神色如常，只是依次叫了杜亚男、覃子朝和邹莽原去办公室单独谈话。

江闻皓托着下巴看向窗外，脑子里尽是覃子朝揪着杜亚男妈妈时的样子，特别是他那双阴沉的眼睛。

就这么挨到了中午放学，覃子朝终于回来了，还带了份下周艺术节的报名表。

“老师问你要不要代表咱班报名参加。”覃子朝将报名表推给江闻皓，“你也知道咱一班的人，除了学习，对其他的事都不太在行。”

江闻皓瞄了报名表一眼，再次看向覃子朝：“还好吧？”

“杜家傲被记了大过留校察看，老师也跟杜亚男谈过了。邹莽原还在办公室，关于他的事关键还得看他自己，不过起码在学校里应该不会再有人敢明目张胆地跟他过不去了。”

“我问的是你还好吧？”

覃子朝收拾课本的动作放缓，笑了下，说：“挨骂了，说我是班长不该起坏榜样。”

“嗯。”江闻皓听后就没再多问，见班上人走得差不多了，也想去食堂吃饭。

“那我就帮你把表填了。”覃子朝拔开笔帽，“吉他弹唱？”

“不参加。”江闻皓对文艺表演这种事向来没什么兴趣，更不愿意在一群不熟悉的同学面前唱歌，之前在宿舍里弹纯属是为了还人情。

报名表暂时被覃子朝收了起来。

两人离开教室路过教职工办公室时，听到里面隐隐传来董娥沙哑的声音，不由得同时放慢了脚步。

“邹莽原，你到底要我说几次，嗯？你是你，你爸是你爸，不论他做过什么，都跟你没有半点关系，我也绝不可能因为他的缘故就不管你，更不可能迁怒于你。”

“可我为什么要相信你？”邹莽原淡声打断，语气中还带着一丝戏谑。

屋里的人怒拍桌子：“就凭我是你老师！就凭你是我班上的学生！我就得对你负责！”

“你敢发誓你在看到我的时候，不会想起邹大山对你做过的那些事吗？”邹莽原顿了顿，“你敢发誓你看到我这张长得跟他相像的脸时，没有一刻觉得厌恶吗？”

办公室里没声了。

不一会儿，邹莽原推开门从里面走了出来。在看到门口站着的江闻皓和覃子朝时，他微微愣了下，随即埋头就要从他们面前走过。

“你不能这么跟她说话。”开口的人是覃子朝，低沉的嗓音一旦严肃起来就会自带压迫的气场。

邹莽原站住，忽然闷笑了声，回头在覃子朝和江闻皓之间来回看了看后，将目光锁向覃子朝：“所以你也是为了帮董娥解决麻烦，才对江闻皓好的吗？就像当时对我那样？”

江闻皓闻言轻轻眯了下眼，覃子朝则是蓦地一僵。

邹莽原收回视线，脸上先前的怯懦、畏惧都在此时变成一种似笑非笑的了然：“也对，你是董娥的好班长嘛，帮她解决一切棘手的麻烦也是理所应当。”他说着，看向江闻皓，“我说过，这里的人都不值得你相信。你不会真以为他是真心对你好吧？”

“邹莽原！”覃子朝低喝，“别把谁都想得跟你一样。”

“是，毕竟我是邹大山的儿子嘛。”邹莽原点头笑了笑，接着语气一转，“那你呢？一个刚刚差点就把人掐死的人，又算得上是什么好人呢？”

邹莽原说完这句话后就离开了，临走前又深深看了江闻皓一眼，带着些猜不透的复杂意味。

他走后，覃子朝蹙起的眉仍没有舒展，在办公室外又站了会儿，像是犹豫着要不要进去看看董娥，但最后还是决定先不进了。

“走吧，吃饭去。”覃子朝叹了口气，对江闻皓说，一转身就对上了江闻皓平静的眼眸。

“他的话是什么意思？”江闻皓看着他，语气淡淡的，“什么叫，为了帮董娥解决麻烦才对我好的？”

午后的风一点也不凉爽，反而带着闷热的水汽，如同连绵热浪，让人很不舒适。

江闻皓倚靠在墙下，半垂着眼，仍是那副懒散的模样。只是他的下巴微微绷紧，手里的矿泉水瓶被他不断拧紧、松开、再拧紧。

“老师怕你刚到云高不习惯，况且你才来的那天晚上就和梁子洋他们打了架。她是不放心，可并没有把你当成麻烦。”覃子朝解释道。

“那你呢？”江闻皓安静地听完，抬头看着覃子朝，“你有没有把我当成是会给董娥造成困扰的麻烦？”

覃子朝沉默了，但他眼里转瞬即逝的慌乱还是被江闻皓敏锐地捕捉到。

“你跟董娥提出愿意跟我坐同桌，愿意我搬到你们宿舍，给我刷鞋煮面陪我罚跑，还带我回家……”江闻皓笑了下，揉揉鼻子，压下心头那股控制不住的酸涩，而后再次用若无其事的语气继续说，“其实都是为了能时刻防着我，不给董娥惹麻烦？”

“江闻皓。”覃子朝喉结滚了下，“我承认一开始的确是这样，你别看老师平时生龙活虎的，其实身体非常不好。我不想她过于操心，就告诉她，我会帮着看好你。但后来我……”

“我只问你一句话。”江闻皓出声打断，“如果一开始没有你答应董娥的那些，你还会不会像现在这样？”

这句话问出后，换来的是更长一段时间的无声。

江闻皓等了覃子朝一阵，轻轻点了下头：“懂了。”

他将身子从墙上蹭起，侧身往后退了两步，冲覃子朝懒洋洋鞠了一躬。

“班长辛苦了。”话毕，他无视覃子朝在身后的喊声，头也不回地转身离去。

接下来的几天，江闻皓生活照旧——早上被覃子朝和室友叫起床，跟着去跑操、吃饭、到教室听歌、睡觉……

但是覃子朝能感觉得出来，江闻皓对自己的态度变了。他仿佛一下子就又回到了刚来云高的时候，对所有的人和事都不感兴趣，带着层看不见但分明的隔阂。

覃子朝几次想要主动化解这份尴尬，可话到嘴边又不知道该怎么说。

他无法反驳，最初得知江闻皓要来一班时，他的确感到过担忧，特别是当他发现江闻皓对这里的一切都抱有敌意，就很怕他会给董娥惹麻烦，甚至迁怒于董娥。

一开始陪伴江闻皓也的确是因为想要帮董娥看着江闻皓，可不知从什么时候开始，对江闻皓的格外照顾似乎成为一种下意识的习惯，看着江闻皓一点点融入这里，他也是发自内心地感到开心。

在邹莽原当着江闻皓的面戳穿自己时，他承认自己慌了，尤其是当他看到江闻皓的眼神一点点变暗，对自己说“班长辛苦了”的时候。

他其实很明白江闻皓的心情，一个人对另一个人的好无论是否在后来发自真心，只要最初是别有所图，就不能称之为纯粹。

他很愧疚，同时也产生了一种前所未有的恐慌，甚至不敢正视江闻皓的眼睛，唯恐从里面看到那抹重新蒙上的疏离与防备。

就这样，时间转眼到了周六，又是可以放学回家的日子。

下午的课刚一上完，江闻皓就起身往外走，覃子朝下意识叫了他一声。

江闻皓停下，但没说话。

“你周末……”

覃子朝原想问江闻皓还跟不跟自己回家，结果江闻皓淡淡来了句：“我在宿舍补觉。”

直接给了他答案。

覃子朝沉默了会儿：“那你想吃什么？我回来的时候给你带。”

“不用麻烦。”江闻皓说完，背对着覃子朝一挥手，便独自出了教室。

覃子朝看着江闻皓的背影消失在门口，又在原地站了许久，这才默默收拾好书包，最后一个离开。

那句“不用麻烦”让他的心又是一沉，这是远比直接拒绝更见外的回答。

这一周的天气都不太好，天阴沉沉的，云层也很厚，即使到大半夜也依然不见降温，像是有一场雨一直憋着不下。这天傍晚，憋了一周的雨总算按捺不住了，随着几声闷雷，天开始漏了似的瓢泼。

云高的学生大多数是附近镇上的，因而放假后留在学校里的只有很少一部分。一到周末，整个校园空荡荡的，十分冷清。

江闻皓的宿舍里也只剩他一个人，他回去闷头睡了一觉后，本想约着于斌、罗琛打游戏，结果这两人平时一天天闲得发慌，偏偏今晚都有事。

江闻皓撂了电话，看时间还早，便想溜达到食堂看看有什么能吃的东西。

谁知道这一去就被暴雨给困在那儿了。

食堂里几乎没人，为了省电只开了靠近门的灯，显得里面空旷幽暗。菜色也比往常更加敷衍，除了醋熘白菜就剩稀饭。

江闻皓原先还有点饿意，在看了这些东西后彻底饱了。

他没带伞，只能坐在大门边的位置上盯着雨幕，直到天色彻底变暗。

手机屏幕上“跳一跳”的游戏界面突然一卡，江天城的电话打了进来。

江闻皓的指尖顿了顿，按下接听，电话内瞬间传来一阵嘈杂声。

“你在干什么？”江天城没给称呼，上来便问。

江闻皓面无表情地看着食堂外的雨：“吃饭。”

“正好，我们也在外头吃饭呢。”

江闻皓没吭声，勾勾唇角。

好一个“我们”。

“你弟弟想你了，要跟你说话。”江天城停了下，放软了些语气，“今天是弟弟生日，你好些说话，别凶他。”

电话那边发出几声噪音，听筒被江天城挪远：“来，朗朗，哥哥的电话！”

过了会儿，一个稚嫩但中气十足的声音隔着些距离传了出来：“饿死了饿死了，爸爸，我没有力气讲话了，牛排怎么还不来呀？”

接着是个女人在小声制止：“不可以没礼貌，赶紧跟哥哥说谢谢，他专门来跟你说生日快乐的。”

“不不！我饿，我要先吃饭！”

“好好好，先吃饭！”江天城笑着边哄边问大概是服务员之类的人，“去帮我们催下，餐怎么还没好？哦对了，还有联名的奥特曼礼物，我儿子就是为了那个才来的。”

江闻皓直接挂断了电话，将手机揣进兜里的同时，江天城又发来一条消息，只有很简单的一句“晚点联系”，还有一个两千块的转账。

江闻皓直接按了收取，却没给回复，而后转了五百块进饭卡，起身走到取餐口对正在打哈欠的食堂阿姨说：“麻烦给我五碗稀饭。”

食堂阿姨愣了愣，探身往江闻皓身后看去，在确定的确只有他一个人后，更加怀疑自己听错了。

“要几碗？”

“五碗。”

食堂阿姨一脸疑惑：“就你一个人，能吃下吗？要不你先打两碗，不够再过来盛吧？”

“能。”江闻皓将饭卡直接在机器上刷了下，“我饿了。”

食堂阿姨见小伙子这么坚决，也不好再多说，只边给他盛稀饭边念叨，让他千万不要浪费粮食。

江闻皓端着五碗稀饭回到门口的位置重新坐下，埋头大口喝了起来。

稀饭不算烫，江闻皓一口气连喝了三碗。他觉得胃里开始发胀，但心里却又产生了一种诡异的快感。

他擦了下嘴，将剩下的两碗也给喝了，而后把空碗摞在一起，在食堂阿姨震惊的目光中将其放到了回收点。接着，他将兜帽往头上一罩，迎着雨跑入了夜幕……

宿舍的楼道里也是寂静一片，反衬得屋外的雷雨声更大。有几间宿舍里透出灯光，门却是紧闭的。

公用盥洗室里传来“哗哗”冲水声，江闻皓神色淡然地从厕所隔间里走出，拧开水龙头拿凉水洗了把脸。

那些稀饭在胃里过了一遍后，最后还是浪费了。

江闻皓回到宿舍关好门，倚靠在座椅上，长腿伸直，把两脚直接搭上书桌，漫无目的地翻看着朋友圈。

五分钟前，江天城发了一张照片，上面的小男孩戴着生日皇冠，手里举着奥特曼大笑着，掉了门牙的地方像有一颗黑洞。

而他的两边，依偎着江天城和一个明显比江天城更年轻的女人，两人脸上都涂着奶油，将男孩簇拥着。江天城的鼻子上还被放了一个鲜红的草莓。

配字仍是江天城的简约风格：儿子生日。

江闻皓随手就把江天城的朋友圈屏蔽了，虽然三天前才刚把他“放”出来。

窗外又划过一道闪电，接着响起几声炸雷。江闻皓的眸色微颤了下，握手机的手也跟着收紧。他将笔记本电脑打开，随意选了个歌单，插上耳机，把音量调到最大。

没所谓，反正向来不都这样。在任何地方他都是多出来的那个，被当成定时炸弹般提防着，又或者被当成一堆垃圾让人迫不及待想要处理掉，他早就该习惯了。

所以并不是难过，只不过是因为今晚的雨未免下得也太大了。

他就有那么一丁点厌恶打雷罢了。

宿舍里的灯闪烁了几下忽然熄灭，每到暴雨天，这里的电路就总是出问题。

江闻皓狠踹了几下书桌，书架上的课本纷纷掉落。

又不知过了多长时间，电脑也没电了。随着音乐停止，窗外的雷雨声便再次清晰起来。

江闻皓拉开琴袋，将吉他抱在怀里，胡乱拨动琴弦。

不知何时开始有人在走廊里大骂，但他仍不为所动。

直到宿管阿姨“哐哐”砸门，勒令江闻皓停止发出噪音，否则就等着被学校通报批评，他才短暂地停下来。

他从床上掀了床被子，裹在自己回来后一直没顾得上换的湿透的卫衣上，而后继续弹。

很久没摸琴的指腹上的茧子已经薄了，琴弦按久了生疼，但江闻皓仍然固执地使劲压弦，脸上还是没什么表情。

隐约间，他听到门外有些吵，宿管阿姨像是在跟谁说什么，时而拔高语气时而叹气。紧接着，传来了钥匙开锁声。

宿舍门打开的瞬间，一道手电筒的灯光猛地照射进来。

江闻皓手上的动作停了，眼底露出阴戾，却见一个身影带着雨水潮湿的气息快步走来。

江闻皓的脊背蓦地僵了下，有些错愕。

来人像是跑了很久，胸口剧烈上下起伏着。接着又隔了段时间，他才微不可闻地叹了口气。

第八章 初晴

覃子朝将宿管阿姨三言两语劝走后，重新关好房门，反身回到江闻皓跟前。

“盥洗室现在没人，你先去洗个澡？”

见江闻皓不回应，覃子朝又说道：“那你能陪我去一趟吗？你看我也湿透了。”

“你怎么回来了？”江闻皓淋了雨，嗓音有些沙哑。

“我到初云镇后先去祁叔店里帮了一会儿忙，准备回家的时候就开始下雨了。”覃子朝垂眼看着江闻皓，“然后我就回来了。”

因为顾及江闻皓的面子，这句话他特地省去了“我知道你怕打雷”。

骤雨持续击打着房檐窗户，两人在盥洗室里洗了个热水澡。

这期间电路也修好了，覃子朝又去值班室找宿管阿姨要了个低功率的吹风机，让江闻皓吹头发。

“你先吹。”江闻皓划拉着手机，头也不抬地淡声道。

“不用，我头发短，用毛巾擦下就行。”

江闻皓没说话，默默接过吹风机，两人又陷入到了一阵长久的沉默里。

吹风机“呼呼”的声音掩盖掉了间或响起的闷雷声，持续发出频率一致的单调噪音。

覃子朝抿抿唇，重新开口：“我这里有板蓝根，吹完头发你把它喝了。”

先回答他的还是沉默。

过了许久后，江闻皓才不咸不淡地开口：“你不用对我这么好。”

他的声音在吹风机的运作声中显得不太清晰。

“我以后尽量不给你们添麻烦。”

“咔嗒”一声响，吹风机被覃子朝关上了。

“江闻皓，我们谈谈吧。”

江闻皓玩手机的手指微微一顿。

“我承认一开始和你接触的确是为了帮董娥。”覃子朝注视着江闻皓，真诚道，“但很快我就真把你当成朋友了，这和所有人都没关系。给你找琴弦、带你回家，也都是我自己想要这么做。我说的这些都是实话。”

覃子朝顿了一会儿，继续说：“这段时间我总在想该怎么跟你解释，我知道矛盾如果一直摆在眼前不解决，情况只会变得更糟，我不想去承担那种结果。”他放缓了声音，“你信我一回，行吗？”

雨势似乎有了渐小的趋势，反正雷是不怎么打了。有丝丝凉风从纱窗里吹进来，带着股树叶混杂着泥土的清新，天总算变得凉爽起来。

桌上的板蓝根冷了，被江闻皓不小心碰到溅了些出来，在桌面留下一摊深褐色的水迹。

江闻皓静静地盯着板蓝根，许久之后终于很轻地“嗯”了声。

覃子朝的肩膀这才放松了些，他在心里舒了口气，语气又恢复到往日的温和：“我再去给你冲包药。”

“覃子朝，”江闻皓忽然低喊了声，“你之前问我为什么会来这儿对吧？”

他再次看向覃子朝，平静地说：“我是被我爸扔掉的。”

覃子朝站住脚步。

“我妈死了，开始我也以为我爸跟我一样心里念着她，结果没想到我妈才走了没两年，他就又带了个女人回来，说要跟她结婚。我是到那时才知道，原来早在我妈最后的那段时间，他就已经跟那个女人好上了，她当时是我妈的管床护士。”

话及此处，江闻皓凉凉地扬了下唇：“原来从头到尾就只有我一个人放不下我妈……后来，江天城跟那个女人又生了个儿子。他怪我总不给他老婆孩子好脸色、给他的幸福之家添堵，就找了个机会把我扔这儿来了。”

江闻皓用舌头顶顶腮帮，平静得像是在讲别人的故事：“其实我都知道，江天城他自己也害怕面对我，怕我总跟他提我妈，怕我总提醒他他现在的老婆是第三者。他不想见到我……我就想，反正都到这一步了，横竖也不能吃亏，就总找江天城要钱，一次三五万的，等到存够钱就卷款跑路。”

“你要去哪儿？”覃子朝皱起眉。

“没想好。”江闻皓无所谓地耸耸肩，“可能找个合眼缘的城市，开个酒吧或咖啡馆，要是生意做赔了就随便去个天桥底下卖唱吧，反正再也不回去了。”

这是江闻皓第一次向覃子朝透露家里的事。

先前看到他和江天城的相处模式，覃子朝便多少猜出了他们之间应该存在着矛盾，却没想到他经历的远比自己想的要复杂得多。

也难怪江闻皓会为之前的事这么生气，毕竟他曾被最亲的人当成是“麻烦”

扔掉。

覃子朝伸手又揉了把江闻皓的头："别难过了。"

江闻皓闭闭眼，"啧"了声："你们这儿的人到底什么毛病？说了别总摸我的头。"

被子裹了湿衣服也变潮了，覃子朝怕江闻皓感冒，就要他和自己一起凑合一晚，等明早再晾。

睡到半夜，江闻皓果然开始发烧，头昏昏沉沉的，像坐船一样，鼻腔不通嗓子干疼，浑身忽冷忽热的，又酸又疼。

覃子朝被江闻皓翻身的动静弄醒，觉得不对劲，伸手探了探江闻皓的额头，果然滚烫一片。

"江闻皓，哪儿不舒服？"

江闻皓迷迷糊糊地听到覃子朝在叫他，皱皱眉想睁开眼，却发现眼皮根本睁不开。

他呼吸不畅地半张开嘴，闷闷地"嗯"了声，吸了口气："嗞……头疼。"

覃子朝迅速穿衣下床接了盆凉水，把毛巾浸湿拧干，帮江闻皓擦拭皮肤做物理降温。

就这样反复了不知多少次，江闻皓的眉头总算稍稍舒展了些，看起来没那么难受了。

覃子朝舒了口气，但也不敢完全放心下来。他按亮江闻皓的手机想看眼时间，决定天一亮就立刻送江闻皓去医务室。结果发现江闻皓的手机没锁，屏幕就定格在一张放大的照片上——

一家三口其乐融融的，在一个看起来很高档的餐厅里，最右边的男人是江天城，笑得很开心，鼻子上还放着一颗草莓。

"覃子朝。"

听到声音，覃子朝赶忙放下手机。

江闻皓像是烧迷糊了似的抬手在心脏的位置点了下："我这里，有点儿难受。"

覃子朝按亮台灯，就见江闻皓的脸因为发烧而变得通红。大概是被光线刺激到，他的眼皮动了动，总算掀开了，只是眸光显得有些涣散，黑色的眼眸里像是蒙了层水雾。

"那家餐厅的主厨是意大利人，红酒炖牛肉的味道很好……"

覃子朝蹙眉，一时不太理解他在说什么。

江闻皓又怔怔地看了覃子朝一会儿，声音越来越低："我小时候，也在我爸的鼻子上放草莓。"

覃子朝这才明白了江闻皓的话，将他汗湿的头发捋向脑后，低声说："快睡吧。”

江闻皓也不知听没听清覃子朝的话，但还是难得听话地点了点头。又过了不知多久，他的呼吸声总算逐渐变得均匀……

天蒙蒙亮的时候雨停了，间或传来几声清脆的鸟叫。

江闻皓的身体底子本就不错，折腾到后半夜的时候总算是退了烧，这会儿睡熟了也不再乱翻腾。

朦胧的光洒向室内，书桌旁坐着个高大的人影，被天光勾勒出端正挺拔的身姿。

他手里拿着本书，迎着窗户翻看着，时不时起身观察下江闻皓的状态。

等江闻皓一觉醒来，天已经大亮了。他眯眼反应了一会儿，才发现自己正躺在覃子朝的床上，独自霸占着整张床。

记忆逐渐回笼，包括他蔫不拉几抓着别人谈心的样子。

江闻皓低骂了句，从床上坐了起来，顿感一阵头晕目眩。

这时，一支温度计递了过来。

“量量。”

江闻皓顺着温度计看向床下站着的覃子朝，皱了下眉：“你没睡觉？”一开口他自己就先愣了下，这嗓子怎么哑得跟破锣似的。

“睡了会儿。”覃子朝笑了笑，“不敢睡太死，就干脆下床坐着了。”

江闻皓知道这一夜覃子朝没少被自己折腾，嘴唇动了动，接过体温计夹好，吸了下鼻子说：“那什么，我昨儿晚上丢人了啊。”

“没什么丢人的。”

见覃子朝语气非常自然，江闻皓的尴尬感总算削弱了几分。

几分钟后，江闻皓把温度计拿出来看了看。

37.3℃，还稍微有点烧，但已经不严重了。

他将温度计递还给覃子朝，想要下床拧瓶矿泉水喝，被对方劝住。

“难得周末，你再睡会儿吧。感冒了得多休息。”

“不睡了。”江闻皓晃了晃脖子，“躺得我腰疼。”

他说着就掀开了被子。

覃子朝见劝不动便叹了口气：“多穿件外套，降温了。”

江闻皓点点头，爬下床打开衣柜拎了件修身的白色运动服出来，往身上一套，发现居然比之前大了不少，穿着都晃荡。

他在心里“啧”了声，不愧是来山里“改造”的。

穿好衣服后，他把白色棒球帽往头上一扣，对身后的覃子朝说：“洗漱去吗？”

“嗯，顺便把被子给晒了。”覃子朝说着，顺手将江闻皓的被子对折了下抱起来。

今天虽然冷，阳光却很灿烂，隐约间似乎已经有了那么些秋高气爽的意味。

两人先把江闻皓的被子晾了，再到食堂吃了早饭。在覃子朝的坚决要求下，江闻皓又被拖着去了位于后山山坡上的医务室做检查。

在校医确定江闻皓只是普通感冒并无大碍，又给他开了些药后，两人离开了医务室。

此时学校里已经开始陆续有学生返校，原本空阔安静的校园又有了人气儿。

江闻皓还是第一次来后山，不得不承认，云高虽然各方面条件艰苦，但占地面积是真的大，生态环境也是真好。后山上种满了郁郁葱葱的植被，随便一隅都比他以前所在的城市的公园漂亮得多。

雨后沾惹了露水的青草又绿了不少，树下散落的潮湿腐木间钻出了许许多多形状各异的蘑菇，在斑驳的阳光下显得格外具有生命力。

江闻皓踩在一截腐枝上，发出“咔嚓”一声。他停下脚，在看到腐枝边上的一小簇蘑菇后，蹲了下来。

覃子朝：“别碰，那个有毒。”

“我知道。”江闻皓继续打量着那朵蘑菇，“是见手青。”

“你还认得见手青？”覃子朝有些意外。

“嗯，我妈以前带我摘过几次蘑菇。”江闻皓抱着膝盖，“她老家有好多，我妈说我姥爷姥姥以前都是采菌来卖的。”

雨后初晴，阳光落在江闻皓的眼睛里，像是有跳动的光斑。他站起身，重新将双手插进口袋，回头对覃子朝说：“那个什么文艺表演……董娥很想我参加吗？”

覃子朝愣了愣，没想到江闻皓会突然问起这个。

他顿了下后，点头“嗯”了声。

江闻皓舔了舔腮帮，片刻后语气随意道：“你给我报上吧，我想想到时候弹什么。”

他说完继续往前走，被覃子朝叫住。

“江闻皓，谢谢了。”

江闻皓轻描淡写地回了句“不用”，一边在林间走着，一边用脚不断扫开草丛，低头观察那些蘑菇。

就在此时，一个声音忽然从不远处响起。

“江闻皓？”

覃子朝闻声看向来者，眸色迅速下沉。

是邹莽原。

邹莽原很快也看到了跟在江闻皓后面的覃子朝，像是没想到他会在这个时候出现在学校里，同样表情一僵。

片刻后，邹莽原冲江闻皓轻轻弯了下唇："怎么，你还是不信我吗？"

这话问得十分微妙，但懂的自然都懂。

覃子朝的心里也"咯噔"了声，生怕他和江闻皓才刚缓和的关系再次出问题。

江闻皓却是很无所谓地耸了下肩："哦，我俩已经说开了。"

"说开了……"邹莽原闻言喃喃重复了遍，微微叹了口气，遗憾道，"好吧。"

他说完又瞥了覃子朝一眼，头一低，从他们身边走过。

江闻皓这才发现邹莽原的脚有些跛，天明明已经转凉，他却只穿了件单薄的短袖，还出了满身汗。

汗把他的衣服浸湿了，黏在后背上有些透，隐约间能看到下面有大片的瘀青。

"谁又打你？"江闻皓在邹莽原身后叫住他。

邹莽原的背影滞了下，轻声道："还能是谁？"

江闻皓皱眉："邹大山不是已经瘫在床上不能动了吗？"

邹莽原戏谑地笑了笑："谁知道呢，我这次回去突然就又能下地了。"话及此处，他的眼底闪过一抹冰冷的寒意，"但愿是回光返照吧。"

江闻皓顿了下："你可以报警的。"

"然后呢？"邹莽原回头看向江闻皓，"他要是真被抓走了，你觉得这里的人能不把怨气全转移到我身上？"

江闻皓有些语塞。

的确，照先前自己在初云镇亲眼目睹的情况来看，邹大山在一定程度上还真能起到些震慑作用，好让邹莽原不至于被那些人变本加厉地对待。

"江闻皓。"邹莽原放缓了些声音，看着他，"能帮下我吗？扶我去趟医务室买瓶红花油吧，我有点走不动了。"

江闻皓点点头，朝邹莽原走去，将他的胳膊揽在了自己脖子上。

他们刚要往医务室走，覃子朝从旁过来，低声说了句："我来吧。"

江闻皓刚想说没事，覃子朝已经不由分说地将邹莽原的胳膊从他肩上卸下来，把人架住。

邹莽原盯着覃子朝的侧脸，眸光明灭了下，若有所思。

在面对校医时，邹莽原依旧是绝口不提遇到了什么。

校医无奈，只得暂时先给邹莽原做了信息登记，开了药给他。

江闻皓问："要送你回宿舍吗？"

邹莽原摇摇头，说："不用，我自己慢慢走。"他顿了下，转而问，"你不回吗？"

“不回。”接话的是覃子朝。

邹莽原的目光在他脸上略停了会儿，笑了下：“那我先走了。”说完便转身朝树林的另一头缓慢走去。

待邹莽原离开，江闻皓转头问覃子朝：“所以我们去哪儿？”

他总觉得覃子朝现在这副冷着脸的样子还挺有意思的，毕竟难得见覃子朝耍性子。

覃子朝的态度重回友好：“带你去加餐。”

在走了将近半个小时后，江闻皓看着眼前一大片连绵的玉米地，觉得自己对云高的认知再次被刷新了。

他盯着面前的玉米秆静了下，由衷道：“云高的产业做得真大。”

“这都是老校长种的，平时雇了人看，不过周末那人不在。”覃子朝边说边挽起裤腿，回头嘱咐江闻皓，“你就在路边等我。”

话毕，他拨开绿油油的秆子，一低头钻进玉米地。

覃子朝个子高，玉米秆不能完全将其遮住，只是随着风的方向轻轻摇晃着，而后再被他的穿行扰乱了节奏，簌簌作响。

不一会儿，覃子朝抱着两根饱满的玉米从地里走出。那玉米近看还裹着青白色的外皮和长长的须子，相当新鲜。

江闻皓默默扫了眼头顶的监控，只听覃子朝笑着说：“别看了，那是坏的。”

“哦。”他淡淡应了声，心道：你可真清楚。

覃子朝拍了拍身上的土：“走，到那边去。”

江闻皓知道覃子朝应该是打算把玉米烤了，心情颇好地跟在对方身后。他还挺爱吃烤玉米的，之前都是在街上买，这还是第一次自己烤。

身侧的覃子朝抬肘蹭了把额头上的汗，江闻皓见他不方便，刚想说帮着一起拿玉米，忽然发现对方的脖颈和胳膊上有好几条淡色的红痕。有些割得还比较深，正往外冒细细的血珠。

“你脖子怎么搞的？”

“没事儿。”覃子朝不以为然，“也不疼，就是有点儿痒，回去抹了药就好了。”

两人来到墙下，大概是为了防止学生从这里翻出去，墙头拉了圈灰色的铁丝网，在阳光下泛着金属的光泽。

覃子朝找来三块砖，熟练地垒成了个简易窑的形状，又拾了些枯草之类的易燃物塞进去，从兜里摸出了盒火柴。

“你怎么还随身带火柴？”江闻皓疑惑地问。

“人类的文明需要它。”覃子朝边说边生好了火，将玉米放进简易窑里烤，时不时揪着玉米的根部给它翻个面防止烤煳，“就是没带调味料，不然撒些辣椒孜然更好吃。”

江闻皓托着下巴看他烤玉米：“看你这样子怎么也得是惯犯了吧？”

“不算，有几次实在饿得受不了才来摘。”覃子朝说，“老校长说是雇人看，其实也是睁一只眼闭一只眼。不仅学生会来偷玉米，罗教官没事儿也爱来。”

江闻皓脑补了下罗教官鬼鬼祟祟掰玉米的样子，觉得有点可笑，不由得勾了勾唇角，想着下次最好拿手机给他拍下来，装信封里寄到校长室。

转眼玉米已经烤好，覃子朝拍掉上面的草木灰，把皮剥了下来递给江闻皓：“尝尝。”

江闻皓接过玉米啃了口，是一种很原始的味道，火候控制得也刚刚好，比过去自己吃到的那些都更可口。

“怎么样？”

“香。”

“那就好。”覃子朝挺高兴，也不着急吃自己手里的，就看着江闻皓一副专心致志的样子，把一整个玉米棒子啃光了。

两人下午回了宿舍。

覃子朝胳膊和脖子上的划痕还没消，他觉得痒就总是去挠，弄得整片皮肤都发红了。

“应该是过敏了。”江闻皓从包里翻出了瓶青草膏递给他，“抹上。”

覃子朝拧开瓶子，将药膏涂在胳膊的划痕上，瞬间就觉得缓解了不少。

“这药挺好用的！”

“嗯，去泰国的时候买的。”江闻皓倚站在桌旁，抱着手臂看覃子朝上药。

“你应该去过不少国家吧？”

江闻皓点了下头：“还行，基本每年假期都会出去几趟，今年计划走趟北欧。”他顿了下，“到时一起？”

覃子朝抹药的手微停了下，牵了牵嘴角。

江闻皓突然就意识到自己问了句蠢话，舔舔唇想说些什么，可又不知道该说什么，最后只能垂下眼，一下下用后背抵着桌沿。

“我说的是以后。”他小声补了句，“我现在也被困在这儿，哪儿都去不了。”

覃子朝将绿药膏拧紧还给江闻皓，冲他笑了下：“行，以后一起去。”

盥洗室里，覃子朝洗完衣服，拧上了水龙头。他拎着桶一路上了楼顶的天台，打算把衣服直接晾在这儿。

天台平时都是锁着的，但先前覃子朝因为帮宿管阿姨晾过几回菜干，阿姨便将钥匙给了他，后来也忘了要走。

这里很空旷，只有几箩筐菜干晒在破烂的桌上，角落里还摆着株要死不活的吊兰。

覃子朝忙完后擦了把汗，双手撑着墙沿，眺望着夕阳笼罩下的远山。

突然，一道视线自身后投来。

覃子朝的眼底暗了暗，回头看去。

只见邹莽原不知何时站在了他背后正盯着他，神情不同于有其他人在场时的胆怯回避，而是平静到甚至可以说是好整以暇。

发现覃子朝注意到自己了，邹莽原笑了笑，一开口问的便是："江闻皓呢？"

覃子朝沉默了下："在宿舍。"

邹莽原点点头，朝他走来，在他身边站定，同样看向远处。

"你不能上来，被宿管看到要背处分的。"

邹莽原回头："你很看重江闻皓这个朋友吧？"

覃子朝眸色一沉。

邹莽原轻声说："我也是。"他顿了下，继续说，"知道为什么我这么恨这里，却独独喜欢跟他做朋友吗？"

覃子朝没回话。

邹莽原自顾自地解释道："因为我们很像，在这里不论什么时候都显得格格不入。你有没有注意过他的眼神？对这里的一切都带着敌意，而这里也同样不接受他。"

"你到底想说什么？"覃子朝冷声问。

"我想说的是，你不要总试图去改变别人，这太蠢了。对于我们这类人，保持敌意恰恰才是最好的自我保护。你把它击碎了，有一天当他发现其实你跟那些人也没什么不同的时候，只会感到更绝望。"邹莽原顿了下，"就像当初的我一样。"

"邹莽原，"覃子朝闭了闭眼，语气低沉，"别拿江闻皓跟你做比较。"

"随便了。"邹莽原无所谓地耸耸肩。

"快离开，我要锁门了。"

邹莽原又盯着覃子朝看了会儿，随即微微一笑，转身离开。

当覃子朝再回到宿舍的时候，江闻皓正抱着吉他，用一块绒布仔细擦拭。见覃子朝进屋，他抬眼问了句："怎么这么久？"

"有点儿拉肚子。"

江闻皓"哦"了声，又将注意力转回到吉他上："我还在想那天弹什么。"

覃子朝知道他说的是文艺会演，温声说："你弹得那么好，不管是什么应该都会受欢迎。”

江闻皓将绒布放到一边，开始给吉他调音。

覃子朝在一旁站了会儿，拖出椅子坐在了江闻皓对面，思考许久后，终于尝试着开口：“江闻皓，你是怎么认识邹莽原的？”

见江闻皓调琴的手停了下，覃子朝赶忙又解释道：“哦，我就是有点好奇。没事，不想说就算了。”

“来这儿第一天，我看到他猫在宿舍楼楼梯口摸黑读英语。明明有自修室又不去，觉得很奇怪。”江闻皓屈指勾了下琴弦，“后来见他被杜家傲那伙人欺负，就扔了包纸给他。”

“然后呢？”

“然后没了，剩下的你都在场。”

覃子朝点点头，过了会儿后又问：“那你们现在算是朋友吗？”

江闻皓扬扬眉，被对方的问题整得有些莫名其妙。

“算了。”覃子朝也意识到自己话多了，转而说道，“去吃晚饭？”

“不吃了。”江闻皓用手指了指嗓子，“中午的玉米还在这儿卡着呢。”

“好，那过会儿直接去上晚自习吧？”

“嗯。”江闻皓扫了下弦，音总算是准了。

他调整了下姿势，重新抱好吉他，问覃子朝：“给你个机会，挑首歌。”

覃子朝想了下，说：“那天咱们从镇上回来，你在车上放的那首就很好听，会吗？”

“《Hey Jude》？”

“嗯。”

江闻皓抱着琴恍惚了下，低声咕哝了句：“怎么选了这首？”

覃子朝刚想说“没关系，换一个也行”，江闻皓就已经调整了个姿势坐好，舒了口气，指尖一扣，拨动了琴弦。

随着舒缓的前奏响起，他那独属于少年的、带着慵懒却干净的嗓音在黄昏的宿舍里响起：

Hey Jude, don't make it bad.
Take a sad song and make it better.
Remember to let her into your heart.
Then you can start to make it better···

他的发音很好听，还带着些英式英语的腔调。

斜阳染在他的身上，将他的眉眼柔化。他虽然仍是副懒洋洋的样子，但自内而外所释放出的更多是纯净、温和，还带着些形容不出的怀念。

直到对方弹完了一整段，将手伸到覃子朝面前打了个响指，覃子朝才蓦然回神。

“好听。”覃子朝由衷道，“你是怎么学会弹吉他的？”

“我妈教的。”

“她一定是个很有才华的人。”覃子朝说，“文艺会演就上这个吧，绝对轰动全校。”

江闻皓舔舔嘴唇，将吉他装回了琴袋：“这首不行。”

“为什么？”

“不想。”江闻皓淡声说，“给你唱唱就算了。”

他没有说，因为这首歌是他妈妈教他弹唱的第一首歌。他还记得当时妈妈摸着他的头跟他讲有关这首歌背后的故事——Jude 是约翰·列侬和前妻的儿子，两人离婚后，创作人保罗为了让 Jude 不再难过，于是写下了这首歌，希望他勇敢。

自从妈妈过世后，这首歌便对江闻皓有了特殊意义，他原本是不打算再当着别人的面唱的。

“那就换一首，还是周杰伦的吧！”覃子朝说，“《稻香》《彩虹》，《双截棍》也行。”

江闻皓听后笑着骂了句：“《双截棍》？你还不如弄死我！”

两人又闲聊了几句，看着差不多时间该去上晚自习了，便起身离开了宿舍。

他们刚走到门口，就和从对面屋出来的邹莽原撞了个正着。

“我刚刚听到你弹吉他。”邹莽原垂着眼，又不见了先前在覃子朝面前的样子，“我也喜欢披头士，你唱的是他们 1968 年专辑里的。”

“The Beatles.”江闻皓扬了下眉，有些意外。

虽然有人喜欢披头士这么经典的乐队是件再正常不过的事，但毕竟这里是大山深处的云高。

“你唱得真好。”邹莽原低下头轻声说。

覃子朝在一旁全程沉默，只是眼底的光又变得冷暗。

“你们是要去上晚自习吗？”邹莽原看看覃子朝，问江闻皓，“我可不可以一起？”

江闻皓无所谓地点点头，然后三人一起朝着教学楼走去。

这期间覃子朝顺带还去了趟图书馆，江闻皓在外头等着，也不知道他借了些什么书。

今天的晚自习轮到英语测验，是江闻皓为数不多的强项之一。在搞定除了作文这种需要写很多字以外的题后，他侧头看了眼覃子朝，发现对方仍埋头在桌面上，一只手放在下面夹着本书。

江闻皓皱了下眉，且不说没见覃子朝写题这么慢过，那本书又是怎么回事？

作弊？

江闻皓用食指叩了叩桌面，覃子朝本能地将书迅速塞进桌斗。江闻皓这才看到他的英语卷子早已写好，就压在胳膊底下，字迹漂亮卷面干净，妥妥又一个满分。

而他在笔记本上记录的也并不是什么重点题，而是——

> 约翰·列侬，1940 年出生于英国利物浦。1960 年组建披头士乐队，该乐队……

第九章 一江水

晚自习下课后，覃子朝又在宿舍楼的自修室里待到最后一个才回来。

江闻皓睡得迷迷糊糊，听到有人爬上床，心说：覃子朝这真是要考状元的节奏。

结果第二天醒来，他一身的起床气被对方一句话给整没了。

“那首歌是后来才被收录进《The Beatles》的。”

“嗯？”

“之前和单曲《Revolution》一起发行。”

江闻皓反应了几秒，唇角抽了下：“不是，所以你昨天奋斗了一整晚，是搞这个？”

“就是突然想了解下摇滚乐。”

江闻皓用看外星物种似的眼神看着覃子朝，总觉得这人像是在跟哪门子的黑暗力量较暗劲。

两人照例到操场跑完操。

董娥拿到覃子朝给她的文艺会演表后，高兴地拍了拍江闻皓的后背：“就看你的了，给咱们一班争口气！让别的班也知道知道，咱班不是只有会学习的书呆子！”

她手劲不小，拍得江闻皓咳了声。

接着，她压低烟嗓：“话说到这儿，帮我个忙行吗？这次会演学校给老师们也布置了任务，让每个年级起码出一个人表演节目。昨儿晚上我抓阄输了，打算那天也唱首歌，你来给我伴奏好吗？”

江闻皓看着董娥，没说话，照他以往的脾性，早一句“不”怼过去了。但面对董娥，也不知道为什么，他就没好意思拒绝，最后问：“你要唱什么？”

“《一江水》。”

江闻皓扬扬眉，他不知道这歌，但名字一听就很有年代了，起码不比《一剪梅》新。

“蒙了吧？”董娥一看江闻皓这表情就了然了，“上课的时候我给你们讲过的，这是王洛宾写的，改编自一首前苏联歌曲，我当年下乡的时候……”

“谱子有吗？”江闻皓听着“下乡”就知道董娥绝对是要展开了讲，她没事儿就爱聊什么下乡，什么当时云高的老校长在她最迷茫的时期成为她人生的领路人。

“有啊！”董娥果然打住了长篇大论，“那就这么定了，我一会儿把谱子给你，等晚自习下课，咱们多留一个小时排练，反正你回宿舍以后也不学习。”

江闻皓无语，心说：其实后半句你可以不讲的。

大课间的时候，董娥果然把《永隔一江水》的吉他谱给了江闻皓。

江闻皓看着那张有些泛黄潮湿的纸愣了下，上面的谱子居然还是用钢笔手写的，有些字迹已经模糊了，看起来绝对有些年头了。

江闻皓不太好奇就没多问，当天晚自习下课，便按照约定拿了吉他去往董娥的办公室。

覃子朝知道江闻皓答应了董娥的请求，也放弃了一晚学习的宝贵时间，跟他一起。

办公室里只亮着董娥书桌前的一盏节能灯，根据近段时间对她的了解，江闻皓已经确认董娥是个节约到不能再节约的人。她怕开大灯浪费电，不到万不得已，一般都只开节能灯。

她仍穿着那套灰色的老式西服，手上戴着蘸了粉笔灰的袖套。见江闻皓和覃子朝来了，她热情地招手让他们进来。

“过来先把面吃了。”

江闻皓这才看到她的桌上摆着两只铁饭盒，揭开后，里面是冒着热气的鸡丝挂面。江闻皓还真是有点饿了，以往晚自习下课后他都会再回宿舍里开个小灶。只不过今天要来董娥这里，他还没顾得上。

董娥给他们两人各发了一双筷子。

江闻皓受人之托倒也不客气，搬了隔壁老师的椅子过来就开始吃。

覃子朝问董娥：“您不吃？”

“饱吹饿唱！”董娥说着绷了两下嘴，煞有介事地练起声来。说实话，不咋好听。

江闻皓三下五除二吃完面后，擦了下嘴：“开始？”

他把董娥给他的吉他谱拿出来，冲覃子朝勾勾手：“反正你也站着没事，给我当下谱架吧。”

“好。”覃子朝点点头，将自己和江闻皓的碗筷收拾好摆在一边，打算等他们练习完就顺便去给刷了。

他举着乐谱问江闻皓：“这样可以吗？”

“行。”

江闻皓说完，将吉他从琴袋里取出抱好，借着节能灯的亮光，按照谱子大致走了遍和弦，然后抬头对董娥说：“好了没？”

“可以了。”董娥挺挺身，两手交叠，端端正正地放在身前，脚摆成了丁字步。

江闻皓低下头，藏于阴影里的嘴角忍不住扬了扬，这姿势也太土了，跟老年合唱队似的。

他轻咳了声，用掌心击打了两下琴身，弹起前奏。

风雨带走黑夜，青草滴露水。
大家一起来称赞，生活多么美。
我的生活和希望，总是相违背。
我和你是河两岸，永隔一江水……

江闻皓几乎在弹完首组旋律的时候就意识到，这首歌其实非常好听，不同于现在流行乐乱七八糟的配器，而是带着最质朴本真的意味。

这也正是老歌的魅力，而董娥沙哑的嗓音在唱这首歌时也变得不再刺耳。

倒不是说她唱得有多好，而是足够真挚，没有过多的技巧，就像在夏末秋初的夜里，诉说着一个平淡而悠长的故事。

……波浪追逐波浪，寒鸦一对对。
姑娘人人有伙伴，谁和我相配。
等待等待再等待，心儿已等碎。
我和你是河两岸，永隔一江水。
我的生活和希望，总是相违背。
我和你是河两岸，永隔一江水。

间奏的部分，董娥停下来连着咳嗽了好几声。她本想道歉说重来，但取而代之切入的是一段清亮婉转的口哨。

江闻皓在音乐这方面有着惊人的天赋，只要是他喜欢的歌，听一遍就能记住旋律。

他跟着吉他的和弦吹着口哨，看到董娥的眼里似乎有光在跳动，在并不明亮的室内荡漾着波纹。

江闻皓第一次开始有些好奇董娥那些有关于“下乡”或是“青春”的往事。

这个总是戴着脏袖套的女人，年轻的时候又会是怎样的呢？

夜凉如水，今夜没有云，皎洁的月光洒在校园里。

江闻皓和覃子朝拿着董娥给特批的晚归条子走在回宿舍的路上。

“想不到董娥歌唱得还行，也不跑调。”江闻皓说，“之前听她那嗓子，说不是个烟枪我都不信。”

“其实她的嗓子以前不这样。”覃子朝站住脚。

江闻皓疑惑地看着他。

覃子朝温声道：“这我也是听说的，当年她下乡的地方有家石棉厂，她的爱人就在厂里工作。后来厂子着火了，她和爱人一起冲进厂里抢救物资，她爱人让火烧死了，她被救了出来，但嗓子给烟熏坏了，肺也出了毛病，所以总是咳嗽……听说董老师的爱人是个大才子，吉他、手风琴什么都会，当年还在前苏联留过学。”

江闻皓有很长一段时间没说话，他又莫名想起了那张谱子——字迹工整但略带锋利，一看就是男人写的。

覃子朝看着江闻皓的表情，知道他正在想什么。

“你不是问我为什么喜欢董娥吗？”

江闻皓收回思绪：“为什么？”

覃子朝顿了顿，语气沉缓：“我爸当年遭人骗，带着家里所有的钱跑了，直到现在都不知道在什么地方，是死是活。我妈为此病了很长一段时间，根本没有劳动力，精神状态也不好。我当时家里实在负担不起了，于是就退了学，打算在初云镇上随便找个什么工作。

“后来这事儿被董老师知道了，她每天连走二十多里山路到我家劝我。但我那时候是铁了心不上学了，董娥见劝没用，干脆每次一来就扛着个黑板在我家院子里上课，而后把当天其他科的笔记往门口一扔再走，第二天又来。”

“在你家院子里上课？”江闻皓怀疑自己听错了。

覃子朝也笑了，点点头：“是有点搞笑，弄得村里人每回都探头出来看，后来连光屁股的小孩儿都能背上几句文言文了。”

“她可……真有本事。”江闻皓想了半天，觉得只能用“有本事”来形容董娥了。

“董老师总说，我的未来不属于这里，也不属于初云。她替我垫付了学费，还让校长帮我接了各种修订教案的工作，说白了就是变着法子给我钱。她说只要我能保持成绩不下滑，学校就可以免除我的学费。如果不是她，我就不会再在这里，我们也就不会认识了。”

话及此处，覃子朝又回头朝教学楼的方向深深看了眼，办公室里依旧亮着盏暗灯。

“董娥，她是这个世界上第二次给过我生命的人，是很重要的人。”

两人回到宿舍的时候已经熄灯了，这晚江闻皓失眠了，一整夜都在反复回顾着自己生命中那些重要的人。最后他发现，那个人已经不在了。

余下的位置曾经本该属于江天城，但后来好像也不是了。

转眼到了文艺会演当天，如果说先前的几次骚乱让云高的一部分人知道了江闻皓的名字，那么这场会演则是让整个学校都认识了他这个人，且总算不再只有恶名。

江闻皓最后决定弹唱的是周杰伦的《彩虹》，董娥为此还专门为他搞了套小礼服。

看着那浅灰色还带反光面的衣服，江闻皓面无表情地问董娥：“你今天结婚？”

董娥一时还没反应过来。

江闻皓：“我以为你要我给你当司仪。”

“臭小子！”董娥笑着作势要揍他。

江闻皓避开，让她哪儿拿的衣服送回哪儿去，随便穿了件黑帽衫就背着吉他上台了。

结果，他一不小心踩到了之前演小品的同学留下的尖叫鸡，尖叫鸡瞬间“嗷”了一嗓子！

“嗞——”他低骂了句，声音直接从话筒里扩了出去，台下顿时一片爆笑。

坐前排的王主任正抱着他的保温杯喝茶，差点喷了一桌子。他防贼似的死死盯着台上的人，生怕江闻皓再搞出什么幺蛾子来。

只见江闻皓在提前准备好的椅子上坐下，扶了扶话筒，也不像别人那样先和台下观众互动几句，调动下气氛，只是惜字如金地吐了两个字：“《彩虹》。”

同宿舍身为周杰伦铁粉的王城同学之前听过江闻皓弹《稻香》，知道他的水平，带头鼓起了掌。

紧接着便是董娥。

在他们的带动下，掌声变得热烈起来。

江闻皓抬头，在人群中淡淡扫视了一遍，在看到正给前排领导递评分表的覃子朝时，对方也像是感应到了般回头看向他。

两人的目光隔空短暂地交汇，覃子朝冲他轻轻点了点头，用口型说了句“加油”。

江闻皓没有过多反应，再次垂下头去微微吐出口气，拨动了琴弦……

这是他第一次当着这么多人的面唱歌，自我感觉其实发挥得并不咋样。

也不知道是云高的人作风太高尚，还是大家对他的期待本就不高，总之一首歌唱完，在短暂的寂静过后，突然爆发出了山崩海啸般的欢呼声。

就连一向冷着脸的罗教官也把手放到嘴里，吹了几声响亮的口哨。

王主任则是暗暗松了口气，瞬间觉得杯子里的茶又香了。

“歌神！歌神！歌神！”

“这不去当明星简直屈才！”

“是高二（1）班的吗？他班班长的校草地位不保啊！”

“确定之前打架的人是他吗？可他看起来好乖啊！”

江闻皓宿舍的几个人此时秉着一荣俱荣的心思，各个红光满面，多少有些自豪，特别是因为江闻皓，变着法子跟他们套话的女生都明显多了起来。

“想不到你班这小子还挺有才的啊！”王主任颇感意外，扭头问后排的董娥，“说说，你是怎么让他同意上台的？”

董娥的语气也带上自豪：“这孩子一直都挺不错的，不过能让他当众表演，多亏有覃子朝。”

此时的后台，江闻皓被聚光灯照得很热，干脆直接将卫衣脱了，只穿了里面的T恤。

“接着。”

一瓶矿泉水从空中抛了过来，江闻皓随手接住，回头看去，唇角微微一扬：“不好好在前面服务大众，跑后台来干吗？”

覃子朝笑了笑：“给歌神送温暖。”

“够意思。”江闻皓拧开矿泉水瓶，一口气就喝下去了大半瓶。

覃子朝看他头上出了一层汗，刚想递过纸让他擦擦，只听身边忽然传来一个甜丝丝的声音：“那个，我这里有湿巾。”

说话的女孩叫骆媛媛，是这次文艺会演的女主持人。她也是从大城市来的，父母都是调来初云镇的干部。

即便覃子朝一直频繁收到来自女孩子有意无意的示好，但他对与学习无关的事向来都比较钝感。就算如此，他也还是从不少男生那里听到过骆媛媛的名字。

江闻皓还没回话，骆媛媛就已经将手里的湿纸巾递了过来。

江闻皓点了下头接过：“谢了啊。”

湿巾上带着股淡淡香水的味道，自从来到云高，他就很少再闻到这些人工制造的香气，有些不适应，但也不好当面拒绝，于是随便在脸上擦了几下。

“你吉他弹得真好！我以前也学过，就是手按在弦上太疼了，没坚持下来。”骆媛媛害羞地理理头发，“不过我最近在学尤克里里！那个更简单！”

江闻皓点头：“尼龙弦是会软些。”

“我现在就只会最基础的和弦，指弹什么的完全不行。”骆媛媛眨了眨眼，问，“如果方便的话，以后我可以请教你吗？”

江闻皓这会儿有点累，想着之后还要再上场给董娥伴奏，就顺着她的话“嗯”了声。

骆媛媛的眼睛顿时变得亮晶晶的，从衣服口袋里摸出了一块巧克力：“喏，这个就当谢礼！学校小卖部里都没什么好吃的零食，食堂的饭也不好吃，你要是喜欢，改天我就再给你拿点！”

话毕，没等江闻皓拒绝，她便不由分说地将巧克力塞到了他手上，冲他摆摆手，说：“我先上场啦！”

江闻皓看着那块巧克力，居然还是瑞士进口的。天知道在云高这样的鬼地方，能看到这样的洋玩意儿是多么难得的一件事。

“她是三班的文艺委员，我们在班干会上见过。”覃子朝看着骆媛媛离开的背影，对江闻皓说。

江闻皓“哦”了声，将巧克力掰开，分了覃子朝一半。

覃子朝接过，一拍他的肩：“我先回去了，怕领导那边有事。”

“嗯，你快去吧。”

两人正说着，覃子朝突然就又捕捉到了一丝从暗处投来的目光。他不动声色，默默从后台退了出来，暗地里的人果然跟上。

覃子朝不用看也知道那是邹莽原。

在这里，邹莽原就像是个游离于所有人和事，以及规则之外的影子。没有人在意他去哪里、要做什么，只想离他远远的，把关系撇得一干二净。自杜家傲打人事件之后，就更是如此。

“邹莽原，”覃子朝冷声问，“你想干什么？”

邹莽原的眸光轻轻恍了下，嘴角一动，什么也没说就走开了……

文艺会演结束后，一切就又回到了原先的节奏。

高中生活绝大多数的生动，往往都来自于多年后对这段时期的回忆。

而正在经历的日子，沉闷与无趣往往才是常态，因此大家不得不在这样的生活中学会尽力找一些乐子作为调剂。

对于覃子朝而言，学习本身就是乐子。但毕竟他这样的人只占少数，对于大多数学生而言，学习更像是一种不得不去完成的任务。

而江闻皓，就属于典型消极对待任务的那一类。

上午第一节课结束，江闻皓慢悠悠从教室外头荡进来了。坐回座位的时候，他就看到覃子朝正在给前排的同学讲题。

江闻皓抽出桌斗里的书，打算垫着补个觉，结果书本一抖就掉了个信封出来。

从花纹和颜色就不难推测出里面的大致内容，而这已经不知道是最近的第几封了。

他皱皱眉，将信封重新塞回桌斗。其实之前在六中的时候他就总会收到各种信，只不过六中的学生普遍家境较好，都有手机，更多的人是要他的联系方式，他也更好拒绝。

不像写信，退都还得找个机会。江闻皓这人虽说平时脾气臭，但在对待女生的时候，还是知道要给人家留面子的。

他将帽子往下压了压，遮住光线，趴在桌上，闭眼听着耳边覃子朝给人讲题的声音，只觉得相当催眠。

就在他迷迷糊糊快睡着时，头上的帽子忽然被摘了下来。

光线瞬时变强，刺激得他眼皮一跳。

他抬起头，发现前排同学早已经转回去了，老张正站在讲台上，他这才反应过来已经是第二节数学课的后半程。老张的课向来都会留十来分钟进行随堂练习。

“还剩十分钟下课，别睡了。”覃子朝将帽子还给江闻皓。

江闻皓接过帽子打了个哈欠。也就是覃子朝，换成别人敢随便摘他帽子，他早一板凳抡上去了。

覃子朝说完就继续做题，在流畅地写完答题步骤，只差填答案时，他终是忍不住停笔，再次看向一旁正醒瞌睡的江闻皓。

顿了顿，他将老张这堂课发下来的之前的测试卷推到了对方面前。

“这是上次的考卷。”

江闻皓“哦”了声，斜了卷子一眼。43分，发挥得还挺稳定。

“哦？”覃子朝低声重复了遍，加重语气严肃道，“你知道咱班倒数第二这回考了多少吗？87分，是你的两倍还出个头。”

江闻皓托着下巴眨眨眼，一副“所以呢？”的样子斜着他。

“其实这些题都不难，你又聪明，只要稍微把心思花些在学习上，搞明白解题关键，一定会有很大提升的。”覃子朝揉了揉太阳穴，又思考了下，“这样吧，晚自习我把这套卷子再从头给你讲一遍，有不懂的地方你随时……”

此时下课铃响了，只听门口传来一阵嬉笑。一个外班的女生笑嘻嘻地探头进来，冲江闻皓喊了声：“江闻皓，有人找！”

话音刚落，她就又和另外几个女生笑成一团，接着就把一个人推进了一班。

江闻皓认出被推进来的人是骆媛媛。

骆媛媛见着江闻皓，顿时变得有点局促，但还是尽量稳着语气冲他说：“你能出来一下吗？”

江闻皓扬了下眉，对骆媛媛道："有什么事就在这儿说吧。"

骆媛媛本想约江闻皓中午一起吃个饭，见对方表现得不冷不热，也不想显得自己太主动。她好歹也是班花，谁还不要点面子了，于是轻咳了声："周五晚上你有时间吗？可不可以请你教我弹吉他？"

江闻皓大概有猜到骆媛媛找他应该就是为这事儿，也多少看出了骆媛媛的心思，不希望日后生出太多麻烦，于是撕了张纸在上面写了个视频链接，递给骆媛媛："你跟着上面这个叫'麦克'的人学，他比我教得好多了。"

骆媛媛愣了愣，没想到江闻皓居然会直接给了她个教学视频，与此同时，她也彻底明白了对方的意思。

末了，她很有分寸地淡淡笑了下，从江闻皓手里接过那页纸，点点头："好，我明白了。"

有时候，话不点破才是聪明的选择。

没了心理负担的骆媛媛此时也不再忐忑，冲江闻皓一挥手："那我先走啦，你们也快去吃饭吧！"话毕，她大大方方地离开一班，和她的小姐妹们一起说说笑笑地走了。

时间一眨眼到了周五，这天刚好是江闻皓室友王城的生日。

一大清早他就约了同屋的几个人，让他们今晚放学谁都不许跑，到时候大家一起先到食堂去撮一顿，等回宿舍他还有专门从家里带来的好东西分享。

随着这段时间的相处，江闻皓逐渐跟这帮室友打成了一片。除了不在一起学习，他们平日里倒是经常约着一块儿吃饭打球，久而久之，江闻皓也发现他们不像自己先前以为的那么无聊。

而大家通过磨合，也发现江闻皓这人其实只要顺毛摸，还挺好相处的。尤其是王城，自文艺会演后，他对江闻皓甚至还生出了一丢丢崇拜。

事情原本就是这么计划得好好的，江闻皓甚至还在想要不要把自己那对全新的耳机送给王城当礼物。

他知道王城爱听歌，但王城那十块钱一副的耳机已经用坏很久了，只有一侧能听。

结果就在江闻皓趁着下午大课间要回去拿耳机时，被王主任叫到了政教处。

推开办公室门的一瞬间，江闻皓的脚步蓦地停住了，眸中的散漫迅速褪尽，取而代之的是一股凌戾的阴沉。

坐在王主任对面沙发上的两个人，一个是江天城的司机老陈，另一个正在跟王主任热络寒暄的女人，就是江天城现在的老婆冯婳。

见到江闻皓后，她立马站了起来，手上还捏着片正准备吃的橙子，想了想，又放回到果盘里，带着几分小心对江闻皓说："你爸爸看最近变天了，就让老陈送些厚衣服给你。原本想着马上国庆节了，你到时也会回家，但他还是怕你感冒。”

“看看！你爸多稀罕你！”王主任笑呵呵地在边上接话，看了下表，站起身对冯婳说，“小冯啊，我接下来还有会，你们不着急就在我办公室慢慢聊吧！”

“谢谢你啊，王主任，之前就一直听我家老江说您人特别好！闻皓这段时间给您添麻烦了！”冯婳说着跟王主任握了握手，很是活泛，“这样，您看您什么时候能忙完，晚上咱们一起吃个饭！哦，这是老江的意思！他最近公司实在太忙了就没过来。”

“别客气别客气，我这还真不知道要忙到几点呢！”王主任说，“你们聊，晚上要是来不及回去，我在学校附近给你们开间招待所。就是我们这地方您也知道，条件的确有些艰苦。”

“千万别麻烦！我们待不了多久就走了，主要就是过来看看孩子。”冯婳说完，客客气气地送王主任离开了。

王主任前脚刚走，江闻皓转身跟着就要往外去。

“哎，小皓！”冯婳急忙将人喊住。

江闻皓的眼底划过一丝不耐烦，回头冷冷盯着冯婳。

冯婳被他的眼神震慑到，局促地笑了笑，连忙改口：“你看，我又给忘了，你不喜欢别人这么叫你。”

江闻皓没理她，视线越过冯婳看向她身后的司机老陈。

老陈为了化解尴尬，连忙起身走到江闻皓跟前，将手搭在他的肩上握了握：“这……你看，原本今天是你爸要来的，结果临时有事就给绊着了。你冯阿姨这不是也挺久没见你了嘛，就一道过来看看你。”

老陈的话才说完，手就被江闻皓拍掉了。他有些蒙，要知道江闻皓这孩子一直对他都还算是客气。

江闻皓冷笑了声：“看我？”他抬眼盯着冯婳，挑起唇角，“到底是来看我，还是故意在江天城面前作秀，你自己心里没数吗？”

冯婳的脸白了，咬着嘴唇，一副委屈又隐忍的样子。若在旁人看来，可能称得上一句楚楚可怜，但在江闻皓眼里，还是那么令人生厌。

江闻皓懒得搭理她：“看完了就赶紧走，回去跟江天城交差。”

冯婳的肩膀微微颤抖了下：“江……”她还是不知道该管江闻皓叫什么，于是咽了口口水，说，“不管你信不信，我是真的一直想要跟你缓和关系。你爸爸这几年的身体越来越差了，我也希望你能够多体谅一下他……”

“我说，滚蛋。”

“闻皓啊！”老陈在江家当了这么多年差，也就只见过江闻皓敢这么骂冯婳，小声劝说，“再怎么着，她也是你长辈。”

老陈知道江家的情况，也是看着江闻皓长大的。他虽然嘴上这么说，但心里还是更偏向江闻皓，他也觉得冯婳这次的确不该跟来。

“从她打算跟过来，就应该知道从我嘴里听不到什么客气话。”江闻皓顿了顿，又冷笑了声，“不过比起在江天城面前挣表现，听几句难听话又算得了什么呢？你说是吧？冯女士。”

话及此处，江闻皓的语气不禁一寒：“你听着，我不管你帮江天城把公司开得有多大，也不管你们一家三口过得多快乐，在我这儿，你永远都是个在我妈病重时乘虚而入的第三者。”

冯婳的身子晃了晃，“第三者”这个身份是她一辈子都无法洗去的污名。不论她在事业上再怎么成功，又或是如今的生活再怎么看似完满……归根结底，这都不是她名正言顺得来的。

她是个小偷，而江闻皓则无时无刻不在提醒着她这一点，一次又一次将她钉在耻辱柱上。

其实江闻皓说得也没错，她这次来的确是为了向江天城证明自己“忍辱负重”的态度，她也早料到了现在的情况。可以说相较于曾经，江闻皓此次已经算是对她客气了。

她从来不求江闻皓能将自己当作亲人，说实话，她也一样，特别是在她也有了孩子之后。她只是不愿看到江天城每日为了这个家伤心劳神，只想尽量求个面子上的相安无事就行，毕竟她也是真的很爱江天城。

冯婳的拳握紧又松开，如此反复了好几回，双肩终是垮了下去。

末了，她虚虚地牵了下唇角，说：“你之后应该还有课吧？待会儿我和老陈把你的衣服送到宿舍楼下，就先走了。你自己在这边要多……”

“注意身体”这句客套话被江闻皓直接甩门关在了屋里。

冯婳呆在原地又兀自怔了一会儿，这才有些发木地扭头对老陈说：“我们走吧。”

江闻皓直到下午第四节课的时候才回到班里，还带着一身低气压。

教英语的小黄老师也是才来云高没多久，之前总听说这里校风严谨，一班的学生更是各个品学兼优，却没想到自己一上来就遇到了江闻皓这么个刺头。

若放在平时，看到江闻皓在自己的课上开小差、睡觉，她都选择睁一只眼闭一只眼，毕竟要不是董娥总在她面前提起这小孩儿的好，她早放弃了。

但眼下看着江闻皓居然连个“报告”都不喊，跟赶大集似的就进来了，实在觉得说不过去，于是她气沉丹田，将书一摔，大喊了声：“谁准你进来了？给我出去站着！”

江闻皓的背影顿了下：“马上。”他走到覃子朝跟前，从兜里掏出个缠好的耳机递过去，“我晚上不跟你们去吃饭了，帮我把这个给王城。”说完，他不等回应，转身出了教室，倚墙站在门边。

小黄老师被江闻皓莫名其妙的配合搞得还有点蒙，又探头确认了下他的确是在乖乖罚站，这才重新拎过书继续往下讲题。

结果等她讲完这一章的重点，借着喝水再往外看时，走廊上已经连个人影都没有了。

小黄老师在心里叹了口气，就知道这小子不会这么配合。她摇摇头，又攒了一肚子的状要好好跟董娥告一告。

然后，一直到了放学，江闻皓都没有再出现过。

覃子朝将耳机交给王城，又帮江闻皓编了几句祝他生日快乐之类的话，就让他们先去食堂吃饭，自己则是把江闻皓可能去的地方全都找了个遍。

天色暗了，夏末的夜晚比之前来得更早，还带着几分属于秋天的凉意。但覃子朝满头大汗，看着逐渐浸于夜色的偌大校园，胸口上下起伏，呼吸沉促。

他总觉得江闻皓下午的状态不大对劲儿，明明中午的时候还好好的。

不知不觉间，覃子朝又走回到了男生宿舍楼下，依然没发现江闻皓的踪影。没办法，云高的地形太复杂了，除了教学楼和几栋标志性的建筑外，剩下的绝大多数区域都被植被覆盖，到处都是盲区。

覃子朝在宿舍楼外的台阶上坐下，垂着头，额上的汗直接滴在了地上。

另一边，王城他们都已经吃完饭回来了，看到覃子朝后，边朝他走过来边吆喝：“怎么就你一个人在这儿蹲着？皓子人呢？还没忙完？”

“怕不是跟女生……”另一个室友忽然反应过来。

“真的假的？”

“你又不是不知道，江闻皓最近桌斗里的信多得都能溢出来了！”

王城连声感慨：“哎呀呀，好个重色轻友的王八蛋！不过念在他送耳机的分儿上，这次就原谅他了！”

几人说说笑笑的。

王城揽过覃子朝的肩，冲他一递下巴：“走啊，回去了！说了有好东西给你们。”

“你们先回，我在这儿等下他。”覃子朝还是不太放心。

王城用一副“你有毛病吧”的表情看着覃子朝：“班长，这是云高，不是深山老林，你还怕皓子走丢了啊？”

“就是，万一人家是跟女生在一起呢？”另一个室友边接话边用手肘捅了下覃子朝，“再说你又不是人家的监护人，管别人干吗呢？”

“是啊。走走走，说了重头戏还没上呢，别过会儿熄灯了。”王城钩着覃子朝的脖子半绑着他，一伙人将他架着往宿舍走。

覃子朝皱眉又回头看了眼，最终在室友们的簇拥下，一起回了宿舍。

王城一进宿舍便锁上了门，紧接着就从床下面搬出了两大坛醪糟。打开盖子的瞬间，一股浓郁的香气便飘了出来。

“可以啊，王城！”室友一个惊呼，又及时意识到地压下声来，竖起大拇指，“这味儿真够劲！”

王城装模作样地捋了捋他并不存在的胡子：“那是，这可是我外婆压箱底的宝贝。”

见覃子朝全程没说话，王城担心覃子朝会阻止他们，先发制人地捣了下覃子朝的胸口，谄媚道：“就是点儿醪糟，是饮料！不会醉人的！成吗，班长？”

见覃子朝仍是副严肃的表情，王城竖起手指在他眼前用力晃了晃：“十八啊！人生能有几个十八岁？”

“是啊，班长，要不让王城给您磕一个？”

“快点王城！”

“明白！”王城两膝一弯，作势要跪。

覃子朝闭眼揉了揉被吵得发疼的太阳穴，顿了下后才说：“醪糟也别吃多，别惹事。”

“好嘞！”见覃子朝松了口，众室友便彻底没了顾忌。

覃子朝始终还在担心江闻皓，过了不知多久，忽然发现所有人都没声儿了，这才从自己的世界里回过神来，发现王城他们居然闹着闹着就睡着了。

他起身将窗户打开通风，把地板上的王城扛到床上躺着，将桌子全部擦干净收拾好，把装醪糟的坛子套上了塑料袋，最后关上灯，拎着塑料袋离开宿舍，身手敏捷地从走廊尽头那扇坏掉的窗户翻了出去……

月光皎洁，仰头便可以看到飘浮的云和大片星空。覃子朝避开监控，将塑料袋处理妥当后，又开始绕着学校寻找江闻皓。

醪糟有后劲，尤其怕吹冷风，基本上一阵风吹过劲儿立刻就能翻倍。覃子朝晃了晃发沉的脑袋，在肚子里提前组织好了一套随时用来应付巡逻保安的说辞。

就这样从大路穿到小路，又经过了好几片林子，他终于在一盏白晃晃的路灯下，见到了压着帽檐迎面走来的江闻皓。

覃子朝眼底的放松才刚冒出来，瞬间又因为看清了对方身后跟着的人而被迅速冲淡。

邹莽原……

江闻皓也看到了覃子朝，短暂地疑惑了下后，还是加快脚步朝他走过来。

邹莽原的脚步跟着停下，但并没避开覃子朝的视线。他平静地看着覃子朝，末了还冲覃子朝笑了笑。

“那什么……我因为家里的事心烦，找了个地方想一个人静静，就没注意时间。跟邹莽原是在半道遇上的。”

江闻皓说完就后悔了，他解释这些干什么呀？

就在此时，突然从远处投来一道强烈的光，与此同时，还传来保安的喊声。

“谁在那儿！”

几乎在保安开口的同时间，江闻皓被覃子朝拽着躲进了一旁的草丛，脑袋被对方用手压低。

江闻皓知道覃子朝是担心他身上还背着处分，不想他再被抓住惹麻烦，于是很配合地将身子伏低，任覃子朝的手按在他的头顶。

保安见没了响动，倒也没继续往这边来。

等到巡逻的手电筒灯光渐渐远去后，江闻皓不由得微微松了口气。

另一边的邹莽原也从一棵树后走了出来，扭头看向江闻皓他们藏身的草丛。

江闻皓想起身，却发现自己仍被覃子朝压着。

他顿了顿，说：“人走了。”

覃子朝没回话，直到看着邹莽原又在原地站了几分钟，独自离开后，才放松了压江闻皓头的力道。

江闻皓活动了下酸痛的脖子和手腕站起身，刚想跟覃子朝说回宿舍去，就看到了对方幽沉的眼眸。

“下次别乱跑了。”覃子朝仍盯着邹莽原离去的方向，意有所指，“太晚了，不安全。”

第十章 山外山

次日一早，云高发生了件绝对不能称之为小的事件——

骆媛媛被人锁在后山废弃的器材室一整夜，直到天亮时才被扫地的校工发现。

夏末秋初的夜晚本就有了寒意，加上她又受到了一定程度的惊吓，现在都还躺在医务室里，万幸没什么大碍。

学校在第一时间就联系上了她的父母，一直以来都把女儿视作掌上明珠的骆媛媛爸妈在接到消息后当即赶到了云高，说什么都要揪出这个搞恶作剧的人，让学校严惩。

奈何骆媛媛全程支支吾吾，就是不肯说到底发生了什么。直到班主任和家长轮番跟她谈了一上午的话，又找来她平时关系最好的闺蜜，才从她的嘴里套到了一些不完整信息。

“媛媛说有人给她留了字条，约她到后山练吉他。”骆媛媛的小闺蜜捏着校服的衣摆小声说。

“练吉他？”骆妈妈的情绪还是很激动，但又要尽量维持着一个领导的基本稳重，点头思索道，“你这么一说，我想起媛媛的确是要我把她的尤克里里寄来学校。”

骆媛媛闺蜜看看骆家父母，又看看一旁的班主任，咬咬嘴唇，壮着胆子：“虽然媛媛不说，但说到练吉他，咱学校吉他弹得好的人还会有谁？”

“你说……一班的江闻皓？”三班班主任扶了下眼镜。

“媛媛之前到一班找过他，被拒绝了。”骆媛媛闺蜜碍于家长在场，有意规避了骆媛媛对江闻皓的心思，只是说，“但是之前文艺会演的时候，他的确答应了要教媛媛的。”

“苏老师，我家媛媛平时性格开朗，跟大家的关系处得都不错，不会公然树敌。这件事背后一定有隐情。”骆媛媛的妈妈将挎包又往肩上背了背，语气平缓，不断对班主任施压，“校园霸凌这样的事在近些年来时有发生，若疏于管理会引起极为恶劣的影响。云高作为重本升学率极高的学府，学风学纪优良，我们当初也是看重这一点，才让媛媛转学到这儿。我想学校一定会尽快给予我们家长一个交代的……当然，我这不是在给您压力哈，媛媛平时还是总向我们提起您的好。”

“一定一定，媛媛妈！”三班班主任赶忙握住骆妈妈伸出的手，“放心，学校绝对会高度重视这件事。”

“这样我就放心了。”骆妈妈站起身，“我本来是要接媛媛回去休息几天的，但她说怕耽误了功课，那就麻烦苏老师多多照顾！”

“没问题，您慢走！”

送走了骆媛媛的家长后，三班班主任一屁股瘫在了座椅上，长长舒了口气。

要说这跟领导说话和跟普通学生家长说话就是不一样。

三班班主任打开保温杯咽了几口水，待到情绪恢复，匆匆朝着另一头的办公室走去，她必须得去跟董娥把此事盘清楚！

江闻皓今天没在课上补觉，他同样听说了骆媛媛的事，因此当他被董娥叫走时，直觉就是跟骆媛媛有关。

果然，一进到办公室里，他就觉得气氛不对劲。

董娥倒是还好，隔壁三班的班主任已经是一副剑拔弩张、随时开喷的斗鸡模样了。

“来了。”董娥见到江闻皓，对他冲一个空板凳点点下巴，“坐，找你了解点事儿。”

江闻皓没动，问董娥：“骆媛媛没事吧？”

先回答江闻皓的是三班班主任的一声冷哼：“你说呢？”

“吓得不轻。”董娥如实回答江闻皓，“你想一个小姑娘家家的被关在后山一整夜，说好是真好不到哪儿去。”

“董老师，你别跟他说那么多。”三班班主任站起身，茶壶式的身材挺得笔直，指着江闻皓问，“我们已经查过记录了，你昨天门禁之后都没回宿舍，干什么去了？”

江闻皓难得没恼，问什么就答什么：“遇上点事儿心烦，找地方散心去了。”

“董老师，你听听！”三班班主任嗓音立时提高八度，“散心去了？上哪儿散的心？是不是后山？”

"就在玉米地那片，没去后山。"

三班班主任原本就被骆嫒嫒的家长软硬兼施地施了压，这会儿看眼前这小子怎么看怎么不顺眼，使劲推了推眼镜，又问："骆嫒嫒之前找你学吉他，有没有这事儿？"

"有。"

"你们除了弹吉他，还有没有发展点别的？"

董娥听三班班主任聊着聊着跑题了，咳了声出言打断："苏老师，咱先解决昨晚的事情吧。"

三班班主任这才反应过来，烦躁得在原地转了两圈，又问："教吉他的事你开始同意了，后来拒绝，怎么又想着约人家？"

江闻皓看了看董娥。

董娥明白他的意思，冲他点点头："你说，之后有疑问的我们再提。"

江闻皓这才将话连成一气，说道："骆嫒嫒之前是来找过我，提出要跟我学吉他，我当时拒绝了。之后我们就没有过别的联系，我更没有再约过她。我也是今天早上才知道的这件事。"

"你为什么要拒绝她？"三班班主任又插话了。

"怕麻烦。"

"呵，别以为我不知道你们这些半大小子每天都在想什么。"

江闻皓的脸上终于闪过一丝不耐烦，语气渐冷："不是谁都像您一样。"

"你说什么！"三班班主任猛地蹿了起来，"信不信我通报学校让你退学？"

江闻皓嗤笑了声，一副"你看我怕吗？"的表情。

"苏老师，我觉得事情还没确定以前，最好先别带着个人态度去评判。"董娥看似半笑着，话却说得很认真，"更不要故意把人往一个方向去引导，这有点欠妥。"

三班班主任张张嘴想反驳，但一想董娥的资历在这儿摆着，把话又咽了回去，再次看向江闻皓："你刚刚说的那些话，有谁能证明？"

"监控。"

"呵，我想你就会这么说。骆嫒嫒被锁的地方一看就是用心选过的，那地方的监控坏了还没修好。"

江闻皓心里一"咯噔"，反应过来自己刚刚说的玉米地附近好像恰恰也是在监控盲区。

就在僵持之际，只听办公室外传来了一个很轻的声音："报告。"

江闻皓循声看去，邹莽原不知何时站在了办公室门口："我能证明，昨晚我和他在一起。"

另一边，覃子朝这堂课是当真有些听不进去了，特别是在看到，江闻皓被叫走后邹莽原也借口出了教室。

笔在指间游走得飞快，忽然顿住被轻轻扣在了桌上。覃子朝又偏头最后看了眼身旁的空位，举起手，沉声说：“报告，我肚子疼。”

出了教室，覃子朝快步赶到办公室外，却没着急往里进。办公室的玻璃是磨砂的，从屋外只能看到几个模糊的人影。好在门没关严，站在墙边不难听到里面的声音。

三班班主任看着眼前的邹莽原，神色复杂。不得不说，邹莽原虽然一直活得像个“影子”，但在云高是挺出名的，因为他那无恶不作的混账老子。

此时看到这个平时遇人自退几米外的学生突然出现在眼前，还主动要替江闻皓这种“刺头”做证，她实在有些搞不懂局面。

“你又是什么情况？”三班班主任用下巴点点邹莽原。

邹莽原看了江闻皓一眼：“就是他说的那样。江闻皓昨天心情不好，我就陪他一起散心，没太注意时间。我能证明他的确没去过后山。”

三班班主任狐疑地打量着邹莽原：“你们一晚上都在一起？”

“嗯。”邹莽原点了下头。

董娥听邹莽原这么说完，没吭声，但看向他和江闻皓的眼神里带着思索。

以她对这两人的了解，他们简直相差太多，根本就是八竿子打不到一块儿去的，什么时候关系变得这么好了？

下课铃打响，有了邹莽原的做证，三班班主任也不好继续再在没有证据的情况下兴师问罪，只得让他们先离开办公室，自己再和董娥一起合计合计。最后临走前她还不忘又强调了遍，这件事必须得有个结果！

江闻皓和邹莽原一前一后转身出了办公室，在门口遇到了已站在外面许久的覃子朝。

邹莽原见到覃子朝后微微挑了下眉．

江闻皓也疑惑地看着他，问：“你杵在这儿干吗？”

覃子朝的喉结动了动，本想找个路过之类的理由来搪塞，但一想那样才是刻意，于是干脆直言：“不放心。”

江闻皓“哦”了声：“没事儿，就是问了我点情况，已经说清楚了。”

“那就好。”覃子朝点点头，“走吧，不是要赶着大课间去小卖部吗？”

江闻皓愣了下，心说：我什么时候要去小卖部了？

覃子朝不由分说带着他离开教职工办公室，临走前回头淡淡扫了邹莽原一眼。

两人来到教学楼下的花坛边，江闻皓站住，扬起头看着覃子朝：“什么事？”

覃子朝见江闻皓已经看出了自己是有意要把他和邹莽原隔开，顿了下，问：“他说的是真的？”

江闻皓也不知道自己怎么就一下听懂了覃子朝的这句疑问：“不全是。之前不是跟你讲了吗，我们是在半道上遇到的。”

说到这里，他话音突然一停，跟着皱起了眉，自我解释道：“邹莽原应该是急于帮我做证才这么说的。”

“但你也不知道他昨晚在遇到你之前都去了哪里，对吗？”覃子朝沉声道，“换句话说，这么一来，你也恰好成了他的证人。即便之后被查到宿舍记录，他也可以解释了。”

覃子朝这话说得没错，因为那张所谓的“字条”，自己成为最先被怀疑的人，因而刚刚包括董娥和三班班主任在内的所有人，都没有注意到同样在那个时间段不在宿舍的邹莽原。

“不管怎么着，现在都还没有证据。”江闻皓摇摇头，“再说，多亏他，我才没被刁难。”

听到江闻皓还在替邹莽原说话，覃子朝的心里升起一股火气，语气不由得加重：“你就这么信任他？”

江闻皓眯了下眼，打量着覃子朝。

覃子朝身侧握拳的手紧了紧，这才重新放缓声音：“邹莽原对骆媛媛找你学吉他的事好像很生气。”

江闻皓一头雾水：“他生哪门子气？”

“他不想你跟这里的人走得太近。”覃子朝说完，又觉得江闻皓其实没错，毕竟现在一切都还没有证据，于是闭眼叹了口气，“算了，你当我没说吧。”

晚自习之前有一个多小时的休息时间，覃子朝和江闻皓被同学叫去操场打球，但覃子朝想先回班把卷子最后几道大题做完，于是江闻皓就自个儿跟他们去了。

起初还挺正常，江闻皓也很快找到了手感，开始来劲儿了。忽然，他就见远处夕阳下隐约走过来了一群人，带头的应该是三班的体育生，外号叫德子。

江闻皓之前跟这人打过几场球，觉得这家伙球技还行，就是手黑，球品也不怎么样，输了总骂人。

江闻皓跟他玩不到一块儿去，之后就没再怎么跟他打过球。

此时德子走在最前头，将近一米九的个头显得格外好分辨。他的手还架在另一个小个子的肩膀上，离近了看，并不是架，而是勒着对方的脖子。

江闻皓的眸色微微一沉，认出了被他卡脖子的人是邹莽原，抓球的手紧了紧，直觉来者不善。

果然，对方在走近他们后，没等其他人打招呼，便将邹莽原往前一推。

邹莽原没站稳栽了两步，被江闻皓拉着胳膊肘顺手一扶。

“小心。”邹莽原在江闻皓耳边低声说。

江闻皓扫了邹莽原一眼，见他鼻子下有明显的血痂，应该是流过鼻血。

“谁干的？”江闻皓虽然在问邹莽原，但目光已经锁在了德子身上。

德子占着身高优势和体育生的身份，自然没带怕的，闻言冷笑了声：“他不该吗？帮着做伪证，你们就是一窝杂种。”

江闻皓开始还没太听明白，直到看见缩在这伙人背后的几个女生就是那天和骆媛媛一起到班里找他的人，此时她们看着自己的眼神都带着分明的怒气和恨意。

他点点头，清楚了，应该是为了骆媛媛来寻仇的。

“我跟他们说不是你干的，他们不信。”邹莽原的嘴角破了，疼得抽了口气，垂着头看不清脸上的表情，“其实他们无非是想找个人泄愤罢了。以前是我，现在是你。”

“你先回班。”江闻皓说着，抬眼环视了下身边的人，发现多数人的脸上都带着纠结，当即明白要是真动起手来，多半也不会有人帮他。毕竟本就是打个球的交情，在云高打架又是件很严重的事，没谁愿意引火上身。

倒是邹莽原，全然没有要离开的意思，站在江闻皓身后，轻声说：“放心，我不会走的。”

江闻皓一只手抓着篮球，思考了会儿后，淡淡对德子说：“要我怎么证明这事不是我干的？”

他答应过覃子朝，遇事能不动手就不动手，得讲信用。

“你就证明不了！”

德子啐了口，江闻皓则是向后闪了小半步避开。

德子一直特在意骆媛媛，这件事他们三班的都知道。眼下见着自己的女神被欺负，说是愤怒，其实他更多的是想不通骆媛媛为什么偏偏总爱搭理眼前这个看起来弱不禁风的小白脸。

这下他好不容易抓住了可以借着“报仇”好好发泄的机会，怎么可能轻易算了？更何况，说不定凭着这次出头，他还能在骆媛媛心中留下好印象。

念及此处，德子又骂了句，撸起袖子就要来拎江闻皓的领子，再次被江闻皓侧身闪开。

江闻皓也看出了德子的那点心思，但想着覃子朝之前为了他又是到政教处求情，又是大半夜满校园找他，终归还是不想把事情闹大，又给对方惹麻烦。

抱着最后的那丁点耐心，他上前搭着德子的肩：“这事儿我也觉得很奇怪，换个地方咱们好好说说。”

一旁一起打球的人见状也赶忙跟着和稀泥：“是啊是啊，都是同学，有什么事儿好好说。”

德子以为江闻皓是害怕了，一把拍开他的手：“少废话！老子跟你没得谈！”

江闻皓的手背被德子用力拍了下，当即红了一片。

他皱眉，顿了顿，末了点了下头：“那行吧。”

而后，就在德子挥拳朝着江闻皓的鼻子直勾勾砸过去时，江闻皓将手里那只篮球直接扣在了德子的脸上……

覃子朝做完了最后一道题，抻了抻指关节，回头看了眼教室后方挂着的时钟，才发现快要上晚自习了。

身边的座位还是空的，班上几个跟江闻皓一起去打球的人也都还没回来。他站起身，打算到走廊上去看一眼，顺便把人叫回来。

结果他刚要出门，王城便慌慌张张从外头冲了进来，一不小心撞在他身上。

王城也顾不上道歉，使劲吞了口口水，朝篮球场那边指：“皓子跟三班那几个练体育的干起来了！”

王城话音未落，覃子朝拔腿就朝篮球场飞奔而去。

王城抹了把脸上的汗，他虽然怕惹事，但也觉得不能放着覃子朝和江闻皓对付那帮野蛮人，不然一准吃亏。于是他一咬牙、一跺脚，也紧随其后跟了上去。

如果说今天就只有一个德子，哪怕他再带一到两个，江闻皓都觉得自己能应付得来。但现在的局势的确不太乐观，除去那帮女生，对方有七八个人，且个个人高马大，即便江闻皓再怎么能扛，也很难在这样的情况下占上风。

德子的脸上被篮球砸了个黑印儿，这会儿怒火中烧，干脆彻底不讲武德了，张口就在江闻皓的胳膊上狠咬了一口。

江闻皓蹙眉闷哼了声，眸底染上了痛色，低声骂道：“你是狗吗？”

此时远处突然传来一声嘹亮的哨音，不知是谁大喊了句：“罗教官来了！”

所有人皆是一惊，慌忙朝着哨音传来的方向看去，只见一道手电筒灯光边闪烁边朝这边投了过来。

几个女生瞬间避开了脸，防止被看清。

“德哥，算了吧！待会儿老罗过来大家都得玩完！”有人开始劝。

“就是啊，没必要把自己再搭进去！”

“快点走了！”

德子怒瞪的眼珠子颤了颤，明显不甘心。但今天的情形的确远远超出他的预期，自己怎么也没想到江闻皓这小子居然这么难缠。

江闻皓借着天光看向自己胳膊上红肿的牙印，上面还沾着层口水。他心中泛起一丝恶心，低骂了句，使劲甩了甩。

德子带着三班的人迅速撤离了，因为走得匆忙，也没顾上扔几句狠话。

见其他人也迅速四散，江闻皓将兜帽一扣，头也不回地对身后的邹莽原说："还不闪？"

邹莽原看着不断闪烁亮光的方向，轻声说道："你还没注意到吗？那不是老罗。"

江闻皓闻言眯起眼，也朝光的方向看去。

王城手里拿着个手电筒，见人都跑了后才将其熄灭，总算松了口气。

而他旁边，覃子朝将嘴里含着的哨子取了下来，正朝着他们这边看，薄唇抿成一条细长的线，眉头深深蹙起。

两人来到江闻皓面前，覃子朝淡淡瞥了邹莽原一眼，发现这人居然又在，表情更沉了。

一旁的王城倒是没注意到覃子朝的情绪，擦了把汗，呼出口气："要不怎么说我子朝哥有本事呢，我差点以为要打起来！哎，话说你怎么出门还带着哨儿啊？"

覃子朝没回话，仍目不转睛地盯着江闻皓。

王城自找没趣，尴尬地笑了笑，一拍脑门："哦，我忘了，你早上要喊操的。"

"怎么又打架？"覃子朝开口问江闻皓。

他的语气虽然不重，但江闻皓还是被这话搞得有点不爽。

明明是三班的人先找碴，且不说到底是真为了同学出头还是借题发挥，若是前者，在没有证据的情况下胡乱迁怒别人，这叫傻；若是后者，那就是实打实的坏。

见江闻皓黑着脸不说话，覃子朝停了一会儿，叹了口气，放缓语气："伤着哪儿了？"

江闻皓别过脸吸了吸鼻子，淡淡哼了句："没事儿。"

晚自习照例是写一节课的卷子再讲一节课，江闻皓趁着课间跑去厕所将水龙头开到最大，使劲搓着那个牙印。倒不是为了止痛，纯属因为恶心。

德子这下绝对是下死口咬的，这会儿江闻皓伤口处连带着附近的皮肤都肿了起来，紫得都快发黑了。

江闻皓烦躁地迎风甩了几下胳膊，等差不多干了便将校服袖子拉了下去，盖住牙印。

这一系列动作耽误了些时间，他再回到教室的时候，第二节晚自习已经开始十分钟了。

董娥见他迟到倒也没多说，使了个眼色让他抓紧时间回去坐好。

江闻皓心不静，坐下后就习惯性地要把耳机插进耳朵里，被覃子朝拉住。

"先听讲。"

"嘶……"江闻皓被扯着伤口，疼得咧了下嘴。

覃子朝动作一顿，连忙收手。

董娥用粉笔敲了敲黑板，回头瞪了江闻皓一眼："还没完了？"

江闻皓皱着眉没说话，只感到整条胳膊都麻辣火烧的，他都觉得自己是不是该去打一针狂犬疫苗了。

覃子朝看着江闻皓，发现他的腮帮因为咬牙显得有些紧绷，被校服袖子盖着的胳膊小幅度活动着，一看就是不舒服。

"你……"

江闻皓不看覃子朝，另一只手的手指绕着耳机线，头也不抬："学你的习。"

回宿舍后，覃子朝从抽屉里翻出了一瓶碘伏和一包棉签。连同之前的药酒在内，若不是因为江闻皓的到来，这些东西怕是一年到头他都用不到。

覃子朝用棉签蘸了碘伏，让江闻皓把袖子捋起来，一边帮他上药，一边听他把傍晚的事简单讲了遍，眉头越皱越深。

"他咬你，你就不知道躲？"

浸了碘伏的棉签涂在伤口上，泛起一层褐色的泡沫。江闻皓稍往后缩了下手，待那阵刺疼消失后才开口说："我要是躲，今天估计就不只是被那疯狗咬一口了。"

"最近洗澡还是别碰水，当心留疤。"覃子朝将用完的棉签扔进垃圾篓，叹了口气，"你自己说这算什么？张无忌手上那牙印还是被喜欢的姑娘咬的，你呢？"

江闻皓也正硌硬这事儿，对他而言，哪怕被狗咬一口都比被脑残留排牙印强。此时听覃子朝说这话，他更烦了。

王城洗漱完推门走了进来，眼尖的他一下就看到了江闻皓胳膊上的伤，快步冲了上来："你……这……戴手表啦？戴啥手表了？"

"让人给咬的。"覃子朝在旁说道。

王城连"啧"了好几声："谁啊？德子？这是属德国牧羊犬的吧？"

"别侮辱德国牧羊犬。"江闻皓将袖子整理好，拎着洗漱用品照例要去老教学楼洗澡。

而对于他不愿意到公用浴室洗澡这点，宿舍里的人早已见怪不怪了。

覃子朝紧随其后。

两人刚走到楼梯口，江闻皓便被不知道从哪儿冒出来的邹莽原叫住。

邹莽原手里拎着一袋子云南白药、紫药水，还有除疤灵什么的，将其交到了江闻皓手里："我去医务室买的，这个除疤灵效果很好，我之前也用过。你伤口消完毒把它涂上就不会留疤了。"

江闻皓点点头，也没跟他客气："谢了啊。"

"没关系。"邹莽原笑了笑，接着又意味深长地补了句，"希望你能早点明白，在这里，真相是什么从不重要，大家只会认定对自己有利的事，并坚信那就是事实……你说是吧？班长。"

而后，没等江闻皓和覃子朝说话，他便侧身从他们身边绕开了。他也没回自己宿舍，只是朝着最阴暗的那条走廊的尽头走去，没入一团阴影中。

邹莽原的话让两人都觉得有些不舒服，尤其是覃子朝。

江闻皓觉得覃子朝几乎把所有的疏远和敌意都用在了邹莽原一人身上，尤其是最近越发明显。

江闻皓也知道邹莽原一直在暗示他什么，自从和这个人有了进一步接触，他发现邹莽原总是会在明里暗里提醒他和云高、和这里的一切划清界限，也不止一次强调这里的人性之卑劣。

他多少能够理解邹莽原的想法，甚至在某些程度上表示赞同，就比如说之前的梁子洋、郑强和杜家傲，还有邹大山以及初云镇里的那些人。

但与此同时，他也承认，这里还有像覃子朝、董娥、301 室友这样的存在。

也正因此，他从未正面回应过邹莽原的那些意有所指。

骆媛媛的事因为一直都未找到证据，暂时不再被人提及。但江闻皓明白，这件事并没有翻篇，也不会翻篇，就如同漆黑海面下危机四伏的冰山，迟早都会被触及崩裂。

转眼间，国庆节来临，董娥又把覃子朝叫到办公室，让他十一期间做好参加奥数竞赛总决赛的准备。而这次的比赛地点，就在江闻皓家所在的省会城市。

比赛统共两天，学校会提前给覃子朝订好火车票和宾馆。

江闻皓知道后，直接让王主任他们别忙活了，接着打了个电话给司机老陈，让老陈到时开车来接。

得知江闻皓国庆节要回家，老陈在电话那头乐开了花。但老陈很快就反应过来，江闻皓当然是会回来的，因为他要去给他妈妈扫墓，他妈妈谢菀就是在这时候走的。

老陈特地早到了一天，在云高附近的宾馆住了一晚。第二天天刚亮，他们便动身出发了。

这天董娥也起得很早，一路把江闻皓和覃子朝送出校门。趁覃子朝帮老陈整理后备厢时，她拉过江闻皓跟他说："子朝没出过远门，你俩关系好，多照应着点儿，知道吗？"

江闻皓觉得董娥的交代实属有些多余，瞥了眼正在跟老陈微笑着交流的覃子朝："你觉得他有哪点不值得您放心的？"

董娥摇头叹了声气："你不明白，那孩子就是太懂事了。"

江闻皓无语，他觉得董娥这话简直跟"我家小孩儿最大的缺点就是太完美了"般异曲同工，忍不住在心里给她比了个赞。

董娥又跟覃子朝交代了几句，就站在校门口目送着他们离开。这全程她都没有叮嘱过覃子朝要他一定得拿个好成绩回来，为校争光，只是让他借着这次机会多见见世面。

临行前，江闻皓又让老陈去了趟覃子朝家。徐秋云说什么都要让他们吃了早饭再走，一口一个地念叨给他们添麻烦了。

江闻皓跟徐秋云说要早点出发，不然还得开夜车。徐秋云这才没再强留，塞了一袋茶叶蛋让他们在路上吃，又把覃子朝单独叫到了一边，从兜里掏出了一沓用手绢包着的钱塞给他。

徐秋云："到了大城市要是看见什么喜欢的就买，穷家富路，千万别心疼钱！对了，还要记得给人家小皓家买点礼物，我已经准备了些特产放车上了。记住，一定别给别人添麻烦！"

覃子朝本不想要钱，他自己平时还攒了些，学校又把这次买火车票和订宾馆的钱折了现给他，应该是够用的。但他又不想徐秋云担心，只得暂时接过她手里的钱放好，点点头，说："你自己在家要好好照顾身体，我尽量每天都给你打个电话。要是遇到什么事了就去找村支书，或者联系董老师。"

"别浪费电话费，妈会照顾好自己的。"徐秋云摸了摸覃子朝的头。

覃子朝则是体贴地弯下腰好让她够到，还拥抱了她一下。

这一切都落在了江闻皓眼里，他移开视线，低头时不动声色地牵了下唇，转身往车那边走。

"小皓！"身后的徐秋云忽然将他叫住。

江闻皓转身，徐秋云张开手臂也轻轻环抱了他一下，拍拍他的后背，说："等你们回来时，阿姨的咸鸭蛋就腌好了，到时跟子朝一起回家吃啊。"

江闻皓僵立在那里，记忆中，这样的怀抱已经是很久很久以前的事，久到他都记不得被人牵挂到底是怎样一种感觉。

他的眸光晃了晃，竟显得有些不知所措，片刻后，低低地"嗯"了声，声音有些发闷。

车上的老陈差不多抽完了一根烟，在驾驶座按了两声喇叭。

“哎！上车喽——”

覃子朝和江闻皓告别了徐秋云，钻入车中。

黑色的路虎揽胜发动，驶离了村子，朝着大山外疾驰而去……

第十一章 楼外楼

太阳从山坳里升了起来，天光逐渐转亮。

蜿蜒的盘山路让江闻皓犯起了困，加上昨晚没睡好，此时偏头抵着车窗，眼皮一个劲地打架。

老陈的精神头倒是挺好，毕竟是专业司机，有一套专门给自己提神醒脑的方法，其中一样就是没话找话。而覃子朝显然就成了他的主要聊天对象。

江闻皓有时候是真挺佩服覃子朝，对人永远都是一副很有耐心的样子，也不管聊的话题感不感兴趣。

老陈也对这个又高又帅的小伙子印象很好，总觉得没了初次见面时他手里拎的那两个大麻袋做点缀，怎么看怎么觉得他的言谈举止都不像是从山沟沟里出来的。有了印象分的加持，老陈聊得更欢了。

江闻皓这觉睡得非常好，再睁眼已经是在途中的服务区。

他记得当初来的时候就是在这里吃的午饭，自己要了碗红烧牛肉面，只吃了一口就嫌清汤寡水给扔了。可这次从云高回来，再吃服务区的饭，觉得简直就是神仙美味，连汤带面一口气干了个精光后，还多要了个卤鸡腿。

覃子朝仍是他的老两样，米饭、炒白菜，也不知道他天天吃这些到底是怎么长这么高的。

江闻皓扫了眼覃子朝的餐盘，没说什么，只是趁覃子朝不注意又额外点了一个鸡腿和一块红烧大排，而后假装自己吃不了要扔，然后就进了覃子朝的肚子。

午饭后，老陈上车休息，江闻皓则是在覃子朝去厕所的时候站在树下活动着坐僵的腰。

手机振了下，是江天城打来电话。

江闻皓按下接听，对面仍是没有称呼，上来便问：“到哪儿了？”

“上回吃饭的服务区。”

“嗯。”江天城停顿了下，似乎在跟其他人交代工作，过了会儿才又重新对江闻皓说，“我一会儿把饭店位置发你，让老陈直接开车过来，我请小覃吃饭。晚上你们一起在家里住，你小婳……冯婳已经把房间给他收拾出来了。”接着，不等江闻皓回话，对方就先挂了。

江闻皓最烦江天城这点，当领导当惯了，什么事都是用命令的口吻，什么人都能随便指派。

此时覃子朝走过来，就见江闻皓又皱着眉一脸不爽的样子，叩了下他的帽檐，笑道：“谁又招你了？”

江闻皓压了压帽子，说：“江天城订了饭店要请你吃饭，晚上还让你跟我回家住。”

“这会不会太打扰了？”

“他压根就不是在商量。”江闻皓“啧”了声，小声嘀咕，“我真是服气！”

两人又在树下聊了会儿，等老陈把车开到他们面前，就继续出发了。

下午，江闻皓的精神头明显足了些，戴着半边耳机将另一枚塞进覃子朝的耳朵里，接着扭头看向窗外，眼见着连绵不绝的山脉在逐渐变深的天光下慢慢消失，取而代之的是星星点点的人造光源。

他降下些车窗，发现外面的空气也跟着变了。潮湿的清新和那总是浅浅萦绕在鼻尖的柴火味，渐渐变成了汽油和沥青混合而成的喧嚣气息。

老陈按着江天城发来的地址，将车开到了一家俄国餐厅外。车刚停好，便有外国侍应生替他们拉开车门。

老陈熟练地将钥匙给了侍应生，让他去把车停好，接着自己拦了辆出租车，回头跟江闻皓交代：“我就不跟你们一起吃了，我媳妇儿在家做了饭，答应了孩子晚上赶回去陪他的。”

江闻皓点点头：“辛苦了，陈叔。”

老陈拍了拍江闻皓的肩，末了，还是忍不住多说了句：“难得回来一趟，也待不了几天，就别总跟他们置气了啊。”

江闻皓“嗯”了声，冲出租车扬扬下巴：“快走吧。”

老陈又冲覃子朝打了声招呼，然后钻进了出租车。

江闻皓见车开远了才收回视线，在另一个俄国小伙的引领下，和覃子朝一起进了餐厅。

三人穿过一条铺着高档天鹅绒地毯的长廊，在此之前，覃子朝从没到过这样的地方，去过最好的饭店也就是初云镇上的“喜相逢”大酒楼。

那些一看就价格不菲的装饰和墙上挂着的油画，在他的认知里，应该被陈列在艺术馆，而不是餐馆。

往来的客人都身着精美的正装或礼服，更是衬得全身上下的衣物加起来还不到两百块的他格外突兀。

大厅里巨大的吊顶水晶灯照得四周格外明亮，光线投射在镶嵌着的五色琉璃上，释放出绚丽的色彩。

乐手们在指挥的带领下，或是优雅地拉着小提琴，或是吹奏着单簧管和萨克斯。落座的客人们谈笑风生，但音量又都拿捏得当，不会被别人听到具体内容。空气里散发着食物的香气，但这味道令覃子朝感到陌生。

江闻皓其实对江天城的安排很不满，这家餐厅他来过几回，味道的确正宗，环境也不错，但对于不适应或是没吃过俄餐的人来说极有可能会吃不惯。相较而言，选择火锅或是川菜之类的要好得多。

侍应生领着他们来到一处靠近落地窗的位置，江闻皓一眼就看到了穿着黑色高定礼服的冯婳。她正在给边上一个穿白色小西装的男孩擦嘴上的巧克力酱，男孩前面的桌上还摆着个吃了一半的榛子慕斯蛋糕。

见到江闻皓，冯婳先是愣了下，随后赶忙起身冲他笑道："来啦？你爸爸刚出去接电话了，马上就回来。"

江闻皓没理她，拉开一旁的椅子让覃子朝坐，随后自己挨着覃子朝坐了下来。

冯婳见状，赶忙又跟覃子朝打了声招呼，从侍应生手里接过菜单递给他，笑吟吟道："看下想吃什么？这家的鱼子酱、煎鹅肝很不错的。"

覃子朝谢过冯婳，看着她递来的菜单迟疑了下。

江闻皓若无其事地直接把菜单"劫"了过去："罐儿牛、奶油烤鲈鱼、烤杂拌、红菜汤、列巴……先这样，别的过会儿再点。"

"好的。"侍应生接过菜单离开了。

覃子朝冲江闻皓牵了下唇，他明白江闻皓不是故意要抢着点菜，而是怕他尴尬。

此时，一个脆生生的声音从对面传来："你怎么不穿正装？"

覃子朝抬头，只见冯婳身边那个穿白色小西装的男孩正舔着蛋糕勺子望着他。

冯婳赶忙拍了男孩一下，小声制止："朗朗，这样没礼貌。"

"可是他们吃西餐不穿正装也没礼貌！"

"朗朗！"

"那去吃火锅吧。"江闻皓直接起身，斜了小男孩一眼。

男孩像是很怕江闻皓，赶紧缩缩脖子，一个劲往冯婳身边靠。

冯婳连忙笑着赔不是："朗朗还小，你别见怪啊。"

她太清楚江闻皓不会买她账，所以这话是专门说给覃子朝听的。

“没关系。”覃子朝礼貌地颔了下首，在桌下轻轻扯了扯江闻皓的衣角，示意他坐下。

江闻皓不想在覃子朝面前跟冯婳闹得太难看，顿了下后，重新坐到座位上。

江天城打完电话回到餐厅，见江闻皓和覃子朝已经到了，冲覃子朝伸出了手：“欢迎啊，小覃。听说你是代表学校来这边参赛的，不错！”

覃子朝赶忙跟江天城握了握手：“给您添麻烦了，叔叔。”

“哎，哪儿的话，江闻皓才是给你添麻烦了。”江天城说完看向冯婳，“点菜了吗？”

“点过了，是小……是闻皓点的。要不要把菜单拿过来你看一眼？”

“不用，点菜他比我在行。”江天城拉开椅子坐下。

冯婳借着拢头发的动作给那个叫朗朗的小男孩使了个眼色，小男孩赶忙挖了一小勺蛋糕递到江天城嘴边：“爸爸快吃，我专门给你点的！”

江天城严肃的表情瞬间和缓下来，用手刮了下朗朗的鼻子：“小馋猫，明明就是自己嘴馋！”但他还是张嘴把蛋糕吃了进去。

咽下蛋糕，江天城再次将目光调向江闻皓，只见他坐在覃子朝边上，一手托着下巴，另一只手搁在桌子底下划拉着手机，依旧是半垂着眼皮，对什么都兴致缺缺的样子。

江天城有些不悦，用手叩了叩餐桌：“一家人出来吃饭，别总抱着你那破手机。”

江闻皓闻言，头也不抬地回了句：“那你也别出去接电话啊。”

“这是一个性质吗？”江天城不禁放大了些音量，“我是在工作，你是瞎胡闹。你看看你同学都还在边上坐着呢，你就不理人，这在学校人缘能好？”

“我怎么和同学相处是我的事，你管好自己的老婆孩子。”

“江闻皓！”江天城被气得够呛。

江朗朗噘起嘴，很生气地瞪了江闻皓一眼，而后故意拉长了语调，嗲呼呼地说：“爸爸你别生气了，血压会升高的！”

“是啊是啊，难得一家人在一起聚餐，再说还有客人呢。”冯婳也在一旁劝道。

尴尬的气氛一时笼罩在餐位上空，江闻皓实在有些坐不住了。他原以为有覃子朝在，自己可以耐着性子跟他们吃完这顿饭，现在看来委实太过困难。

这一刻，他竟忽然有些想回云高，想念空气里那股好闻的柴火味，想念雨后树林里的蘑菇，想念董娥总是沾满粉笔灰的袖套，甚至想念徐秋云递给他的那颗过期奶糖……

“江闻皓在学校一直很受欢迎。”一个温润谦和的声音自然地打破了这见鬼的安静，“大家都喜欢他，我们宿舍的几个人也都很团结。”

江天城毕竟不傻，见覃子朝适时给了个缓和气氛的台阶，便顺势跟着下，点点头说："那就好。这小子虽然脾气差，但是到哪儿都能混上几个朋友，这点随我。"

此时，侍应生端来一盆漂浮着蓝色蝶豆花的浅粉色汤摆在桌上，便退到了一边。

覃子朝从没见过这东西，只觉得很漂亮，以为是饮料之类的。他见并没有侍应生帮忙分餐，江家人又冷在那里谁都不动，便主动起身想着帮大家把汤给盛了，却没注意到冯婳脸上在闪过短暂的不解后，想笑又不敢笑的表情。

"别弄了。"江闻皓握住覃子朝的手腕，"让他们自己来。"

"是啊，小覃，洗手这种事我们自己来就行了。"冯婳说着，将覃子朝给她盛到碗里的"饮料"倒进一旁精致的玻璃碗里。

洗手？

覃子朝看着那漂亮的液体，这下才明白这东西并不是用来喝的。

冯婳将餐布围在江朗朗的脖子上，回头轻笑着对覃子朝说："没关系，它长得的确挺像饮料的。"

覃子朝顿了顿，这才微牵了下唇："抱歉，我以前没见过这些。"

"哈哈哈，哥哥你好好笑啊！"江朗朗听冯婳说完后才反应过来，指着覃子朝大声说，"竟然把洗手水当饮料！"

他的声音太过洪亮，周围的客人闻声都将目光投向了这一桌，很多人也跟着笑了起来。

冯婳一边小声制止江朗朗，一边自己也憋不住"呵呵"笑了几声。

江闻皓冷冷地抬眼睨着江朗朗，突然出声："你再敢笑一声，信不信我把你脑袋按里头？"

江朗朗愣了愣，嘴巴一咧就要哭，被冯婳赶紧捂住了嘴。只是她的表情也变得不太好看，强笑着说："他还是个孩子，不懂事的。"

"他是孩子，你也是？"

"江闻皓，不许这么跟大人说话！"江天城见冯婳变了脸色，竖起眉峰呵斥了句。

"算了，天城。"冯婳扯了扯江天城的袖口，表现出了三分的忍辱负重外加七分的通情达理，"先吃饭吧。"

她说着，帮江天城往高脚杯里倒了些佐餐红酒，又微笑着问覃子朝："小覃要不要喝点酒啊？"

"谢谢，我不会喝酒。"覃子朝礼貌地冲冯婳颔了下首。

冯婳点点头："也对，还是高中生呢，那喝饮料吧。"说着，她按了下桌上的餐铃，让侍应生拿了几瓶饮料过来。

这顿饭的气氛在后半程才稍微有了改善，这完全是归功于江天城的没话找话和覃子朝的对答如流。

覃子朝充分发挥了他的学习能力，很快便掌握了刀叉的用法，以及一系列烦琐的餐桌礼仪。

冯婳和江天城不免都开始注意起这个男孩，因为他实在太懂得拿捏分寸，无论是说话还是举手投足之间，既不会显得太拘谨，也不会过于热络攀附。他明明看似说了很多关于自己的事，但对于他不想讲的，全都能轻而易举地一带而过。

冯婳嘴上夸着覃子朝懂事，心里也禁不住意外：这个男孩比起同龄人真的要成熟太多，更准确地说，不是成熟，而是有城府。

江天城则更是对其充满了欣赏，问了他诸多关于未来的打算，满眼写着“这就是我内定的未来优秀员工”。

江闻皓虽然全程都在当哑巴，却始终注意着他们的谈话。说实话，他的心里有些复杂，既不想让覃子朝跟他们说太多，又莫名其妙产生了一种隐秘的自豪感，就像是怀揣着一个大宝贝，又不想展示给旁人，又在它被欣赏时忍不住骄傲。

江天城因为吃饭期间喝了点红酒，不能开车，冯婳便接过了车钥匙。

江闻皓嫌她身上的香水味腻得慌，加上边上的江朗朗又小嘴叭叭一直说个不停，吵得头晕，便让冯婳把车直接靠路边停了，说要和覃子朝散步回去。

江天城点点头：“也好，现在不算很晚，你带小覃在附近转转。广场那边的音乐喷泉在整点的时候好像有灯光秀。”

车开走后，江闻皓扭头看向身边的覃子朝，勾了下唇：“怎么样，我的奇葩一家人？”

覃子朝摇头笑了笑：“我看你也挺吓人的，脸一垮，搞得别人都不敢说话。”

江闻皓知道这个所谓的“别人”说的是冯婳，冷哼了声：“她最好别说话，一张嘴全是心眼子。”

覃子朝一看江闻皓这副没好气的样子就想揉他的脑袋，也的确这么做了，伸手在江闻皓有些长了的头发上抓了把：“你怎么这么孩子气？”

“滚啊。”江闻皓给气笑了。

没了江家人在场，两人的状态马上就又回到了在学校时的样子。

他们此时在西城，这座城市最繁华的城区。宽阔的马路、流水的人潮和车辆，以及斑斓的霓虹，无论哪一样都是大山里不曾有过的景象。

江闻皓看着不远处那座闪烁着灯光的桥，忽然有种恍若隔世的感觉。一转头，江闻皓看到覃子朝也正望向那里，绚烂的光影落在他脸上，不断变换色彩。

江闻皓突然就产生了一种奇妙的感觉，总觉得这一切都是那么不真实。有一瞬间，他甚至都怀疑覃子朝只是他幻想出来的人，根本就不存在。

他也从来没有到过初云镇，没有去过云高。一觉醒来后，他仍躺在他宽大柔软的床上，身处于那个什么都有，却唯独少了妈妈的房子。

“这里真漂亮。”

覃子朝的声音让江闻皓回过神来，片刻后轻轻“嗯”了一声：“可是没有星星。”

的确，城市夜晚的天空总是砖红色的，就算有星星，也轻易看不见。

“回去带你到我家后山的山坡看星星。”覃子朝说。

两人穿行在霓虹与人群间朝广场走去。城市广场临河而建，此时已经聚集了不少人。

而这个时间放在山里，绝大多数人应该已经休息了。

周围林立的高楼上安装着大屏和广告牌，释放出各色的光。射灯从不同的方向投来，照在广场正中间的喷泉上。

江闻皓挨个给覃子朝介绍着这些商务楼都分别属于哪位大佬，里面又有哪些公司，接着，他冲其中一座高楼递了递下巴：“江天城的公司就在那儿。”

覃子朝顺着他的话朝马路对面看去，全然没注意到一群打扮时髦的年轻女孩正站在不远处看着他们，时不时还交头接耳几句，脸上带着抑制不住的兴奋。

“好帅啊好帅啊！看见没看见没？”

“看见了看见了，两个都好好看！”

“天啊，左边那个好高，得有一米九吧！”

“另一个也好白！”

“是明星街拍吗？还是在拍电视剧？”

“不像，都没看到摄影机。”

“我觉得比明星好看！自然多了！”

大概是谁的手机闪光灯没关，突然间闪了下，江闻皓扭头朝她们看去。

其中一个女孩赶忙将手背在身后，几人互相看了眼，故作镇静地走开了，而后没走多远，就爆发出一阵激动的笑声。

“她刚是在拍你？”覃子朝问。

江闻皓勾勾唇：“拍你吧！”

“嗯？”

江闻皓“啧”了声：“装呢？”

此时，大楼上的灯突然变了，开始闪烁倒计时。

周遭的人群也开始跟着一起倒数：“五——四——三——二——一！”

“砰”的一声，喷泉迸发出一道巨大的水柱，在射灯的照射下变幻着绚烂的色彩，冲入半空后，散成了五颜六色的水花。

人们随着喷泉和音乐的律动欢笑高呼，到处可见欢快的气氛。

隔着水幕，他们看到有人在热情地拥吻，水溅湿了他们的衣摆和头发，但没有谁会去介意。

这若是放在初云镇上，一定又会被人指指点点。

覃子朝看着这里，只觉得一切都是那么新奇，和他想象中的一样，却又并不完全一样。

灯光秀的时间不长，结束后人群便渐渐散去了。

两人沿河并肩走在回江闻皓家的路上，间或聊几句，经过了一条种满法国梧桐的街道后，他们来到了一片高档的别墅区。

此前覃子朝有想过江闻皓家应该是住大房子的，但当他真正进入江家的私家庭院，看到面前那栋偌大的豪华建筑物时，还是觉得自己把所谓的“豪宅”给想简单了。

江闻皓按了下可视门铃，不时，一个身材丰腴、面色红润的中年女人给他开了门。

见到江闻皓后，女人脸上瞬间笑成一朵花。

“回来啦！”

江闻皓喊了声“刘姨”，接着换上了对方早就给他准备好的拖鞋，回头示意门口的覃子朝进来。

刘姨已经在江家当了近十二年的保姆，那时候江闻皓的亲妈还在，对刘姨一直不错，因而在刘姨心底，疼江闻皓自然是要比江朗朗更多些。

听说江闻皓今天回来，还要带个同学，刘姨忙前忙后的，又是给他们煲汤又是收拾房间。

此时看到覃子朝，她多少有些意外。

她知道江闻皓转去的学校是在大山里，她早年也是从山里出来的。印象中，山里的孩子多是皮肤黝黑，也不太善于表达，初次来到大城市多多少少都会显得紧张局促。

可眼前这小伙子不仅长得人高马大，举手投足间也都落落大方，刘姨越看越稀罕，同时不知为何，总有一种给自己长脸了的感觉。

“你就是小覃吧？来来，快进来！”刘姨张罗着，一拍脑门，“看我，没想到你居然长得这么高，准备的拖鞋怕是小了，我再去给你找一双啊！”她边说边朝储物间走去。

“你要不先光脚进来，反正地上也不凉。”江闻皓对覃子朝说。

覃子朝点点头，把鞋脱了规规矩矩地放在江闻皓的鞋旁边。

江家的鞋柜也是分开的，看着江闻皓那一柜子一看就知道每一双都价值不菲的鞋，自己的那双杂牌球鞋就像是混进贵族宴会的流浪汉，也就比流浪汉干净一些。

覃子朝跟着江闻皓到洗手间洗手，一路走得都有些忐忑，生怕在那明亮的大理石地板上留下印子。

刘姨找了半天，总算翻出了一双大号的拖鞋，穿在覃子朝脚上勉强合适。刘姨连声感慨："看看，这个头儿不加入国家篮球队多可惜！"

刘姨又张罗着他们到餐厅去，说自己炖了松茸鸡汤。

两人晚上那顿西餐都没吃饱，喝着这鸡汤觉得简直堪比神仙美味。此时，从楼上传来"噔噔噔"的脚步声，江闻皓手上的汤匙一顿，表情沉了下来。

"刘姨刘姨！你们在吃什么？"江朗朗拿着奥特曼跑到餐桌前，偷瞄了江闻皓碗里的汤一眼，见他没有在偷吃别的好东西，这才放下心来。

紧接着，二楼就传来了冯婳的声音，只见她穿着一件真丝睡裙，扶着栏杆探头冲江朗朗喊："朗朗，快上来睡觉了，明天还要去上马术课。"接着，她又对刘姨说，"刘姐你别再给朗朗东西吃了啊，不然他晚上又要积食。"

"知道了！"刘姨应了声，跟江闻皓挤挤眼，示意他别管，吃自己的。

冯婳想了想，还是亲自下楼来到餐厅，微笑着问江闻皓和覃子朝："怎么样，灯光秀好看吗？"

现场陷入一阵沉默，江闻皓理都不理，继续喝他的鸡汤。

江朗朗噘噘小嘴："妈妈在跟你说话，不回答没礼貌。"

"滚。"

江朗朗一哆嗦，但还是壮着胆子拿着奥特曼对准江闻皓，大吼道："哼，我不怕你！"

"朗朗，你过来。"冯婳的脸上也是红一阵白一阵，她知道江闻皓这话冲的不是朗朗，而是她。

覃子朝用膝盖顶了顶江闻皓的腿，江闻皓面无表情地撞了回去。

覃子朝淡淡叹了口气，抬头对冯婳礼貌地笑了下："灯光秀很好看。"

"那就好，我有时候也爱带朗朗去看，他喜欢在广场喂鸽子。"冯婳冲覃子朝点点头，只是显得有些无力。

她又冲江朗朗招了招手，让他过去。

江朗朗气鼓鼓地瞪了江闻皓一眼，而后飞快地躲到了冯婳身边，胖乎乎的小手被她牵着。

"那我们就先上楼睡觉了，你们吃。"冯婳对覃子朝客套地说，"有什么事就跟刘姨说，把这儿当自己家就行。"

"谢谢阿姨。"

"朗朗，我们走了。"冯婳说完，带着江朗朗上楼去了。

看着母子俩离开，刘姨撇了下嘴，小声絮叨了句：“还你们我们的……说得好像他们才是一家人，咱们都是外人。”

覃子朝闻言微皱了下眉，虽然知道刘姨说这话并没有恶意，纯属随口抱怨一下，但他仍觉得当着江闻皓的面这么说不太妥当，更何况这还是在他这个外人在场的情况下，看得出平时刘姨类似的话讲得更多。

语言这东西有时候很奇妙，会在潜移默化中形成一种无形的气场，并且一旦形成，就很难再改变。

果然，江闻皓放下汤匙，抽了张纸巾擦擦嘴：“我饱了。”

“这就饱啦？不再多喝一碗？”

“不喝了。”江闻皓站起身。

覃子朝也跟着放下了碗，接着把江闻皓的空碗一并拿过来，礼貌地问刘姨：“请问洗碗池在哪儿？”

“不用不用，放着我洗就行！”刘姨连忙要抢覃子朝手里的碗。

覃子朝见拗不过，只得把碗还给刘姨，随后跟着她的背影大致认了下厨房的位置。

“回房间？”江闻皓问。

“好。”

覃子朝跟在江闻皓身后朝三楼走去，沿路就大致了解了这栋房子的全貌——一共三层带独立院落加楼顶花园，以及一个和一楼面积相当的地下室与车库。

房子整体的装修风格都很讲究，并不像是暴发户喜欢的那种又贵又杂，而是非常有品位。看得出来，房子的主人应该是个很有审美的人。

像是读懂了覃子朝的眼神，江闻皓淡淡地解释道：“装修是我妈一手操办的，她以前是设计师。”

覃子朝点点头，关于江闻皓母亲的形象，在他脑海中又具象了一层。

优雅、美丽，还会唱歌和弹琴的设计师。

客房就挨着江闻皓的房间，被褥已经被刘姨全部换好了，浴室里也摆好了牙刷、毛巾和洗护用品。

落地窗外还有一座露台，和江闻皓房间的格局差不多。

“去洗澡吧。”江闻皓冲浴室扬扬下巴，等覃子朝进去后，他也打算回自己房间里泡个澡。

刚进屋手机便响了起来，是于斌打来的。

江闻皓接通电话，于斌的大嗓门立刻传了过来：“逆子！回来也不跟你爹报个到？还是我爸跟你爸通电话的时候我才知道！”

江闻皓顺势靠在了衣柜上：“才回来，累得很，想着明天跟你说的。”

于斌这才放过他：“行吧，说好了啊，明儿晚上我订个地方，叫着大琛一块儿聚聚，我俩都快想死你了！”

江闻皓不信：“真的假的？”

“废话，当然是真的！你不在，都没人替我俩抵挡张凤英的炮火了，干不过啊，兄弟！”

“呵，那我真是太重要了。”江闻皓扯扯唇角，“哦对了，明儿晚上我再带个人过去。”

“谁啊？”

“云高的室友，来这边参加竞赛的，现在住我这儿。”

“嗽？”于斌声音立时提高八度，“是不是你宿舍里那‘磁性哥’？”

江闻皓本能地将手机拿远了点儿，被覃子朝这新外号整乐了：“警告你明天当着别人的面别乱说话，再把人吓着。”

“得了！明儿一准只聊健康绿色无公害的话题！”

“挂了，地址发我手机上。”

江闻皓说完挂断了电话，这才想起自己刚才似乎没告诉覃子朝淋浴该怎么用。

他家的淋浴是感应式的，调节冷热也和一般的不太一样。念及此处，他赶紧返回客房。

事实证明，完全是他多心了，浴室里传来“哗哗”的水声，看来覃子朝已经掌握了用法。

江闻皓放下心，刚准备回房间，水声停了。

他本想着等覃子朝出来了正好说一下明晚吃饭的事，结果等了半天都不见人出来。

江闻皓迟疑了下，敲了敲浴室门：“覃子朝？”

又过了片刻，门从里面打开了。只见对方光着膀子只穿了条运动裤，头发和脸上的水都还没擦干。

江闻皓扬扬眉，吹了声口哨：“可以啊，之前没注意看，这胸肌怎么练的？”

覃子朝不好意思地挠挠头。

江闻皓转过身，说：“车钥匙在江天城那儿，明天再拿吧，我先给你找件我的穿。”

他说完回到房间，翻箱倒柜了半天，将自己穿上觉得大的，以及宽松版的衣服一股脑都搜了出来，又找出了一条没穿过的新内裤往覃子朝面前一扔：“试试。”

覃子朝只是浅浅看了那些衣服一眼，便摇了摇头，说：“穿不上的。”

江闻皓不信邪，来自男人的那点儿尊严总麻痹着他，让他觉得自己跟覃子朝体型差不多，从里面拎出件黑色大版 T 恤：“这个绝对行。”

覃子朝眼见今天要是不现身说法，对方怕是要跟自己杠上了，只能接过那件衣服往身上一套。

江闻皓的表情僵了僵，还真是小了，一件他穿着来回晃荡的 T 恤直接被覃子朝穿出束身的效果。身材是真挺逆天。

“覃子朝，你到底吃什么长大的？”江闻皓现在严重怀疑对方日常点的炒白菜根本就是幌子，背地里绝对搞什么深山秘药进补了。

“我从小就不挑食。”覃子朝说着，把那件 T 恤给脱了下来。

江闻皓半天才反应过来对方是在损他。

看着江闻皓不爽的表情，覃子朝以为他是好胜心又起来了，好脾气地安慰：“没关系，二十三蹿一蹿，你还有机会再长高呢。”

“我本来就不矮，是你太高了，跟大洋马似的。”

闻言，覃子朝又笑了笑。

江闻皓忍下了心头那点儿不忿：“要不你今晚就光膀子睡吧，反正是大老爷们儿。”

话及此处，他的目光落在了覃子朝的运动裤上，欲言又止了下：“你现在，是打光杆儿？”

覃子朝含混地“嗯”了声：“你的内裤我应该也穿不下。”

江闻皓觉得自己被嘲讽了，但又不得不承认这是事实。

“那你就这么睡，或者直接脱光。”

“我明天把床单洗了。”

江闻皓想说“用不着，刘姨会洗”，但以他对覃子朝的了解，对方在这方面绝对是个不愿意麻烦别人的人，于是点点头：“我先回去洗澡，你早点休息，明天白天我陪你去竞赛场地踩踩点，晚上跟我俩关系好的哥们儿一起吃饭。

“好。”覃子朝应了声，回头看向窗边的电脑，“那个我能用下吗？想事先查点资料。”

“随便用，没有密码。”江闻皓说完，打开了客房的门，想了想，还是回头跟覃子朝说了句，“晚安，覃子朝。”

“嗯，晚安。”

次日清晨，江闻皓破天荒没有赖床，以至于当他出现在楼下大厅时，正在吃早餐的江天城还以为自己见鬼了。

江闻皓也没跟江天城打招呼，拿了车钥匙去车库取覃子朝的行李。不经意间，他看到徐秋云特地给准备的两大袋特产，一袋是晒干的菌子，另一袋是大枣。

而旁边，江天城放的两瓶茅台没有了，应该是他自己拿走的。

江闻皓皱了下眉，有些生气。江天城明明打开过后备厢，应该是看到了这两袋特产的，却连拿都懒得拿。

他又想起徐秋云小心翼翼打开糖盒，拿糖给他吃的样子，眉头蹙得更深。他将覃子朝的背包背在自己肩上，一手拎一个麻袋回了家，往玄关一放。

江天城听到动静，目光从电视新闻上移过来，看到那两个麻袋，不明所以地问江闻皓："你把这个搬进来干吗？"

江闻皓一听这话更来火，冷声反问："不搬进来，放后备厢等发霉吗？不带这么作践别人心意的。"

江天城确实是工作忙到忽视了这一层，但听江闻皓这么跟他说话，第一时间还是感到不快，正想开口训斥，一旁的冯婳轻声接话道："你误会了，不是要作践人家的心意，是刘姨还没把仓库腾出来，暂时在车里放着。"

她说着，又装作不经意地看了江天城一眼："再说，你爸爸也是担心朗朗对野山菌过敏，你知道他从小就免疫力差。"

江天城原本没想到这一点，听冯婳这么一说，连忙跟着点点头："可不是嘛！"

江闻皓听着冯婳的前半句还多少像点人话，后半句立马就看穿了她的别有用心，不就是要借机突出江朗朗在江天城心里的特殊地位吗？

江闻皓冷笑了声，转身就往楼上走，恰好刘姨端着吐司煎蛋从厨房出来，见到江闻皓冲他喊了句："哎，不吃早饭啦？"

江闻皓头也不回地撂了句："不吃，坐那儿过敏。"

刘姨没听明白："啊，怎么过敏了？要不要给你拿药啊？"

回答她的只有远去的脚步和江天城的连声"不像话"。

第十二章 城的灯

江闻皓拎着覃子朝的行李站在客房门口，敲了敲门："醒了没？东西我给你搁门口了。"

"嗯，谢谢。"屋里传来覃子朝的声音，听着挺清醒，应该已经起床了。

等两人再下楼时，江天城已经去往公司。冯婳也穿戴齐整，正催促着江朗朗抓紧时间吃饭，要带他去上马术课。

厨房里，刘姨给江闻皓和覃子朝都单独留了份早餐。

江闻皓边吃边划拉手机，看于斌给他发的见面地址。

"跟他们约的晚上七点，踩完点儿以后你想干什么吗？"

覃子朝想了想："我想去趟商场，给我妈买件衣服。"

徐秋云那件过冬的棉袄已经穿了很多年，原本厚实的料子都成了薄片儿，袖口也磨得很破。来之前他就想着，要给她带件羽绒服回去。

江闻皓点点头："行，顺便午饭就在商场吃了。刚好我在那附近剪个头发，你剪吗？"

覃子朝的头发的确也长了，原打算回去的时候经过初云镇，在镇上随便剪一下，但一想只是理个发的事儿，这里应该也贵不了多少，便同意下来。

吃完饭他们出了门。

覃子朝参加竞赛的地方在东西城交界的位置，江闻皓直接打了个专车。

途中恰好经过六中，覃子朝知道这是江闻皓之前的学校，特意留意了下。

比起云高，六中的校园明显小了不少，大概不到云高的四分之一大，但仅从教学楼的外观来看，就知道里面的设施一定先进得多。

"这儿学费高吗？"覃子朝问。

"就那样，跟别的学校差不多，国际班稍贵点儿。"江闻皓其实一直对六中没什么感情，除了他那两个傻兄弟，这里于他而言并没有值得留恋的地方。

“知道我们都怎么说吗？”江闻皓扯扯嘴角，“六中就是一流的设备，二流的老师，三流的学生，不过食堂是要比云高好多了。”

覃子朝也跟着笑，目光追随着窗外的景物，默默在心里记路。

车子终于抵达目的地，是一所科技大学。

江闻皓以前来过这儿，他和这个大学的音乐协会里的人认识，还被会长叫着在演出的时候救过几回场，因而熟悉校园的路线，很快便领着覃子朝踩完了点儿。

看时间还早，他们就干脆沿着马路朝附近的商圈走去。

江闻皓知道那些奢侈品牌覃子朝绝对是负担不起的，且他也一定不会接受自己出钱替他买，因而没有带着他去档次最高的那家商场，而是选择了品牌相对齐全，且经常会有打折促销活动的一家。

覃子朝很快便在一家女装店里相中了一件米色的长款羽绒服，江闻皓也觉得这件挺适合徐秋云穿，看了下价格要七百多。

照理说这个价格放在羽绒服里其实不算贵，但他看到覃子朝的表情还是滞了下，知道多半还是超出了覃子朝的预算。

“要不再换家店看看？”

覃子朝摇摇头：“不用，就这件吧。”

如果换作是他自己，超过一百块一身的衣服他看都不会看，但这是给徐秋云买，他不想再让妈妈长年都穿着那件破棉袄了。七百块钱他攒了很久，但给徐秋云花，他心甘情愿。

因为于斌晚上订的是自助烤肉，江闻皓就想着中午随便在麦当劳先垫垫肚子。他点了两份套餐，按习惯，将自己汉堡里的生菜叶子给挑了出来。

覃子朝见江闻皓又挑食，说了他一句：“挑食长不高。”

江闻皓“啧”了声，咬了口汉堡：“吃生菜和当矮子，我选当矮子。”

覃子朝叹了口气，将扔在一边的生菜夹到自己的汉堡里，忽然像是想到了什么，问：“这里是不是买特定的套餐还会送玩具？”

“儿童套餐会送。”江闻皓抬抬眼皮，“你想要？”

覃子朝沉默了下，说：“那有没有一种是个紫色的胖子，身上还穿着太空服的？”

江闻皓捏薯条的动作一顿：“那是奶昔大哥的火箭。”他皱眉看着覃子朝，“这款玩具很早了，当时我们这儿还没有麦当劳，只有北京的西单有。”

“是吗？”覃子朝闻言笑了下，神情有些恍惚。

江闻皓抿了抿唇：“你去过北京？”

“没有。”覃子朝摇摇头，“是我爸带回来送我的，那是他送我的唯一一件礼物。不过不全，只有上半身。”

这是覃子朝第一次跟江闻皓聊起他的父亲。但很显然，他并没打算再继续深入。

父亲对于覃子朝来说，就好像是某个不能被触及的禁忌，江闻皓能从覃子朝不经意的情绪中察觉到覃子朝对父亲是带着恨的。他能理解这种感觉，因为他也恨江天城，恨江天城背叛了自己和妈妈。

吃完饭，他们就去剪头发。江闻皓是这家理发店的常客，店长叫Erics，是个打扮得花枝招展的男人。

江闻皓曾经无意间看到过他的身份证，知道他本名叫李富贵，照片跟他本人长得不像，应该是整了容，并且还是过安检一定会被扣下询问的那种程度。

Erics一见江闻皓，尖叫着“宝贝”迎了上来，一把挽住了江闻皓的胳膊：“好久都没见你来了！”

他说着又叫了声，伸手掐着江闻皓的下巴瞪大眼：“天啊，你这头发又是怎么搞的？像被人卖到山里，刚逃出来一样！”

江闻皓偏头避开对方的手，觉得从某种意义上讲，是可以这么说。

“没关系，宝贝，把自己放心交给我！”Erics说着朝店里喊了句，“那个谁，带我家宝贝去洗头！”而后跟江闻皓飞了个吻，“快去吧，亲爱的。”

站在一旁的覃子朝完全不理解一个大男人到底是怎么做到在大庭广众之下叫另一个男人“宝贝”的，眉峰不由得微微蹙起。

江闻皓一看覃子朝这副样子就知道他是不自在了，毕竟在那个保守的大山里根本看不到像Erics这样的人。

“哎哟——”

Erics又叫了一声，吓了江闻皓一跳，覃子朝的眉头则是皱得更紧。

只见Erics凶狠地盯着覃子朝，兴奋得两只眼珠子都快要飞到他脸上了，还疯狂扯着江闻皓的袖子乱晃：“这是你从哪儿拐来的小鲜肉啊？”

江闻皓用拳抵着下巴咳了声：“这我哥……”

“哥哥好！”

“——们儿。”

“好的好的，没问题！”Erics才不管覃子朝到底是哥哥还是哥们儿，依旧两眼放光地盯着他，“帅哥今天也剪头发吗？剪什么发型啊？”

“剪短就好。”覃子朝顿了顿，“别叫哥哥了，还不知道咱俩谁大。”

“当然是你大呀！人家是00后！”

江闻皓扯了下嘴角，他记得Erics身份证上写的是86年的。

Erics分别安排了两个学徒给江闻皓和覃子朝洗头，然后说什么都要亲自上阵给覃子朝理发。

覃子朝不经意间扫了眼墙上的价目表，刚躺在床上又坐起来。

洗剪吹380元，店长要680元？黑店吧？

像是知道覃子朝在想什么，江闻皓顶着头泡沫抬了抬眼：“我之前充了卡，不要钱。”

覃子朝将信将疑地看了他一眼，这才又重新缓缓躺了回去。

他俩洗完头，Erics刚好送走了上一位客人，来到江闻皓面前：“你俩谁先剪啊？”

江闻皓朝覃子朝点点下巴：“他。”说完就坐到一旁的沙发上，打起了游戏。

Erics对着镜子拨了拨覃子朝的头发：“你的五官真好看，比我剪过的那些明星都好。要不要试试剃寸头啊？看着帅气又利落。”

覃子朝点了下头，往年夏天他也都会剃寸头，凉快且方便。在他的认知里，寸头只要拿推子一推就完事儿了，是挺没有技术含量的发型。

但当Erics在他脑袋上“咔嚓咔嚓”一通艺术加工后，覃子朝看着镜中的自己，也多多少少理解680元和6.8元的区别了。

“Oh my God！你不出道简直是暴殄天物！”Erics抬头夸张地扑闪着他因激动而湿润的双眼，“哥，你也太‘A’了吧！”

太“A”了？

覃子朝不知道是什么意思，求助地看向江闻皓。

“就是说你帅。”江闻皓循声也抬头朝他这边瞟了下，眉梢上扬。

覃子朝原先额前长了的头发被推掉，完全露出了五官，鬓角也剃出了硬朗的线条，衬得他本就英俊的五官更加立体。

“是还挺好看。”江闻皓说。

得到江闻皓的肯定，覃子朝很开心，再看Erics也觉得顺眼多了。到底实力就是魅力，Erics能在寸土寸金的商圈开这么一家店，足以证明他的能力。

覃子朝剪完后就轮到江闻皓，Erics对他的要求再清楚不过，自然就更游刃有余。

Erics边给江闻皓剪头，边找着话题跟他聊天，听闻他真被扔到山里上学了，也不知怎的，就回忆起了自己的童年时光。

“那时候我家真穷啊，房梁上吊着块腊肉舍不得吃，我妈就让我们几个兄弟姐妹看一眼，喝一口稀饭，谁敢看两眼还得挨骂！”他换了把碎发剪继续说，“不过我也十几年没回去过了，都不知道家那边现在是什么样子。”

“干吗不回去看看？”江闻皓问。

Erics的动作顿了下，笑了笑：“回不去啊。他们看不惯我这副样子，说在村里面抬不起头。”

具体到底为什么抬不起头，Erics 也没再多说，只是情绪明显比之前低落了些。

直到给江闻皓全部剪完后，他才又重新恢复精神，解下江闻皓脖子上围的一次性围布，双手按在江闻皓肩上对着镜子，问道：“怎么样，宝贝？”

江闻皓点点头，很满意。

Erics 又带他去洗了遍头给他吹干。

江闻皓掏出贵宾卡让 Erics 帮他刷，专门提醒了句：“你待会儿别跟我朋友提钱的事儿。”

“了解！”Erics 夹着卡去前台了。

六点五十分的时候，江闻皓他们到了于斌订的烤肉店。

这家店江闻皓转学前还没开业，此时外面已经坐了一排等叫号的人，看样子生意不错。

先到的是罗琛，他隔着马路就冲江闻皓敞开了怀抱：“哎哟——弟弟！”

江闻皓嫌丢人，等罗琛走到他身边后才回了句：“来了？儿子。”

罗琛扯着衣领散热：“于斌呢？还没到？”

“刚发消息，堵车了。”

“这二百五，也不知道看着点时间出门。待会儿咱可劲儿了造，必须把他吃穷！”

江闻皓是真服了他这傻兄弟，到了店跟前都没发现这是自助，只可能把店吃垮，不可能把于斌吃穷。

罗琛看到了江闻皓边上的覃子朝，稍愣了下。他是六中篮球校队的，脸不敢说，但在身高方面向来很有自信，现在见江闻皓身边这兄弟愣是比他高出小半截，不禁由衷感叹了句：“哥们儿，你真高啊！篮球队的吧？”

覃子朝点了下头：“你好。”

“啊、啊好！”罗琛历来跟江闻皓他们见面都是直接拿问候祖宗代替“你好”，被这么正经地“问候”了下还有些紧张起来，冲江闻皓使了个眼色——你不……介绍一下？

“覃子朝，我室友。”

罗琛：“嗯！”

江闻皓：“嗯。”

覃子朝：“嗯。”

“嗯？”罗琛一脸问号，“不是，就没了？”

江闻皓实在不知道还能怎么介绍，又顿了顿：“他打篮球，中锋。”

罗琛无语。

三人报了于斌预留的信息进到店里，江闻皓本来还没觉得饿，可一闻到肉味肚子也开始叫了。

于斌又发了个消息，让他们别等自己，先拿先吃。

江闻皓和罗琛也压根懒得跟他客气，奔着菜品区就杀了过去。

江闻皓好久没好好吃过肉了，见着那些五花肉、牛腱子简直比亲人都亲。一回头，他看到覃子朝站在不远处，正往盘子里装……白菜。

“皓子，你室友是素食主义啊？”罗琛捅捅江闻皓的胳膊肘，小声问。

江闻皓看着覃子朝，没说话，片刻后朝他走过去：“你吃自助拿这么多白菜，不怕亏本吗？”

见覃子朝没回话，江闻皓又解释：“这儿的东西都可以无限量随便拿，只要不浪费，价格都是一样的。”

“这样吗？”覃子朝这才明白过来，笑了下，“我还以为是选完后再按菜品结账的。”

“也有那种，但这家不是。”江闻皓将自己的餐盘和覃子朝的做了调换，还往他的盘子里夹了不少鱿鱼、羊腿肉之类的。

忽然，江闻皓想起自己刚到云高的时候吃不惯，覃子朝就毫不嫌弃地帮他把挑出来的肥肉全部吃掉，还给他煮挂面、买炸鸡。

一时间，两人的立场就像这两个餐盘般换了过来。江闻皓起初还有些开心自己终于也能指点覃子朝做事了，但这种开心很快就演变成了郁闷。

于他而言，没肉吃的生活不过只是暂时的，因而他偶尔也可以勉为其难选择吃点白菜，可覃子朝能选择的往往只有白菜。

“覃子朝。”江闻皓捏着夹子喊了声。

“嗯？”

江闻皓顿了下：“以后尽量还是多吃点肉吧。就是长再高，也别挑食。”

覃子朝愣了愣，接着眸间的光一点点变得柔和：“好。”

烤盘里的肉滋滋冒油，逐渐呈现出诱人的色泽。刚准备开吃的时候，于斌终于卡着点儿来了。

“哎哟——儿子！”他上来对着江闻皓就是一个熊抱。

江闻皓抵着他的脑门将人推开：“来了，孙子。”

覃子朝不太理解江闻皓和他两个朋友打招呼的方式，但看得出来，他们的关系应该真的挺好。

于斌搂着江闻皓，在看到覃子朝后热情地冲他打了个招呼：“覃子朝吧！我是于斌，皓子的铁哥们儿兼发小！”

比起罗琛，从小就跟着爸爸辗转无数应酬和饭局的于斌显然更会来事儿，且带着些社会人的派头。

“皓子总跟我提起你，说你人好，今儿晚上一定甭跟我客气！敞开了吃，吃完咱去KTV，皓子唱歌可好听了，让他给你唱！”

覃子朝冲于斌点点头：“之前听过，是很好听。”

江闻皓最受不了被这么当众夸，偏偏覃子朝还总爱夸人。他清了下嗓子，促声道：“赶紧吃吧，再聊就烤煳了。”

“就是！于斌你小子绝对是故意的，肉烤好了你人就来了，就是不想出力！”罗琛也在边上催。

“吃吃吃，大琛你跟我再去拿点儿喝的！”于斌脱了外套往椅背上一撂，架着罗琛的脖子往酒水区走，不一会儿就拎了一大堆饮料回来。

可乐旋着气泡被倒进杯子里，于斌率先举起杯：“来，皓子，山区改造辛苦了，往后一定要洗心革面、好好做人！”

江闻皓骂了句，但还是跟着一起举杯，久违的酣畅感让他舒坦地吐了口气。

于斌又给满上：“我再走一个啊！热烈欢迎覃子朝同志，也就是我子朝哥，来咱这儿做客！”

“谢谢。”覃子朝跟他碰了下杯。

江闻皓想着覃子朝明天还要竞赛，就先提醒了句：“先说好，今儿不能玩太晚了，吃完饭就先散了吧。”

“啧啧啧——”于斌一听不乐意了，“你怎么跟我妈似的！”

江闻皓扔了个蒸螃蟹在于斌盘子里：“要不明儿你替他考试去？”

“那不能，不然我就得被我爸扔山里了。”

之后，四个人边吃肉边聊天，从六中八卦聊到云高怪谈，最后在说到篮球的时候同时来了兴致。于斌和罗琛最初对覃子朝的那点生疏，也迅速因为这个话题而消散，开始双双扒着覃子朝的肩头称兄道弟起来。

于斌这会儿聊嗨了，满面红光地跟覃子朝侃：“你不知道，江闻皓以前是真坏啊！把火柴擦着了直接从二楼往教导主任帽子里扔，差点儿没把他的羽绒服烧着！”

“这事儿也怨不了皓子啊。”罗琛实事求是，“谁让对方先骂人！”

“骂什么了，这么气？”覃子朝以为江闻皓又是像在云高对抗罗教官那样，笑着问。

结果罗琛也没多想，顺口就说了句：“骂他有妈生没妈教！”

这话一出，气氛瞬间凝固了。

罗琛一下给吓清醒了，恨不得抽自己一大嘴巴子。

“我……”他烦躁地抓抓头发，“那什么，对不起啊，皓子，我说错话了。”

于斌也意识到自己刚刚一兴奋，哪壶不开提哪壶，僵笑挂在嘴边，咽了口口水：“又傻了不是？喝可乐也能喝多啊？”

这之后又是一阵长久的宁静。

就在于斌和罗琛觉得以江闻皓的暴脾气，随时都有可能抄起杯子砸他们脑瓜子的时候，江闻皓用舌头轻轻抵了下腮帮，神色淡定地把桌上乱七八糟的饮料、蘸酱通通倒进一个杯子里，往罗琛、于斌面前一推。

“快，别整虚的。”

于斌一愣，赶忙就着坡下：“啊对对对！我喝了我喝了！”而后疯狂给罗琛递眼色。

罗琛也赶忙拿起那杯“十全大补汤”，二话不说就喝了个精光，捂住嘴打了个响嗝。

所幸，这段小插曲并没有太影响到今晚的气氛。

于斌后来跟江闻皓吹着吹着牛就开始哭，一会儿说他爸丧尽天良，把他温柔可爱的家教小姐姐换成了面无表情的糟老头子；一会儿又说江闻皓不在，班主任有火没地方发，天天拿他撒气；一会儿又哭他这位兄弟命苦，明明是个富二代，却被送到山里受罪……

江闻皓最烦于斌嘴不把门这点，砸了包纸在他脸上，让他擤鼻涕。

结果这个刚消停，罗琛那边就又开始了。

江闻皓终于忍不住闭了闭眼，深吸口气缓缓吐出，对覃子朝说：“我有时候真佩服我自己，到底怎么一直忍着没把这两个智障掐死的。”

覃子朝笑了笑，那边于斌的手就又挂上来了。

“皓子、兄弟……”于斌连连感慨，“我苦命的兄弟哎，你说你怎么会有今天……”

江闻皓冷着脸，觉得这话实在不像句好话。

于斌把螃蟹腿夹在指间，一脸深沉地跟覃子朝说：“兄弟、子朝哥……你、你能不能答应我，待我家皓子好点儿啊，他脾气是臭了点儿，人还是能处的。”

罗琛在一旁跟着疯狂点头。

江闻皓现在特想一棍子直接把这两人敲晕了完事儿，冲覃子朝点了点自己的头：“别理他俩，这儿都有点毛病。”

“我会的。”没想到覃子朝还真就认真地回了于斌一句。

江闻皓摇摇头，站起身：“我去厕所。”话毕，他便朝厕所快步走去，实在没耳朵再听。

他走后，于斌又朝厕所那边看了眼，转身继续凑近覃子朝的脸，压低声音说：“其实烧教导主任羽绒服那事儿真不怪皓子，你说搁谁被那么骂了不急眼啊？是不是？”

“嗯。”覃子朝应了声。

“学校原本也就只打算给记个过，是皓子他爸主动提出要把皓子转去山里的……你猜这是谁的主意？”于斌见覃子朝不接话，自行解答，“那个三儿呗！你见到她了吧？满脸写着心眼子那个！”

覃子朝知道，于斌说的应该是冯媪。

“好在咱皓子精啊，贼不走空，临走前还敲了他爸三万块钱。不对，后来又加了两万！”

罗琛插话：“要我说那钱给得就气人！说白了不就是心虚给的补偿费吗？”

于斌跟着点头：“可不！皓子也忒惨了，鸠先把鹊巢占了不说，还把鹊给轰山里去了，将来家产都得跟老鸟生的那小杂鸟分……唉，兄弟啊，我苦命的兄弟……”

“你们聊着，我也去方便一下。”覃子朝站起身。

厕所里，江闻皓拿凉水洗了把脸，抬头看向镜中的自己。

他当然很清楚他的那两个傻兄弟刚刚纯属是有口无心，也是在为他打抱不平，但教导主任的那句“有妈生没妈教”还是不可避免地在他脑海中立体环绕，挥之不去。

他想起当时同学们的目光，或是惊讶，或是怜悯，或是幸灾乐祸。各种意味的目光一起朝他投射而来，一时间，就仿佛有一把把锋利的刀，割开他的皮肉，将他骨子里那最脆弱的部分暴露了出来。

江闻皓抿唇闭上眼，压下胸口翻涌着的情绪，不知过了多久才又重新把眼睁开，转身离开洗手间。

他刚一出门，就跟覃子朝撞了个满怀。

“没事吧？”头顶传来对方关切的声音。

江闻皓摇摇头：“没事，你上你的厕所。”

覃子朝压根就没想上厕所，纯属是担心江闻皓怎么去了这么久。

他又盯着江闻皓的眼睛审视片刻，低声说了句：“抱歉，我不该问的。”

江闻皓知道覃子朝指的还是刚才的事，淡淡说了句“没关系”，接着又道：“覃子朝，咱们晚上别回去了，就在科技大附近找个宾馆吧。”

他这会儿实在不想见江天城，更不想见冯媪跟她儿子。

覃子朝点点头，他倒是也带了身份证在身上：“但你还是得给你爸说一声，别让他担心。”

“啧，你好烦。”

饭局散后，江闻皓和覃子朝打了辆出租车，先分别将于斌和罗琛送回家，接着便朝科技大学附近的酒店驶去。

江闻皓订的是一家四星酒店。没办法，最近的五星酒店距离这里有十几公里。

开了房，两人进到房间，门“咔嗒”一声关上后，“嘀嘀”上了锁。

“我先去洗澡了。”江闻皓打了个哈欠，走进浴室。

房间里的覃子朝往床上看了眼，见那床单雪白怕给坐脏了，便径自走到落地窗前看向外面。

夜幕下的城市霓虹闪烁，就像永远没有黑夜一般，那么的光鲜绚烂。楼下缩小的人们如同一只只不眠的夜行动物，悄然或肆意地进行着各类奇妙的行为。

覃子朝忽然就觉得自己对这世界所知甚少，而上一次产生这种感觉，还是在他家附近的山顶仰望星空的时候。

就这样又不知神游了多长时间，直到他意识到江闻皓这个澡未免洗得太久了，这才回过神有些迟疑地来到浴室外，抬手敲了敲门。

“江闻皓？”

里面无人回应，也没有水声。

覃子朝怕江闻皓出什么事，抬手拧动了门把手。

水蒸气弥漫在明亮的浴室内，透着股价值不菲的香味。江闻皓闭着眼躺在洁白而宽大的浴缸中，身体浸泡在热水里一动不动。

覃子朝吓了一跳，还以为江闻皓晕倒了，快步走到浴缸前，这才发现江闻皓呼吸平稳，竟是泡澡泡睡着了。

覃子朝的肩肌放松，舒了口气，接着伸手晃晃他。

“江闻皓。”

江闻皓没醒，皱眉不耐烦地抬手一挥，撇嘴含混道：“妈，我困……”

覃子朝一愣，动作也跟着顿住了。眼前这个少年似乎总是一副冷冰冰、不爱搭理人的样子，也只有在睡着的时候才能彻底放下防备，像个孩子。

最后，江闻皓是被覃子朝抱回床上的。

等他再次醒来时，已经是第二天清晨。

江闻皓睁眼看向天花板，差不多得有一两分钟都没反应过来自己现在身处何地。

此时太阳还没完全升起，暗淡的天光从遮光窗帘的缝隙中漏进来，在房间里投出一缕光柱。

“醒了？”隔壁床传来覃子朝的声音。

江闻皓眯眼看过去，就见覃子朝正倚靠在床头，手里还拿着本奥数资料。

他愣了愣：“你这是醒了还是没睡？”

“醒了。”覃子朝说。

江闻皓缓缓点了下头，他是真佩服覃子朝能随时随地变出本书来学习。就这思想觉悟跟境界，覃子朝不进重点大学，谁进？

江闻皓说了句“你真牛”，起床去厕所。

覃子朝对着他的背影，说：“一会儿你就在酒店等我吧，可以再睡个回笼觉。”然后合上书，起身去到阳台，把晾在外面的江闻皓的衣服收回来递给他，“我考完试后过来找你。”

“不用，我也睡不着。”江闻皓迅速将衣服穿好，“你等我洗漱下，一起去吃早餐。”

把覃子朝送进竞赛考场后，江闻皓沿着条种满银杏树的小路往音乐协会走，他跟覃子朝约好了待会儿在那儿见面。

今天的阳光很好，落在枝头树梢，又从缝隙间洒下，碎在地上。

耳机里的歌单无序地播放着，也不知为何，今天那首《Hey Jude》出现的频率极高。江闻皓不禁又将音量调大了些。

走到音乐协会楼下时，江闻皓突然被人叫住。

他循声转身，只见一个穿亚麻衫、灯笼裤，下巴上留撮小胡子，脑袋后还扎着个小辫子的文艺青年朝他招了招手：“真是你啊！我还以为认错人了呢。”

江闻皓脸盲，一时间竟没想起这人是谁。

来者也看出江闻皓不记得他，很主动地提醒道：“我啊，音协的赵涛，敲架子鼓的！之前你被前会长张明洋叫过来救场，咱还一块儿演出过呢！”

说到架子鼓，江闻皓总算有了点印象，冲赵涛点了下头：“你之前好像没扎辫子，也没留胡子。”

“对，去年才留的！这不是刚混上新任会长嘛，扎着有点范儿。”赵涛甩了甩他的小辫子，左右看看，“你这是……一人杵在这儿干吗呢？”

“我同学来竞赛，我等他。”

“哦，我知道！奥数竞赛是吧？”赵涛说着上来就要搂江闻皓的肩，被江闻皓略侧了下身避开。

赵涛的手在半空尴尬地顿住，讪笑道：“别在这儿傻站着啊，跟哥到音协坐会儿去！刚好我们晚上聚餐，叫上你朋友一起吧！”

江闻皓原本也是打算来找会长给他的吉他再配一副备用弦，没想到时隔多日，音乐协会早已“改朝换代”。

他看了下表，离覃子朝竞赛结束还有挺长一段时间，便跟着赵涛上了楼，想着在那边练会儿吉他。

音协的活动室在向阳面，这会儿阳光正好，洒进屋里，金灿灿一片。

“其他人都还没来。”赵涛拖了把椅子让江闻皓坐，“我刚好没课，先过来打扫打扫卫生。”

江闻皓也是挺久没来了，他走到展示柜边，微微仰起头看那些陈列的奖状和奖杯。

在展示柜尽头的角落里，他看到了一枚紫色的玩具。

江闻皓眸光微颤，认出了那是麦当劳 1998 年推出的“奶昔大哥的火箭”，还是全套的。

于是他又想起了覃子朝，想起覃子朝在提及父亲时拧眉深沉的样子。

“这小玩意儿的年纪怕是比你都大吧？”赵涛走到江闻皓身边，“喜欢啊？喜欢就拿走！”

“不用了。”江闻皓摇摇头。

赵涛将玩具取下来往江闻皓手上一递：“我宿舍还有很多麦当劳历年推出的玩具，都是我的收藏品，要不要去看？”

江闻皓没接，冲赵涛扬扬唇：“真不要，谢了。”

闻言，赵涛倒也不再强求，很自然地跟他又拉开了些距离，点点头，说：“行吧！那你自己玩会儿，我去给乐器上上油。”

“好。”江闻皓在心里松了口气。

不知为何，这个赵涛明明一直都对他挺客气的，但又实在让他感到不轻松。

江闻皓来到琴架边，一眼就认出了当中的红杉木古典吉他是把好吉他。他伸手将吉他小心翼翼地取下，食指勾着琴弦轻轻一拨。

古朴柔和的音色顷刻流转出来，虽没有云杉木那么亮，却更加细腻典雅。

江闻皓没怎么弹过古典吉他，抱着吉他在高脚凳上坐下，脑海里迅速搜罗着适合这个音色的曲子，最后选了首《伟大的独奏》。

有人说治疗注意力不集中最好的方式，就是想办法爱上一门艺术，比如画画或者弹琴。

在旋律的作用下，江闻皓很快便将注意力全部集中在了吉他的品格上。一曲弹完，他的手离开琴弦，轻吐了口气。

他刚想把吉他放回去，赵涛的声音再次将他拉回了现实。

“弗尔南德·索尔？弟弟你可以啊！吉他比以前弹得更棒了！”

赵涛在布上擦了擦手，走过来从江闻皓手里接过吉他。他的身上还残留着股浓重的软木油味儿，委实不太好闻。

赵涛抱着吉他扫了下弦，接着拉过另一只板凳坐下：“我打架子鼓之前，也玩过吉他，当时迷 Steve Vai 迷得要死。你知道 Steve Vai 吧？”

江闻皓点点头。

赵涛又笑了笑，手指开始灵活地爬起格子。不得不说他的技术不错，就是放在专业的乐队或是乐团里都能算得上数一数二的。

赵涛见江闻皓的眼睛停留在他的手上，便更加炫技起来，问：“你听我这个泛音弹得怎么样？”

“厉害。”江闻皓如实道。

赵涛听他夸自己，忽然停下了弹奏，笑意稍敛：“跟会长……跟张明洋比呢？”

江闻皓闻言，目光从赵涛的手指上移回来，看他的眼里多了层探究，末了才淡声道：“都好，赵哥的技术没得说。”

言下之意，会长张明洋的情绪更饱满。

玩音乐的人都明白，后者往往要比前者重要得多。

大概是听懂了江闻皓的潜台词，赵涛的表情略僵了下：“你这回答真挺狡猾的哈。”

江闻皓扯了下嘴角：“时间不早了，我先下楼等我同学。”

他说完，转身就要离开音乐协会，却被赵涛一把钩住肩。

“不急着走啊，江闻皓。”赵涛说，“哥最近刚写了首歌，打算带乐队参加这次的大学生音乐节！你帮哥参谋参谋，看还有什么需要调整的地方没？”

江闻皓和这个赵涛待在一起，怎么都觉得不自在。他本想拒绝，但赵涛已经重新拨动琴弦。

秉着对音乐的那点儿尊重，江闻皓还是留了下来，等赵涛把歌唱完。

可当前奏刚一响起，江闻皓的眸色就倏地一暗。

虽然这个曲调做过一些变奏和调整，但他确定他听过这首歌，正是会长张明洋写的。

就在江闻皓怀疑赵涛和张明洋究竟谁才是真正的原创者时，赵涛唱到了副歌部分，这一下让江闻皓彻底有了分辨。

当初张明洋对这一段怎么都不满意，大半夜给江闻皓打电话，让他帮忙听听。后来江闻皓干脆直接打了辆车跑去张明洋的出租房，两人愣是熬了两天一夜，总算将这段副歌创作了出来。

而赵涛现在正弹的旋律，便是江闻皓和张明洋一起写的那段，只是他自己不知道罢了。

“怎么样？”赵涛停下，神情间难掩自得。

江闻皓站在原地，垂着眼半天没说话。直到赵涛忍不住再次问时，他才重新抬起头。

“你说这首歌是你写的？”

赵涛先是愣了下，心说：应该不至于这么邪门儿吧？这首歌张明洋还未公开演唱过，唯一见过谱子的应该就只有自己。

想到这里，他冲江闻皓点头，咧嘴道：“是啊，还不是最终版。”

江闻皓又沉默了会儿，转过身去：“赵哥，你去取消报名，然后跟明洋哥道歉吧。趁现在还不晚。”

“什……”赵涛心下一慌，拦住江闻皓，“什么意思？你把话说清楚。”

“你不知道我什么意思吗？”江闻皓的声音冷了下来，眼中隐隐露出鄙夷之色，“我虽然不知道你究竟是怎么取代了明洋哥会长的位置，但赵哥，抄袭的人是要一辈子被钉在耻辱柱上的。”

赵涛是真没想到，自己此先不过只是想在这个曾被张明洋称为“音乐天才”的少年面前显摆一下，想从他脸上看到些崇拜的神情，怎么就横生出这样的事端？

音乐节那边自己已经让家里找好了关系，所有的一切也都安排好了，只要自己赶在张明洋之前把这首歌发表，那自己就是名副其实的原创者，任凭张明洋说什么都没用。

他自然也明白，哪怕自己再怎么努力，也终究无法超越那些所谓有天赋的人。但他都已经被张明洋压了这么多年，不想再继续这么下去！

这次机会或许能让他彻底翻身，他绝不允许被人破坏。

在脑海中进行了一番天人交战后，赵涛还是决定咬牙坚持到底。

他对江闻皓说：“你凭什么说我抄袭，证据呢？”

江闻皓闻言嗤笑了声，一字一句道：“我就是证据。如果你不放弃比赛，公开向张明洋道歉，我就到组委会举报你，再不行，我就帮张明洋打官司告你。”

江闻皓一看赵涛这身行头，就知道他家应该多少有点背景。大概也正因此，他才更加确信出身农村的张明洋不敢与他正面较量，也较量不起。

但自己可以。

江闻皓：“我这儿有这首歌我负责部分的全手稿和工程文件，你觉得够不够锤你？”

赵涛彻底傻眼了，怎么可能……这小子怎么可能也参与过这首歌的创作？

“你、你骗人！你就是想诈我！”赵涛还陷在不可置信里。

江闻皓也懒得再同他分说，开门就要走。

赵涛此时哪能允许对方轻易离开，惊慌之际扑上前去，想从身后箍江闻皓。

江闻皓一个下蹲，用手肘撞向赵涛的肚子，冷声道：“你不配玩音乐。”

赵涛大骂一声，红着眼再次从江闻皓身后扑了上去，想将他带倒。

这时，活动室的门被人猛地推开了，几乎在赵涛和江闻皓都还没反应过来发生了什么时，赵涛直接被人拎着领子提了起来，“咚”的一声，撞在了墙壁上。

江闻皓看清来者后，眼中的戾气才稍稍有所收敛。他咽了口口水，只觉得咽喉处仍火辣辣一片，开口时嗓音也变得干涩，活动着胳膊低声骂了句。

赵涛从没见过眼前这个把他顶在墙上的人，正提足了中气打算开骂，却在迎上对方眼睛的瞬间，生生定住了。紧接着，通体便升起了一股彻骨寒意，就像是被一头饿狠了的孤狼盯上了，产生了来自直觉的濒死感。

江闻皓担心再这样下去要出事，于是出声制止："覃子朝，松开他。"

江闻皓的嗓子还是嘶哑。他说完这句话后，覃子朝仍保持着原先的动作又足足持续了一分多钟，才缓缓松开了力道。

赵涛立刻贴着墙滑了下来，像条离水的半死鲇鱼，大口呼吸着。

覃子朝一步步走向江闻皓，他高大的身躯让他所在之处都笼上了一层阴影。大概是他的气场过于阴戾，江闻皓在被罩进那团阴影里时，也下意识向后退了小半步。

覃子朝低眉盯了他一会儿，这才轻声开口问："你没事吧？"

江闻皓摇摇头，后知后觉地感到了筋疲力尽。

他将被扯乱的衣服重新整理好，闭眼深吸了口气，对覃子朝淡声道："覃子朝，我想回去了。"

转眼间，国庆假期已过了一半，江闻皓决定提早跟覃子朝一起回山里。

临走前，覃子朝陪江闻皓一起去到墓园看了江闻皓的妈妈。

石碑上的女人长发散落在肩头，唇边带着一抹温柔轻浅的笑意，一看就是个很有气质修养的人。

江闻皓长得不太像江天城，更像他妈妈谢菀，尤其是那双月牙眼，笑起来的时候弯弯的，很灵动。

只可惜他不爱笑。

因为时间还宽裕，返程就没再让老陈开车送，两人选择先坐火车到初云镇。祁叔马上过生日了，覃子朝想去看看他。

刘姨又给江闻皓准备了一大堆东西，吃的喝的穿的用的，最后又被江闻皓拿出来了大部分，只留了些零食和几套厚衣服。

江天城几次徘徊在走廊上，又站在江闻皓的房门口，神情复杂，看起来像是想跟他说些什么。但江闻皓全程都表现得不冷不热，最终江天城还是什么都没有说就转身离开了，只是又默默往江闻皓的银行卡里打了几千块钱。

出发当天，于斌和罗琛恨不得来个十八相送。

于斌还是老样子，老妈子似的："我苦命的兄弟哎，你一路走好……"接着，他还装模作样地真挤出了两滴眼泪，拍着胸脯说，"放心，我跟大琛都计划好了，说什么也得去趟云高看看你！"

罗琛拍了拍覃子朝的肩："到时候一起打球啊！"

"好。"覃子朝点点头。

于斌又抹了把眼泪，强行拽着江闻皓紧紧拥抱了下，接着冲他们一挥手："走吧走吧，快开车了！"

江闻皓点点头，跟着覃子朝一起上了火车。

他刚想回头再跟于斌和罗琛两人道个别，发现这两个傻兄弟已经拿出手机在研究中午吃什么了。

江闻皓摇头笑了笑，最后又抬头看了眼城市的天。

阳光正好，而他也要重返那片星空……

第十三章 归来

初云的火车站位于镇中心，不大，甚至都不如江闻皓家那边的一个公交车枢纽站。

整座建筑也都还保持着90年代初期的样子——水磨石的地板，连排的木头板凳，站台上也没有明亮的顶棚，几乎全是露天的。铁轨边上架着排深灰色的铁丝网，路边还种了不少蔬菜。

下车的人不多，加上江闻皓和覃子朝，还不到十个。

再次踏入初云镇的江闻皓居然产生了一种恍若隔世感，觉得眼前的景物既熟悉又陌生，就好像这又像是他第一次来，又像是几经辗转，终于回到了这里。

出了火车站，江闻皓隔着老远就听到了一声夹着口音、朴实又滑稽的高喊。

"哎——桌哥！在这儿咧！"

伴随着嘈杂的"突突"声，几辆摩托车朝他们飞驰而来，然后横在他们面前，扬起一阵尘土。

其中打头的便是祁叔汽修店里的黄毛三子。他身后还跟着四个人，从头到脚都是一副乡镇杀马特打扮。

"祁叔跟卧（我）说你今天肥（回）来，卧一大早就在这儿等你咧！"三子说着又大惊小怪地叫了声，"耶哎？桌哥你滴（的）头发剪啦？真帅呀！"

"桌哥，三子哥非要等着你肥来一起去赶集！说你不来哪个也不许先去。"跟在三子后头的"锡纸烫"说。

覃子朝回头问江闻皓："国庆节镇上有集市，离火车站不远。想去吗？"标准的普通话混在一票口音里显得十分突兀。

三子："对对对，可好玩咧！撒么（什么）都有！吃的、喝的、玩的，还能拍大头贴咧！有家酒坊酿滴高粱酒地道得很哪，正好买点给祁叔，他最爱这口！"

江闻皓之前从没有赶过集，他也不喜欢去人多的地方，总觉得又脏又乱又吵。但看着眼前这几个眼巴巴望着自己的非主流兄弟，似乎他要是敢说句不去，下一秒他们就会当场哭给他看，于是点了下头："去呗。"

三子一看这大城市来的小少爷还挺捧场，当即对他又亲热了几分，伸手钩住他的脖子："来来，你上卧滴车！三哥骑车又快又稳！"

"他坐我的。"覃子朝示意边上的"锡纸烫"，"耗子，腾辆车给我。"

"快快，桌哥叫你腾车咧！"

"锡纸烫"忙不迭地点点头，从摩托车上跳下来，将钥匙抛给了覃子朝。

覃子朝帮江闻皓扣好头盔，长腿一迈上了车，江闻皓也跟着跨上了后座。

覃子朝攥攥车把，从后视镜里看了眼江闻皓。

江闻皓会意地伸手抓住覃子朝的衣角。

覃子朝："抓稳。"

他一加油门，摩托车"嗖"地蹿了出去。

三子见状大呼："啊！桌哥你也太奸诈咧！"随即将手一挥，"给我追！"

远去的身影宛若摆脱了缰绳的野马，这里没有总是在堵车的街道，也没有每日往返于写字楼和地铁站之间的庸碌人群。

年轻的生命肆意大笑着、大叫着，朝着太阳的方向……

集市上相当热闹，就仿佛整个初云镇的人全都汇集在了这里。

正如三子所说，卖什么的都有，从五金用品到日杂百货，再到各种山寨的"阿多迪斯"和对号反过来的"那克"。

众人找地方停好车，三子他们就兴冲冲地先朝拍大头贴的地方拥去。

大头贴这种东西称得上是一种时代的产物，江闻皓也没拍过，只记得很小的时候在学校门口的文具店外，总能看到不少女孩子围在那台笨重的机器前，有说有笑地摆着各种动作。

江闻皓实在想不明白为什么三子他们也会如此热衷于这个。

覃子朝怕江闻皓等烦了，跟三子打了声招呼，说待会儿在酒坊门口会合，便带着江闻皓在集市里逛。忽然看到不远处的地方有人在卖米花糖，他拉着江闻皓走到跟前买了一捧。

米花糖的包装很简陋，就是用普通的报纸弄成一个漏斗的形状。

"快吃，可甜了。"覃子朝将米花糖往江闻皓手上塞了塞。

江闻皓冷着脸嘟囔了句："又不是小孩儿，吃什么米花糖。"但他还是乖乖接过，捏了一把塞进嘴里。

两人大致逛了一圈后，肚子都有点饿，加上之前在火车上也没怎么正经吃过东西，于是找了街边的一家羊汤馆停了下来。

覃子朝又去买了两个吊炉烧饼，两人就着饼把羊汤吃了个精光。

就在他们刚起身付完账，正打算去酒坊跟三子他们会合时，突然听到“砰”一声枪响。

两人循声看去，只见一个摊位上摆满了五颜六色的气球，隔着几米的距离用尼龙绳拉了条线，线这边的桌上架着两把气枪。

店老板边收钱边吆喝：“走一走瞧一瞧，五块钱打十次，全中礼物您拿走，老板还倒赔十块了啊！”

江闻皓挑了下眉，还有这种好事？

他冲覃子朝递递下巴：“咱俩试试？”

“不好打。”覃子朝笑了下，“那枪一看就动过手脚。”

他说着，示意江闻皓看正在打靶的男人，从举枪的姿势，一看那个男人就是老手，可总也打不中。

覃子朝：“应该是准星和缺口不平。”

“这你都能看出来？”

覃子朝又笑了笑：“不过你想玩我也可以陪你。”

江闻皓有些意外：“怎么这时候不怕浪费钱了？”

覃子朝拉着他走进人群：“不会的。”

这边老板一看又有两只“肥羊”跑来上当，脸上顿时乐开了花，拉过江闻皓的袖子就说：“小伙子来一发试试啊，全打中礼物归你，我再倒赔十块钱！”

“算数吗？”

“嗐，这话问的，都是一个地方的人！敢骗你日后我生意还做不做了？”

“我们打十块钱的。”覃子朝从兜里拿出十块钱递给老板。

老板忙不迭地接过就要往腰包里塞。

江闻皓和覃子朝走到桌前，对视了一眼。

江闻皓一勾唇：“比比？”

“好。”

江闻皓之前跟江天城去过几次靶场，因此很快就掌握了手感。他两脚打开与肩同宽，头稍向侧转瞄准靶心，扣动扳机——

“砰！”一个气球应声而炸。

顿时，人群里有人发出叫好声，老板的表情则是微微一僵，但还是尽量保持淡定，冲江闻皓比了个大拇指：“可以啊小伙子，继续！”

江闻皓扭头看向覃子朝，对方也赞许地冲他点点头，夸了句：“真厉害。”

江闻皓将唇一勾，别过头再次瞄准气球。

“砰”，又是一声枪响。

这次气球没破。

"哎哟，可惜了！"老板装模作样地拍了下大腿。

江闻皓则是微微蹙眉，摩挲着枪身。

覃子朝说得没错，这把枪的准星和缺口的确有问题。刚才打中应该纯属是打球时候练的那点准头和手感。

他沉了口气，活动了下手腕，而后再次将枪端好。

瞄准，扣动扳机——

"砰！"

还是没打中。

江闻皓将枪一撂，低声骂了句。他刚想把剩下的几发随便打两下算了，后背突然抵上了一个宽阔的胸膛。

与此同时，一双手从他身侧绕过来，帮他一起托稳了枪。

"后背靠在我身上，保持平衡。"耳畔传来覃子朝的声音。

江闻皓愣了愣，但还是随着他的指令将身体的力量放到了他身上。

"别急着瞄准，向下移……两厘米。"覃子朝控制着江闻皓举枪的手，往下压了一点。

店老板的脸色瞬间一白，在心里喊了句：要完！

"枪托抵肩，扣扳机的手指放松……对。"覃子朝的语气依然温和，"我数一、二……三。"

他眸色一沉，靶子最上方的气球"啪"地炸开了！现场再次爆发出激烈的欢呼。

店老板此时已经知道今天的买卖怕是要赔，又不好当众发作，只得悻悻赔着笑脸，讪笑道："我今天这是、这是遇着枪神了啊！哎嗐——"

后面的"哎嗐"真实暴露了他的心情。

覃子朝回到了自己原先的位置上，端起枪"砰砰"又接连开了九下，无一例外，发发正中目标。

此时三子他们拍完了大头贴，隔着老远就看见一群人围在个打枪的摊位前，也上前凑热闹，接着就看到了正在射击的覃子朝。

"桌哥！那是我桌哥！"三子冲着人群介绍，又对着覃子朝大喊，"桌哥，再来二十块钱咧，给他打穷！"

老板一听这还得了，连忙将腰包里还没焐热的那十块钱还给了覃子朝，双手抱拳作揖，想赶快送走这尊大佛。

覃子朝也是见好就收，对老板礼貌地说了声"谢谢"，将钱重新装了起来，回头对江闻皓说："我们走吧？"

江闻皓这才回神："看不出来你枪打得这么好。"

"你也不错。"覃子朝笑着压低声音，"就是这老板不太厚道。"

此时三子他们挤到了两人跟前，毫无保留地对江闻皓炫耀道：“这你就不知道了吧！我桌哥会开真枪咧！”

江闻皓意外地看着覃子朝。

三子：“他的枪可是祁叔手把手教的，祁叔是谁啊，枪王咧！”

“三子。”覃子朝打断，冲三子摇了下头。

三子立刻就意识到自己话多了，赶忙缩缩脖子，不再吭声。

打枪得到的奖励是一只巨大的粉色兔子，说实话长得真丑！两只耳朵甚至都不在一条水平线上，眼睛近看也是一大一小，有一侧还有一截短线头，感觉随便一扯兔子的眼睛就能立马滚下来。

江闻皓抱着它走在路上，频频惹人回头，相当显眼。

他一脸不耐烦，见谁看他他就瞪回去，最后实在受不了，将兔子往覃子朝怀里一扔：“自己赢的自己抱！”

覃子朝接过兔子，直接拎着那两只耳朵扛在肩头。高大的身材搭配粉色的兔子玩偶，显得既违和又有点儿出奇的适合。

一行人到酒坊拎了两大坛高粱酒，又到卖鱼的地方买了条四斤多的草鱼，最后三子又去切了几斤初云特产卤牛肉，这才算是逛完了集。一行人风风火火跨上摩托，往汽修店赶。

随着眼前的景物越发熟悉，江闻皓知道再往前没多远就是邹莽原家了。

在经过的时候，他扭头朝着邹家大门看了眼，只见屋门紧闭，里面一点声音也没有。临墙的角落里还有些没来得及清扫的纸钱，应该又是镇上的人“送”的。

在这热闹非凡的日子里，邹莽原家就像是一方无人愿意靠近，生怕无端沾染了晦气的禁地。

摩托车在尽头拐了个弯，到了汽修店。

隔着点距离，江闻皓就看到了那个叫杨志祁的男人正趴在地上，用一只扳手去撬一个轮胎。

见到覃子朝他们回来，杨志祁扶着轮胎探了探头，冲覃子朝招呼了句：“回来了。”

语气没见多热情，但也不冷淡。

他将被机油搞得黑黢黢的手放到一旁的盆里涮了涮，又在围裙上一擦，站起身来。

“祁叔。”覃子朝从摩托车上下来，摘掉了头盔。

杨志祁点点头，一双老鹰般带着点凶劲儿的眼睛这才敛了些锋利。

一旁的三子也跳下车，献宝似的冲杨志祁举了举手里的草鱼：“祁叔，还活蹦乱跳咧！”

“废话，我又没死，肯定活蹦乱跳的。”杨志祁骂了三子一句，转而看向跟在覃子朝身后的江闻皓，用带着点深褐色的眸子上下打量了他一遍，“你是子朝的同学吧？上次来店里我们错过了。”

“祁叔好，我叫江闻皓。”

“嗯，小江。”

覃子朝：“祁叔，我这次去比赛，江闻皓帮了不少忙，对我很照顾。”

杨志祁又盯着江闻皓看了两眼，说道：“挺好。”

杨志祁重新低头去摆弄他的轮胎：“都先进屋吧。等我把手上的活儿弄完就来。”

“好，我先去把鱼炖上。”覃子朝说。

杨志祁：“三子，你去给子朝搭把手，别光想着吃。”

“哎哎，知道咧！”

一群人吵吵嚷嚷地进了屋，本就不大的汽修店瞬间就变得更拥挤。

江闻皓总觉得这位祁叔看人的眼神跟寻常人都不太一样。该怎么说呢，就像是台做 CT 的仪器似的，可以轻而易举地将人由皮到骨给一眼看穿。

覃子朝给江闻皓找了个干净地方让他坐着，自己则拎着鱼和肉转身进了厨房。

江闻皓玩了两把游戏，抬头见三子他们正聚在一起打扑克。几个人脸上都贴了不少纸条，临时搬过来当牌桌的油漆桶被他们敲得“咣咣”作响。

“小骚爷，来打牌呀！”三子回头朝江闻皓招呼着。

江闻皓知道他其实想喊的是“小少爷”，因为口音导致这名字听起来变了味儿。

“叫我江闻皓就行。”江闻皓起身，“你们玩。”

他对打牌没什么兴趣，于是慢悠悠朝汽修店后头的厨房走去。他还没进门，就闻到里面飘出浓郁的香味。

覃子朝正站在水池边清理鱼鳞，握刀的手快到只差重影了。他迅速将鱼肚子剖开，将里面洗掏干净，还抽了腥筋。

另一旁的锅上盖了盖子，香味便是从这里发出的。

感觉到身后有人，覃子朝回头看去，见是江闻皓，他微微扬了下眉：“你怎么来了？站远点，腥。”

江闻皓听话地站在覃子朝身后不远的位置，看他处理鱼，觉得这比打牌或是打游戏都有意思多了。

“覃子朝，你可真是个好男人。”江闻皓顿了顿，勾起唇，“又会舞枪弄棒又会洗衣做饭的，将来谁嫁给你一定很幸福。”

覃子朝听后只是笑了笑，随手拧开了水管，背对着江闻皓说道："去把灶台边的盐拿给我。"

江闻皓"哦"了声，转身去拿盐。不一会儿他反身回来，将手里的两个罐子同时递给了覃子朝："哪个是盐？"

覃子朝摇头叹了口气："你就不会尝一下吗？少爷。"他说着拿过左边的罐子，撒了些盐在鱼身上腌着，"你别在这儿一直站着了，搞得身上都是油烟味。"

江闻皓仍好奇地盯着他，像是来了兴致："覃子朝，你到底喜欢什么样的女生？"

"没想过。"覃子朝认真洗完手，在围裙上擦了擦，轻声道，"我只想先考上大学。"

覃子朝做了一大桌菜，颇有点过年的架势。

三子他们几个被祁叔发现偷懒，一人赏了一巴掌，这会儿着急忙慌地帮着又是倒酒又是端菜，个顶个的积极。

"祁叔，卧给尼（我给你）把酒添上！"三子狗腿地给杨志祁倒酒。

杨志祁拿筷子打了下他的手背："赢了输了？"

"赢咧！明天给尼买个大烧鸡！"

杨志祁"哼"了声："你当我稀罕你的烧鸡？书也不看，饭也不知道帮着做，就知道在那儿耍滑头。"

三子揉着自己的手背，嬉皮笑脸地说："看咧看咧，有几道题还打算找卧桌哥请教咧！"

覃子朝："三子，复习得怎么样了？能赶上成考吗？"

"今年的够呛，看看明年吧！"

杨志祁喝了口酒："上点儿心，别一天到晚的就知道耍嘴把式。"

"哎哎，知道咧！"三子忙不迭地答应着，"放心吧，祁叔，卧（我）心里有数得很！都瞄好学校咧，做梦都想去！"

"三子哥！你可以的！"一旁的"锡纸烫"说，"也给咱们兄弟争口气！让那些人都看看，咱们里面也能出来大学参（生）！"

三子夹了一大筷子菜塞进嘴里："要我说，念书还得是咱桌哥！人家是要考政法大学咧！政法大学知道吗？毕业能当大律师！"

边上的覃子朝跟着笑笑没说话，见江闻皓半天不动筷子，对他道："吃鱼。"

江闻皓"嗯"了声，还是没吃。

他其实挺馋面前那盘红烧鱼的，无论是色泽还是味道都让他觉得很有食欲。但他有个弱点，就是一直不太会吐刺。

小时候有一回被刺卡了喉咙，喝了半瓶醋都没能咽下去，最后连夜赶去医院才取了出来，从那以后，他对这类刺又细又多的鱼就有了阴影。

见江闻皓盯着那盘鱼就是不动，覃子朝疑惑地看了他一眼，问：“我记得你爱吃鱼吧？”

江闻皓又“嗯”了声。他是爱吃鱼，但只吃鲈鱼、三文鱼……草鱼终归还是不太敢。

面前的餐盘突然被覃子朝拿了过去，覃子朝夹了一大块鱼给他。

江闻皓刚想让覃子朝少夹点，就见覃子朝把餐盘放在了自己面前，而后一边跟三子他们聊天，一边用筷子一点点拨开鱼肉，将里面的刺挑了出来。在确保肉里完全没有鱼刺后，他才把盘子还给了江闻皓。

江闻皓看着盘子里白嫩细软的鱼肉，用筷子夹了点放进嘴里，果然一根刺也没有。

“好吃吗？”覃子朝问。

江闻皓点点头：“好吃。”

覃子朝又夹了一筷子鱼继续给他拣刺：“慢慢吃，还多的是。”

江闻皓看着盘子里的鱼肉，不由得再次在心中暗自感慨：将来哪个姑娘能嫁给覃子朝，真是幸运！

吃完了饭，三子说要跟“锡纸烫”他们去网吧上网。国庆节祁叔给他放了几天假，他想借着这机会把游戏号好好练一练。

“正好，你晚上就别回来了。让子朝和小江睡我屋，我去你屋。”杨志祁说。

江闻皓：“别麻烦了，祁叔，我们在镇上随便找个宾馆就行。”

杨志祁听闻哼笑了声：“这儿的宾馆你能住得惯啊？热水都没有。”

他说着摸了烟和打火机站起身：“就这么定了。三子，你们先帮着把碗筷收了再走，我到外面抽根烟去。”

“哎，直道了祁叔！”见杨志祁同意自己玩通宵，三子干起活来比谁都卖力，还把覃子朝直接撵出厨房，让他到边儿上休息。

江闻皓搬了把小竹椅坐在店门口，此时还不到九点，换作他住的城市正是最热闹的时候，但镇上的多数店都已经关门了。白天还热热闹闹的初云镇此时显得十分安静，只间或能听到几声狗叫和摩托车经过时的发动机响。

他朝不远处看去，杨志祁正站在汽修店灯牌边抽着烟，长年弯腰修车的姿势并没让他显得弯腰驼背，反而相当挺拔。

灯牌朦胧的白光照在杨志祁身上，把他的影子拉长。他嘴里的烟已经抽了大半截，不是什么好烟，烟草的味道有些辣嗓子。

火光在烟头轻微地跳动着，随着他的吞吐一明一暗。不知为何，江闻皓在这个男人的身上看到了一种孤独。这孤独并不感伤，似乎是他自愿承受的，又似乎像是一直在等待着什么。

回想起白天三子在激动之时提起过“枪王”的名号，以及覃子朝当时及时打断的眼神，江闻皓对眼前的男人产生了浓厚的兴趣，以至于都没发现覃子朝是什么时候坐到了他身边。

“累吗？”覃子朝温声问道，“我给你烧了水，过会儿去把澡洗了。”

江闻皓“嗯”了声，目光还是没从杨志祁的身上移开。

直到杨志祁抽完了烟回头，与他的眼神对上，他才冲杨志祁礼貌地点了下头。

等对方回了店里，江闻皓问身旁的覃子朝：“祁叔不是本地人吧，听口音像是东北的？”

“嗯，家在牡丹江。”

“牡丹江，那里离这儿好远。”

“是啊，很远。”覃子朝低声回应，更多的也不再多说。

江闻皓最深谙莫窥莫问的道理，便也很识趣地不再打听。

两人又坐在店门口有一搭没一搭地闲聊了会儿，忽然只见覃子朝朝天空一递下巴。

“星星出来了。”

江闻皓跟着仰头，眸光微微一颤。

只见一条偌大的银河就悬在他头顶。因为没有云，整个夜空都显得异常澄澈，散布着的数不清的繁星越看就越多，仿佛只要一抬手就能够到。

江闻皓看着头顶一颗明亮的星星，总觉得那是他妈妈谢菀。她也一定是厌倦了城市的喧嚣，才会跟随自己来到这里吧？

夜更深的时候有些起风了，江闻皓忍不住打了个喷嚏，在覃子朝的催促下回屋洗了个热水澡。

之后他来到祁叔的房间，推开门的瞬间着实还是感到有些意外的。

这里完全不像一个单身汉住的地方，被子叠得四四方方，床单没有一丝褶子，还有一股洗衣粉和阳光的味道。

虽然屋内陈设很简单，只有一张单人床、一张桌子、一把椅子和一个衣柜，但不论是表面还是死角都被擦得一尘不染，和外面的汽修店简直就是天差地别。

江闻皓大概能明白为什么祁叔要留自己在这里过夜了，确实是要比外面的宾馆干净得多。

空气里这股令人安心的味道让他很快就有了倦意，本来还想拿手机打几把游戏，结果往床上一躺，还没等游戏更新完毕，他便在台灯温暖的光线下渐渐合上了眼睛。

外厅里，电视机的音量被杨志祁调得很小，正播放着历年的春晚小品合辑。

杨志祁坐在桌前，面上还摆着盘花生米和今天没喝完的酒，看到覃子朝出来，斜了他一眼："小江睡了？"

"睡了。"

杨志祁一递下巴："过来陪我整两口。"

"行，我再去厨房给你弄两道下酒菜吧。"

"不用，就花生挺好。"

覃子朝顿了下，点点头，在杨志祁边上坐了下来。他拿起酒瓶，给杨志祁重新满上。

杨志祁呷了口酒，眯眼吞下，片刻后问覃子朝："我记得你是晚上了一年学，今年得有十九了吧？"

"十八。"覃子朝接过杨志祁的杯子，又帮他添满酒。

"哎，娘胎里还得算一年呢。"杨志祁哼笑了声，"你看你，一眨眼都成大人了。我还记得第一次见你的时候，你都还没到我的腰。"他说着比画了下，"现在，都快高老子一头了！"

杨志祁这人平时话不多，也就只在喝了点酒后才多说几句，一般说的也都是些叮嘱覃子朝好好学习的话，或是变着法子让覃子朝多陪自己喝几杯，以至于覃子朝现在有些搞不懂对方为什么会突然感慨起来。

"我还记得你当时跟只狼崽子似的，护在你妈前面要跟覃建军拼命，被他拿板凳砸得满头是血，哭都没哭一声！我当时就看出来了，你小子是个有种的。"

覃子朝听到这儿，思绪也不由得被拉回到了那个时候——

那是他人生中最黑暗的一段时光，记忆里被称之为"父亲"的男人覃建军总在喝酒、赌博，钱输光了就打他和他妈妈，简直就是把电视上那些叫不出名的三流狗血剧的情节原原本本地演了一遍。

后来覃建军在一天早上偷光了家里所有的钱，自此人间蒸发，不知所终。所有人都说覃建军是被邹大山骗了，替他背了黑锅，被讨债的追杀，所以才一直不敢回来。

覃子朝也的确见到过邹大山此前经常和覃建军在一起打牌，觉得这话也还是相当可信。

但他其实并没有多恨邹大山，他只是恨覃建军，恨到骨子里。

"我当时刚到这里来没多久，是跟哥们儿一起去的你家……我哥们儿那会儿在初云的派出所，那段时间正要被提拔来着。"杨志祁说着，夹了粒花生米到嘴里。

"那会儿接到警情，起初说的是有人聚众斗殴，结果到了地方发现是覃建军打伤了人跑了。我们一路追去你家，就看到你手里拎着把菜刀正跟覃建军对峙呢，吓得我那哥们儿一把就把菜刀夺走，把你抱了起来。”

“我记得，梁果叔。”

“对，果子狸！”杨志祁端着酒杯笑了，“他总夸你小子懂事，将来有出息，让我们都对你好点。”

“我记得我小时候有段时间老去派出所蹭饭，还找梁叔告状，让梁叔把覃建军抓起来枪毙。”覃子朝垂眼笑笑，“梁叔对我很好，像你对我一样好。”

“呵，你当我愿意管你这兔崽子？还不是梁果非说我可能要打一辈子光棍，养你这个半路儿子日后好给自己养老送终嘛！”

覃子朝闻言摇摇头，他知道杨志祁就是典型的刀子嘴豆腐心，明明做尽了世间善举，还偏要装成一副浑蛋的样子。

“还有三子……”杨志祁又吞了口酒，“那也是果子狸给我找的大麻烦！你就说他一个火车站边上的小偷，把他抓了就完了呗，还非得教他看书识字，撺掇着他自考！”

聊起梁果，覃子朝很懂事地没再接话，只是等杨志祁酒杯里的酒喝完了，再帮他一杯杯满上。

覃子朝知道杨志祁需要发泄，他也只能借着这点酒来发泄了。

杨志祁：“结果麻烦全是他梁果找的，到头来收拾你们这些烂摊子的活儿，全撂老子一人头上了！他人呢？”

他说着，直接拿过酒坛往杯子里倒酒，脸和眼睛都被酒精醺得有些泛红，那老鹰似的犀利眼里，也在此时隐隐蒙上了层酒意。

“祁叔，你喝得太快了。”

杨志祁一动不动地呆坐在那儿，不知过了多久才再次幽幽开口：“昨儿晚上我梦见梁果了，他说他在那边过得挺好，已经当上处长了。要说还得是他，到哪儿都吃得开。”

覃子朝还记得梁果的样子，个子不高，长着张娃娃脸，显得年纪很小。他说话的时候眼睛就总喜欢眯起来，对谁都一副笑嘻嘻的样子，但面对不法分子时又会变得很凶，嗓门特别亮，跟放炮似的。

后来，他在一次执行任务的时候出了意外，连人带车一起翻下了山崖，走的时候不到三十五岁。

杨志祁的酒杯又空了，他拎着酒坛，直接将余下的那些酒通通倒进了嘴里。

酒液顺着脖子流了些在衣服上，因为呛，他剧烈地咳嗽起来，覃子朝连忙起身帮他拍着后背。

只是这酒的度数未免太高，后劲太大，杨志祁半天都没缓过劲儿来。他将手握拳一下下使劲捶着自己的胸口，最后终于红着眼问覃子朝：“你说，那天我怎么就没跟他一块儿去呢……”

话落在最后一个尾音时，已然变得颤抖。

“祁叔……”覃子朝也有些难受，握着杨志祁肩的手紧了紧，放轻了声音宽慰道，“那是个意外。”

“那不是意外！”杨志祁一捶桌子，嗓子沙哑着喝出声。

覃子朝蹙起眉头。

杨志祁混混沌沌地呢喃着：“我知道的……我知道……老子非抓到他们不可……等着……等着……”

这之后，杨志祁便渐渐没声儿了。他趴在桌子上，闭眼枕着胳膊，呼出的气都带着浓重的酒味，也不知是醒是睡。

“祁叔？”

覃子朝轻唤了几下见没反应，叹了口气，弯腰将人架起来要往房间里送。

杨志祁靠在覃子朝身上，醉醺醺地喃喃着：“你小子一定要给我们争、争口气……这样他……也就放心了……”

“我知道。”覃子朝低声道。

第十四章 入秋

次日清晨，江闻皓和覃子朝一出房间，就见杨志祁已经坐在外头看电视了。

“祁叔早。”两人跟他打了声招呼。

杨志祁“嗯”了声，一边拿遥控器换台，一边屈指叩叩桌面：“豆浆、油条、包子，你们看着吃，我今天有事儿得出去一趟，等三子回来提醒他看好店，别又到处瞎跑。”

“好。”

杨志祁又问覃子朝：“你们今天是打算先回趟家，还是直接去学校？”

“回家，看看我妈。”

杨志祁点了下头：“也好。”

他起身走到电视柜边上，弯腰从柜子里找出了个信封，往覃子朝手里一递：“把这个交给你妈。”

覃子朝接过，几乎瞬间就知道里面放的是什么，又将其还给了杨志祁：“真不用，祁叔，我们有。”

“什么有没有的，这是我先前托你妈给我买山药的钱。”杨志祁不耐烦地又将信封扔给覃子朝，“拿着，不然下次都不敢找她给我捎东西了。”

覃子朝闻言，这才犹豫地接过，道了声谢。

杨志祁一拍他的肩：“摩托车我给你留这儿，你俩回家的时候骑。”

“好，你开车注意安全。”

“嗯。”杨志祁拉上皮夹克的拉链，咬了根烟在嘴里，转身离了店。

摩托车飞驰在山道上，大片大片枫叶在阳光的照射下肆意洋溢着烂漫的红。

山里的秋天来得比城市更早也更快，江闻皓分明记得他们离开前，这里都还是绿油油一片。

秋景让他的心情也跟着变得舒畅，头盔下的唇角不自觉上扬。

前边的覃子朝有意放松了油门，摩托车的速度缓了下来。两人就这么浸在秋日的阳光里，不慌不忙地往家走。

后来这个画面也曾无数次出现在江闻皓的梦里，取代了原先那令他屡屡惊醒的暴风雨场景。

进入覃子朝家所在的村子，江闻皓隔着老远就看到了在杨梅树下站着的徐秋云。她穿了件红色的毛衣，手里拿着个箩筐，正挑拣着里头的柿饼。

听到摩托车响，她循声抬头看过来，在见到覃子朝和江闻皓后，又露出了唇边浅浅的梨涡，欣喜地朝他们招手。

“回来啦！”她快步迎了上来。

覃子朝摘掉头盔，喊了声：“妈。”

徐秋云的眼睛笑得弯弯的：“快停车去。”

她说着又看向后座的江闻皓，示意他快点下来，从箩筐里挑了个最大的柿饼拿给他：“今天才晒好的，快尝尝！”

江闻皓脱掉头盔，两手有些无处安放：“云姨，我手脏。”

徐秋云直接捏着柿饼伸到江闻皓嘴边。

江闻皓有些不好意思，但还是张嘴咬了一口，点点头：“甜。”

“甜吧！”徐秋云摸了摸江闻皓的头，“你说这孩子怎么回趟家还瘦了呢？爸爸妈妈还好吧？”

江闻皓顿了下：“挺好的。他们拿你给的菌子和枣煲了鸡汤，说很好喝。”

“好好好！”徐秋云唇边的梨涡更深了，“我还担心他们吃不惯这些，不过咱们这儿的菌子很有名，他们一尝就绝对知道好了。”

徐秋云边说边拉过江闻皓的手，带着他往屋里走：“你看我饭都已经做好了，就等你们回来。”

进到院子里，覃子朝已经停好了车，正两条长腿架在地上，稍倾着身看油表。

阳光透过杨梅树枝叶的缝隙洒在他的侧脸和身上，落着细碎的光斑，利落的短发衬得他整个人比之前更加硬挺俊朗。

徐秋云上前拍拍覃子朝的后背：“快去洗手，准备吃饭了！”

这顿饭徐秋云做得相当丰盛，几乎是把她能想到的所有好东西通通拿出来了。

江闻皓在她的一再盛情劝说下，愣是一口气吃了两碗米饭。

收拾完，覃子朝把那件羽绒服拆开让徐秋云试试。

徐秋云一口一句地埋怨覃子朝乱花钱，说自己明明有衣服穿，但还是眼带笑意地将羽绒服穿上，在贴着鸳鸯的老式立镜前转了几圈，边摸着料子边感叹：“这衣服真轻，你说它能保暖吗？”

“能。”覃子朝说，“就是下大雪，里头只穿件毛衣也够了。”

“真的呀……”徐秋云展了展衣角，生怕把衣服弄皱了，“穿着好舒服，怎么样，好看吗？”

“好看。”江闻皓和覃子朝异口同声。

徐秋云只试了试这衣服，就又把它小心翼翼地叠起来包好，放在了衣柜的最里面。

覃子朝见状叹了口气：“你还收它干吗？买了就是让你穿的。”

“这不是还没到季节嘛。”徐秋云关好柜门，“等大年初一再穿，到时候给你王婶她们看看，一定羡慕坏了。”

她说着，突然像是想起了什么，快步回屋，从缝纫机下面的木箱子里取出了一件黑色毛衣在覃子朝身上比了比，点头说：“还行，之前我总怕织小了呢。这次去上学你记得把它带上，天凉了。”

“好，谢谢妈。”

江闻皓看着给覃子朝试毛衣的徐秋云，突然就想起自己很小的时候，妈妈谢菀也曾尝试着给他织过毛衣。谢菀虽然是个设计师，但手其实一点都不巧，饭总能被她烧焦，家里经常都是丁零当啷的……而那件所谓的毛衣直到现在江闻皓都没能见过。

“小皓的也快织好了，还差两个袖子，应该赶在下周前就能弄好。”

徐秋云的声音打断了江闻皓的思绪：“我的？”

见徐秋云看向床头，顺着她的视线，江闻皓果然看到那里放着一件还没织完的毛衣。

“本来是想给你织件和子朝一样的，但一想你长得白，穿白色一定更好看，就又去换了白色的毛线来。”徐秋云冲江闻皓招招手，让他也刚好过去比一下。

江闻皓看看覃子朝。

覃子朝冲江闻皓点了下头，江闻皓便挪到徐秋云边上。

徐秋云：“手，打开。”

江闻皓照做，动作有些僵硬。

徐秋云取过软尺在江闻皓身上量了下，满意地弯起眉眼：“我就说我的眼睛比尺子准吧！你刚好矮了子朝大半头，正合身。”

覃子朝知道江闻皓最在意别人说他矮，在旁抵着下巴低笑了声。

江闻皓冷着脸斜了他一眼，回过头对徐秋云轻声说：“谢谢云姨。”

徐秋云又摸了摸他的头：“真好。”

江闻皓牵了下唇，心说：覃子朝不愧是徐秋云的亲儿子，两人不但喜欢摸我头，连说的话都一样。

过午，徐秋云晒完了新一批柿饼，回屋午睡。

覃子朝见江闻皓没有半点困意，便带着他沿着水塘遛弯消食儿。

这水塘不深，有几个小孩儿正站在水里嬉戏，笑闹声不绝于耳，热火朝天。

见到覃子朝，小孩儿大声跟他打招呼，看样子应该都是一个村的。

其中一个胖墩墩的小光头更是扯着嗓子冲这边喊：“子朝哥，下来摸菱角啊！”

覃子朝笑了笑，用不大但是能够让对方听到的声音说：“这时候哪还有菱角？”

小光头十分不忿，连滚带爬地上了岸，从一个竹筐里摸出了个黑乎乎的东西，还使劲晃了晃：“真有！都藏在水底下，还有不少呢！”

覃子朝转头问江闻皓：“要不要去？”

江闻皓没采过菱角，有点感兴趣，但一想这都十月份了，下水肯定冷，有些纠结。

像是看出了江闻皓的心思，覃子朝拉过他，说：“你就在岸边等着，不用下水，我去摘。”

江闻皓又想了下，点点头。

覃子朝带着他朝那帮小孩儿跑了过去。

来到岸边，覃子朝将身上的衣服裤子利落地脱掉，只穿了条短裤，又借小光头的水瓢舀了几瓢塘里的水浇在身上。等适应了水温，他便下了水。

“子朝哥，在这儿呢！”小光头自告奋勇地带着覃子朝往水面上一片长着菱角叶子的区域游。

江闻皓叫了覃子朝一声：“你小心蚂蟥。”

“放心吧，我知道。”

江闻皓以前在科教节目上见过蚂蟥，觉得那玩意儿恶心极了，还是放心不下：“要不别去了。”

小光头和他的小伙伴闻言瞬间不乐意了，用带着点鄙视的眼神瞪着江闻皓：“我们这儿的水可干净了，没蚂蟥！”

“有淤泥的地方就有。”

“没有！”小光头扯着嗓门儿，一仰头用鼻孔瞅着江闻皓，“我说，你是不是只旱鸭子啊？”

“就是就是，胆小鬼！”

“胆小鬼！胆小鬼！”

江闻皓的脸一下子就垮了。

小光头又对他做了个鬼脸：“有本事你下来呀！”

“下来！下来！下来！”

江闻皓“啧”了声，他好歹以前还专门雇私教学过几年游泳，不说游得多好，起码水性不错。没想到今天倒被几个小屁孩儿给看扁了？

覃子朝原本觉得以江闻皓平时那懒得搭理人的性格应该不会跟小孩子较真儿，刚准备让小光头别再闹，就见江闻皓将鞋一脱，一步步下到了塘里。

秋日的水里果然还是带了些凉意，江闻皓的身上立刻就起了层鸡皮疙瘩。但面对一众小鬼的起哄，他还是不服输地冷着脸往前走。

覃子朝："你先等下。"他说着朝江闻皓走去，又拿过水瓢舀了水，"不适应就下水，待会儿要抽筋的。"

"没事儿。"江闻皓淡淡应了句，仍看着边上冲他做鬼脸的小光头。

覃子朝往江闻皓身上浇了几瓢水，待他彻底适应水温后才让他往前走。两人跟着小光头他们拨开菱角的叶片，将手探入水里开始一片片地摸索。

小光头一马当先，跟泥鳅似的溜得飞快。

覃子朝怕江闻皓滑倒，全程就一直跟在他边上。

"摘到一个！摘到一个！"小光头突然大叫了声，从叶片下面摸出了一个黑黝黝的菱角，兴奋地呼朋引伴，接着冲江闻皓炫耀似的晃了晃手里的菱角，一抬下巴"哼"了声。

江闻皓小声嘟囔了句："幼稚。"然后继续弯腰寻找菱角。

"动作得轻，注意别破坏根，不然它以后就不长了。"覃子朝在一旁提醒。

江闻皓："以前没发现你这么啰唆，倒是帮着一起找呀？"

覃子朝摇头叹气笑了下，也弯腰将手伸到水里。

两个人一起找了会儿，江闻皓觉得他的腰都快断了，正打算直起身来喘口气，忽然就触碰到了一个光溜溜有尖角的东西。

"我好像摸到一个！"他说着将其摘了伸出水面，果然是一个水灵灵的饱满硕大的菱角。

"覃子朝！"江闻皓惊喜地朝覃子朝看去，那双总是半睁着的、透着散漫的眼睛此时弯成了一轮明亮的新月，在阳光下笑得露出了口洁白整齐的牙。

覃子朝很少见到江闻皓绽放出这样的笑容，那么灿烂、张扬、无忧无虑，于是冲他点头夸了句："很棒。"

此时，一枚小石子砸在两人旁边的水面，"扑通"一声，荡起层层涟漪。

小光头不服气地对着江闻皓喊："有什么了不起！待会儿我一定摘到个比你这个更大的！"

江闻皓将视线重新转向挑衅的小光头，将唇一勾："你倒是摘一个我看看？"

小光头气得跳脚："你给我等着！"话毕，他率领着他的一众小伙伴又开始了新一轮搜索。

就这样，他们一直玩到了太阳落山。

覃子朝见天色晚了，担心再待在水里会感冒，便让小光头带着他的几个小伙伴抓紧时间回家。

小光头很听覃子朝的话，像模像样地安排了下明天的集合时间，就和其他小孩儿一起拎着鞋朝村里跑去。

江闻皓也跟着覃子朝一起上了岸。

覃子朝随手摘下几片芦苇叶，熟练地编成小篮子，把他们采到的菱角装了进去提着。

回到家的时候天已经全黑了，徐秋云见到两人和他们手里的菱角，责备了覃子朝几句，说他不该带着江闻皓下水，怕万一把人冻坏了。接着，她便火速去切了些姜丝，给他们煮姜汤。

江闻皓手里还紧紧攥着他摸到的那枚菱角，问覃子朝："这要怎么吃？"

"水煮就行。"覃子朝说，"我先去烧点热水，你洗个澡，我去厨房煮菱角。"

"好。"江闻皓用指腹摩挲着他的菱角，"这个就不给你了，反正也够吃。"

覃子朝知道他是宝贝这东西想留作纪念，并没拆穿，冲他点了下头。

江闻皓赶紧就把菱角揣回兜里了。

等他洗完澡出来，冒着热气的菱角已经煮熟上桌。

江闻皓将手伸到盛菱角的盆里摸出一个，哈着气把外壳剥开，露出里面白生生的肉，塞进嘴里的时候，眼睛都跟着亮了起来。

"怎么样？"覃子朝问。

"绝。"江闻皓又拿了一个剥开，递给覃子朝。

"你自己吃吧。"

"快，别废话。"

覃子朝接过，放进嘴里咀嚼："嗯，是还行。"

此时电视里刚播完《新闻联播》，覃子朝从暖瓶里倒了盆热水出来，让徐秋云泡脚。

屋外偶尔会传来几声狗叫，炊烟的味道透过窗飘了进来。耳边是天气预报的主持人字正腔圆的播报，说未来几日会有较强的冷空气。

江闻皓边吃菱角边看电视，徐秋云则是在灯下织着毛衣，间或跟两人聊几句家常。

江闻皓扭头看向窗外夜色下的远山，又看看一室温暖的光线，觉得这大概就是家本该有的样子。

半夜，果然开始起风了，吹得窗户"哐哐"作响。覃子朝被吵醒，正要起身检查窗户关严没有，就听到屋外传来一阵急促的敲门声。

他皱了下眉："谁？"

外头没人说话，只是敲门声更急了。

覃子朝觉得不对劲，毕竟现在已经是后半夜了。

江闻皓的睫毛颤了颤，也跟着醒过来，有些迷糊地撑起身，拉开了床边的台灯。

门外又是一通敲砸，跟着便是一个粗哑的声音。

“徐秋云，开门！”

覃子朝挺拔的背影在听到这个声音后骤然僵住了。紧接着，他眸底原先的疑惑迅速散尽，在短暂的不可置信过后，变成了一股瘆人的暴戾。

他的下颌线随着咬肌紧绷，形成道锋利的线条，一时间，仿佛周身流动的空气都在跟着凝固。

江闻皓在看到对方这副表情后也瞬间清醒了，下意识朝门那边看去，猜测着这扇门的后头到底来的是什么牛头马面，才能让覃子朝又露出了这样狠戾冰冷的眼神。

“徐秋云！”外头的敲门声从砸变成了踹，“你男人的声音都听不出来了？”

江闻皓的眸底颤了下，难道是？

里屋的门开了，徐秋云裹着外套从里面走了出来。在听到外头接连的叫嚣声时，她也一下子紧张起来，整个身子都在跟着发抖。

“妈，你回屋。”覃子朝头也不回，阴沉地说了句。

徐秋云站着没动，只是攥外套的手指变得苍白。

“江闻皓，带我妈进去。”

江闻皓的喉结滚了下，将徐秋云半揽进自己怀里：“云姨，我们先进屋。没事。”

“不行，不能进屋！他会打子朝的！”徐秋云摇着头。她这话像是跟江闻皓说的，又更像是掉入某个恐怖回忆里的喃喃自语。

江闻皓不会安慰人，只能竭尽所能试图让徐秋云平复下来，轻声说：“云姨，这儿有我跟覃子朝两个人呢。你先进屋，别让我们担心你。”

“徐秋云！快开门！这是老子家，凭什么不让老子进？”

屋外又是一阵怒骂。

覃子朝闭了闭眼，两侧的拳死死攥紧，再睁开眼时，眸色已暗得看不到底。

江闻皓半拖半哄将徐秋云送进了房间。

徐秋云一把抓住江闻皓的手，指尖冰凉：“小皓，你快去拉着子朝，叫他千万别冲动！他、他会跟覃建军拼命的！”

“我知道，你在这里待着别动，我不会让覃子朝出事的。”

徐秋云眼神涣散地点点头。

江闻皓将手机塞进她手里，让她握紧：“一会儿如果局面真的不好控制，你就赶快报警。”他说完将手从徐秋云手里抽出，又俯身看了她一眼，微微笑了下，“别怕，云姨。”

话毕，江闻皓眸光定了定，沉了口气，转身出了里屋，将门关好，走到了覃子朝身边。

覃子朝侧头看了他一眼：“你也进去。”

江闻皓轻皱着眉：“别废话了，你妈让我看着你。”

覃子朝抿了下唇，最后又将江闻皓往自己身后挡了下，在外面的叫骂声变得更激烈时，“咔嗒”打开了门。

一阵极冷的北风“呼”地灌进屋里，吹得江闻皓不由得微微眯起眼睛。

狂风飞旋间，只见一个穿土褐色工装的男人赫然站在门口。随着覃子朝猛地开门动作，他用力不稳，往前栽了下，又骂了句。

当看到眼前出现的人不是瘦小孱弱的徐秋云，而是个高大的男人后，覃建军明显一愣，一下子竟没认出覃子朝来。

他的手里还打着个手电筒，就这么直直用光照在了覃子朝脸上。

覃子朝挥手便钳住了覃建军的手腕，强光一偏，打在了墙上。

覃建军嘴皮翻了翻，忽然发出声沙哑的笑来，看着覃子朝竟还有些惊喜：“可以啊，小王八羔子，都长这么大了！老子还以为徐秋云趁老子不在，又找了个小白脸呢！”他说着就要往里进，“你妈呢？我找她有事儿！”

覃子朝像堵墙似的堵着覃建军的路，覃建军差点撞在他胸口上。

覃子朝冰冷地睨着这个男人，记忆中的男人又高又壮，喝醉了酒拿皮带抽自己时，整张脸都会没在光线里看不到。

那个视角深深烙在了覃子朝的心里，他当时就发誓，有朝一日，自己一定要比覃建军长得更高更结实，让覃建军再不能那么打自己和徐秋云。

见覃子朝挡着门不让进，覃建军不耐烦地推搡了覃子朝一把，结果自己先往后退了半步。

他有些错愕，显然也没想到覃子朝真的已经从当年的小崽子长成了一个男人，需要他仰起头才能直视。

此时屋外的阴影里又冒出个人，戴着个深檐帽，有些南方口音：“动作快点，动静非要闹这么大？”

覃建军像是有些忌惮这人，忙说了句：“马上马上。”接着扭头对覃子朝道，“不找你妈找你也行，家里的存折知道在哪儿吧？”

覃子朝没说话，仍冷冷注视着覃建军，末了低笑了声。

覃建军一愣，被覃子朝这不知所意的笑弄得有点发毛，沉着脸粗声骂了句：“滚蛋，老子自己找！”说完，他就又要往屋里钻。

覃子朝钩着覃建军的后衣领往后一拽，将人一把甩了回去，差点没给覃建军撂一跟头。

“你试试看。”

覃建军这下彻底奓毛了，挥拳就狠狠砸在了覃子朝的脸上。

江闻皓眸色一沉，知道以这一拳的速度，覃子朝是完全能够避开的。但覃子朝纹丝不动，任由覃建军的拳头结结实实地落在了他的颊侧。

他拿舌头顶了下腮帮，满口的血腥，却仍挡着覃建军的路。

“覃建军，你记住，”覃子朝盯着对方，“这辈子你都别想再踏进这门一步。”

“我去你娘的——”覃建军作为老子的那点颜面显然是被覃子朝给挫碎了，大骂着又抡起拳照死往覃子朝脸上、身上砸了七八下。

“覃子朝！”江闻皓眼见覃子朝明明可以躲，但就是岿然不动，低喊了声。

与此同时，他看准了身旁的一只竹凳，不动声色地后退用脚绊着，随时准备抄起来动手。

覃子朝的鼻子流血了，唇边也被打出一团乌青，但那双狼一般森冷的眸子始终眨也不眨地死死锁着覃建军，让他心里越来越慌。

覃子朝抬手抹了把鼻血，开口冷声道：“覃建军，刚才那几下算我还你的。从现在起，你再敢往屋里进一步，我就要你的命。”

这话一出，覃建军果然不敢再轻举妄动。他沉着脸，审视着覃子朝，似乎在判断对方这句话到底只是在耍狠，还是要来真的。仔细分辨了会儿后，他觉得是后者。

就在双方僵持之际，身后里屋的门再次被人打开。

覃子朝眸色一沉，江闻皓则是第一时间转身去拦。

只见徐秋云双手握着一把锋利的柴刀，胆怯却也义无反顾地朝覃建军一步步逼近，用刀刃直指着覃建军的鼻子，咬牙颤声道：“覃建军，你要是再敢动我儿子一下，我俩就一起死！”

“疯了！都疯了！”覃建军红着眼，恶狠狠地瞪着徐秋云，“臭娘们！你敢拿刀指老子？”

徐秋云的手抖了抖，把刀握得更紧。

此时，戴深檐帽的男人又阴沉地提醒了覃建军一句：“别再耽搁了。”说着，他又看了徐秋云一眼，神色仍藏在阴影里，缓声说，“嫂子，我们这次来也没别的事儿，就是想跟你借点钱。建军在外头遇上点麻烦，着急用钱周转，等事情一解决，他就可以回来跟你们团聚了。”

“啊，对对！”覃建军见状赶忙接话，也跟着收了横劲儿，“老婆，我是真急着用钱，我也想早点回家。”

“这儿不是你家！”徐秋云红着眼打断，“我和子朝都不会认你，你也别想再从我们手里拿走一分钱！”

“你！”覃建军眼见徐秋云态度坚决，又看了眼覃子朝，“儿子……”

他话没说完，就被覃子朝眼底的森冷吓得把话咽了回去。

末了，他狠狠点了下头：“我知道了，你们巴不得我死！”

“深檐帽”一看要钱没戏，村里亮灯的人家也越来越多，心知不能再这么耽搁下去。他冲覃建军使了个眼色，示意覃建军赶紧走。

覃建军最后又剜了徐秋云和覃子朝一眼，嘴唇动了动，终是什么话也没再说，将手一甩，跟着“深檐帽”一起匆匆走入了夜色中，钻进树林，瞬间便没了踪影。

又是一阵凛冽的北风，卷得树叶纷纷掉落，发出“哗哗”声响。

待人彻底消失在了黑暗里，徐秋云两腿一软，跌坐在地上，双目依旧涣散。

“云姨！”江闻皓连忙上前去扶，又抬头低唤了声，“覃子朝。”

覃子朝这才缓缓回头，视线从苍茫的夜色中收了回来。他迈了两步到徐秋云面前，顿了顿后，慢慢蹲了下来。

“妈，刀给我。”他低声开口，见徐秋云还在愣神，便将她的指头一根根掰开，从她手里接过刀，扔到了一旁的竹篓里。

徐秋云目光失焦地看着覃子朝，半天后才僵硬地伸手轻轻抚上了他的脸。

覃子朝被她触及伤口，微微偏了下脸：“没事了。”

风一声声吹着尖啸的哨子，在大山深处反复回响。屋内的钨丝灯电压不稳，在垂死挣扎地闪了两下后，终是彻底熄灭了。

覃子朝将徐秋云送回房间，又留下陪了她很久，直到看着她迷迷糊糊地浅浅睡去，才蹑手蹑脚地从里屋退了出来。

“云姨睡了？”趴在桌上的江闻皓听到动静，压低声音问覃子朝。

覃子朝轻声“嗯”了下，黑暗掩盖了他眼底的疲惫。

他摸黑走到五屉橱边，从里面拿出一根蜡烛和一盒火柴，将蜡烛点亮，立在了柜子上的盘子里。

烛光摇曳着，偶尔发出火苗炸开的轻响。借着跳动的微弱火光，覃子朝对上了江闻皓担忧的眼神。

“我没事。”几乎是下意识，覃子朝便先开口安慰，“灯应该就是保险丝烧了，我明天再换一个就好。”

江闻皓看着他，没说话，忽然就有些明白放假前董娥跟自己说的那句“覃子朝就是太懂事了”的真正含义。

因为懂事，所以就总是把各种负面情绪通通积压在心底，独自吸收消化，而面对其他人时，就总是一副成熟温柔的模样。

可江闻皓明白，如果覃子朝一直这样下去，他迟早会有崩溃的那一天。董娥所担心的，应该也是这个。

覃子朝，他已然将压抑活成了一种习惯，但其实，那些埋藏在他内心深处的消极与怨恨，从来就没有真正消失过。

一滴蜡油顺着蜡烛流淌下来，还没落盘便已凝在了烛身上。火苗又轻轻跳动了下，发出“噼啪”的细微声响。

“我真的没事。”

“放屁，你就是爱装。”江闻皓冷冷骂了句，声音听起来有些发闷，“覃子朝，你这样下去不行。”

覃子朝闻言，深暗的眸色颤了颤。

江闻皓：“我心烦的时候要么疯狂弹吉他，要么就随便找个由头跟人干一架。”他淡淡注视着覃子朝，“要不咱俩现在找个地方干一架吧？”

覃子朝看着江闻皓的眼睛，发现那里面居然还有光斑在跟着跳动。他伸手又去揉了揉江闻皓的头。

江闻皓想躲，但这次还是忍住没躲开，只是佯装没好气地说了句：“你再摸，老子就真秃了。”

覃子朝这才停手。

江闻皓冲他说：“去洗把脸，然后坐那儿去，我给你上点药。糊了满脸血，半夜三更看着太惊悚了。”

江闻皓从背包里翻出了碘伏和棉签，这还是之前自己被赵涛弄伤时，覃子朝买的。

等覃子朝洗完脸回来，他便用棉签蘸了碘伏给对方涂。

要说这还是江闻皓第一次给除自己以外的人上药。此前对待自己时，他都是直接把消毒水胡乱往伤口上一倒。但对待覃子朝，他尽量耐着性子，轻手轻脚的。

“覃子朝……”江闻皓眼里带着思索，“咱们回学校后，云姨这边你打算怎么办？”他顿了顿，继续说，“你爸……我总觉得他一定还会趁你不在的时候回来。”

“我明天先打个电话给祁叔，让三子叫些人时不时来家这边转转，覃建军就是个典型的窝里横，应该多少能起到些震慑作用。”

江闻皓点点头。

覃子朝：“另外，我想尽快在初云镇上给我妈找个房子，这样我回家会更方便，离祁叔也近。就是我担心她可能不会同意，毕竟在这里生活惯了。”

“能搬还是搬吧，不管怎么说，安全都是第一位的。”江闻皓很想说“就你爸先前那臭德性，指不定还能干出些什么事来”，但一想那毕竟还是覃子朝他爸，就把话又咽下去了。

“嗯，我明天再劝劝她。”

转眼间，蜡烛已燃去了大半根，这场突如其来的风暴过后，两人此时都迟来地感到了乏力。

江闻皓见碘伏已经干得差不多了，便重新坐了回去，一手托着下巴，半垂着眼睛。

此前，他有想过这个令覃子朝总是避而不谈的男人究竟是有多么不可救药，现在亲眼目睹之后他才不得不承认，他还是低估了此人的无耻程度。

起码江天城从没有动过自己一根手指头。而覃建军，所谓的亲情，在他眼里恐怕真的还不如那一张存折。

“覃子朝，你会恨他离开你们吗？”江闻皓问。

“我会恨他，”覃子朝顿了下，“但我巴不得他离开我们，死在外面。”

江闻皓抬起眼。

覃子朝：“覃建军根本就不配当父亲，我的出生也只是一个意外。”

这句话里蕴藏的信息其实很多，江闻皓多少能猜到徐秋云在和覃建军的这段婚姻里，究竟背负了多少的伤心与无奈。

在这样闭塞的山村中，她所要承受的痛苦和艰辛可能还要远远超出自己的想象。

有时候，人言是能杀人的。

深夜的风还在持续敲打着玻璃窗，像是一根根黑暗里的触手，可明明这里也有着最璀璨的星空……

希望明天会是晴天。

第十五章 云霄

当江闻皓再次睁开眼睛时，他发现自己躺在了覃子朝的床上，被子盖得严严实实的。身旁没人，隔着房门的缝隙，他看到有一束光渗了进来，在脚下铺成一团金色。

江闻皓穿好衣服下床，打开了屋门，顷刻间被室外的艳阳高照弄得抬手遮了下眼。

一夜的风吹散了厚厚的云层，天朗气清。树梢上的鸟发泄般地欢呼雀跃，远处弥漫着袅袅炊烟。

江闻皓的心情随着眼前的景物也转好了不少，听到厨房有响动，他缓步走了过去。

覃子朝站在灶台边，正蒸芋头，一旁的柴锅里还滚着小米粥。他脸上的伤仍没消，配上那不笑时就会显得冷峻的五官，怎么看都不像是个温柔有礼的学霸班长。

只是在见到江闻皓时，他唇边的弧度柔化了眉间的锋利，温声问了句："怎么醒这么早？"

"天太亮，刺着眼了。"

覃子朝点点头："昨天晚上忘拉窗帘了。刷牙没？"

"还没。"

"快去，刷完给你剥芋头吃。"

江闻皓"嗯"了声，又看了看覃子朝："你好点没？"

覃子朝知道他在问什么："好多了。"

"行。"江闻皓转身到院子里的水池边刷牙去了。

看着对方的背影，覃子朝的笑意稍稍敛去，眼底又重新染上了思虑。

清早他就跟杨志祁联系了。得知覃建军回来了后，电话那头的祁叔好半天都没说话，隔了很久才开口道：“知道了，我最近留意下汽修店附近的房子。你负责把你妈的思想工作做好，房子一找到就立马搬过来。”

这话说完，对面安静了许久。

就在覃子朝打算挂电话时，杨志祁才又沉声说：“覃建军这次回来应该也是听说了邹大山快不行的事，他们之间一直还存在着些没清算的破事儿，专程赶在邹大山死前回来解决的。”

覃子朝闭了闭眼，他原本对覃建军和邹大山的事并不感兴趣，但杨志祁接下来的话还是让他的心不由得一沉。

“下次覃建军要是再来找你，说什么都得想办法把他给留住了，而后尽快跟我联系。”杨志祁顿了顿，像是叹了口气，严肃道，“子朝，我不瞒你……就我这些年的调查，覃建军很可能跟梁果当年的死有关。”

“你说……谁？”

“更多的我不方便在电话里跟你讲，总之，要是你再见到覃建军，一定要第一时间跟我联系。”杨志祁说完便挂了电话。

之后，覃子朝花了一整个上午的时间，总算做通了徐秋云的思想工作，让她同意暂时先搬到初云镇住。

临回学校前，他又专门从抽屉里翻出了那个翻盖的老式手机充上电带着。

云高管得严，一般不允许学生私自带手机。覃子朝作为班长，一直严格遵守学校的纪律，只是这次，他必须得时刻跟徐秋云保持联系。

江闻皓问了覃子朝的手机号，给他拨了个电话过去，两人直到此时才真正有了对方的联系方式。

江闻皓觉得很神奇，以往在他的城市，交换联系方式是人和人之间建立起联系的第一步。而在这里，大家的关系似乎并不需要靠着电子设备来进行维系。

吃过午饭，江闻皓和覃子朝在徐秋云依依不舍的目送下离开了村子。

到初云镇后，他们也不多做停留，只是将摩托车送还到了汽修店。

祁叔和三子都不在店里，只有那个叫耗子的“锡纸烫”留下看门。

覃子朝知道三子应该是去集结“徐秋云护卫队”了，便和耗子又简单交代了几句，然后跟江闻皓一起到公交车站等回云高的车。

这一路上覃子朝都显得很沉默，江闻皓知道他应该是放心不下徐秋云，也不强行跟他聊天。

两个人都安静地看着车外迅速倒退的那一排排稻田。

直到江闻皓把自己的耳机分了一个给覃子朝，塞进他耳朵里，一时间，公交车里的喧闹与嘈杂都随着熟悉的旋律远去了……

车在快要日落的时候终于抵达了云高，手机的电量也因为放歌消耗了大半。

两人返回宿舍放完行李，再出门时，恰好跟返校的王城他们撞了个正着。

一群人吵吵闹闹地朝食堂走去，几日不见，有说不完的废话要讲。

江闻皓忽然发现，不知何时，他竟真的已经融入了这里。最初到来时的那些不安与焦躁，也逐渐被亲切和放松取代。

吃饭的时候，王城他们得知了江闻皓下周过生日的事，都在讨论着该怎么给他庆祝一下。但云高的条件实在有限，聊到最后也没想出什么好的方案。

就在他们收拾餐盘打算去教室上晚自习时，一个矮小的身影跟在了江闻皓身后。

江闻皓几乎一下子就发现了这人的存在，回头看去，正是许久不见的邹莽原。

“你要过生日啦？”

说着，邹莽原冲江闻皓扬了下唇角，吓得王城他们心一紧。

王城暗暗用胳膊肘顶顶覃子朝，小声说：“邹莽原刚是在笑吗？”

覃子朝没回答，只是眸色暗沉地盯着邹莽原。

“生日快乐。”邹莽原根本没看王城他们，只望向江闻皓，“我会准备礼物的，但我没钱，可能不会是什么好东西。”

“谢了。”江闻皓冲邹莽原点了下头，目光顺着他的脸往下移，发现他后颈连着脖子的位置又有不少新伤，多半是假期时被邹大山打的。

“那我先走了。”邹莽原说完一低头，还是像无数次那样安静的，如同一缕影子般消失在了食堂外，混入匆匆人群，转眼就不见了踪影。

“这哥们儿真瘆人。”王城看着邹莽原消失的方向，由衷地感叹了句，接着问江闻皓，“我说你怎么会跟他那么熟啊？”

“是啊皓子，你不觉得邹莽原浑身上下都透着股阴气吗？”另一个室友接话道。

江闻皓不太喜欢在背后议论人，淡声说：“还好，没觉得。”

王城“啧”了两声：“你当然不怕阴气，你是神仙。是吧，班长？”

覃子朝抿唇没说话。

江闻皓自顾自地转移话题：“再不走晚自习要迟到了，还是你们想返校第一天就罚站？”

一班的孩子哪怕再有脾气也都还是乖的，听江闻皓这么一说，瞬间就都紧张起来。一群人拥拥搡搡地朝教室快步跑去，赶在上课铃打响前一秒准时回到了自己的座位上。

董娥已经在讲台边等着了，看着学生们往教室里跑，用手叩着讲桌打出急促的节奏，赶鸭子似的喊他们动作快点，多少有些幸灾乐祸的成分。

江闻皓坐回位置上喘了口气，抬眼看向董娥时微微愣了下。她真的瘦了好多，颧骨甚至都凸了出来，腮帮则是往里陷着。

覃子朝似乎也注意到了，眉头稍稍蹙起，眼底多了些担忧。

好在董娥的精神头还是不错的，她又咳嗽了几声，拧开保温杯吞了两粒咽炎片，这才哑着她那极有个性的烟嗓说："抓紧时间坐好了啊，既然咱们都已经这么熟了，那些什么'假期过得怎么样'之类的客套话我就不说了。送大家个礼物，班长，你把放假前考试的卷子发一下。"

"啊——"教室里瞬间响起大家拖长的语调。

董娥又敲了敲桌子："干吗？有胆量考出这分儿，就得有胆量认不是？"她顿了顿，一笑，"再说考都考完了，发成绩是最不重要的环节，你怕也不能改变什么。待会儿的评卷子才重要，争取下回考好就行。"

她边说边把卷子给了覃子朝，让他发下去。

覃子朝接卷子的时候不小心碰到了董娥的手，凉得吓人。他的眉头锁得更深，低声问了句："您没事吧？"

董娥又咳嗽了下，不以为意道："嗐，还是咽炎，老毛病了。已经去医院看过了，吃点药就行！"

见覃子朝仍站着不动，董娥拍了拍他的后背，示意他抓紧点时间，自己还得评讲卷子呢。

覃子朝沉默了下，还是听话地点点头，转身把卷子发了。

晚自习放学后，覃子朝终是不放心董娥，要到她办公室去一趟。

江闻皓也觉得有必要，正打算跟覃子朝一起，突然间看着前方神色一顿，说道："你先过去，我还有点事。"

话毕，他不等覃子朝回应，便朝着走廊另一头快步跑去。

从教学楼往南一直走，会有一条岔路口，一条是去往男生宿舍的，另一条是女生宿舍。

已是正儿八经的秋天，草丛里的夏虫竭尽全力地讴歌着它们为数不多的时光，生机勃勃中还夹杂着点儿死到临头的惨烈。

几个女生一边说说笑笑地聊着假期好不容易才追平的电视剧，一边往宿舍楼下走。

转角时，一个身影出现在了路灯下。

其中一个女生见到来人，脸色顿时一变，一把拉住了她旁边的骆媛媛，紧张地小声说了句："媛媛，是江闻皓。"

骆媛媛也慌了，抬头直直看着江闻皓，往后退了小半步。

她身边此前指认过江闻皓的闺蜜壮着胆子，大声喊了句："你、你又想干吗？我跟你说，这里全是摄像头，我们只要喊一句，保安就会来！"

江闻皓没理会闺蜜，只是神色淡定地看着骆媛媛，用不大的声音问：“能跟你单独聊几句吗？”

闺蜜一听，赶忙拽着骆媛媛，冲她使劲摇摇头。

骆媛媛看看闺蜜，又看看江闻皓，显得有些为难。

江闻皓等了会儿，见骆媛媛没回话，低声说了句“算了”，垂眼转身，觉得大概时机还是不对。

他刚要走，身后的骆媛媛出声将他喊住。

闺蜜：“媛媛，别！”

骆媛媛冲闺蜜安慰地笑了下，抽出了被攥着的手，问江闻皓：“可不可以不要去太远？”

江闻皓点点头。

两人来到女生宿舍附近一个相对明亮的地方停下站定，骆媛媛轻声问：“你找我什么事？”

江闻皓顿了下：“之前怕你状态不好，见到我再吓着你，就一直没来找你。”他微微抬眼，“骆媛媛，你说是我给你递了字条，约你到后山练吉他的？”

骆媛媛愣了愣，点了下头。

江闻皓：“字条是谁交给你的？”

“是……夹在我的英语书里，上面写了你的名字。”

江闻皓皱了下眉：“那字条现在还在吗？”

骆媛媛犹豫了下，还是决定说真话：“在，不过是在我们班主任手里。”

话及此处，她也觉察出不对劲了，疑惑地望着江闻皓，迟疑地说：“你这么问……那字条不是你写给我的吗？可我们班主任比对过你的字迹。”

“字迹是可以模仿的。”江闻皓淡淡道，“要是你班主任真能拿出十足的证据，我现在也不会站在这儿了。”

这之后，骆媛媛有很长一段时间没说话。她咬着嘴唇，似乎在认真思考着江闻皓的话。

末了，骆媛媛冲江闻皓轻轻点了点头：“我也觉得你不会这么做。听说我们班的人后来去找了你……对不起，我真的不知道。”

“先不说这个。”江闻皓轻声打断，“有没有办法把字条拿回来给我看看？”

骆媛媛又打量着他思考了下。

江闻皓不想骆媛媛为难，想着要不还是去拜托董娥吧。

他刚想说今天就先这样，起码知道了那张字条的下落，只听骆媛媛说道：“有，但可能得过几天，我们班主任下周外出开会。”

言下之意，那段时间是空当。

“不急，我等你消息。”江闻皓顿了顿，终是放缓了语气，低声道，“骆媛媛，谢谢你信我。”

将骆媛媛送到宿舍楼下后，江闻皓接到了覃子朝打来的电话。看着来电显示上对方的名字，江闻皓竟还觉得有些神奇。

他接通电话，那边传来覃子朝的声音。

“你在哪儿？”

“女生宿舍这边，正往回走。”

覃子朝顿了会儿：“好，我在宿舍楼下等你。”

“嗯。”

两人在宿舍楼下碰了面，赶在门禁前进了楼，又在楼梯转弯的地方不约而同地停下来。

“我刚刚……”

两人异口同声。

覃子朝：“你先说。”

江闻皓顿了下：“董娥怎么样了？”

覃子朝缓缓摇了摇头：“她咬定了说自己没事，还拿了医院的诊断证明给我看。检查报告上显示的倒还是以前的那些老毛病，但我总觉得她的状态不是很好。”

“感觉她瘦了很多。”江闻皓蹙起眉，也有些担心。

在他的认知里，暴瘦通常并不是什么好事，他妈妈谢菀当初就是……

江闻皓连忙驱散了这个想法，安慰与自我安慰道：“但如果诊断证明上没什么大问题的话，应该就还好吧。”

“嗯。”覃子朝应了声，但他眼底的神色还是暴露了他并没有真正放心。

江闻皓：“董娥总在吃的药，是咽炎片？”

“对，总觉得最近她吃的频率和量都越来越大了。”话及此处，覃子朝突然微微愣了下，接着眉头敛起。

江闻皓看着他：“最好能拿到药盒，起码得知道药的名字。”

“你说得对。”覃子朝抿唇，“平时总见她把药片包在纸里，得先想办法搞清楚。”

“所以现在你也先别多想了。”江闻皓轻声说。这话是说给覃子朝的，亦是说给他自己。

覃子朝点点头，顿了下后转而问：“你刚去干什么了？”

“找骆媛媛。”

覃子朝的表情微沉了下，但还是等着江闻皓往下说。

江闻皓：“那张字条现在在她班主任手里，骆媛媛答应会找机会把字条拿给我……她说她班主任还专门比对过我的字迹，我猜那人应该是故意模仿了。”

话及此处，他不禁戏谑地勾勾唇：“就我那字儿丑得跟鳖爬似的，也难为他了。”

“一个人就算模仿字迹的能力再强，本身的运笔习惯也还是难以改变，真想分辨出来其实不难。”覃子朝说到这儿，还是忍不住再次提醒，“其实这人真的很好锁定，我后来又去宿管那儿翻了记录，那天晚归的人除了你，就只有邹莽原了。而他又恰恰在人前说了谎，谎称你和他全程都在一起，这也让你替他做了证。”

“也不排除有人没从正门出宿舍对吧？”

这话倒也对，毕竟覃子朝那天就是翻窗户走的。

覃子朝揉揉眉心，叹了一口气：“你先听我说完……早在文艺演出那天，我就看出邹莽原不喜欢骆媛媛亲近你，从这点来说，他其实就有动机。”

“这话你之前就跟我说过。”江闻皓顿了顿，轻促道，“放心，我心里有数，现在只要等拿到那张字条就都明白了。”

“嗯。”覃子朝知道自己此时再多说也没什么意义，江闻皓想要的是实打实的证据。

“走吧。”

两人正要继续上楼，突然就听头顶传来了一阵急促的脚步声。

江闻皓抬头看去，只见一班的几个人从楼上迅速跑了下来。带头的是他们班副班长，后面紧跟着的是王城、梁子洋、郑强……

一见到江闻皓和覃子朝，王城三步并作两步：“你俩去哪儿了？女生宿舍那边打起来了！杜亚男她爸妈不知道怎么溜进的学校，非要把她绑回家嫁人！老董已经过去了。是二班宋苗苗告诉我的！”

王城神色焦急，都快结巴了，显然是真担心董娥。但这些人里不乏像梁子洋、郑强这种摆明了在幸灾乐祸、看戏不嫌事儿大的。

覃子朝听后也是面色一沉，但他心知宿管此时肯定不会让这么多人出去，更何况还是在有人来学校闹事的情况下。

“王城，你们都先回去。”覃子朝尽量语气平和地开口，“都快到熄灯时间了，孙姨不会放人的。”

“覃子朝，你就和宿管说说吧！上回那两口子是什么德性你也看到了，老董一个人肯定不行！”梁子洋故意做出一副义愤填膺的样子。

“对对，班长，你快去跟宿管说下，你跟她那么熟！”郑强见梁子洋这么说，也忙不迭地应和。

“女生宿舍楼下也有保安，每半小时巡逻一次，住在那附近的教职工也不止老董一个。”江闻皓一早便看穿了梁子洋他们的那点歪心思，倚在栏杆扶手上半抬着眼看着他们，挑起一抹戏谑的笑，“到底是真担心还是想凑热闹，你俩心里没数？”

“江闻皓！我这次可没先招你啊！”梁子洋被当众戳穿，指着江闻皓大叫。

江闻皓点头“哦”了声：“所以这是承认之前是你先犯贱了？”

“你！”

“都别吵了。”覃子朝按住江闻皓，对其他人说，“大家先回去。江闻皓说得对，女生宿舍那边还有保安和其他教职工，一定会第一时间通知王主任他们的。我们现在过去也只能是添乱，说不定还会背个违反校规的处分，这样对谁都不好。”

这话一出，所有人就都安静了，特别是梁子洋、刘宇和郑强。

毕竟凑热闹事小，背处分事大。

另外，副班长、王城他们几个这会儿也稍微冷静下来，觉得覃子朝的话很在理，于是开始跟他一起劝说大家都先回宿舍去，别再造成什么骚乱。

一伙人陆陆续续回到了各自的宿舍，一时间，走廊里便只剩下江闻皓和覃子朝两人。

熄灯铃响了，走廊的灯在同一时间齐齐熄灭，只剩下墙边的指示灯释放出幽幽的绿光。

江闻皓转头看了覃子朝一眼，正对上了他欲言又止的目光。

江闻皓扬了扬眉：“别想，要走一起，不然举报你。”

“你还背着处分。”

江闻皓满不在乎地一耸肩：“你看我怕？”

覃子朝知道自己说不过他，又实在没时间在这里多耽搁，只能深吸了口气，叹了声，说：“走窗户。”

和女生宿舍还有一段距离，江闻皓和覃子朝便听到了一阵激烈的喧闹声，其中一个尤为尖锐的声音，一听就是杜亚男她妈妈的。

两人迅速交换了个眼神，不由得加快脚步朝宿舍楼下跑去。

杜亚男正死死抱着宿舍楼的铁门，总是梳得整整齐齐的头发此时显得凌乱，抓着铁栏杆的手因为用力而有些苍白。

而她那个妈，则是使劲拽着杜亚男后背上的衣服，想将人往外扯，嘴里还一直在骂：“你怎么犟得跟头驴似的，我是你妈！我能害你？”

另一旁，杜亚男的爸爸被保安拦着，他一边试图挣开，一边冲着杜亚男粗声道：“人家小赵都答应在镇上给你安排个厂子上班了，你俩处段时间，到时候把婚一结娃一生，咱全家都能跟着沾光！”

“我不结婚！我要上大学！”杜亚男的眼泪逼出眼眶，却忍着没有哭一声，目光绝望又坚定地死盯着一处，牙咬得浑身都在颤抖。

“又没让你现在结！要不是人小赵家在初云镇上有头有脸，你当这工作好找啊？”杜亚男妈妈说着又扬手在她后脑勺上拍了两下，“咋就这么不听话呢！”

“工作这么好，为什么不让杜家傲去？”杜亚男的嗓音激动到有些嘶裂。

杜亚男爸爸咬牙切齿的：“你说你一个姑娘家读那么多书干啥！等年纪一大，嫁都嫁不出去，让我跟你妈咋办？”

“我是人，不是你们拿来换的货！”

“咋不是？”杜亚男妈妈也急眼了，一下下狠戳着杜亚男的头，“我看你就是诚心让我跟你爸在人前抬不起头！”

杜亚男爸爸此时奋力把保安往边上一推，怒冲上前，就要帮着一起拽杜亚男。

江闻皓迅速在人群中搜索着董娥的身影，就见她正被另一个班的老师扶坐在花坛边，脸色惨白，弯着腰，明显是不舒服。

另一边，杜亚男眼看着就要被她的父母拽下来。她茫然地看着人群，看着站在一旁被局面搞得不知所措的小保安，看着同学们一张张或是担忧、心疼，或是好奇、冷漠的脸，几乎本能地唤了声：“老师……”

声音不大，甚至瞬间就被她父亲的训斥和母亲的怒骂吞没了，但董娥还是听到了。

一瞬间，董娥如同一支离弦的箭，“嗖”地从花坛边弹起来。不等身边的老师阻拦，她就冲入人群，挡在了杜亚男身前。

杜亚男像是总算找到了一根救命稻草，顷刻便躲在了董娥身后，紧紧攥着她的衣角。

董娥奋力挡住杜亚男父母的手，对身后的杜亚男大声说：“别哭！”

杜亚男爸爸原本还以为董娥先前被自己推了那么一下，应该是怕了，没想到现在居然又挡到了他们面前，当即对董娥恶言道：“这是我女儿，我想让她干吗她就得干吗！你凭什么拦着？”

“就是！她姓杜不姓董，我是她妈，这是她老子，你算什么人？”

“我是她老师！”董娥说着又看了眼保安，“还愣着干什么？快通知你们队长，把老罗跟王主任也叫来！”

小保安马上回道：“已、已经叫了！应该在来的路上！”

“那还不先拦人！”

杜亚男爸爸一指董娥的鼻子：“告诉你啊，再不让我们带女儿走，老子可对你不客气了！”

人群中忽然传出了个不大但清晰的声音：“你试试看？”

董娥循声看去：“江闻皓，你怎么在这儿？”

江闻皓淡淡抬眼："这不是得帮你看好覃子朝吗？"

杜亚男妈妈此时也已经看到覃子朝了，几乎下意识便噤了声。她往自己男人身后躲了躲，用手揭着杜亚男爸爸的后腰，小声道："狼、狼崽子！"

她还记得上次覃子朝是怎么掐着她的脖子，险些把她勒断气的。

杜亚男爸爸看着眼前这个快要高出他两个头的人也有些犯怵，咽了口口水，只能再次怒视着董娥身后的杜亚男，挑软柿子捏："杜亚男，你就这么由着外人欺负你爹妈？"

杜亚男咬唇不说话。

杜亚男妈妈探出了个头，见缝插针："你这丫头就是笨，你这么跟爹妈闹，能捞着什么好？我们是你亲爹妈！你还能一直在学校里待着不成？"

杜亚男神色一恍惚，明显被她妈妈的话给唬住了。

杜亚男爸爸一看带她回去有戏，又装模作样地"哼"了声，跟她妈妈说："走，老子这就去把她的学费给退了，看她还能不能再这么赖着！"

杜亚男攥着董娥衣角的手又开始颤抖，嘴唇已被她咬破皮出了血。她恨自己为什么要出生在这样的家庭，恨自己怎么没有能力赚到钱，以至于根本无法逃出父母的掌控。

她爸说得没错，没了上学的钱，她就不能再一直赖在学校了。

此时，一只手突然掰开了她的手指头，将其握住。

杜亚男怔怔抬头，映入眼帘的是董娥那张颧骨高凸的侧脸。

"她的学费我出了，她不想回家就在学校住，放假了就跟我一起回家。"董娥拍拍杜亚男的手背，而后严肃地看着她的父母，"她要是今后有出息，我就一直供她读到大学毕业。你们要是非逼她跟不喜欢的人结婚生子……那我可以告诉你们，杜亚男还没到法定结婚年龄，我一定会去法院告你们。"

"老师……"杜亚男愣住了。

董娥说着，又剧烈咳嗽了几声，再次扬起头："你们还有什么话说？"

杜亚男的爸妈呆在那儿，万万没想到董娥会这么说，花自个儿的钱养别人家的孩子，简直就是闻所未闻！

江闻皓静静站在一旁，看着和杜亚男差不多高的董娥。她长得实在是没什么记忆点，除了脸上的那些黄褐斑，没入人堆里根本就不会被注意到。

可此时，他觉得董娥的身上的确是闪着光的。

保安队长带着罗教官朝这边匆匆赶来。紧随其后的王主任连外套都没来得及穿，就只穿了件汗衫，腰上的皮带还穿错了孔，留了截吊在一边。

直到此时，董娥才稍稍松了口气。

小保安连忙上前跟队长还有王主任他们交代情况。

王主任听后连连摇头，拍拍小保安的肩表示自己知道了，然后朝杜亚男父母这边走来。

“你们两位学生家长到底是怎么进的学校？”王主任相较上一次与他们碰面，这次显得严肃得多，“现在是十二点半，你们这么做已经严重影响到了我们学校的教学秩序，太不应该了。”

杜亚男爸爸是典型的“弱者举刀，只敢照着更弱者砍”，此时面对眼前这个有领导派头的人，他瞬间就没了先前的气焰，暗暗给杜亚男妈妈使眼色，撺掇着她跟领导说。

杜亚男妈妈同样也是欺软怕硬惯了，觉得董娥是教书的，一定不敢拿自己怎么着，所以刚才才敢那么嚣张。真到了这时候，她也不敢拿正眼看王主任，跟孩子她爸相互推诿。

最后还是杜亚男爸爸搓了搓手，对王主任道：“领导，我们这次来是要接杜亚男回家。她妈托人给她说了个亲，人家答应结婚以后就给她在镇上找个工作。这书我们就先不读了。”

王主任闻言先是愣了下，接着重重叹了口气：“杜亚男家长，你们是真能替孩子着想啊！杜亚男现在满十八了吗？她都才十七岁不过半！就是你们想她结婚，法律也不允许啊！你们这是违法的！”

杜亚男的父母面面相觑。

杜亚男妈妈一脸不信：“啥违法？我像她这么大的时候都挺大肚子了！”

“你们那就是愚昧！”王主任忍不住说了这句难听话。

他摇头缓了缓，尽量还是平心静气地跟这两口子讲：“你们作为杜亚男的监护人，该怎么教育孩子，按说旁人一般插不了什么嘴。但这里是学校，我和董老师作为杜亚男的老师，有义务给孩子良好的教育环境和应有的保护……我看两位今天就先回去吧，之后找个时间我们再慢慢谈。只是让孩子辍学结婚这事，是绝对不行的！”

王主任说到最后，态度已经是非常强硬了。

杜亚男爸爸原本还是不乐意，正打算再跟王主任理论几句，被杜亚男妈妈拽了拽袖子，凑近说了句：“他们人多！”

杜亚男爸爸这才不情不愿地缩缩脖子，吸了几口旱烟：“那就先听领导的吧，改天再说。”

他心知王主任不只是在学校，在整个初云都是有地位的。即便在初云镇这种不发达的地方，教书育人的职业永远都是会被人们高看一眼的。

杜亚男爸爸往地上擤了把鼻涕，又阴沉沉地瞪了杜亚男一眼，撂了句：“有本事你一辈子别回家。”

话毕，他愤愤转身，在保安的“护送”下，朝着学校大门走去。

杜亚男妈妈见状也赶忙迈着小碎步跟上，三步两回头地朝人群这边看一眼，那边看一眼……

待人走后，王主任这才后知后觉地感到了冷。被风一吹，他打了个巨大的喷嚏，浑身的肉都跟着颤了颤。

他对着还聚在一起的学生们拍拍手："都抓紧时间回宿舍休息，明天一早准时跑操！"

同学们多少都有点畏惧这位教导主任，闻言便迅速散开了。

王主任一扭头，发现江闻皓还站在原地，简直觉得匪夷所思。

"你小子怎么又在？"

江闻皓冲王主任打了个招呼："嗯，好巧。"

王主任被他这一招呼弄得脾气都不知道该怎么发，然后就看到覃子朝居然也在现场。

秉着对好学生的无限宽容，王主任只得无奈地挥了下手："你们……算了算了，都赶紧散了吧。明天一人一千字检查交到政教处！真是，一点儿纪律都不守！"

一旁的杜亚男此时还没完全回过神，凌乱的发丝被汗粘在脖子上。她又呆呆僵了会儿后，缓缓蹲下，用双手抱着膝盖埋下了头。小声的啜泣在这安静的深夜里，显得十分清晰且突兀。

董娥一言不发地看了她一会儿，慢慢走到她身边，也跟着蹲下了身，伸手从她的发间拨出了一枚和她头发绞在一起的黑色发圈，帮她一点点解开，捋了下来。

杜亚男的肩膀又颤了颤，抬头望着董娥。

董娥冲她笑了下，用手当作梳子替她理着头发，接着抓起一束，用发圈重新绑了起来。

"好孩子。"

杜亚男嘴唇颤了颤，终于"哇"的一声哭了出来。

这漫长的一晚着实发生了太多的事，似乎突然就验证了什么叫作多事之秋。

董娥在跟王主任他们简单说了几句后，便让他们先回去了，接着亲自把杜亚男送回了她宿舍门口。

临别时，她又拍了拍杜亚男的背："好好睡一觉，其他的什么都不用想，有我呢。"

杜亚男红着眼，咬唇点了点头。

"以后周末你都到我那儿去，反正我也是一个人，你来了刚好陪我解闷儿！"

"谢谢老师。"

董娥又深深看了杜亚男一眼："杜亚男，你给我争点气！将来考个好大学让他们好好看看！”

杜亚男没说话，但她的眼里隐隐跳动着光。

董娥冲她点点头：“行了，快进去吧。”说完，便转身朝楼下走。

“董老师！”杜亚男再次将董娥叫住。

董娥回头看向她。

杜亚男顿了顿：“我真的很讨厌‘杜亚男’这个名字。”

同样姓杜，凭什么一个就是“家傲”，一个却是“亚男”？

董娥闻言半天没作声，就在杜亚男觉得自己的话太唐突了时，董娥又重新折返了回来，站在她面前。

“名字本身代表不了什么，关键是你到底把自己当成谁。”

杜亚男有些愣怔地看着董娥，像是在认真思考着她这句话。

董娥又冲杜亚男笑了下：“不过你要是真介意，叫云霄怎么样？”

“云霄？”

“驱散浓雾，直冲云霄。”

夜更深了，地上结了层薄薄的霜，秋风扫落了枝头泛黄的梧桐树叶，有一片落在了董娥脚边。

她低头看了眼那叶子，觉得还挺完好的，可以拿来当书签，便弯腰去捡。突然，她两眼一黑，倒在了地上。

她最后看到的，是两个全力奔向她的身影……

第十六章 影子

学校医务室里弥漫着一股浓重的消毒水味，姓沈的校医睡得正沉，突然被一阵急促的敲门声给惊醒。

她应声披上衣服前来开门，就看到两个学生气喘吁吁地站在门口。

个子更高的那个怀里还抱着一个瘦小的女人。

沈医生一眼就认出了那是董娥。

她脸色一沉，赶忙吩咐覃子朝，让他把人放到床上去。

在迅速检查了董娥的生命体征后，沈医生便催促着覃子朝和江闻皓赶紧回宿舍去，这里的事交给她处理。接着还没等两人说话，她便将人连哄带撵地赶了出去，“砰”地关上了门。

校医室的窗帘是拉着的，只能看到有细微的光从里面隐隐透出来，也听不到任何响动。

江闻皓扭头看了身旁的覃子朝一眼，就见他笔挺地伫在夜色里，眉头紧锁，幽深的眸底暗不见光，嘴唇紧紧抿成了一条线。

江闻皓知道他是在紧张，并且大概率今晚不见到董娥安然无恙地从里面走出来，他是不会离开的。

也好，反正自己也压根没打算走。

做好这个决定后，江闻皓找了个树干倚着，任由覃子朝一动不动地守在校医室门口，也不多言。

就这样，这晚他看到了天上的星星越来越淡，周遭的光线也从一片黑暗逐步转向了朦胧的墨蓝。耳边开始有早起的鸟间或叫个几声，接着越来越频繁。就在清晨的第一缕阳光透过树缝照在两人被雾气浸湿的肩头时，医务室的门总算是打开了。

沈医生一脸疲惫地出来扔垃圾，懒腰还没伸完，就被门口雕塑似的覃子朝吓得“哎哟”了声。

“你们……这是……”她惊得半天说不出话，看看眼前的覃子朝，又看看不远处树下的江闻皓，最后挤出了两个字，“离谱！”

“董老师怎么样了？”覃子朝望着校医低声开口，嗓音有些沙哑。

沈医生匪夷所思地摇着头，但还是赶快将他们俩叫进屋，又配了些防感冒的药让他们吃。

江闻皓走到病床边看向董娥，她正在微弱的天光下沉沉睡着，眉头舒展，呼吸均匀，倒还算是安稳。

江闻皓的心总算稍稍放松了下来，回头问沈医生：“她为什么会晕倒？”

沈医生一边等着烧开水，一边整理着药柜：“哦，还是老毛病。董娥肺上有旧疾，一直没好全，身体的抵抗力也差，昨天应该就是累着了。”

“就只是累的？”覃子朝拧眉。

沈医生“啧”了声：“非要说的话还有点低血糖，不过没什么大事儿，你们把她送来没多久，人就醒了。再有就是摔倒的时候，胳膊肘稍微蹭破点皮，也已经消过毒了。”

炉子上的水烧开了，发出一声拔高的哨响。

董娥的睫毛微颤了颤，睁开眼睛。

“小沈……你这床是真舒服，每回在你这儿补觉都能睡得很香。”她说着爬起身，在看到床边站着的江闻皓和覃子朝后，也吓了一跳，“你俩这是……刚来还是没走？”

“别提了，愣是在门口杵了一整夜。”沈医生无奈地摇着头，“真够呛，我是能把你肾摘了还是怎样？”

董娥闻言“扑哧”一乐，但看向江闻皓和覃子朝时，又马上冷起了脸，用手点了点他俩：“简直胡闹！”

看着董娥已然恢复了精神头，覃子朝紧锁的眉头这才有了略微的舒展：“您现在感觉怎么样？”

董娥伸手握了握拳，又活动了下肩膀和脖子：“好得很，好久没睡过这么沉的觉了。”

覃子朝看着她，片刻后轻轻点了下头：“没事就好。”

董娥在他胳膊上拍了响亮的一巴掌：“我说你这小孩儿怎么一天天的心思这么重？”她说着又看向江闻皓，鼻翼翕动了下，“你也是，没一个让人省心的！”

江闻皓撇撇嘴，没说话。

董娥动作灵活地掀开被子下了床，又从沈医生那儿要了纸和笔，迅速给江闻皓和覃子朝批了两张假条，往他们面前一扔：“喏，抓紧时间回宿舍洗漱一下，今天就先不用去跑操了，过会儿吃完早饭直接去教室上课。”

两人对视了一眼，又齐齐看向董娥。

董娥作势要揍："还不快走！"

江闻皓用手肘撞了下覃子朝。

覃子朝又看了董娥几眼，这才冲她颔了下首："那您好好休息。"

"知道了，我一会儿跟老张换个课，改第四节上。"董娥打了个哈欠，又对沈医生笑了下，"小沈，你这床再借我躺会儿吧！"

沈医生点点头："你躺就是了。"

江闻皓和覃子朝不想再继续打扰董娥休息，跟沈医生道了谢后，转身离开了校医室。

此时，天刚刚亮，看着两人的身影渐渐走远，董娥脸上的笑意这才轻轻敛去。

沈医生也一改刚才漫不经心的样子，神色凝重地看着董娥："你的学生很关心你啊。"

"可不。"

沈医生皱起眉："但你觉得你还能瞒他们多久？"

董娥闻言，微微牵了下唇："这一年太关键了，不能让他们分心。"

沈医生摇头叹了口气："董娥，你这样下去不行，必须抓紧时间到大医院进行正规治疗，也许还能……"

"还能延长些生存期是吧？"董娥看着她眨眨眼，"能延长多久？最后还不是要死的。"

"但起码……"

"这次我到医院检查，癌细胞都已经扩散到肝和淋巴了。你是学医的，知道这意味着什么。"董娥顿了顿，"与其在医院里浑身被插满了管子，倒不如和他们再多相处段时间。我的目标不高，起码活过这半年吧。"

"董老师啊……"

"不过我还真是放心不下他们……"董娥的眼中萦绕着淡淡的留恋，齐肩的头发被清晨的阳光笼着层金黄，"子朝、闻皓、亚男……不对，现在该叫她云霄，还有我班上的每一个学生……还有，邹莽原。"

沈医生静静看着董娥，末了背过身轻轻扶了下眼镜，掩藏住了视线的模糊。

虽然她是医生，但她此刻真的很想相信一次奇迹。

接下来的几天，覃子朝虽然嘴上不说，但江闻皓知道他一直都藏着很重的心事。

他们私下里还找过一次杜亚男，因为是男生，能接触董娥的机会终归是有限，但杜亚男现在几乎每天都会去董娥的宿舍，帮她处理一些琐事。

两人拜托杜亚男，找机会弄清楚董娥最近到底在吃什么药，最好把名字记下来。

虽然沈医生之前已经明确表示过董娥没事，但看着她越发消瘦的样子，他们总觉得哪儿还是不对劲。

杜亚男同样也很关心董娥，二话不说便答应了。

与此同时，杨志祁那边打来电话，表示已经在镇上找到房子了，离着他的店不远，周末便可以搬过去。

转眼到了周六下午，覃子朝和江闻皓一下课就踩着铃声往校门外走，回到覃子朝家，将徐秋云接到了新房子里。

而后整整一个晚上，他们都在帮着她收拾屋子。

徐秋云爱干净，愣是把屋子里的每一个死角都打扫得一尘不染。

杨志祁让三子买了不少蔬菜肉蛋，覃子朝又做了一桌子菜，众人坐在一起吃了顿晚饭，也算是正式完成了“开灶”仪式。

直到这会儿，覃子朝才稍微得空喘了口气。

吃完饭，祁叔单独唤了覃子朝跟他出去，像是有话要说。

两人离开没多久，三子也被“锡纸烫”他们叫走了。

三子临走前还不断求江闻皓帮他看下店，待会儿要是祁叔问了，就说他到“锡纸烫”家复习去了。

江闻皓心说：你这瞎话编得鬼都不信。

他刚想让三子换个理由，人就已经溜了出去，瞬间不见了踪影。

江闻皓百无聊赖地坐回店里玩儿了会儿游戏，接着伸了个懒腰打算出门透透气，一只脚刚迈出去，就看到了个眼熟的身影。

“老板，我妈问她的车胎换好了没？”

江闻皓微微挑了下眉：“老板不在。”

听到江闻皓的声音，来者也一愣，瞪着双小眯缝眼直勾勾看着江闻皓，张张嘴：“江闻皓？你怎么在这儿？”

这人正是郑强。

江闻皓一直挺烦这人的，爱搭不理道：“你明天再来吧。”话毕，转身就要回屋。

“等下！”郑强见江闻皓要走，赶忙上前将人拦住。

江闻皓扫了眼他拽自己胳膊的手。

郑强咽了口口水，悻悻收回手，接着神神秘秘道：“你不想知道梁子洋家住哪儿吗？”

江闻皓笑了，眼底带着丝不耐烦：“我管他住哪儿。”

郑强这才觉得自己会错意了，自己以为江闻皓一定会对梁子洋怀恨在心，自己若是告诉他，一来能趁机巴结下这位“关系户”，二来还能借对方的手好好教训下梁子洋。毕竟自己平时看似是跟梁子洋关系好，实则私下里没少受梁子洋的气。岂料没成功。

知道今天在江闻皓这里讨不到什么好，郑强又勉强咧了咧嘴："那你跟老板说一声，我明天再来。"

他说完，擦了把额上的汗。不论何时，他都怕这个人。

就在郑强扭过臃肿的身体要走时，脑后再次传来了江闻皓的声音。

"等等。"

郑强不由得打了个哆嗦，回头怯怯地看着江闻皓。

江闻皓又上下打量了他一眼，朝他走近两步停下。

"问你点事儿。"他顿了顿，淡声开口，"我刚来云高的时候，梁子洋在宿舍带头翻了我的东西，还打开过我的琴包……"

"那都是梁子洋的主意！我可没动手啊！"郑强着急否认，向天举起三个手指头，"对天发誓！"

江闻皓"啧"了声："没跟你说这个。"

"那是……"

江闻皓沉声问："他到底有没有割坏我的琴弦？"

"有！"郑强使劲点头，"都是他一个人干的！我当时还跟他说这样不对，大家都是同学，要团结友爱、互相帮助……"

江闻皓微微眯了下眼："说实话。"

郑强被这眼神吓得都快哭出来了，四下看看也没什么人经过，被打死了都不会有人来帮忙，战战兢兢地瘪着嘴："那你想有，还是没有啊？"

江闻皓深吸了口气："你再给我废一句话试试看？"

"哎哟，根本就没人割你的琴弦啊，哥！"郑强自暴自弃地抱头哀号，"那天梁子洋说他耳机丢了，让我们帮着一起找，我们只是把你的吉他拿出来看了眼。刘宇说了句这吉他一看就不便宜，就又把它给放回去了！我说的都是实话，骗你不是人！"

江闻皓打量着郑强，见他的确不像是在说假话，又兀自沉默了下，问："然后呢？"

"然后……然后你不就知道了吗？"郑强委屈巴巴的，突然话音一停，"这事儿是不是邹莽原跟你说的？"

江闻皓没回话。

郑强义愤填膺："江闻皓，啊，不是，皓哥！绝对就是那小子搞的鬼！那天中午他是最早一个回的宿舍！就是他干的！"

见江闻皓的眸色暗了暗，郑强趁机又将他那张大脸凑近江闻皓，一副奸相："你想不想知道邹莽原住哪儿？我带你去啊！"

江闻皓当然不需要郑强告诉他邹莽原家住哪儿，于是把人打发了，便重新回到店里。

一把游戏他打得心不在焉，对面的于斌和大琛直接不带他玩了。

江闻皓索性撂了手机，神情仍是惯有的散漫，但眸底的暗色透露出了他明显是在思考着什么。

记忆随着一开始他发现自己的吉他弦被割断开始，逐帧回放——

因为愤怒，当他得知梁子洋翻过他的琴包后，便自然而然认定吉他也是被梁子洋弄坏的。

现在想来，梁子洋似乎一直都在极力否认割弦的事，只不过他自己到后来可能都不太确定吉他是不是他意外弄坏的了。而这一切，自始至终都像是有一只手在默默操纵着事态的发展，让每一环都显得顺理成章。

包括骆媛媛的事也是如此……

江闻皓抓了抓头发，眼底划过一念疑惑。

为什么呢？如果这一切真的都是邹莽原在有意引导，那他到底是出于怎样的目的？

江闻皓脑海中又浮现出了自己第一次遇见邹莽原时的情景，当时他蹲在昏暗的墙角背英语单词，仿佛有一个偌大的密不透风的罩子将他严丝合缝地焊在里面，与整个世界隔离。

这种感觉，其实江闻皓自己也很熟悉。

他闭了闭眼，觉得不管怎么说，都先等看到那张字条再说。

这时，汽修店的门被人推开了，覃子朝跟杨志祁走了进来。

杨志祁四下环视了眼，冷哼了句：“三子又跑了？”

“他去复习。”江闻皓说完自己都觉得烫嘴。

杨志祁闻言又嗤笑了声，也懒得再多追问，对覃子朝道：“时间不早了，你们也抓紧时间回家吧，别让你妈担心。”

覃子朝点点头：“行，那我们先走了。”

话毕，他给了江闻皓一个眼神，然后两人一起告别了杨志祁出了汽修店。

繁忙的周末眨眼间就又过去了，距离江闻皓的生日也越来越近。

这段时间，覃子朝不知道用了什么法子，从化学老师那里要到了实验室的钥匙，但凡稍微一有空，他就会钻进实验室待上大半天，并且总有意躲着江闻皓，搞得神神秘秘的。

江闻皓猜测大概是跟自己的生日礼物有关，心里还挺期待，就也没多问。每次覃子朝不在的时候，他便会独自上到天台去练练吉他。

这天中午放学，覃子朝跟他一起吃完午饭后，照例又跑去实验室了。

江闻皓慢悠悠往宿舍走，在楼下遇到了等候多时的骆媛媛。

江闻皓的眸色沉了沉，快步朝骆媛媛走去。

骆媛媛环顾了下四周，接着从兜里掏出一张字条迅速交给江闻皓，轻声说：“你自己看下就好，千万别说是我给你的。让我们班主任知道我偷拿了她抽屉里的东西，非得骂死我。”

江闻皓接过字条收好：“谢谢。”

骆媛媛摇摇头，说：“我也不想你被冤枉，而且我真的很想知道，这人到底是谁。”

话及此处，她深深看了江闻皓一眼：“江闻皓，你一定要把他揪出来！”

“我知道了。”

之后骆媛媛也没再多留，匆匆走开了。

她离开后，江闻皓才垂眼展开了那张字条。果不其然，上面的字迹和他的很像，明显就是专门模仿了的。

江闻皓握紧字条，抬头看向宿舍楼，目光在扫过一排排的窗户后，定格在了三楼的 302 房间。

那里拉着窗帘，阻隔掉了外界的秋高气爽。

江闻皓沉了口气，朝楼里迈去……

此时的 302 宿舍内，郑强正跟刘宇对着上午数学课最后那道大题的答案。

梁子洋躺在床上，跷着二郎腿，偷偷翻看一本漫画，脸上透红的青春痘越发熠熠生辉。

他抽了张纸擤了把鼻涕，团成一团打算扔到墙角的垃圾桶里，结果看到边上埋头写卷子的邹莽原，坏笑着抛了下纸团，故意将纸团朝邹莽原砸去。

鼻涕纸正中邹莽原的脑袋，梁子洋“呀吼”了声：“三分！”

刘宇和郑强也朝邹莽原那边看去，跟着嘻嘻笑起来，还回头给梁子洋比了个赞。

而邹莽原全程连头都不抬一下，任由梁子洋擦鼻涕的纸从他身上滚落。

梁子洋：“哎，邹莽原，帮忙捡一下吧？”

他话音刚落，宿舍门便被人从外面推开了。

梁子洋他们随着“吱呀——”一声，齐齐朝门口看去，接着全部脸色一变。

梁子洋防备地皱起眉：“江闻皓？你来干吗？”

邹莽原听到这个名字，眼底闪过一丝激动，也赶忙扭头朝江闻皓看去。

郑强则是畏畏缩缩地往刘宇身后躲了躲，翻着眼皮悄悄观察着一切。

江闻皓没理梁子洋，目光盯向邹莽原看了几秒，接着若无其事地对他说道：“你的政治卷子，能不能借我看下？”

所有人闻言皆是一头雾水，梁子洋愣怔地看着江闻皓，不知道他这又是抽哪门子风，居然还知道学习了？

邹莽原也没想到江闻皓此番竟是专程为他而来，紧张地抠着自己的指甲，点了点头："嗯，可以啊。"他显得有些手忙脚乱，从破旧的书包里翻出了政治卷子，递给江闻皓。

"谢了。"

江闻皓伸手就接，邹莽原却没有马上松开。

江闻皓抬眼看他。

邹莽原顿了顿，像是鼓足了十分的勇气，小声问："你为什么想到找我了啊？覃子朝呢？他成绩那么好。"

没等江闻皓回话，他又补了句："怎么最近总不见你俩在一起？你们……吵架了吗？"

江闻皓静了两秒，神色如常："没吵架。他被化学老师叫走了，好像要帮忙做实验什么的。其他的我不清楚。"

"这样啊……"邹莽原脸上的失望转瞬即逝，末了又微微牵了下唇，"那你先看，要是有什么不懂的地方可以随时来问我。"

"嗯。"江闻皓轻点了下头，视线不动声色地落在那些字迹清秀的笔迹上，手指暗暗收紧。

邹莽原松开了手，原本还想再跟江闻皓聊几句，江闻皓却已经转过身，旁若无人地离开了 302，全程看都不看梁子洋他们。

梁子洋张张嘴："他在瞧不起谁？"

郑强和刘宇面面相觑，在心里异口同声说了句：废话，当然是你！

秋日午后的阳光明显少了夏季的毒辣，如同这个乏人的时间段，懒洋洋地洒进实验室里。

覃子朝刚把硫酸钠、硫化钙等若干化学物品放入容器加热，突然听到门口有响动，迅速扑灭酒精灯，取过一枚遮罩将面前的东西顺势藏好。

在看到来者后，他的眼里短暂掠过一丝意外，接着就又变得平和，起身朝江闻皓走去，问："你怎么来了？"

江闻皓没说话，反手关上了实验室的门，把一张政治试卷连同骆媛媛先前给他的字条一并递给了覃子朝。

"你帮我确认下。"

覃子朝立刻明白了对方的意思，唇边的笑意稍敛，神色变得认真，接过卷子和字条仔细分辨了下。

"错不了。"他眸色沉了沉，再次抬头看向江闻皓，"其实你自己也知道的，对吗？"

江闻皓抿唇沉默了下，微一点头：“行。”他说完转身要走，“你继续忙吧。”

“我刚好也差不多要结束了。”覃子朝说着，看了眼墙上的时钟，“离下午上课还有一会儿，你等我收拾下一起走吧？”

江闻皓心知事情到了现在这个地步，已然清晰，如此一来，倒也不必急着找邹莽原对质了。

他“哦”了声，顺势坐在了操作台边上，目光不经意地扫过被覃子朝拿遮罩盖着的东西，好奇心更甚。但他也知道覃子朝此时绝不会告诉他，干脆又把话引回了正题上：“你说邹莽原到底是怎么想的？”

覃子朝清理操作台的动作稍停了下，缓声道：“我也只是大概猜测……首先琴弦的事是邹莽原想要主动拉近你和他的关系，也让你能够更加反感这个地方，和他站在统一战线上，顺便还能激化你跟梁子洋他们的矛盾。”

江闻皓点点头：“和我想的差不多……但我不明白的是，如果邹莽原真把我当成了一伙人，为什么在骆媛媛这件事上又要故意嫁祸我？”

“其实道理是一样的。”覃子朝说，“这样你就会更厌恶这里，毕竟一定会出现像三班的苏老师，还有德子那样的人。反之，你也就会更加亲近信赖为你出面做证的邹莽原。”

江闻皓又垂眼看了那卷子上的字迹一眼，他知道覃子朝分析得很在理，眼下就只看邹莽原会怎么说了。

时间一转就到了周五。这天很冷，已经到了要穿毛衣的地步，但阳光却很灿烂，据说晚上还会有难得一见的流星雨。

王城他们几个一早就把江闻皓从床上拖了起来。如今他们已经全然不怕江闻皓的狗脾气，知道只要不跟他硬碰硬，这个人其实比谁都更好说话。

覃子朝不知道动用了什么非常规手段，从校外买了个大蛋糕回来，又拜托了食堂的师傅，提前把蛋糕冻进了冰箱里，打算晚上放学后再带江闻皓过去。

课间的时候，江闻皓收到了江天城的五千块转账，以及一如既往简短的留言：好好学习，生日快乐。

江闻皓按下接收，把手机扔进桌斗。想了想，他最后还是将手机掏了出来，回了句：谢谢。

江天城没再回复，应该是去开会了。

江闻皓早已习惯了对方这副态度，上课前又分别收了于斌和大琛发来的红包，在群里跟他们聊了几句，便打算拿书垫着下巴，接着补觉。

结果书本一抖，就从夹层里掉出了一张浅黄色的卡纸。

江闻皓有些疑惑，伸手将卡纸翻了个面儿。

——那是一只巨大的蝴蝶标本。蝴蝶黑色的翅膀上还有左右对称的两个斑纹，离近了看就像是一双眼睛，正眨也不眨地注视着他。

蝴蝶的下面还钉着一小枚植物。江闻皓认得，那是见手青，一种能够让人致幻，生长在阴暗角落里的毒蘑菇。

覃子朝也看到了卡纸，眸色沉了沉。

江闻皓又仔细盯着蝴蝶的翅膀看了会儿，发现上面还刻了四个小字——生日快乐。

江闻皓从小就不喜欢标本，小时候家附近的游乐园里来了个马戏团，支了个塑料棚子在那儿收门票，展示的就是各式各样的标本。

他还记得他曾被几个同学强行拉进去参观，在那排死物中，他还看到一个泡在福尔马林里的胚胎，光着身子，蜷缩得像个虾仁，稀拉拉的胎毛漂浮在透明的液体里。

后来这样的马戏团就没再见过了，但那画面还是在他心里留下了不可磨灭的阴影。也是在那时，他第一次隐约触及到死亡。

心里有个声音，在直指这份礼物原先的主人，江闻皓几乎是下意识地朝身后看去，果然在隔着几排座位的墙角，对上了邹莽原漆黑的眼睛。

发现江闻皓看了过来，邹莽原冲他轻轻一笑，嘴唇上下开合，用口型问了句："喜欢吗？"

江闻皓没回应。

在此之前，他从没觉得过邹莽原可怕，可这一刻，他突然感到了一丝脊背发寒……

晚自习还剩十分钟下课的时候，江闻皓被董娥叫去了办公室。他进门的时候，董娥正将一把药片塞进嘴里。

江闻皓匆匆扫了一眼，发现药片的数量似乎又增加了。

董娥见到他来，拧上保温杯冲他招招手，接着从抽屉里拿出一个精致的小盒子递给他。

"喏，送你的。"

江闻皓疑惑地看看董娥，接过了盒子，打开发现里面是一排吉他拨片。

"生日快乐啊。"董娥很轻描淡写地说了句，"我也不知道好不好，反正音乐老师说挺好。"

江闻皓愣了愣："你怎么知道我今天生日？"

董娥跟看傻子似的斜了江闻皓一眼，好笑道："你当我之前让你们填个人信息表是走过场啊？"

江闻皓点点头，握紧了装拨片的盒子："谢谢老师。"

董娥一边整理着桌上的卷子，一边对江闻皓说："你这两把刷子还是不要落下。毕竟就你的情况，想单纯靠学习成绩上个好大学是没指望了，不如学学艺术，将来考个音乐学院什么的也是条路子。没准以后我还能在电视上看到你呢！”

这话说完，董娥自己就先怔了下，眼底的怅然转瞬即逝，末了又笑着补了句：“万一真能看到呢，你说是吧？”

江闻皓当时没太明白董娥后面这句话的意思，还以为她指的是自己可能会上电视，有些倔强地反驳：“我本身也不喜欢抛头露面，以后大概率当幕后。”

“幕后也行啊！现在的大音乐制作人可吃香了，到时候开个自己的工作室，那些明星啊，歌手什么的还得反过来求你呢，多有面子！”

董娥开完玩笑，一看办公室门口王城他们正在探头探脑的，知道今晚这群小子多半还有其他活动，于是冲江闻皓挥挥手：“快走吧，我还得批卷子呢。记得不许闹事，不许违反纪律！”

江闻皓盯着董娥又比之前更显憔悴的脸，沉默了下后，还是劝了句：“您别太累了。”

董娥被江闻皓的关心整得还挺意外，拖长语气“哟”了声：“还知道心疼人了？”

江闻皓一本正经地说：“没跟您开玩笑。”

董娥拍了拍江闻皓的肩：“知道了，我心里比你有数。”话毕，又冲他歪歪头，“去吧。”

江闻皓又看了她几秒，知道自己说再多也没用，叹了口气，转身出了办公室。

王城他们一见江闻皓出来了，连忙将人围在了中间：“老董找你什么事儿？没挨批吧？兄弟。”

“没。”江闻皓摇摇头，抬眼看了看，没见到覃子朝。

王城：“别找了，班长已经去食堂了，说要提前准备下！让我们接了你以后一块儿过去。”

江闻皓“嗯”了声，对之后的环节还挺期待，于是在一群哥们儿的簇拥下离开了教学楼……

此时早已过了饭点，食堂的大门紧闭，里面黑漆漆一片。

王城他们按照覃子朝的指示，带着江闻皓从侧门进去，只见临近取餐口的位置亮着盏白炽灯，照亮了有限的区域。

江闻皓突然就又想起他才来云高的时候，因为吃不惯这里的东西，覃子朝就偷偷带他来食堂，煮面给他吃。

那是他那段时间里吃到的最好的一顿，以至于现在每每想起，还是会加倍放大那面的美味。

身后突然传来“砰砰”几声，五颜六色的闪片和白色仿真雪花瞬间落了江闻皓满头满身。王城他们人手一个礼花筒，齐齐喊了声：“江少爷生日快乐！”

这种简易礼花筒江闻皓已经很久都没见到过了，只记得以前小学门口有卖的，但后来好像是因为易燃易爆还是别的什么原因，被通通没收了。

四下弥漫着礼花释放出的类似于空气清新剂的味道，有些刺鼻，但江闻皓的心情还是不错，一边拍着头上的闪片，一边说：“别再把保安给招来。”

“没事儿，食堂是归咱李叔管的，他都同意了还怕啥！”王城说完，朝着后厨喊了句，“覃子朝，你那蛋糕是现做的呀？”

话音刚落，头顶唯一的一盏灯“啪”地熄灭了，几束烛影闪烁在黑暗里，投出微弱却温暖的亮光。

覃子朝端着一个双层奶油蛋糕从后厨里出来，江闻皓隔着些距离看着覃子朝一步步走近，不知为何，竟生出了一种奇妙的蒙太奇效果。从他初来云高的那天一直到现在，所经历的一幕幕画面都如同走马灯般在他眼前一一浮现。

“生日快乐。”覃子朝将蛋糕端到江闻皓面前，对他说。

“快许愿啊！”王城用胳膊肘捅了捅江闻皓，“没看班长的胳膊都要举断了？”

江闻皓这才回过神来，他其实是不信生日愿望的，因为他曾经也许下过如“希望爸爸妈妈永远陪伴他”“妈妈的病一定会好起来”之类的心愿，最后一个都没实现。

于是，他只装模作样地等了几秒，便直接吹灭了蜡烛。

周围瞬间就传来了王城他们的欢呼声。

覃子朝将蛋糕放在了桌子上，取过提前准备好的刀，交给江闻皓：“切蛋糕吧。”

江闻皓接过对方递来的刀，在蛋糕上切了一下就又还给了覃子朝：“剩下的你来吧，我手残。”

覃子朝点头，熟练地把蛋糕切成了几等份，装进盘子里。

就在王城他们抢着要那块带草莓的蛋糕时，江闻皓身边突然传来了一个轻轻的声音：“可以给我一块吗？”

江闻皓回头看去，邹莽原的脸从黑暗中显现了出来。

“邹、邹莽原？”王城他们看着不知何时出现在这里的邹莽原，皆是一脸意外。

覃子朝分蛋糕的手也是微微一顿，沉默地盯着这个闯入者。

邹莽原低头笑了下：“抱歉，让你们不舒服了，但我是来找江闻皓的。”

江闻皓皱了下眉：“什么事？”

邹莽原从身后拿出一张纸：“你忘记把我的礼物带走了。”

江闻皓垂眸扫了眼，正是那张蝴蝶标本。

“这是我在医务室旁边的树林里抓到的，花了不少工夫。”邹莽原旁若无人地讲解，“要先把蝴蝶抓住，然后用大头针从它腹部的最中间穿过去。这个时候得格外小心，不然很可能会让它的翅膀受伤，就不好看了。接着你得按着翅膀，针必须要斜插，先是单侧，再换到另一侧，再来……”

“邹莽原。”江闻皓淡声打断，“谢谢你的礼物，吃蛋糕吧。”

邹莽原的脸上划过一丝遗憾，看着江闻皓，认真地问：“你不喜欢吗？可我还编了一个故事，见手青一直以来都只活在阴影里，后来有一只蝴蝶出现了，见手青非常想要蝴蝶陪着它，它们还决定一起去旅行……”

“邹莽原。”

“江闻皓，我有话跟你说。”

江闻皓沉沉看着邹莽原，静了片刻：“行，刚好我也有话跟你说。”

第十七章 梧桐

食堂顶层的天台堆放着不少报废桌椅，脚下遍布着玻璃碴，踩上去时会发出“咯吱咯吱”的响声。

星星悬在浩瀚的穹宇，第一眼只能看到最亮的几颗，但只要仰头再多看一会儿，就会发现越来越多。

邹莽原双手撑在护栏上，望着夜空轻声说：“江闻皓，你有没有听过一句话……天上多一颗星星，地上就会死一个人。”

他说着，默默将视线收回，转向身后的江闻皓，扯了下唇角：“这说法真恶心。一想到邹大山死后也会变成星星，长久不变地每天挂在天上看着我，我都要吐出来了。”

江闻皓皱了皱眉，自然没什么心情在此时陪邹莽原看星星赏月亮，于是冲他道：“有什么事，说。”

邹莽原倒显得不慌不忙，轻声道：“还是你先说吧。”

江闻皓也懒得跟他多周旋，直截了当地说：“邹莽原，我已经对比过了你的字迹，跟给骆媛媛的字条上的一样。就算你刻意模仿，但一个人运笔的习惯是不会变的。”

他说这句话的同时也在留意着邹莽原的表情，发现对方听后居然没有表现出一丁点惊慌，反而面露遗憾。

邹莽原：“所以，你之前找我借政治卷子，只是为了要对比字迹？”

江闻皓停了下：“需要我拿给你看吗？”

邹莽原垂眸抿起嘴唇，摇头低笑了声：“不用了。”

江闻皓语气更沉：“为什么要关骆媛媛？”

邹莽原没说话，像是仍沉浸在方才的失落里。等了半天，他才终于重新抬起了头，开口道：“因为我们是好朋友啊，我不想你被他们伤害。”

江闻皓盯着邹莽原，眸底微颤。他虽然知道邹莽原对他存在着极强的占有欲，但当邹莽原如此轻而易举便承认了自己的所作所为时，他不免还是感到诧异。

邹莽原轻叹了口气，神情间夹杂着一缕怀念："你还记不记得你刚转来这里的第一天，一个人跑到走廊尽头的那扇窗户下面蹲着？我当时正在背英语，被你的表情吓了一跳，以为你也会像他们一样欺负我……"他笑了下，"可你没有。那个时候我就觉得，你跟他们都不一样。"

江闻皓抿着唇，没着急打断，等着邹莽原继续往下说。

"其实你一开始最吸引我的还不是这个，而是你的眼睛。"邹莽原直视着江闻皓，"对这里的一切都带着敌意，不对任何人抱有期待，绝望又孤独……江闻皓，我们是一样的人，我们看到的是同一个世界！"

邹莽原说着，又朝江闻皓走近了几步，脸上的表情真诚到甚至可以称得上虔诚："所以我不许你离开，更不许那些坏人闯入我们的世界，把你带走。只有我是懂你的，你也懂我，对吧？"

大概是晚上没吃饭，江闻皓此时胃里翻腾得厉害。他咽了口口水压下恶心，这才又开口问："琴弦也是你割断的吧？为什么？"

"你得更恨他们一些，因为这些人实在太狡猾了，会戴上各种伪善的面具欺骗你，但其实各个居心叵测。董娥是，覃子朝也是……你必须认清楚这点，才不会变成和他们一样的人。"

江闻皓闭了闭眼，当真是有些听不下去了。

这世界上的确存在着太多虚伪的人，怀揣着各式各样狭隘且自私的心思，再装出一副道貌岸然的样子。但这种人，绝不会是董娥和覃子朝。

"还有最后一个问题。"江闻皓停顿了下，"在董娥办公室门口，你说覃子朝对我就像当初对你一样……你们以前很熟？"

如果说前两个问题只是单纯为了求证的话，那么最后这个，则是一直藏在江闻皓内心深处的疑问。

邹莽原的眉梢稍扬了下，片刻后唇边勾起抹戏谑的笑："他啊……算是吧。我很早以前就认识他了，当时他爸覃建军总来找邹大山打牌，他怕他爸把家里的钱输光，到我家找过覃建军几次，每回都得跟他爸打起来。我当时就觉得，也许我能跟他成为朋友也说不定。"

"后来呢？"

"后来我也的确信任过他，什么都愿意跟他讲。"邹莽原停顿了下，"我是那么相信他，可到头来他却为了一个小小的玩笑动手打我。我这才明白，其实他和那些欺负我的人也没有区别。"

"你做了什么？"江闻皓并不相信覃子朝是会轻易动手的人。

邹莽原像是想到了什么有趣的事，低笑了声，只是眼底一片暗色："我把鞭炮里的火药粉放进了董娥的胶囊里，只是很少的一点，根本不会有任何问题……"

"邹莽原……"江闻皓终于忍不住打断，"你是不是有病！"

"可能是吧。但她总要管我，实在太烦人了。"

江闻皓再也不想跟邹莽原多言半句。这事儿别说覃子朝要动手打他，若是换成自己，废了他都有可能。

江闻皓转过身冷声道："琴弦的事就先算了，但你伤害骆媛媛这事，劝你还是主动去跟学校说，然后抓紧时间找个医院看看脑子吧。"

他话毕抬脚就走，却被邹莽原一把拉住了胳膊。

"等等！"

江闻皓不耐烦地站住。

邹莽原："你的话说完了，我的还没说呢。"

他看着江闻皓的目光定了定，说："江闻皓，我们一起逃跑吧！离开这该死的初云镇，见手青和蝴蝶一起展开他们的旅行！"

邹莽原话音刚落，江闻皓一拳便挥在了他的脸上。

邹莽原的侧颊实打实挨了一下，身子晃了晃，他撑着旁边的瘸腿桌子才勉强站住。他偏着头，舔了舔腮帮，像是很不理解江闻皓为什么会突然打自己，有些错愕地看着对方。

江闻皓冰冷地睨着邹莽原，一字一句道："你听好了，我跟你看到的世界不一样，我们也不是一路人。你的所作所为，只会让我觉得恶心。"

邹莽原听着江闻皓的话有些失神，本想露出个自欺欺人的笑，但他扯了扯唇角，终是没能笑出来，只是神经质地喃喃自语："你一定是被他们骗了……一定是……"

江闻皓不再与他废话，一脚踹开天台的门，头也不回地快步离开了。

前往食堂天台的路需要先穿过一道闸门，再经过一条焊在外部的铁楼梯。江闻皓脚步飞快地下了楼，径直往食堂一楼赶。

到了门口，他才发现进食堂的侧门已经上锁，里头黑漆漆的，一个人也没有。

江闻皓翻出手机看了眼，发现居然已经快到熄灯时间。上面还有几通覃子朝打来的未接电话，他低声骂了句，赶忙回拨过去。

对面传来一阵单调的"嘟——嘟——"声，始终无人接听。

江闻皓握紧手机咬咬牙，他的生日会居然就这么泡汤了！

江闻皓转身就又往宿舍冲，天上划过一颗流星，但此时的他全然没有注意到。

就在宿管阿姨打算锁门时，江闻皓一手猛地撑开了铁门，总算赶回来了。

宿管被惊得“哎哟”了声。

江闻皓边跑边回头冲她鞠了个躬，三步并作两步上了楼。

屋里的王城他们此时也刚要躺下，被突然“砰”的推门声吓得又坐了起来。

王城看清来者后，连声抱怨道：“哥，你上哪儿了？我们分头在学校里找了你一圈都没见着你！”

“覃子朝呢？”江闻皓喘着气问，“我打电话他没接。”

“他去自修室了。”王城由衷感慨，“这是真卷不过啊！”

江闻皓生怕覃子朝见自己没回来，又像上次那样翻窗户去找，再违反了校规校纪。眼下知道他已经回来了，总算是松了口气。

“蛋糕班长给你拿饭盒带回来了，你要现在吃吗？”室友问。

江闻皓摇摇头，他刚才跑得太急，这会儿饿劲过了，甚至还有点往上顶。

“让他明天直接当早饭吧。”王城接过话，突然又像想起了什么，往江闻皓的书桌上一指，“对了，礼物都给你放桌上了啊。”

江闻皓道了声谢走到桌前，果然看到上面放着王城他们送的礼物，其中数覃子朝的大礼盒最为显眼。

江闻皓深吸口气，按捺住激动的心情，慢慢伸手将礼盒拆开，眼睛顿时一亮——只见里面是一个用玻璃罩起来的手工模型，做的正是他家所在城市的音乐喷泉。锡纸和铁片组合成了林立的高楼，连上面的每一块广告牌都显得十分精致。

玻璃罩的旁边还有个开关，江闻皓按了下，彩色的霓虹灯瞬间亮起。

伴随着音乐，当中的喷泉开始不断向上喷涌，形成了一道水幕。

江闻皓听出了那旋律，是《Hey Jude》。音色虽然单调了些，可与喷泉、灯光结合在一起，形成了一种特别的美感。

“太酷炫了吧！”王城和几个室友也被吸引，纷纷下床凑到江闻皓跟前一起朝玻璃罩里看去，不住发出惊叹。

“啧啧，真不愧是他覃子朝！”

“我要有这手艺就直接开店去了，还高什么考！等你们毕业，我怕是早就发家致富了！”

“妥了，以后我追老婆的礼物就拜托子朝哥了！”

江闻皓听着室友们七嘴八舌地交谈，突然发现玻璃罩内霓虹灯的闪烁频率似乎跟开关的按动次数之间存在着某种规律。

他目光微跳了下，手上一下下控制着开关，让灯光跟着亮起又熄灭。

果然，在进行到一定次数的时候，玻璃罩里的霓虹灯忽然齐齐熄灭了。

与此同时，城市的上方居然出现了大片水蓝色的星空！无数细小的荧光粒子飘浮在玻璃瓶里，散布在高楼间，附着在那些精致的广告牌上。

江闻皓又一次怔住了。

他还记得自己跟覃子朝说过，他家所在的城市看不到星星。

但现在，覃子朝做到了。

不知何时，从自修室回来的覃子朝已经站在了他身旁，带着些懊恼短促"啊"了声："居然这么快就被你发现彩蛋了。"

江闻皓回头看向覃子朝，眼底被"城市的星星"点亮。

许久之后，他轻声对覃子朝道："谢了啊，覃子朝，这个礼物我很喜欢。"

覃子朝抬手撸了把江闻皓的头："喜欢就好。"

"说了别总摸我的头。"江闻皓挥开覃子朝的手，唇角却还是止不住地微微上扬。

或许曾经的他与邹莽原同在一个原点，但如今他的确已然奔赴向了新的世界。

何其幸运，前行的路上一直有星星为他照亮，让他从此再不会惧怕黑暗与暴风雨……

周六下午放学，江闻皓又跟覃子朝一起回了家。

徐秋云知道江闻皓要来，一大早便跑去菜场买了一堆东西，然后愣是忙活到了两人进门。她一边端菜上桌，一边抱怨着镇上的蔬菜卖得实在太贵了，不如自己家种的好。

吃完晚饭，徐秋云看了会儿电视，就先回屋休息了。临睡前，她还不忘把她新织好的那件白色毛衣拿给江闻皓试，让他这次去学校的时候记得带走。

杨志祁给徐秋云找的这套房子不错，标准的两室一厅还带独立的厨房卫浴，虽然装修简单了点，但朝向却很好，两间卧室都能见得到阳光。

最值得一提的是，淋浴还是太阳能的。

此前江闻皓在学校都是打水洗澡，这回好不容易有了淋浴，终于在这个周末痛痛快快地冲了个舒服澡。

转天再回到云高时，又是傍晚了，篮球场上有几个人在打球，见到从校门往里走的江闻皓和覃子朝，挥手将他们叫住。

"哎，打球啊？"

覃子朝转头用眼神询问江闻皓的意思，江闻皓直接将外套往单杠上一搭，冲覃子朝一递下巴："走着？"

两人朝着那群打篮球的同学小跑了过去。

两人的篮球水平都是比较好的，为了公平起见，自然而然又被分到了不同的阵营。

随着一声哨响，江闻皓率先夺过了球，带球便往篮下冲。

大家对他的实力有目共睹，知道他速度极快，不仅三分投得准，带球过人等技巧也十分娴熟，因此都不敢大意轻敌。

对面的两个“大个儿”瞬间将江闻皓左右包抄。

江闻皓的脸上依旧没什么表情，运着球，视线在“两堵墙”之间迅速游移了下，接着一个变相运球，直接把右边“那堵墙”整蒙了。

他找准机会，将右手的球倒腾给了左手，转身顺利过人。

“江闻皓！”队友从侧边跑过来，示意他传球。

对面连忙大叫：“盯住盯住！”

江闻皓再次被拦，就在对面以为胜券在握时，他突然向后扯了一步，一个起跳，将球投向了篮板。

队友抱头，以为江闻皓是要投篮，心说：这哪能投得进？

对面的人见状也心下一松，不由得放松了防备，岂料下一刻江闻皓竟“嗖”地冲了出去，趁球落地时再次手腕一勾，在篮板下顺利接住。

起跳，投篮——

“漂亮。”覃子朝在心底暗喊了声。

果然，球空心入篮，落在地上发出“咚咚”的声响。

“牛啊！”江闻皓同边的队友激动地朝他围了过来。

江闻皓却隔着他们盯着覃子朝。

覃子朝冲他笑笑，鼓了两下掌。

江闻皓却眉梢一挑：“覃子朝，放水是吧？”

“我没有。”覃子朝下意识否认。

“你刚明明能盖到。”

“没反应过来。”

江闻皓又看了他一会儿，弯腰从地上捡起篮球，运了几下，再次抬眼。

“我们斗牛。”

几个同学一听斗牛，也不管谁是哪边的，瞬间就都亢奋了。他们也很想知道，这两人到底谁更厉害！

“你不饿吗？”

“别废话。”江闻皓从兜里翻出了之前买可乐找的一枚硬币，淡声说，“正面先发。”

他说着将硬币高高抛向天空，用手掌盖住，打开。

“我发。”他顿了下，咬咬牙，“你要再敢放水，我就揍你了。”

覃子朝见江闻皓今天是铁了心要跟他杠上，叹了口气：“那来吧。”

同学们纷纷退至一边，给他们腾出了半边场地。

江闻皓一下下运着球，眸色一沉，带球迅速上前。覃子朝两手张开，天然的身高令他几乎完全阻隔了江闻皓的视线。

江闻皓几次想要带球过人，却始终被覃子朝压制得死死的。他知道凭借硬性条件，自己很难突破对方的防守，于是瞄准时机向后撤出半步，决定直接远投。就在他起跳勾手将球投出时，覃子朝同时一个跳跃，将篮球直接盖了下去。

“漂亮！”边上围观的同学吹起响亮的口哨。

江闻皓掰了掰手腕，抬起胳膊擦了把额头上的汗，跟覃子朝调换了攻守阵营。

这样的体型碾压让江闻皓防守起来十分吃力，他双膝下蹲，集中注意力，不被覃子朝转换的动势干扰。

覃子朝忽然一个背后运球加转身过人，攻破了江闻皓的防线，朝篮板筐跑去。

江闻皓一咬牙迅速追上，像道闪电似的在覃子朝起跳投篮时跟着一跃而起。篮球从指间擦过时，江闻皓奋力一钩，将球紧紧抱在了怀里。

脚接触到地面的那一刻，他突然感到一阵钻心的疼从脚踝侵袭上来。

江闻皓重心不稳摔在地上，他甚至都听到自己的脚腕“咯嘣”了声。

覃子朝瞬时脸色一变，赶忙上前检查江闻皓的脚腕。只见江闻皓疼得额上起了一层汗，眉头紧紧皱在一起，倒吸着气。

覃子朝掀开江闻皓的裤腿，发现他的脚腕已经肿了。先前围观的同学见状也纷纷围了上来，问他要不要去医务室。

江闻皓摇了下头：“不用，就是崴了下。”他边说边尝试着活动了下脚腕，疼得又“咝”了声。

覃子朝不由他再分说，将人直接背了起来就往医务室跑。

两人到医务室时，沈医生正在清点药品。见到江闻皓和覃子朝，她马上就认出他们来。

“这又是怎么回事儿？”沈医生边说边拉开椅子，让覃子朝把江闻皓放下，“你俩要不干脆直接在我这儿办张月卡吧！”

江闻皓坐在椅子上时，因为挪动脚又疼了下。他扯了下嘴角，对沈医生说：“打球，崴着脚了。”

沈医生白了江闻皓一眼，还是迅速给他仔细检查了下，末了从药柜上取了个喷剂，又开了几片止痛药，说：“骨头没事儿，应该就是软组织扭伤。给你开的药回去按时喷，晚上要是疼得狠了就吃片止痛药。”

她说着又对覃子朝嘱咐道：“喷剂每次喷完记得帮他按摩一下，让药彻底吸收。没多大事儿，就今晚估计得疼一下。”

覃子朝这才稍微放下心来，谢过沈医生后，把江闻皓背回了宿舍。

“你晚上先别去班里了，我跟老师请个假。”覃子朝交代，“也别自己乱动，等我回来。”

江闻皓觉得这会儿好像已经没那么疼了，但也不想去上晚自习，于是点了下头，冲覃子朝一递下巴：“吉他给我，我擦一下。”

覃子朝转身帮江闻皓拿了吉他，又去接了杯水放在他跟前，最后还是放心不下，叹了口气：“我晚上也在宿舍复习，你等我去跟老师说一声，马上回来。”

要说沈医生开的那喷剂药效是真神！江闻皓的脚只肿了一个晚上，第二天就不疼了。搞得他真想给沈医生送面大锦旗，上面写个——妙手回春！

清晨前往操场集合的路上，江闻皓的脸上突然落了滴冰凉的东西。他起初还以为是雨，抬头一看，才发现竟是下雪了。

北风将树梢上残存的枯叶卷落，今年的雪当真是下得很早。

因为天气原因，跑操被临时取消。罗教官照例拿着他的大喇叭站在主席台上，薄薄的雪在他肩头落了一层，被他掸掉。

大概是脚不疼了心情好，江闻皓今天看罗教官也觉得比平时顺眼多了。经过主席台时，他还破天荒主动跟罗教官打了声招呼，弄得罗教官半天没反应过来。

见同学们差不多集合完毕，罗教官清了清嗓子，举起喇叭。

“说个通知啊。今天下午第四节课后，每班抽两个人跟我到隔壁村子的村委会义务劳动，其他同学留在学校铲雪大扫除。”

江闻皓看着都还没湿透的路面，压根不相信就这么点小雪还用得着铲。结果临近中午的时候就被打脸，雪花从一开始的精盐大小直接变成了鹅毛状的雪片。

教室的窗玻璃上结了层白色的霜，窗台上也覆盖了厚厚一层积雪。

“山里的雪是下得更大。”覃子朝跟着江闻皓一起扭头看向窗外纷飞的雪花，“但像现在这样也是很多年没见过了。”

董娥端着保温杯进到教室，简单安排了下后续的扫雪工作。路过江闻皓他们的座位时，她用手指叩了叩桌角：“你俩辛苦下，下午放学和罗教官他们到村里去。”

覃子朝刚想跟董娥说江闻皓的脚扭了，别让他去，江闻皓就先一步一扯覃子朝的衣角：“别吱声啊，好不容易能出去放风。”

“不行，你脚有伤，别再滑着了。”

江闻皓见难得有机会可以出校，说什么都不愿意让步。

覃子朝看他一副不让去就跟自己拼命的样子，知道拗不过，只得叹了口气：“那你到时候就随便装装样子，活我来干。”

“嗯。”

董娥又在教室里巡视了一圈，临走时目光移向了后排角落里的位置，顿了顿：“邹莽原，你跟我来趟办公室。”

邹莽原没有看董娥，低着头慢悠悠起身出了教室。临走前，他又回头望了江闻皓一眼，嘴唇动了动，但最后什么都没说。

等他离开了，后座的两个女生马上小声交头接耳。

“哎，你妈给你说没？邹大山快不行了。”

另一个女生瞬间兴奋起来：“没啊！”

“我妈说邹大山昨天晚上吐了好多血，满地都是，救护车都去了，大半夜吵得附近的人都没睡着觉。”

“真的假的？他总算要死了啊！”

“不知道邹莽原以后还会不会继续在这儿上学，他家就他跟他爸两人。”

“我更关心的是，邹大山欠的钱谁来还。”女生撇撇嘴，“他还欠我小姑家三千多块呢！”

“他也欠我家钱了，我爸说虽然打了欠条，但邹大山借钱时那气势就跟明抢差不多。”

“呸，这种人早该死了！居然还挺了这么久！”

“好开心啊，中午我要多吃点！”

这个话题之后很快就又被其他什么初雪天最适合告白之类的给替代了过去。

邹莽原这一走果真就没再回来，如同一粒最不起眼的灰尘被卷入到了冰天雪地中，不留一丝声息。

下午最后一堂课结束，江闻皓和覃子朝跟随罗教官带领的劳动小组一起出了校园。

路上覃子朝生怕江闻皓脚疼，每走几步就要看他一眼，询问下情况。反观江闻皓一切如常，甚至还走到了队伍的最前面。

来云高这么久，这还是他第一次留意到学校周遭的环境，觉得挺新鲜。

村委会的人一早就在门口等着了，跟罗教官他们简单热络地寒暄了几句后，便给前来帮忙的同学们各自划分了片区。

江闻皓和覃子朝被分为一组，负责整理村后面的活动室。两人被老乡带着一路穿村而过，来到了一棵巨大的梧桐树下。

江闻皓发现这棵树的树干被围着红色的绸缎，在皑皑白雪中显得格外醒目。树下还摆放着香烛和贡品，一看就是新的。

带他们来的大叔一边打开旁边活动室的门，一边跟他们介绍：“我们下桐村是先有的这棵树，后有的这个村。树上住着神仙哩！”

“哪个神仙？”江闻皓对这种民俗传说还挺感兴趣。

“凤凰娘娘，很灵的！”大叔磕了磕他的烟，笑着跟江闻皓说，“小伙子要不也许个愿？”

江闻皓勾了下唇，没作声。

见覃子朝已经拿着铁锨来到树下清理起上冻的路面，他便也进活动室找了把扫帚打算帮忙。

结果他出来的时候忘记戴手套，才刚扫了几下，就觉得手快要跟扫帚冻在一起了。

“你去屋里待着吧，别干了。”覃子朝铲了满满一铁锨雪，在阵阵冷风中居然还出了一头汗。

江闻皓不想在屋里待着，又知道覃子朝肯定不让他干活，于是揣着两手跟在覃子朝屁股后头转悠，当起了监工。

事实证明，这场雪下得比所有人预想的还大。等好不容易把活动室的里里外外清理好后，天色已经彻底暗了。

罗教官和村长担心这个时候返校，路上可能不安全，商议完一致决定将来的学生分到各个农户家里去，先住上一晚，等明早再回学校。

江闻皓和覃子朝被下午给他们领路的大叔带回了家。屋里的大婶一听说要来客人，果断把家里的鸡给杀了，炖了一大锅鸡汤。

老两口都是爱热闹的人，见家里一下子来了两个大小伙，还个顶个的精神，高兴得问东问西，笑得合不拢嘴。

“哎呀,这两个孩子怎么就长得这么好看呢！”大婶兴冲冲地问覃子朝,“今年得有十八了吧？大小伙子了，有喜欢的姑娘了没？没有的话婶子给你……”

“你啊你啊！”大叔隔空点着大婶，“一天天就知道给人添乱！也不看看人家是学生，将来那是要考大学，为国家做贡献的！”

“学生以后不也得结婚吗？”大婶不服气地白了大叔一眼。

乡间的夜生活往往都是极其单调的。人们忙碌了一整天，等到晚上吃完饭，差不多也就该睡觉了。

老两口给江闻皓他们安排在了自己儿子的房间——儿子长年在外地打工，屋子就一直空着。

一夜过去，几声鸟叫将大地唤醒，阳光终于又从云层里探出了头，一片天朗气清。

房檐上的冰凌柱子在太阳照射下反射着晶莹剔透的光，从倒挂着的顶端往下“滴答、滴答”落着水珠，在覆盖着积雪的窗台上砸出一个个深浅不一的小坑。

江闻皓推开门，瞬间就融入到了一片白色的世界。

炊烟袅袅，空气里弥漫着农村特有的柴火味。躲在鸡棚的鸡此时终于又有了出窝的勇气，“咯咯”叫着，在雪地里昂首阔步地找寻着散落的谷粒。

覃子朝早已起床去帮大婶生火做饭了，江闻皓见距离罗教官要求的集合时间还有一会儿，便独自在村里转悠。

不知不觉，他就又来到了活动中心外的那棵神树下。

枯枝间同样积着雪，一刮风就会被“簌簌”吹落。应该是有早起的村民又来拜过它，树下多了不少新鲜的瓜果蔬菜，上面还挂着层冰晶。

江闻皓仰头看着那树，觉得比起之前光秃秃的样子，有了雪做衬托的它果然好看了许多。

他兀自又站了会儿，从兜里缓缓掏出手，犹豫地合十。

在这之前，江闻皓明明是个连生日愿望都不愿许的人。

“你要是真灵，那就保佑董娥身体健康吧。”

江闻皓淡淡睁开眼，觉得人不能太贪心，在心里默念：就先这个，等实现了我再来。

这时，树枝摇动了下，一只麻雀飞入碧蓝的天空……

重新返回学校的时候刚好早操结束，江闻皓和覃子朝到食堂吃完了早饭赶往教室时，就看到了站在门口张望的杜亚男。

见到两人，杜亚男赶忙上前。她四下看了眼，接着拿出了一粒用纸仔细包好的白色小药片。

“这是我在董老师宿舍的桌子下捡到的，应该就是她平时经常吃的药。”杜亚男说，“但药盒我实在找不到。”

覃子朝接过药片，微微蹙着眉。

江闻皓知道他此时到底在担心什么，毕竟有谁会故意回回都把药盒处理掉呢。

“你把药给我，这周老陈正好要来给我送过冬的衣服，我让江天城找他在检测中心的朋友。”江闻皓顿了下，继续说，“应该会很快。”

第十八章 乱

这场大雪过后，天就再也没回暖，直接从深秋进入到了寒冬。

月末的最后一周，初云镇上发生了件让人为之欢呼雀跃的大喜事——邹大山死了。

一句“祸害遗千年”在他身上体现得淋漓尽致，他愣是比医生判断的存活期多活了足足一年。

这天天还没亮，镇上便开始热闹起来。秧歌队浩浩荡荡地来到了邹大山家门口，伴着喧天的唢呐锣鼓声，比过年时跳得都更加卖力。

一门之隔的屋内，邹莽原坐在桌前，正就着一碟咸菜喝稀饭。筷子偶尔碰到碗发出清脆的响声，他的脸上没什么表情，甚至可以说相当淡然。

头顶原先用来放神像的龛柜上摆了两只蔫了的苹果和半截正在燃的香，上面的泥塑被随便扔在墙角，邹大山的遗照被换了上去。

邹大山这人一直很迷信，邹莽原至今都不知道邹大山拜的这到底是神是鬼，只知道为了这东西，邹大山偷走了他攒了一年的生活费，他恨死这花钱还不保佑人的玩意儿了。

随着天越来越亮，有光透过年久失修的屋顶钻进来，刺得邹莽原眯起了眼，但手上依然在扒拉着稀饭。

屋外的喧闹声已经到了最高亢的时候，人聚得越来越多，听声音再过不多久应该就要破门而入了。

邹莽原加快了吃饭的动作，把剩下没吃完的那点咸菜扔进了放苹果的盘子里，供给了邹大山，最后抹了把嘴……

因为快期末考试了，覃子朝这个周末就没回家，打算留在学校好好复习。

清早起来，他轻手轻脚出了宿舍，带好房门，先是一边绕着操场跑圈，一边听听力，接着就朝食堂走去，帮还在睡觉的江闻皓带饭。

在食堂门口，他遇到了急匆匆的董娥。

覃子朝上前打招呼，在看到董娥的面色后微微一怔，神情变得严肃。

“怎么了？老师。”

董娥顾不上跟覃子朝详说，简短道：“邹大山死了，我得去趟镇里。”

覃子朝闻言先是意外了下，接着微微蹙眉：“他死了，您去干什么？”

“邹莽原一个人在家。邹大山一死，他家就只剩下邹莽原一个了，镇上的人怕是会找他麻烦。”

董娥说完又要走，再次被覃子朝拦住：“您一个人去太危险了。”他顿了下，“我跟您一起。”

董娥原本想让覃子朝留校好好复习，但一想他说得也有道理，迅速点了下头：“那走。”

覃子朝跟在董娥身边，也顾不上违不违反校规校纪了，拿手机给江闻皓打了通电话，让他今天在宿舍里乖乖待着。

江闻皓原本被吵醒后不耐烦，在听覃子朝说完情况后，沉默了几秒，撂下句：“校门口集合。”

果然在覃子朝和董娥赶到校门口时，江闻皓已经在那儿站着了。

公交车晃晃悠悠颠簸了一路，总算到了初云镇。车门一开，董娥最先冲了出去，直奔着邹莽原家的方向跑。

江闻皓和覃子朝对视了眼，也都紧忙跟上。

三个人跑过一道转角，隔着老远就看到了邹莽原家被围得水泄不通的大门。

穿着粉衣服绿裤子的秧歌队手里拿着带亮片的大扇子，一边扭着十字步，一边跟随着敲锣打鼓的节奏用一种古怪的唱腔高声唱着：

阎王爷爷开了眼哪——
快快打开鬼门关——
十八地狱十八层哪——
牛头马面不留情——
刀山拔舌下油锅哪——
让那恶鬼不翻身——
从此人间亮堂堂哪——
再也不怕那邹大山——

后面还有很长，但基本都是方言，江闻皓听不懂。

几个中年男人已经扛来了木桩，喊着口号用木桩的一端重重撞向邹莽原家的门板。

“哐！”

“哐！”

随着一声巨响，大门被彻底撞开。人群里不知是谁大喊了声，队伍乌泱泱地朝门内拥去。

董娥身材矮小，混在拥挤的人群里险些摔倒，幸而有覃子朝和江闻皓将她扶住。

三人跟随人流一起进了屋内，江闻皓一眼就看到了立在邹大山遗照下，一身黑衣的邹莽原。

“邹大山呢？”有人怒骂，“老子要把他大卸八块！”

“不行，非得剁成肉酱喂狗！”

“我看狗都不吃！”

邹莽原缓缓抬头，朝人群扫了眼，接着朝卧室努努嘴：“就在屋里停着，去吧。”

叫嚣的人没想到邹莽原会这么说，真让他们进屋时反而不敢往前走。

邹莽原的唇角勾起古怪的笑意，歪着头问：“人都凉了，怎么还怕呢？”

前来闹事的人被他这么一挑衅，觉得面子受挫更加愤怒。带头的男人用铁锹狠狠砸了下墙壁，嗤笑道：“开玩笑！老子还能怕他一个死人不成！”

“那进啊。”

带头的男人眼珠转了转，转身梗着脖子对众人说：“邹大山都死了一天了，这会儿那屋里肯定都是细菌！我们才不傻，不进去！大伙儿说对不对？”

“对！邹大山活着不让人安生，死了还想传染我们！这个杀千刀的东西！”

“简直坏透了！”

“坏透了——”

“坏透了——”

义愤填膺的人声中忽然响起了一阵低笑声，在此起彼伏的怒骂里显得分外明显。吵闹声不由得静了下来，只剩下那频率单一的笑声回荡在屋内。

带头的男人被这笑声搞得有些瘆得慌，手一指邹莽原，大骂壮胆：“小兔崽子，你、你笑什么！”

邹莽原摇着头，唇边的笑意越放越大，整个身子都在跟着发颤。

突然，他的笑声一停，抬眼直勾勾盯着带头的男人：“贱不贱哪。”

“你！”带头男人要说也是镇上数一数二的暴脾气，在此之前根本没被这么当众羞辱过，更何况骂他的还是个乳臭未干的半大小子。

“兔崽子，怎么跟长辈说话呢！”人头耸动了下，又有人听不下去了。

“还有没有家教啊！”

“呸，邹大山的种能有什么家教！我看这小子比他爹还坏！”

带头男人一见自己这边人多势众，朝地上恶狠狠吐了口唾沫，捋起袖子骂了句：“奶奶的！今天我就先好好教训教训你这个王八羔子！”

他说着上前一把拎起邹莽原的领子将邹莽原提了起来。

邹莽原两脚离地，在半空中使劲蹬着腿，脸上的笑意却丝毫不减，双眼阴森森地瞪着男人。

男人更气，将他“咚”的一声撞在了墙上。

邹莽原的后脑勺磕到墙壁，顿觉一阵头晕目眩。

他的额头上暴出青筋，死死盯着在场的每一个人，声音因被卡着脖子变得沙哑不堪。

“你们这群人……邹大山活着的时候你们不敢惹……他死了你们还是不敢……你们就只会欺负比你们更弱小的人……太恶心了，你们太恶心了……”

男人扬手就甩了邹莽原一个大嘴巴。

邹莽原的脸被打得狠狠侧向一边，耳朵里“嗡嗡”作响，嘴皮和鼻子都被打破了，往外渗着血，这让他本就阴森的笑脸变得更加可怖。

“打得好！”人群里有人带头鼓掌。

“再打！把他爹以前造的孽都还给他！”

“打——”

“打——”

“打——”

男人朝手心啐了口，抡起了膀子又要抬手教训。

拥挤的人堆里突然发出一声沙哑却洪亮的声音：“别打了！”

此时，邹莽原的半张脸已经高肿起来，眼皮有些睁不开，半耷拉着努力向上抬了抬。在看到来者后，他先是一怔，接着咬牙喊：“滚！你不用在这儿假惺惺的！”

前排的人群被猛地推开，董娥从中钻了出来。

“董……”江闻皓本想拉住她，但也不知道董娥怎么突然一下有这么大的力气，硬生生挥开了自己的手。江闻皓赶忙跟覃子朝使了个眼色，覃子朝点了下头，两人一起从最后面挤向前排。

董娥冲到带头男人跟前，伸手就去掰他的胳膊：“他就一个孩子，你们可真下得去手啊！”

男人知道董娥是云高的老师，知道她的社会地位高，也不敢太造次，手上的力道稍稍放松，粗声粗气地说：“董老师，你退后，别伤着你。”

“你快先把他松开！”

见男人还在犹豫，董娥一跺脚：“不是我说你，你这年纪都可以当他爹了吧，这么打孩子丢不丢人？”

“邹大山的野种就该打！”

“对，该打！”

人群里又有人抗议。

“打什么打！”董娥这一嗓子丝毫没了平时教书育人时的斯文模样，而是十分泼辣，“是他偷你家米了还是拿你家钱了？有事儿找法院，到时候该赔房赔房，该赔地赔地，你们找他有什么用？”

“我们要他父债子偿！”

“对！父债子偿！”

此时人群里又冒出了个中年妇女，迈着小碎步冲到董娥面前，正是杜亚男的妈妈罗翠花。

“好你个董娥，管闲事都管到初云来了！”罗翠花气焰嚣张，将腰一叉像个茶壶。

她转身对着众人扯开嗓子喊：“我就告诉大家伙吧，就是这位董老师，把我女儿教得现在都不认亲爹妈了！我们好不容易将丫头拉扯大，你们说我容易吗？她倒好，自己死了老公，现在要捡现成的孩子伺候她！你们也有孩子在云高上学吧？可得仔细看好了，别又被人抢走！”

人群闻言立刻开始窃窃私语，看向董娥的眼神也从一开始的好奇、看热闹，变成了防备和敌意。

议论与指责声越来越大，不管罗翠花说的话有几分真假，立场不同的人那就是敌人！

董娥全然不理会这些声音，将邹莽原从男人手上抢下后，拉着他就要走。

邹莽原扭动了几下，试图挣开董娥。

董娥回头：“别闹了！”

这一吼愣是把邹莽原吓得一怔。

董娥拖着邹莽原又要走，罗翠花一见这事儿不能就这么算了，整个人跟老母鸡似的张开了手臂挡住去路，嗓门拔得更高：“董娥——你这么护着，这小崽子别真是你跟邹大山的种吧！”

“罗翠花！”董娥也恼了，白着脸，声音颤抖，“不带你这么血口喷人的！”

罗翠花彻底不讲理了，指着董娥冲所有人喊：“你们有的人还不知道，当年董娥没事儿就往邹大山家里钻！除夕那天晚上我亲眼看见她披头散发从邹家后门出来，棉袄扣子都没扣好哪！”

“罗翠花！”

“要说你跟邹大山没一腿，谁信啊？你们大家伙信吗？”

人群静了一秒，瞬间轰动起来。

“啧啧啧，真看不出来……董老师居然是邹大山的相好？”

“知人知面不知心哪！”

“呸，不知检点！还老师呢！”

罗翠花这下得了逞，耀武扬威地瞪着董娥，只觉得心里说不出的畅快，总算报了先前的仇。

就在她还要继续大放厥词时，龛柜上的碗被人抄起直接蹭着她的脸飞了过去，“啪”的一声砸碎在墙上。

“啊——”

罗翠花吓得一蹦，身上撒满了咸菜，尖叫出声。

她还没叫完，一只蔫兮兮的苹果就飞进了她的嘴里，正中她的门牙。

罗翠花捂着牙“哎哟”起来。

“嘴是用来说话的，不是用来喷粪的。”江闻皓从人群中站出来，手里还握着另一只苹果。

罗翠花刚想发作，在看到江闻皓边上的覃子朝后，被他阴沉的眼神盯得瞬间就又哑巴了。

邹莽原看到江闻皓时也有一瞬的错愕。先前江闻皓站在人堆的最后，邹莽原并没注意到。现在与江闻皓面对面，邹莽原的脸上闪过一丝落魄，像是很不希望江闻皓看到他这副样子。

但这样的神情稍纵即逝，邹莽原冲江闻皓扯扯嘴唇：“你怎么来了？”

江闻皓没理他，跟覃子朝并排一起护在了董娥身前。

罗翠花见状想要退回到人堆里，被覃子朝拎着后衣领又给拽了回来。

“你把话说清楚。”覃子朝低沉的声音带着逼人的气场，吓得罗翠花又打了个哆嗦。

她拔高声音给自己壮胆：“怎么啦怎么啦！许她做还不许人说啦？”罗翠花边说边又怒瞪向董娥，“还人民教师呢，就知道让学生欺负长辈，打架斗殴！你算什么老师？”

拉她后衣领的手慢慢收紧上提，罗翠花瞬间脚尖点地，再次被吓得叫了起来：“杀人啦——来人哪——董娥杀人啦——”

“子朝，”董娥出声制止，“松开她。”

覃子朝的眼神依然森冷，手上的动作愣是又持续了会儿才缓缓放松。

罗翠花赶忙拍着胸口，庆幸自己没死在这狼崽子手上。

董娥挺直身板，目视众人，一字一句道：“我一辈子教书育人，自认从没干过任何不光彩的事。原本我不想说太多，但今天我的学生在场，我不想他们对我这个老师有任何误会。”

她深吸口气：“我是来过邹大山家，因为我看到邹莽原身上有伤。那晚邹大山喝多了，趁我在他家时就想……”

董娥像是回忆起了痛苦的事，瘦小的身子微微发颤，但眼神没有丝毫退缩。

江闻皓也没想到这背后居然还有这么一档子事，看着董娥的眸中带着吃惊，转而就变成越发汹涌的怒意，身侧的手不由得死死攥紧。

他现在终于明白了覃子朝当时的那句“董娥对邹莽原已经仁至义尽了”的含义。

“反抗的时候，我用花瓶砸了邹大山的头，趁机跑了出去。我原本要报警，但……”董娥闭了闭眼，眼前又浮现出当时的画面——

那一年，邹莽原应该还在上小学，她在初云的火车站附近看到他正被一群小孩儿拿砖头砸。

邹莽原的身上都是伤，起初董娥还以为是被那些孩子打的，后来才知道是邹大山。

邹莽原仰着脏兮兮的小脸拽住董娥的衣角，求她送自己回家。因为他偷拿了他爸的钱买摔炮，怕他爸打死他。

董娥也想了解下情况，就带着邹莽原回了家，没想到刚好就遇上了醉酒的邹大山。

在董娥打了邹大山从后门逃跑后打算报警时，一只小手再次拉住了她。

“阿姨，你把我爸抓了，我怎么办？”

董娥看着邹莽原乌溜溜的眼睛，有些愣住。她摸着邹莽原的头，想带他一起走，跟他说：“我来想办法，我们可以……”

她话还没说完，邹莽原就摇了摇头，认真道：“没有人会要我，这里的人都很讨厌我。”

“那你就跟着阿姨。”

邹莽原再次摇头：“阿姨，我不想当孤儿。”

那一霎，董娥迟疑了。

临走前，她再三跟邹莽原叮嘱，要是日后有任何事，就去云高找自己。但邹莽原一次都没有来，直到许多年后，他以高一新生的身份，出现在了自己的班上。

“知道我当时为什么不跟你走吗？”邹莽原突然轻轻开口。

董娥一愣，不解地望着邹莽原。

邹莽原顿了下，似笑非笑地看着她：“其实如果没有那晚的事，我大概真就跟你走了。但邹大山差点就把你强暴了，你觉得我会信你能真对我好吗？”他缓缓摇头，喃喃道，“我不信……我这张脸长得跟邹大山一模一样，所有人看到我都恨不得把我剁成肉馅喂狗。你也会的……在每次看到我的时候，你一定也会想起那晚的画面吧？”

董娥声音颤抖：“你当时应该跟我走。”如果走了，或许就不会有今天的邹莽原。

邹莽原又低笑了声，扭头看了眼放邹大山遗像的龛柜，眉眼间尽是嘲讽。

“你看，连神都不愿意可怜我，更何况是人呢？”他说着，将手从董娥手里缓缓抽出。

可下一秒，董娥的手再次握紧：“你现在跟我走！”

“我不！”邹莽原哑声大喊，狠狠推了董娥一把，“你别再管我了！”

覃子朝眸色一沉，眼疾手快地将董娥扶住，看向邹莽原的眼底尽是怒意。

或许邹莽原说得没错，这世上有一种人生于泥潭，根也深扎于此，从没见过阳光又怎会相信有光？

“董老师，你的遭遇咱们大家听完也都很同情。”带头的男人又说话了，“可邹大山的的确确欠了咱们初云镇不少。就先不说钱吧，邹大山带人来我家闹事，我老母被气得中风至今躺在床上……还有老张家，刚建好的新房第二天就被邹大山砸了个大洞。”

男人一个一个清点：“他们老王家，就因为在牌桌上赢了邹大山的钱，被他一顿毒打……还有老孙家、老杜家，你就说哪家没被邹大山欠过债？现在倒好，他俩眼一翻去见阎王爷了，你让我们的债找谁讨？”

“就是啊！”罗翠花探出头接话，“我家老杜被邹大山打得现在还拄拐呢！这笔账怎么算？”

“我家也是！”

“还有我家！”

“欠债还钱！”

“父债子偿！”

“欠债还钱——父债子偿——”

“欠债还钱——父债子偿——”

现场随着一声高过一声的吆喝，人群再次开始骚乱起来。

突然，被木桩撞坏掉的大门发出“吱呀——”一声，一双军绿色的布鞋踏了进来。

来人脚下生风，魁梧的身形在耸动的人头中格外显眼。他一边往前走，一边随手就把挡路的围观者搡到一边。

人群纷纷回头，江闻皓也跟着看去，眸子微微一颤，接着迅速看向覃子朝。

只见覃子朝绷紧了唇，目光冷沉地盯着来者，眯起了眼：“覃建军。”

覃建军也没想到会在这里见到覃子朝，张着嘴愣了两秒，直到被紧随其后的“深檐帽”顶了下腰，才想起来此的意图。

他甩甩头避开覃子朝冰冷的眼神，径直向邹莽原走去，脸上的横肉动了动，扯出一个笑来。

“好侄子，”覃建军拍了拍邹莽原的肩，“借一步说话？”

邹莽原扬了下眉，接着看好戏似的瞥了一眼覃子朝，勾起唇角：“好久不见了，覃叔。”

覃建军心里揣着事儿，也不想跟他多寒暄，耐着性子说：“咱们进屋聊。”说着便要去拉他，被他侧身避开。

“覃叔也是来要钱的？”

闻言，覃建军僵了下，往人堆里瞄了眼。

戴深檐帽的男人冲他点了下头，于是，覃建军又再次看向邹莽原，讪笑着说道：“我有东西放在你爸这儿，今天过来拿。”

邹莽原戏谑地望着他：“好巧，也是专门等他死后才来拿？”

覃建军被对方的口吻搞得窝火，但还是压着脾气，自顾自道：“是一只黑色的皮箱，你见过吗？”

见邹莽原不回话，覃建军将他往边上一拽，要进里屋，嘴上说着：“算了，我还是自己去找吧。”

邹莽原再次挡在他面前：“黑皮箱，我知道在哪儿。我去拿。”他说完，旁若无人地转身回屋。

现场来闹事的人都被这突如其来的状况搞蒙了，但看着覃建军凶神恶煞的样子，又都不敢贸然出头。

没过一会儿，邹莽原果然抱着一只黑色的皮箱从里屋走出来。

覃建军眼睛一亮，忙要去抢。

可下一秒，邹莽原已经先一步站在了凳子上。他居高临下地俯视着在场的每一个人，淡淡一笑。

戴深檐帽的男人眼神一寒，意识到不好。

只见邹莽原“啪”地按开了皮箱的弹簧锁，对所有人说：“不就是要钱吗？我给你们就是了。”

他话音刚落，皮箱就已经应声而开。

霎时，大把人民币像天女散花般撒了下来，混在闹事者带来的冥币里，一时竟分不清哪些是真的，哪些是假的。

现场彻底混乱了。

众人意识到邹莽原撒的是实打实的钱后，一拥而上开始疯抢，尖叫着、怒骂着、争夺着，热闹非凡……

覃建军大吼一声：“都给老子放下！”然后挤进了争抢的队伍里，随手抓起一个瓷瓶砸在了带头闹事的男人头上，跟他打了起来。

一阵北风猛地灌进了屋，吹得真钱、假钱到处飞扬，也吹开了里屋门框上的布帘。

床上邹大山的尸体一动不动僵躺在那儿，看不清五官，只能看到一双带泥的鞋底。

邹莽原仍站在椅子上，目光环视着这疯狂的场面，最后定格在江闻皓脸上，冲江闻皓牵起唇角笑了下。而后，他不慌不忙地从椅子上走下来，背对着人群一步步走出了屋子。

这次，没有人顾得上去拦。

戴深檐帽的男人眼见局面失控，咬牙暗骂了句，快步上前一把拉住覃建军就要离开。

此时的覃建军已经打红了眼，一拳拳狠狠砸向带头闹事男人的鼻子，嘴里不断怒骂："老子让你抢！让你抢！"

"深檐帽"再次将覃建军和男人强行分开，低沉地喝了句："别闹得不好收场。"

覃建军一愣，恢复了理智，跟着男人转身便走。

"站住。"一个高大的身影堵在了门口。

覃建军看清来者，通红的眼底布满血丝，指着覃子朝的鼻子大喝道："兔崽子，别挡老子道！"

覃子朝纹丝不动地屹立在门口，挡着覃建军的去路。

"你不能走。"

覃建军眼见董娥已经在报警，心知再这么下去绝对得出事儿。他一咬牙，朝着覃子朝就蛮撞了过去。

覃子朝身子一侧，另一只手跟着就死死掐住了覃建军的脖子，用力往里扣。

覃建军的脖颈上暴出根根青筋，他边挣扎边猩红着眼大骂："我去你姥姥的！儿子打老子，这是要反天哪！"

覃子朝任凭覃建军骂，就是不松手。他目光沉了沉，又使了几分力勒紧覃建军的胳膊，便是身材魁梧的覃建军也因窒息开始脚尖蹬地。

覃子朝架着覃建军，在他耳边冷声问："梁果的死跟你有没有关系？"

覃建军身体突然一颤，瞳孔放大："什、什么梁果？我不认识！"

他的下意识反应出卖了他。

覃子朝眸色越发冰冷，牙咬到下颌都跟着绷紧。

"覃建军，跟我去自首。"覃子朝说着，控制覃建军的手已经技巧性地一翻，将覃建军一个反擒。

覃建军痛呼出声，彻底没了反抗能力。

藏于人群中的"深檐帽"眼底一寒，认出了覃子朝的这套动作根本就是专业的警式擒拿。他暗暗向后退到门边，弯腰从地上拾起一根钢管。

此时的覃建军被覃子朝折着胳膊，知道自己绝不是覃子朝的对手，方才的嚣张已全然消散，放软语气哀求道：“儿子，算我求你，给爸一条活路吧。”

覃子朝抿紧唇维持着原先的动作，持续发力。

覃建军的眼里也蒙上了层泪水，像是在为一步步走到今天这无法回头的局面感到懊悔，嗓音沙哑：“儿子，你忘了以前我到北京打工的时候，还在洋快餐店里给你买过炸鸡腿？我当时兜里一共就二十块钱，全想着给你买东西了，自己扒火车回来的，睡在煤堆里……”

覃子朝的眸光隐隐颤动了下。

覃建军被他按着，只能脸部朝下，眼泪顺着鼻子滴到地上：“儿子，你真要把你爸往死路上逼啊？”

覃子朝咬牙闭了闭眼：“覃建军，我现在就是在救你。”

“你放屁！”覃建军突然情绪激动地怒吼起来，“你要把我送给警察！你就是要我死！”

他一边喊，一边又开始疯狂挣扎，试图摆脱覃子朝的钳制。

两人较劲之际，覃子朝全然没有注意到身后戴深檐帽的男人正拎着钢管一步步逼近……

那男人眼神突然一凛，高高举起钢管便要朝覃子朝的后脑勺砸去。

“覃子朝——”

江闻皓大吼了声，一个箭步冲上前将覃子朝护在了身后，手臂交叉举过头顶准备硬扛下这一击。

他闭紧双眼，心说：不就是个骨折吗，正好不用期末考了。

但意料之中的剧痛却迟迟没有落下来，江闻皓疑惑地稍一抬眼，只见覃子朝居然用一只手稳稳抓住了挥下的钢管。因为用力，他胳膊上的血管都突显了出来。

覃子朝表情冷戾，像头桀骜的狼。

“深檐帽”身材干瘦，一看就不是能打的，现下明显落了下风，见一击没能制敌，脸上的横肉都在发颤。

就在覃子朝决定把这人连同覃建军一起控制起来时，覃建军不知道从哪儿摸到了个烟灰缸，大叫着朝覃子朝的头用力砸了下去。

烟灰缸顷刻间就沾上了血。

覃建军如同魔怔了似的一下下挥起烟灰缸，狠狠怒砸覃子朝，嘴里不住地骂：“看你还敢不敢挡老子道！敢不敢！敢不敢！”

江闻皓怔了刹那，他怎么也无法想象一个父亲居然可以对亲儿子下这么重的手。

此时的覃建军面目狰狞，就像是混进人堆里的恶鬼。

下一秒，江闻皓一脚踹向覃建军的肚子。

覃建军也没想到这个看起来斯斯文文的小伙子居然有这么大力气，被踹得连往后退了好几步，“扑通”一下坐在了地上，紧接着胃里就是一阵翻腾，“哇”地吐了出来。

覃子朝捂着被烟灰缸砸出的口子，身体晃了几下后再次挺直腰板，鲜血顺着他的指缝流了出来，一片暗红。

江闻皓赶忙上前去扶他，董娥也大叫着冲了过来。

覃子朝推开江闻皓，一步步再次逼向覃建军。他满头满脸都是血，看起来十分瘆人，一双森冷的眼睛死死盯着覃建军，每走一步都带着极致的窒息。

覃建军吓得不断后挪，额角滑下一滴冷汗。他尝试着想要起身，可腿就是不听使唤地一个劲儿在抖。

“覃子朝……你、你要干什么……我警告你，别乱来啊……”

覃子朝将覃建军逼到了墙角，伸手抵着他的颈椎骨节向下一按。

覃建军只觉得浑身一麻，跟着就趴在了地上。

覃子朝迅速解了覃建军的皮带，将他的手牢牢捆在身后。

纷乱人群中的“深檐帽”一看覃建军这下怕是跑不了了，一咬牙，独自冲出了大门。

覃子朝见状要去追，被江闻皓一把拉住了胳膊：“先去医院！”

覃子朝紧抿着唇，浓稠的血挂在下巴上，又湿又黏。

江闻皓的心像是被无数针扎了般疼，见覃子朝不为所动，又轻轻扯了扯他的袖子，放低了声音：“覃子朝，你听话。”

覃子朝的目光沉了沉，这才将视线再次缓缓移到了覃建军身上，吓得覃建军又是一抖。

另一边，“深檐帽”仓皇逃出邹家，在路口的转弯处，“咚”地撞上个人。

“哎哟！尼莫（你没）有长眼咧！”那人骂了句。

“深檐帽”无暇顾及，又将帽子往下压了压，盖住眼底的慌乱，匆匆骑上了停在树荫下的“二八大杠”自行车。

待他走后，被撞的黄毛少年从兜里掏出翻盖手机：“喂祁叔！看到他咧，往南边跑咧！”

傍晚的镇医院内，江闻皓独自坐在急诊室外的长椅上，时不时起身走两圈。他着实太讨厌医院了，尤其是空气里这股消毒水的味道，总让他产生一种不安的焦躁感。

董娥被后来抵达邹家的警察叫去了解情况，覃建军跟其他几个闹事者也都被带走了。

闹事的人员被驱散，邹莽原不知去了哪里。

混乱结束，一切又突然回归了平静。残阳斜照进走廊，在墙上落下一块黄色的光斑，静谧得就好像这只是一个再平凡不过的下午，什么都没有发生过。

急诊室的门开了，覃子朝头上缠着纱布从里面走出来。

江闻皓见状赶忙迎上去。

覃子朝冲他扯了下唇："没事。"

跟在覃子朝身后出来的小护士听完白了覃子朝一眼："什么没事！裂那么大一条口子，跟小孩儿嘴似的！得亏没内出血！"

她说着，把缴费单和处方笺往江闻皓手里一递："你是他弟弟吧？前面直走右转缴费。回去以后伤口千万别碰水，多静养休息。"

"谢谢。"江闻皓接过，对覃子朝说道，"你在这儿等着，我去缴费。"

"我自己去吧。"

江闻皓面无表情地盯着覃子朝。

覃子朝也知道他一直在压着火，老老实实地道歉："我错了。"

"你知道错什么？"江闻皓冷哼了声转过身，"还好伤在头皮上，这要是整破相了，看你日后怎么讨老婆。"

江闻皓嘴上没好气的，但还是麻利地跑去收费处缴了费，又给覃子朝拿好了药，两人一起出了镇医院。

夕阳此时已经落得只剩下一层金边。小破镇上也没法打车，江闻皓只能跟覃子朝慢慢往家的方向走。

江闻皓先开口："董娥处理完事就先回学校了，她让你别急着回去上课，在家多休息几天。"

覃子朝没说话。

江闻皓知道他多半不会听，也只是把董娥的意思传达到。

"你包扎的时候祁叔给我打了个电话，说你这次做得不错，剩下的事就交给他来办。原话。"

覃子朝轻轻"嗯"了声："知道了。"

江闻皓舔舔腮帮，知道覃子朝虽然现在看起来很平静，但心里应该还是不好受。毕竟覃建军是他亲爸，下手的那一瞬间却是真想要他死。

"小皓。"覃子朝顿了下，缓声道，"回去之后别跟我妈说今天的事，也别提覃建军。我头上的伤就说是上体育课不小心摔的。"

江闻皓闻言扬眉："你是被砸傻了吗，覃子朝？初云镇就这么大，东南西北挨着走一圈也要不了两小时。邹家又离你家这么近，你觉得你妈会不知道？"

覃子朝抿抿唇，知道江闻皓的话其实在理。

江闻皓轻叹了口气：“你瞒着她，她反而更担心，不如实话实说。”

覃子朝想了下，缓缓点点头：“你说得对。”

江闻皓看着他头上缠的纱布，不禁又有些心疼：“你这会儿感觉怎么样？头晕不晕？恶不恶心？”

覃子朝见江闻皓冷着张脸，却难掩关切，心里也跟着柔软起来，冲他扬了扬唇：“有点儿。”

江闻皓面无表情地扯过覃子朝的一只胳膊，架在了自己的脖子上。

“这样好很多。”覃子朝道。

江闻皓“啧”了声：“我怎么以前没发现你这么多毛病呢？”

他虽然这么讲，但依旧还是这么揽着覃子朝。

夕阳将他们的影子拉长，两人一起走进最后的余晖里。

第十九章 尾冬

两人回到杨志祁给徐秋云租的房子时，天光已经彻底暗了。

街灯在地上打出一个光圈，徐秋云正站在灯下着急地张望着。直到看见覃子朝和江闻皓从远处走来，她才稍稍松了口气，迎上前来。

覃子朝看到徐秋云，也停下了脚步，轻唤了句："妈。"

徐秋云的目光在覃子朝缠着纱布的头上停了很久，眼神颤了又颤，这才勉强冲他笑了下："怎么去了这么久？医生说什么了？"

这话一出，覃子朝和江闻皓当即就明白，徐秋云大概已经全知道了。

覃子朝温声安慰："医生说就是破了个口子，开点药涂了就好了。"

徐秋云不放心地看看江闻皓。

见江闻皓冲她点点头，她这才又对两人努力牵牵唇，说："晚饭已经做好了，快回家吧。"说完，她先转过身去，抬手抹掉了眼角泛出的泪花。

这之后，他们都没聊起关于白天发生的事，徐秋云也没多问。

吃完了饭，覃子朝正准备洗碗，被徐秋云拦下。

"你们两个聊会儿天吧，我洗碗很快的。"徐秋云边说边进到了厨房里，打开水龙头兀自洗刷着碗筷。

覃子朝站在门外，看着她的眼神里带着担忧。

"朝朝……"徐秋云洗了会儿，手上的动作稍稍一停，仍是背对着覃子朝，轻声说，"妈妈对不起你。"

覃子朝闭了闭眼，随即大步迈向徐秋云，从身后将她一把揽住。

"别这么说。"

瘦小的徐秋云让覃子朝这么一揽，完全被他宽阔高大的身形包裹住。有那么一瞬间，她感到有些恍惚，记忆里的覃子朝似乎还是需要被自己用手牵着蹒跚学步的样子，怎么一眨眼工夫就长这么大了？

“让你担心了，妈。”覃子朝低叹了声。

徐秋云转过身，将手在围裙上擦了擦，接着用指尖轻轻碰了下覃子朝头上的纱布，眼眶再次泛红。

她吸了下鼻子缓缓情绪，再次挤出个笑来，轻声说：“出去吧，医生不是让你多休息吗？”

覃子朝点点头：“你也早点睡。”

“我洗完碗就睡了。”

虽然这么说，但覃子朝还是先等徐秋云回屋休息了，确保她情绪稳定后才算真正舒了口气。

他知道，今天无论是覃建军的出现还是自己受伤，每一件事带给徐秋云的恐惧无疑都是巨大的。

一直以来，徐秋云都像是个在走钢丝的人，进退两难。眼前的路这么窄，下面则是深坑，她不得不时刻保持警惕，活得胆战心惊，似乎“担忧”这个词已经融入骨血，成了她生命中的一部分。

江闻皓洗完澡从浴室里出来，头发湿漉漉的，看到覃子朝独自坐在桌边，眉目深沉。

他抿抿唇，走到对方身边，喉结动了下：“你要不去冲个澡？我帮你。”

覃子朝回过神，冲他牵牵唇，抽开身旁的椅子让他坐。

屋外又开始飘雪，在窗台上落了薄薄一层。

就在此时，一道急促的敲门声响起：“桌哥，是我！三子！”

覃子朝和江闻皓倏地起身，都怕再吵醒徐秋云，火速到门边打开了门。

没等三子说话，两人就一边一个把他架回了外面。

覃子朝反身轻轻把屋门重新带上，这才转身问：“怎么了？”

三子抓着他那头金灿灿的小黄毛：“祁叔到现在都还没回来咧，我心里慌滴很哪！”

覃子朝沉默了下：“你别着急，先把事情原原本本说一遍。”

三子点点头，咽了口口水：“之前我就给你说过咧，祁叔这段时间一直很忙，经常不在店里。邹大山死咧，我就把这事儿给他说了嘛。他不在镇里，就让我去邹大山家看看有没有一个五十来岁、脸上有块疤的男人，有的话就偷偷跟上！我正往邹大山家赶，刚好就撞到那个人急急忙忙跑出来！好家伙，看着就贼头贼脑的，不像好人！我就一路跟着他……”

“然后呢？”江闻皓蹙眉。

三子挠头，一脸愧色：“跟丢咧，老东西钻得比泥鳅还快！”他顿了顿，“后来祁叔就说这事儿不让我管咧，到现在都没见他的人影。”

覃子朝听完，隔了会儿没说话，末了冲三子点点头：“行，我知道了。”

他放缓语气，拍了下三子的肩，“祁叔肯定有他的想法，做事也有分寸，你别太担心了。”

见三子仍有些紧张，覃子朝冲他安慰地笑了笑：“别忘了祁叔是什么人。”

“枪、枪王！”三子精神了一秒就又蔫了，“可他现在就是个小老板！早没枪咧！”

“一点小事也用不到他拿枪。”覃子朝冲三子递递下巴，“先回去吧。”

三子犹豫地点点头又摇摇头，最后还是听话地离开了。

他走后，覃子朝回头冲江闻皓小声说道：“咱们也进屋。”

江闻皓面无表情地盯着覃子朝：“你要去哪儿？”

覃子朝被问得怔了下。

江闻皓接着说：“你是不是要等我睡着以后，再一个人偷偷出去找祁叔？你嘴上说着让别人不要担心，其实自己明明也在担心。”

见覃子朝不语，江闻皓皱眉，语气加重：“覃子朝，你这人总这样，什么事都往心里藏，什么责任都往自己身上揽。可你有没有想过，你并不是只有一个人。董娥也好，云姨也好，我也好……你想以一个保护者的身份在我们身边，我们也是一样的。”

覃子朝静静听着，在他的印象里，江闻皓是一个很少会一次性说这么多话的人。

江闻皓抬起头，注视着覃子朝的眼睛：“我也想保护你的，覃子朝。”

雪将地面铺上了一层白，两人全副武装后锁好了家门。

“先去哪儿找，有计划吗？”江闻皓问。

覃子朝看着深夜里像是走不到头的巷子，沉思了下：“邹家。”

江闻皓疑惑地眯了下眼：“你是说，那个‘深檐帽’还会再去邹家？”

“今天在葬礼现场，覃建军和那人突然造访，事情还没办完就被邹莽原给打乱。”覃子朝顿了顿，“他应该不会就这么放弃，并且会很快再到邹家去，否则一旦覃建军把他咬出来，行动就不像现在这么方便了。”

“咬……出来。”江闻皓一下就抓住了这句话的关键。

今天警察来了后，把那些寻衅滋事的人通通带了回去批评教育，其中就有覃建军。但只是如此的话，覃子朝不会用“咬”这个字。

除非覃建军的身上还背着其他案子……

覃子朝停下脚步，深吸了口气，缓沉道：“小皓，这件事我之前一直没有告诉你，是因为这背后牵涉的东西实在太复杂了，我怕你万一被卷进来。”他停顿了下，“有个叫梁果的警察在多年前执行任务的时候牺牲了，当时给出的调查结果是意外。但事实上，他的死很可能跟覃建军还有那个男人有关。”

“所以祁叔……”

“祁叔和梁果是好朋友，但警种不一样。梁果叔是初云镇派出所的民警，祁叔过去是刑警。”

“怪不得三子叫他‘枪王’。”

“关于祁叔身份的事也没几个人知道。梁果叔死后不久，祁叔就不做警察了。我先前也不知道为什么，祁叔一直就没想着回他老家牡丹江，而是在镇上开了家汽修店，一干就是多年。直到现在我才明白……”覃子朝话音一沉，“他是在等，等着给梁果叔一个交代。”

深夜的邹家，阴森冷清。

龛柜上的蜡烛早熄灭了，遗照上的邹大山神情冰冷地注视着一室的狼藉。

邹莽原拿着扫帚，把白天被人打碎的锅碗瓢盆，以及那些人没来得及带走的真钱假钱通通扫进簸箕，又倒进了垃圾桶。

一阵寒风从窗里钻进来，掀开了停放邹大山尸体的里屋的布帘。

若是换作旁人，怕是一刻也不想在此处多待，偏偏邹莽原神色从容，眉眼间竟还透出几分轻松。

突然，邹大山躺的那张木床发出一声响动。

邹莽原皱皱眉，迟疑地朝里屋走去。

他借着屋外雪映的光，打量着床上一动不动的邹大山。见邹大山并没有任何异况，他于是转身离开。这时，一只手突然从床下伸了出来，一把拽住了邹莽原的裤脚。

邹莽原呼吸一窒：“谁？”

下一秒，一个黑漆漆的人影从床底下猛地爬了出来，将邹莽原的惊叫声捂在了嘴里。

“别说话。”人影勒在邹莽原脖子上的胳膊不断发力，捂嘴的手也不留一丝缝隙，哑声威胁道，“敢把人叫来，我就掐死你。”

邹莽原的眸子颤了颤，听话地点了下头。

那人这才稍稍放松了些力道：“我问什么，你说什么。懂了？”

邹莽原又缓缓点了下头。

那人捂他嘴的手这才算是松开了，他忙大口呼吸了几下，转身朝那人看去。

对方戴着帽子，一双刀似的眼睛藏在帽檐下面，右眼眶边还有道蜈蚣似的疤。

“黑皮箱里的东西呢？”男人问。

邹莽原张张嘴：“我不是已经给你们了吗？是那些来闹事的人要抢，你可以去找他们要。”

“少装蒜！”深檐帽目露凶光，“我要的不是钱！”

他说着，毫不避讳地坐在邹大山的停尸床上，随手在床单上摸。

“邹大山带回来过一个神像，你见过吗？”

邹莽原低着头，闻言眸底划过一丝暗光，神像……是之前一直放在龛柜上的那个？

今早他把邹大山的遗照和那神像调换后，顺手就把那不保佑人的东西扔进后院不远处的化粪池里了。但他不能说，否则眼前这来历不明的人指不定会先杀了他。

邹莽原紧张地咽了口口水，额上落了滴冷汗，点点头，说：“好像见过。”

“在哪儿？”

“我、我得找找。”

“找。”

“深檐帽”坐在床上，从兜里翻出烟盒，叼了根烟在嘴里点燃，深深吸了一口。此时，他的手同样也在微微发颤。

覃建军以寻衅滋事罪被抓进派出所，现在其他人都已经放出来了，唯独他没有。他深知不能再这么耽搁下去，必须尽快找到东西立刻离开初云镇。

烟头的火光在黑暗之中明灭着，邹莽原战战兢兢地问：“我能开下灯吗？太暗了。”

“少废话！快找。”“深檐帽”咬着烟嘴，起身到外屋拿过龛柜上熄灭的蜡烛，将其再次点燃立在床边。

邹莽原佯装翻找，把里屋的柜柜角角全都来回翻了一遍。

深檐帽看了眼时间，脸上的焦躁更甚：“还没找到？”

邹莽原后背一僵：“里、里屋没有，好像在外屋。”

“深檐帽”抬眼打量了邹莽原一番，阴沉道：“你小子最好别给我耍花招。”

他说着举过蜡烛，跟着邹莽原挪向外屋。

邹莽原见“深檐帽”俯身插蜡烛，眸光蓦地一聚，拔腿便朝大门跑。

邹家的大门今天被撞坏了，不用开锁就能直接跑到街上去。

“深檐帽”见状暗骂一声，在邹莽原只差一步便能逃脱时，猛地抓着他的头发又把他拖了回来，死死按在地上，接着挥起一拳打向了他的侧脸。

邹莽原的脸登时就肿了起来。

“白天就是你小子搅局坏事，现在还敢逃跑？”“深檐帽”掐紧邹莽原的脖子，把他的头狠狠往地上撞，眼中布满血丝，“东西呢？老子的神像呢？”

邹莽原眼冒金星，后脑勺接连被撞击让他止不住地恶心，浑身都开始瘫软。

就在他即将丧失意识时，骑在身上的男人突然被一脚踢翻了。

蜡烛倒在一边，火光垂死跳动。

邹莽原认识这个人，是在不远处开汽修店的杨志祁。他连滚带爬缩到了墙角，瞪大眼看着杨志祁和那个男人在火光中扭打在一起。

戴深檐帽的男人显然不是杨志祁的对手，很快便落了下风。

杨志祁几记猛拳直接将男人揍到没了还手之力，然后掰着他的胳膊将他压在了桌子上，牙咬得肌肉都在颤抖。

"十年前的五月二十号凌晨，你和覃建军在杜陵山的山道上被一个警察拦住。他当时在出其他现场的途中，看到你们后车盖没关好，好心提醒，你们担心盗墓的事情败露，在他的车上动了手脚，让他连人带车翻下了悬崖，伪造成一起意外……"

"深檐帽"瞳孔放大，惊慌地大吼："你说什么！什么警察什么盗墓，老子听不懂！"

"那是个西汉的韦陀金铜像，你们说什么都不会让邹大山独吞的。我就知道你们有一天一定得回来！"杨志祁说着又是几拳，打得男人鼻血喷涌，"得知邹大山时日不多，你们就想在他死前，从他嘴里套出杜陵山汉王墓的具体地点，但邹大山直到死都没有告诉你们。你们不甘心，就想将金铜像带走。"

"你到底是谁？"

杨志祁没说话，眼神在火光中熠熠凛动。

他隐没在这初云镇一晃就是十年，事到如今，他总算收集齐了全部证据，拼凑完整了所有碎片，像蛛网上最沉得住气的猎捕者，静待这些蚊蝇落入网中。

"韦陀像已经交给警察，覃建军也被依法拘捕等待进一步调查。"杨志祁定了定，"警察马上就到，黄家贵，你逃不掉了。"

被叫作黄家贵的男人闻言，突然哑声笑了起来，嗓音在没有一丝生气的屋中显得分外瘆人。

"原来是寻仇的……"黄家贵的鼻子还在出血，门牙也被打掉了半颗，嗓音嘶哑，"你说那个小警察，他放着好好的路不走，干吗非要来查我的车？这不是妥妥找死吗？"

"闭嘴！"杨志祁暴喝出声，挥拳又要打。

黄家贵突然神情一凛，找到空隙从兜里掏出事先准备好的硫磺粉，一把扬向了杨志祁的眼睛。

杨志祁闷哼一声，顿感眼睛传来剧烈的疼痛。

黄家贵趁势从腿腕处拔出一把弹簧刀，朝着杨志祁的胸口就扎了上去。

"去死吧——"

刀尖泛着寒光捅向杨志祁，被他徒手抓住了刀刃，鲜血顺着掌缝不断涌出。

黄家贵咬着牙继续拼命发力。

就在双方陷入生死僵持之际，杨志祁觉得自己的体力正在迅速流失时，一记闷棍狠狠砸向了黄家贵的后颈。

黄家贵甚至还没来得及痛呼出声，便两眼一翻倒在了地上。

覃子朝抄钢管的手仍没有放松，江闻皓则是迅速上前把那把弹簧刀踢远。

杨志祁闭眼深吸口气，片刻后才彻底泄力瘫坐在地上。

覃子朝没先顾着跟他说话，反身抽了黄家贵腰上的皮带，迅速将黄家贵的双手捆紧，这才快步来到他跟前，和江闻皓一起把他扶了起来。

“没事吧，祁叔！”

“呵。”杨志祁低哑地哼笑了声，喃喃低叹着，“好小子、好小子……”

东方隐隐有了要亮的趋势。

警笛声在破晓前响彻天际。

至此，覃建军和黄家贵彻底落网，他们很快便交代了所有的犯罪事实。

原来二人连同邹大山曾经是一个盗墓团伙，彼此间都拿捏着对方的把柄，相互制衡。

后来邹大山跟两人闹掰拆了伙，黄家贵便和覃建军一起离开了初云镇，这些年一直不断辗转于各个城市，偶尔也还是会接上几单生意。

但他们满脑子心心念念的依然还是初云杜陵山内的汉王墓，以及被邹大山私吞的那个韦陀金铜像。

于是，一切都如杨志祁所说的那样，在得知邹大山时日无多后，两人便重返初云，一来是想拿走金铜像，二来便是想逼邹大山告诉他们汉王墓的地点。

关于杀害梁果并伪造成意外的事，两人起初还想抵赖，但在面对杨志祁这些年所收集的一件件证据时，终是哑口无言，只得认罪。

再然后，在杨志祁的帮助下，警方很快发现了杜陵山的那座汉王墓，立刻将其保护起来，并联系了相关部门。这件事一时间被传得沸沸扬扬，让原本名不见经传的初云镇彻底风光了一把。

当然，这些都是后话。

冬日迎来了一个艳阳天，看守所内，覃子朝隔着玻璃再次见到了覃建军。相较于之前的两次，此时的覃建军明显蔫了许多。

覃子朝这才发现覃建军的两鬓已经花白了，脊背也变得佝偻，整个人显现出一种老态。

见到覃子朝，覃建军愣了愣，随后在管教的看守下坐在了椅子上。

覃子朝看到他的手上戴着手铐，垂在两腿间。

时隔多年，两人总算有了面对面好好说话的机会。

覃建军僵硬地扯了下嘴角，面对这个突然一下就长大的儿子也不知道要怎么开口，嘴唇反复张合了半天，问了句："你妈没来啊？"

"她不会见你。"覃子朝冷声道，"你不配。"

覃建军想恼，但碍于管教在旁也不敢造次。

覃子朝又沉默了会儿，从兜里掏出一个东西摆在了覃建军面前。

"这个还你。"

覃建军凑近那东西打量了几眼，似乎想不起来这到底是个什么玩意儿。

"这是你从北京的麦当劳给我带回来的。"覃子朝丝毫没有因为覃建军的遗忘产生任何情绪波动，语气淡淡的。

覃建军这才想起来，缓缓点头："对……对对……是这个，以前觉得高级，现在看着怎么这么旧？"

覃子朝没回话，只是端正地坐着。

覃建军将视线从玩具上重新转回覃子朝的脸上，由上至下地反复看了他好几遍："你还在上学吧？还是工作了？"

"高中。"

"好，好啊，比老子有出息。"覃建军挪动了下身子，换了个姿势，手铐发出金属碰撞的响声，"好好学习，将来考个大学，出人头地，这样我老覃家也算是……"

"覃建军，"覃子朝冷声打断，抬眼看着覃建军，"你后悔吗？"

覃建军表情僵滞了下，先前脸上的笑还没来得及收回。

他嘴角抽动，又挪了挪身子，被铐在一起的双手往上抬了抬，放下，又抬了抬，最后捂住了脸。

"嗐！"覃建军使劲抹了把泪，又笑，"嗐……"

眼泪越擦越多。

覃子朝无声地看着玻璃那边的男人从尴尬到失落再到情绪崩溃，始终都是一副冷眼旁观的态度。

他最后又低声跟覃建军说了句："好自为之。"便转身朝着门外走去。

他再没回头看覃建军一眼。

看守所的大门缓缓打开，一束雪亮的阳光照了进来。覃子朝抬起头，就看到阳光底下站着个人。那人脸上依旧没有过多表情，双手随意地揣在兜里，还是那副懒懒散散的模样。

见到覃子朝出来，江闻皓抬脚缓缓朝覃子朝走去，语气带点不耐烦："怎么这么久？"

覃子朝冲他扬扬唇，刚想跟他道歉，对方却突然张开手臂，拥抱住了自己。

江闻皓一只手在覃子朝的后背上安抚地拍了拍，还是不太知道该怎么讲安慰人的话。

与此同时，一辆摩托车由远及近，停在了江闻皓和覃子朝边上。

“我也要跟桌哥抱抱咧！”三子一脚支地，露出一排白牙。

另一辆车上的杨志祁淡淡扫了两人一眼，也没多说，冲三子道：“钥匙给他俩，你到我车上来。”

“好咧！”三子将摩托车钥匙一拔，抛给覃子朝，覃子朝稳稳接住。

“跟上了。”杨志祁也没说具体要到哪儿去，一加油门骑到了前面。

江闻皓和覃子朝对视一眼。覃子朝示意江闻皓上车，随即也利落地扣好头盔。

摩托车发出一声长啸，瞬间追了上去。两辆车一前一后出了镇子，进入盘山道。就这么在深山里又骑了会儿，在快到山顶的位置停了下来。

杨志祁从摩托车上跨下来，朝着悬崖缓步走去。

覃子朝和江闻皓多少已经猜到了这儿应该就是当年梁果出事的地方，都一言不发地跟在杨志祁身后。

群山连绵，山尖上的积雪在阳光的照耀下闪着金光，成片的松柏在白雪的覆盖下依旧笔挺地屹立着。

一只松鼠从四人面前跑过，看到他们后吓得扔掉手里的松果，迅速蹿到了最近的一棵树上。凛冽的风带着松针特有的清新，吹得松林“哗哗”作响。

杨志祁从皮夹克里掏出一盒烟，自己点了一根叼在嘴里，又额外点了根放在了悬崖边。

“果子狸，仇我可给你报过了啊。”杨志祁说完这句话，就又沉默起来。

直到一整根烟抽完，他才重新开口道：“兄弟，你听到没有？”

覃子朝和江闻皓站在几米开外的地方，默默注视着祁叔挺得笔直的后背。一瞬间，江闻皓从他的身上又感受到了那种自愿承受的孤独。

三子想要上前安慰几句，被覃子朝拉住。

杨志祁蹲下身又点了根烟，夹在指间让它自行燃着，只是过一会儿就弹一下烟灰。

最后，他从怀里掏出了他一直带在身边的锡制酒壶，将其拧开，把里头装着的大半壶酒倒下悬崖，随即后退两步，猛一抡手臂，将那酒壶也扔下了山涧。

“我打算去趟贵州，看看梁果的老娘。”杨志祁背对着三人说，“汽修店就留给子朝和三子，子朝学习紧，三子先看着店。日后要是三子你能自考上大学就把铺面租出去，租金给你俩当生活费。要是考不上，就随便做点什么小买卖，赚的钱你们哥俩分。”

覃子朝闻言蹙起眉：“你要离开初云？”

杨志祁叼着烟笑了下，转头看着他们：“我在这儿的事情已经全部了了，再留下去也没什么意义。”他再次望向连绵的群山，舒了口气，“出来得久了，现在想回家了。”

“回牡丹江吗？”江闻皓问。

“嗯哪。”杨志祁第一次说起了方言，“回家整个小烧烤店啥的，以后有机会来东北，请你们吃正宗东北烧烤！”

“祁叔……”覃子朝抿唇，“梁果叔让我照顾你。”

杨志祁回到覃子朝身边，使劲拍了两下他的背，笑道：“咋的，还盼着给你叔养老送终啊？”

“我不是这个意思，我只是……”

“行了，天下没不散的筵席。”杨志祁说着，冲覃子朝一点下巴，“你跟我过来。”

覃子朝跟着杨志祁走到了一棵松树下。

杨志祁弹了下烟灰，说道：“出来前我去跟你妈简单说了下覃建军的情况，她这辈子不容易，眼下总算能歇口气儿了。”

覃子朝仍皱着眉：“你打算什么时候走？”

“后天晚上，到贵阳的票。”杨志祁掐灭烟头，郑重其事地看了覃子朝一会儿，“你小子有才，好好学习，将来一定能混得比我们都强。”

“祁叔。”

“别祁叔了。小子，叫声师父来听听？”

覃子朝抿紧了唇，片刻后低声喊了句：“师父。”

“好孩子，未来的路不好走，但还是要勇敢大步地朝前迈。”杨志祁再次望向群山，目光悠远，“你们都将成为更好的自己。”

杨志祁走的那天，没有让任何人来送。

他只背着一个包，拉了个行李箱，一如许多年前刚来初云时那样随性、简单。

火车开动前，他又最后看了眼这个不出名的小镇。从年少时的意气风发到如今发尾覆雪，终归是对得起一句无愧于心。

汽笛呼啸着钻入山洞，北风间依稀又开始飘雪。

年关就这样近了。

临近期末的云高笼罩在一片紧张的气氛里，隐约间还潜藏着些即将放假的躁动。

董娥近来的状态似乎转好了不少，脸色也比之前红润了些。

在这位班主任的带领下，所有老师每天都跟打了鸡血似的往返在办公室和教室之间。通常上午第一节课才发下的卷子，大课间就能改完，而后现评现改现换下一份试卷。

在这样的节奏里，跟不上的同学就很容易焦虑，特别是在一班这样的重点班，谁都不愿意掉队。

于是深夜宿舍楼的自修室差不多成为一班学生们的据点，几乎不到被宿管催着离开，就绝对不会踏出这里一步。

当然也有例外，比如江闻皓。

面对高压的学习环境，他像是被一层保护膜罩着，在自己的节奏里继续每天吃饭、睡觉、撩拨吉他，丝毫看不出一点着急的样子。

大家对此也见怪不怪，都知道江闻皓是大城市来的少爷，没必要像他们这样挤破了脑袋跃龙门。有一种人生来家就住在龙门边上，还修了电梯，在所有人一心冲向终点时，他可以不慌不忙地留意路上的风景。

因而，像梁子洋之类的人会对他羡慕忌妒恨，每天咬牙切齿。

一些深谙此理的老师也会对他睁一只眼闭一只眼，只要他别扰乱课堂秩序，其余就由他去了。

只有两个人坚决不肯放过他，一个是董娥，另一个就是覃子朝。

数学课下课，但铃声似乎无法在一班做出上下课的分界，只是提醒他们将要从一场战役过渡到另一场战役。

前排的同学转过头，拿着卷子小声问覃子朝："班长，最后这道大题我还是没太听懂，能给我讲讲吗？"

覃子朝停下笔，发现除了前排同学，他身边还围着不少人，其中有个是数学科代表郑强的同桌。

"都是最后这道题吗？"覃子朝问。

大多数同学都说："是。"

郑强的同桌递了递她的卷子："我不是，我是这个函数。"

覃子朝点了下头："行，那我还是先讲最后这道。函数你可以去问下郑强，他做对了的。"

郑强的同桌闻言皱皱眉："算了吧，问他我宁肯一辈子不会。"

她这句话声音故意放得挺大，正在做卷子的郑强听到后抬眼剜了她一眼，小眯眼皱在了一起。

隔着不远的刘宇跟梁子洋互换了个眼神，幸灾乐祸地笑起来。他们都知道郑强一直喜欢他同桌，偏偏他同桌烦他烦得要死。

江闻皓正睡着觉，只觉得周围的空气变得很稀薄。他懒懒抬眼瞄了下，身边都是人，于是不耐烦地换了个姿势，拿脸对着墙，偏偏再也睡不着了。

他抓了把头发站起身，打算出门透透气。他刚抬脚，便被覃子朝钩着衣角拉了回去。

"上哪儿？"

江闻皓垂眼看向覃子朝：“热，出去吹风。”

“过会儿再吹。”覃子朝从江闻皓垫下巴的书下面抽出他的数学卷子，“跟着一起听，不难。”

“不要，听了也不会。”江闻皓说着又要走，再次被覃子朝拽住。

覃子朝不再跟他多说，就这么一边拉着他，一边在卷子上给大家推演着解题步骤，讲解的声音不急不缓。

江闻皓挣了挣，根本挣不开。看着覃子朝专心给人讲题的样子又不好打断，他被强行扣在原地，一脸不爽。

身边的同学对此早已见怪不怪，最近这样的事几乎天天发生。

起初他们还担心班长会被江闻皓打，后来发现江闻皓也没怎样，反而每次都是他先妥协，一脸不耐烦地重新回到座位上，直到班长把题讲完。

覃子朝讲解完最后那道大题，把卷子还给前面的同学。不得不说，他非常擅长讲解，每一步逻辑清晰还简单易懂。

江闻皓愣是在非自愿的情况下，听明白了这道题的解题思路。

见人群好不容易散了，江闻皓抽手要跑，再次被覃子朝摁下。

覃子朝抬头对郑强的同桌说：“我看还有点时间，这题你哪儿不会？”

江闻皓无语。

午后的阳光照在教职工办公室里，董娥站在窗边，正拿着一只水壶给她的绿萝浇水，一转头就看到了在门口站着的江闻皓。

她招招手示意他进来，从抽屉里掏出一张纸：“这是路老师家的地址，之前子朝给你的琴弦，还有我给你的拨片，都是从他那儿寻摸来的。”

江闻皓接过纸瞄了眼。

董娥：“我跟路老师说好了，以后你周末有空就去找他，让他指点指点你弹吉他。我查了下现在不错的音乐学院的相关专业，分不高。你努努力，再精进下特长，应该还是有戏的。”

“是你给覃子朝支的招？”江闻皓抬眼问。

“什么招？”

江闻皓顿了顿：“强买强卖。”

董娥“扑哧”一乐，有些幸灾乐祸：“这不挺好吗？”

江闻皓一脸不爽：“他下课不让我上厕所，晚上还不让我睡觉，一天到晚跟老和尚念经似的。”

“你这是来找我告黑状呢？”董娥转身继续浇她的花，“没用！他是我的班长，我肯定向着他。”

江闻皓撇撇嘴。

“你别看子朝总是随口跟你讲题，实际上他根据你的情况认真制订了计划的。”董娥摘掉了片泛黄的叶子，“这点做得比我们这些当老师的还用心。你其实底子不差，现在追还来得及。”

江闻皓细想了下覃子朝这段时间找的题，还真都是那些他有余力能搞得懂的。

董娥：“你也不小了，别一天天学习还得靠哄。”她说着将水壶放在一边，“想要逃离糟糕现状的前提是，你得自己先变得强大。你说呢？”

江闻皓不知道董娥对自己的情况到底了解多少，但他知道她说得没错。

在没遇到覃子朝之前，他的目标只是远离那个令他厌恶的家，离开江天城和江天城的家人。但在遇到覃子朝后，他竟开始期待起了未来。

“等来年开春的时候，我准备在楼下种几棵向日葵。”董娥透过窗户望向楼下的那排花坛，“云高在最早的时候只有这一栋教学楼，那时候楼下就有一整片向日葵，在太阳底下金灿灿的，很漂亮……啧，可惜了。”

“你最近身体怎么样？”江闻皓问。

“好多了！”董娥笑了笑，“往年冬天嗓子都会不舒服，今年算是很不错的了！”

江闻皓点点头：“那就好。”

“江闻皓。”董娥顿了下，回头看向他，“到时也来帮忙吧，等春天到了。”

“嗯。”江闻皓淡淡应了声，“瓜子熟了记得分我一半。”

第二十章 新年

寒假到了，这次的期末考试江闻皓居然进步了六十多分，尤其是数学，还成为少数几个做对一道公认难题的人。

他的成绩虽然在一班仍是垫底，但已经有不少师生对他有所改观。

放假前一星期，江天城给江闻皓打了个电话，问他什么时候回家，自己好安排老陈来接。

江闻皓说不确定。

他实在不喜欢过年，一天天除了吃就是睡，江天城还总爱挑这段时间跟合作方应酬，每天弄得一身酒臭。

而他如果不出门，就不得不跟冯婳还有江朗朗那倒霉孩子在家大眼瞪小眼，弄得他每天都像个居无定所、无家可归的流浪汉。

而总赖在于斌和大琛家也不是个事儿。

江闻皓搁了电话，陷入纠结。

“那就别回去了。”覃子朝说，“来我家吧？”

江闻皓就等他这句话，当即就给江天城发了个消息。

江天城对覃子朝的印象一直不错，听说江闻皓要在覃子朝家过年，也觉得比让江闻皓回家再闹得鸡飞狗跳强。

他在电话里谢过覃子朝，又给江闻皓打了三千块钱，这事儿就算是定下了。

杨志祁给徐秋云租的那套房子要到第二年的年底才到期，徐秋云本想找房东退，结果人家就是不同意。徐秋云没办法，只好决定再在初云镇多住段时间。

除夕当天，三子和“锡纸烫”一早就关了汽修店，跑来覃子朝家里。

两人在镇上都没亲戚，现在祁叔也走了，他们实在不想冷冷清清地过年。

徐秋云平时也难得见到这么多人，十分热情地邀三子他们在家吃年夜饭。三子跟“锡纸烫”自告奋勇地跑去菜场买了一大堆菜，覃子朝和江闻皓则是去挑了副春联。

期间覃子朝给董娥打了个电话，得知她带着杜亚男两个人在学校，二话不说要去接她们到镇上来。

董娥开始不想给他们添麻烦，但实在拗不过覃子朝，最后只得说她和杜亚男傍晚坐公交车过来。

这是江闻皓第一次在乡镇过年，觉得这里的年味儿要比他家所在的城市浓得多，家家户户张灯结彩，有钱的人家还专门在门口挂上两个硕大的红灯笼。

爆竹声从除夕一大早就开始响个没完，小店里用劣质喇叭播放着万年不变的过年金曲。孩子们手里拿着摔炮、呲花儿满街疯跑；大人们都在忙忙碌碌筹备年货，相互拜年。

这里没有离家的旅客，只有归乡的亲人。一时间，整个初云镇都沉浸在了一派喜气洋洋的氛围中。

买春联回来的路上，江闻皓和覃子朝又经过邹家。这里一如既往的冷清，江闻皓看着重新修好上锁的大门，沉默了片刻，接着同覃子朝一起朝家的方向走去。

临近傍晚的时候，董娥和杜亚男也到了。董娥手里拎着一袋干果和一只柴鸡，杜亚男提着一网兜蘑菇，她们进屋就跟最先迎上来的徐秋云拥抱了下。

“董老师来啦！”徐秋云激动地说，“子朝在学校给您添麻烦了！”

“哪儿的话，有覃子朝这样的学生，我骄傲还来不及！”董娥说着把柴鸡和干果递给了江闻皓和覃子朝，又跟三子他们打了个招呼。

三子和“锡纸烫”没什么文化，平时最怕老师，见了董娥后一改平时吊儿郎当的样子，上来就先跟董娥鞠了个躬，齐齐喊了声：“劳斯(老师)过年好——”

董娥被吓了一跳，忙从兜里拿出几个红包，笑盈盈地发了，说：“看看，这不就得提前给红包了嘛！”

覃子朝把董娥和杜亚男领到客厅让她们先坐，董娥今天精气神挺足，捋起袖子便要到厨房帮忙。

“不用，您歇着。”覃子朝说完便朝厨房走去，江闻皓跟在他屁股后头溜达。

“你怎么像个跟屁虫似的！”董娥隔空点了点江闻皓，又忽然像是想起了什么，上前几步问覃子朝，“见着邹莽原了吗？我刚路过他家的时候敲了门，没人开。”

覃子朝摇摇头。

自从邹大山死后，邹莽原在班里的存在感越来越低。而随着一切尘埃落定，初云镇的人也都渐渐不再提起他。

他彻底活成了一个影子。

董娥点点头，过了会儿兀自笑笑，恢复了先前的语气：“行，去忙吧！那土鸡记得给炖上，我还带了蘑菇来！”

屋外此时又传来一阵噼里啪啦的鞭炮声，冷空气里弥漫着一股硫磺和硝烟味。

天彻底暗了，时针指向“8”时，三子打开电视调到春节联欢晚会，在主持人激情洋溢的报幕声中，冲厨房里的覃子朝和江闻皓喊：“桌哥！江问号！春晚开斯了！什么时候去放炮咧？”

覃子朝颠着锅，偏头对江闻皓说：“我等这道菜出锅就完事儿了，你先跟三子他们放炮去。”

“等你一起吧。”江闻皓从砧板上捏了片腊肉放进嘴里嚼，觉得这东西还是现切的香。

覃子朝把菜装进盘子里，擦了把额头上的汗，跟江闻皓一起将菜端上了桌。

三子他们此时早已按捺不住，手里拎着那挂鞭炮在屋里团团转，一见覃子朝和江闻皓从厨房里出来，冲上去拉着他们就往屋外走。

徐秋云笑眯眯地对覃子朝点点头：“快去吧，等你们放完炮再开饭。”

董娥也推了推杜亚男：“你一起去。”

一群人出了屋，覃子朝将鞭炮捋顺放在门前，冲另一头的江闻皓点了下头。

江闻皓拿出打火机，凑近炮捻子。

鞭炮瞬间跳动起火花，顺着捻子一路窜了过去。

震耳欲聋的炮仗声伴着飞溅的火花爆发出来，三子和“锡纸烫”激动得“嗷嗷”直叫，杜亚男被冻得发红的脸上，一双大眼睛里跳动着光芒。

记忆中，她已经很久都没能好好过个年了。

江闻皓和覃子朝对视一眼，缓步走近，并肩而立。

与此同时，不知是哪个大户人家点燃一筒烟花，“咻”的一声冲上天空，“啪”地绽放开来。如同缤纷的流金飞散，将四周一次又一次照亮。

江闻皓仰头看向璀璨的烟花，扬起了唇。

“新年快乐，覃子朝。”

“新年快乐，江闻皓。”

之后的年夜饭吃得热热闹闹的，有三子他们几个大小伙子在，桌上到最后几乎没剩什么菜。

徐秋云和董娥吃完饭后就坐到一边去聊天。杜亚男没好好看过春晚，这会儿正被里面的歌舞表演吸引。

三子吃到兴头上，嚷嚷着要出去买酒，被覃子朝拦住。董娥和徐秋云都在，当着她们的面喝酒终归不好。

覃子朝将可乐给三子倒上：“喝完，别浪费。”

三子想喝酒其实还有一个原因，他最近刚学会划本地拳，以前见覃子朝陪祁叔玩过，他在一旁看着插不上话，很是眼馋。这下好不容易学会了，他就想着趁过年跟覃子朝过过招。

于是他接过可乐给覃子朝也倒了杯，笑嘻嘻地说："桌哥，干喝莫意思咧！划两拳？"

覃子朝原本不想玩，但他实在被三子的软磨硬泡缠得没办法，只得无奈地叹口气："不多玩，我喝不下了。"

"好咧！"三子将外套一脱扔在旁边，掰着手腕坏笑道，"来吧桌哥，可别被我虐哭咧！"

江闻皓之前也没划过拳，只见江天城在饭桌上跟合作方比画过，眼下见覃子朝陪三子玩，觉得还挺有意思，几局下来也稍微看出点门道。

相较于三子跟蹿天猴似的"吱哇"乱叫，覃子朝就显得很稳。他挽起袖子将手撑在桌上跟三子碰了下拳，出手的同时轻促地念出行酒令。

他低沉的嗓音没有被三子震耳欲聋的音量覆盖，反而被衬得更加悦耳，语速不急不缓，吐字清晰。知道的他是在划拳，不知道的还以为他在念题。

江闻皓很羡慕覃子朝的声音。

三子到后来逐渐上头，一桶可乐愣是喝出了高度酒的架势，红着脸一头大汗。

覃子朝见好就收，适可而止地开始放水，末了将自己杯里的可乐一喝："厉害，你赢了。"

"覃子朝。"江闻皓抬眼，"咱俩也划一局吧。"

三子正沉浸在战胜覃子朝的喜悦里，听江闻皓这么一说，瞬间又兴奋起来："快快！你俩划！输了的学狗叫！"

"锡纸烫"说："三哥你刚输了那么多局，怎么不学？"

"最后赢咧嘛！"三子踹了下"锡纸烫"，一拍桌子，"不行，必须得有惩罚！不然莫意思咧！"

江闻皓一点头："学就学。"他说着捋起袖子将手往桌上一抬，扬了下眉，"赶紧的。"

可乐打着旋倒进杯子里，又被江闻皓一口气灌进了肚子。他打了个嗝，活动着手腕冲覃子朝说："再来！"

他们这边玩着，另一边的董娥抬头看了眼墙上的时钟，跟杜亚男站起身来，对徐秋云道："时间不早了，我来前在镇上订了家旅店，怕去晚了锁门还得叫人。"

"哎呀，今晚就别走了，你们住子朝房间，让两个孩子到祁大哥店里去睡。"徐秋云说。

"别麻烦，钱都已经付了，不去住人家也不退呀。"

徐秋云想想也是："那让子朝送你们。"

覃子朝和江闻皓他们一听董娥要走，也迅速收拾桌子不玩了。

一群人穿好外套出了门，发现屋外正在下雪。北风中充斥着年的味道，红灯笼在皑皑白雪中轻轻摇曳。

覃子朝本想骑摩托车送董娥，但外面天寒地冻的，董娥担心骑车不安全。好在她订的旅店离覃子朝家也没多远，大家便说说笑笑地朝旅店走去。

送完了董娥，三子和"锡纸烫"也在路口跟覃子朝他们分开，回了店里。

江闻皓这会儿还是很撑，每走一步路都觉得可乐在他肚子里晃荡，他觉得短期内怕是再也不会沾任何碳酸饮料了。

他们到家的时候，徐秋云已经收拾完厨房，正独自坐在桌边看春晚。她面前还摆着一只酒杯，眼神稍有些涣散，注意力显然并没有放在电视上。

听到覃子朝和江闻皓进屋，徐秋云下意识就想把酒杯收走，但还是被覃子朝看到了。

江闻皓这会儿可乐喝多了尿急，跟徐秋云匆匆打了声招呼后就先冲进厕所，让覃子朝待会儿帮他把换洗衣服拿来，他顺便把澡洗了。

客厅里一时就剩下徐秋云母子两人。覃子朝沉默了下，转身进到厨房，拿了另一只酒杯出来，倒上酒跟徐秋云轻轻一碰。

"妈，新年快乐。"

徐秋云微微愣了下，随即唇边也泛起一个微笑："新年快乐。"

这是覃子朝第一次见到徐秋云喝酒。或许之前她也曾悄悄喝过，在无数个不被发现的深夜，独自消解着今生的苦难，而后继续用力生活。

徐秋云不胜酒力，只是喝了两杯酒，脸上就已隐隐显了红晕。

此时，电视里已经开始新年倒计时了，主持人热情洋溢地播报着一连串吉祥话。

徐秋云转头看向窗外纷飞的雪花："会越来越好的……"

"嗯。"覃子朝应了声，"会的。"

年间的初云镇，鞭炮声能从早一直响到晚。

大年初一，覃子朝和江闻皓一早便出了门，在街口的早点摊前买了几根油条和两碗豆浆，给董娥她们送去。

吃完早饭，董娥就要到住隔壁镇的老校长家拜年。江闻皓和覃子朝将她们送上车，又到杂货铺买了挂炮，打算留到初五再放。

回到家时已经差不多快中午了，屋子的大门是开着的，里面传来说话声。

徐秋云平时跟镇上的人没什么交际，照理应该不会有人过来拜年。覃子朝和江闻皓对视一眼，都怕又出什么乱子，加快了脚步。

他们一迈进门，坐在桌边正跟人聊天的徐秋云就笑盈盈地抬起头来，对覃子朝说："回来啦！你李婶带着你彩霞妹妹来了！"

只见一个穿大红棉袄，身材宽胖的中年女人站起身来，冲到覃子朝面前一把拉住他的手，腰一扭，差点没把边上的江闻皓弹飞。

"啧啧，子朝都长这么高了呀！"李婶仰头看着覃子朝，不住称赞，"我记得我离村那会儿，你还没我高呢！"

"李婶。"覃子朝冲女人礼貌地点点头，他其实对这人已经没什么印象了。

徐秋云在旁提醒："你小时候李婶就住咱们家对面。平时有什么吃的用的就总会给我拿一份，没少照顾咱家。"

"哎，你那时候一个人带着孩子在家也不容易。"李婶轻叹了口气，而后很快重新换上笑脸，"不过现在都好了！"

她说着，又看向覃子朝边上的江闻皓："这是……"

"是子朝的同学，叫小皓。"

"哎呀！看这小脸儿，白得跟煮鸡蛋似的！"

"小皓是从大城市来的。"徐秋云笑着说。

"怪不得！"

两人正寒暄着，有人一把推开门，从屋外蹦蹦跳跳地进来。

"妈！我要的礼花棒这里就有卖的！你看吧，我就说还是得到镇上来！"

李婶一见女儿进门，连忙招手让她跟覃子朝打招呼："快，彩霞！你不是说很想见你子朝哥吗？"

梳麻花辫的女孩此时也看到了覃子朝，水汪汪的大眼睛眨了眨，随即一改先前活泼的样子，低头咬着嘴唇冲覃子朝摆摆手，白皙的手腕上戴了串系着铃铛的银镯子，一晃"当啷啷"直响。

"这孩子怎么还害羞了呢！"李婶笑着打趣，"你以前不是还说以后要嫁给你子朝哥的吗？"

"哎呀，妈！"彩霞促声打断，声音变得更小，"那都是不懂事说着玩的。"

徐秋云跟着笑了会儿，站起身来："我先去做饭了。子朝、皓皓，你们带着彩霞妹子好好玩。"

"我给你打下手！"李婶也跟着一起进了厨房，"好久没尝到你的手艺了。"

两人边聊天边在厨房里忙活开了，留下门口的三个人在那儿大眼瞪小眼。

彩霞怯生生地偷偷瞄了眼覃子朝和他身边的江闻皓，小脸又开始变红。

"那个，子朝哥…"彩霞从背后拿出才买的礼花棒，"要去玩吗？"

覃子朝还在努力回忆这位童年玩伴，似乎以前家对门的确是住着一个小女孩，长得黑黑的，又瘦又小，像只小麻雀，但嗓门特别大，笑起来整个村都能听见……

突然，胳膊被人拿手肘顶了下，只见江闻皓扬扬眉：“别人问你话呢。”

覃子朝没听清：“你刚说什么？”

“她说：‘子朝哥，要去玩吗？’”

覃子朝看看彩霞手上的礼花棒：“这个要到晚上放比较好看吧？”

“嗯！那听子朝哥的。”彩霞的鞋尖来回碰了碰，又开始害羞。

江闻皓的手机振了下，掏出一看是于斌打来的，估摸着是要问他今年怎么不回家。

“你们先聊，我接个电话。”江闻皓说完出了门。

覃子朝刚想跟出去，彩霞再次将他叫住:“刚刚这个，是子朝哥的同学吗？”

覃子朝“嗯”了声：“怎么了？”

彩霞赶忙摇摇头：“他是不是不太爱说话呀？”

“还好吧，他有点慢热。”

“他长得真好看，你们云高是不是长得帅学习又好的男生特别多？”

“还行。”覃子朝实在不擅长应付女生的话题。

彩霞揪着衣角，嘴唇动了动：“那个，我先去帮云姨和我妈的忙啦。”

“好。”覃子朝冲彩霞笑笑。

彩霞眸色一颤，匆匆跑进了厨房。

中午，徐秋云做了一大桌菜。李婶还专门烙了她拿手的油饼，吃饭的时候，她一边不停给江闻皓和覃子朝递，一边翻来覆去聊着那点以前的事儿。

“子朝，你想起来没有？过去彩霞一哭，整个村都能听到，任谁哄都没用。只要一见着你，她马上就不哭了！”

“我也记得。”徐秋云笑着说，“彩霞从小嗓门就亮，总跟我说将来想当歌星呢。”

“她现在也想啊！”李婶撕了张油饼嚼着，“天天嚷嚷着要去参加什么唱歌节目，就是不好好学习！”

“妈，你别说了。”彩霞瞥了李婶一眼，小声抱怨。

“当歌星多好啊。”徐秋云顺着彩霞的话，“你小皓哥也喜欢音乐，你可以跟他多聊聊。”

江闻皓之前从没在徐秋云面前提过他喜欢音乐，想来应该是覃子朝说的。

彩霞没接话，冲徐秋云笑了笑，小口小口地撕饼吃。

李婶看看覃子朝，又看看自家闺女，脸笑得像朵花：“你看看，两个孩子一眨眼都长这么大了哈。”她将目光调向徐秋云，“这两小无猜的，将来没准咱俩真能结个亲家，到时候再生个大宝贝疙瘩！”

“咳咳咳——”覃子朝被噎得猛咳起来。

“妈，你别说了！”彩霞也有点恼，使劲扯了扯李婶的袖子。

“不是你小时候总吵着说要给子朝哥当媳妇儿的吗？”

“都说了那时候不懂事！”彩霞一跺脚，又羞又急地偷看覃子朝一眼。

覃子朝礼貌地给李婶盛了碗汤：“李婶，我们都还在念书呢。”

徐秋云也赶忙打圆场：“是啊，李姐，他们都还上学呢，说这个有点太早啦。”她说着看向彩霞，“彩霞回去以后还是要好好学习呀，将来当歌星也得有文化。”

“嗯，我知道了，云姨。”彩霞乖乖应着，又在桌子下偷偷踢了李婶一脚。

李婶见自己的话头没人响应，悻悻地笑笑也不再提。徐秋云又拉着她聊了些别的，这事儿很快就给揭过去了。

吃完饭，李婶要带着彩霞走，在门口又跟徐秋云依依不舍地作别了半天。

覃子朝正要去厨房洗碗，彩霞在身后轻轻将他叫住，她红着脸支支吾吾了半天，小声说：“子朝哥，你能跟我出来下吗？”

江闻皓坐在桌边打游戏，闻声抬眼在彩霞和覃子朝之间淡淡扫了下。

覃子朝冲彩霞温和道：“有什么事就在这儿说吧。”

彩霞瞄了眼江闻皓，咬咬嘴唇：“你、你还是跟我出来吧。”说完，转身小跑着出了门。

覃子朝无奈地看向江闻皓。

江闻皓托着下巴，好整以暇地冲覃子朝一挑眉：“看我干吗？别人叫你你就去呗。”

覃子朝叹口气，跟着彩霞出了门。

转角处，彩霞停下脚步转头望着覃子朝。在确定身边没有旁人后，她揪着衣角怯生生地说：“子朝哥……我，我其实是有一个问题想问你。”

覃子朝轻蹙了下眉：“彩霞，你今年上初三吧？”

彩霞愣了下，点点头。

“马上就要中考了，这一年很关键的。”

彩霞被覃子朝突然的语重心长整得有点蒙，歪头望着他。

覃子朝抿着唇，脑子里飞快斟酌着既能准确表达自己的意思，又不至于伤害到彩霞自尊心的措辞。

结果彩霞先他一步开口：“我知道的，子朝哥……但这件事我要是不搞清楚的话，可能再也没办法专心学习了。”她的颊边扬起绯红，又使劲咬了下嘴唇，终于鼓起勇气说，“那个，就是小皓哥……他有女朋友了吗？”

覃子朝怔了下，她刚说谁？

彩霞紧张得睫毛乱颤：“虽然我跟他是第一次见，但我真觉得我俩很……哎呀，怎么说才好呢……子朝哥，你从小看着我长大，你能不能帮帮我？”

另一边，江闻皓一把游戏刚打完，就见覃子朝回来了。

江闻皓问："彩霞走了？"

覃子朝"嗯"了声，倒了杯水一口气喝完："我妈说要再去送她们一下，我就先回来了。"

"哦。"江闻皓上下打量了覃子朝几眼，还是忍不住好奇地问，"她跟你说什么了？"

"没说什么。"

江闻皓乐了："不至于啊，覃子朝，不就是被妹子示好了嘛。"

覃子朝说："彩霞说她看上你了。"

两人同时开口。

江闻皓的笑容僵在脸上："看上……谁？"

他万万没想到事情会是这样的神展开，反应了好半天才又问："那你怎么说？"

"我让她好好学习，别一天天瞎琢磨。"

江闻皓"哦"了声，低头抓抓头发，末了唇角微微抽动了下，闷声笑起来。

"看来你不行啊，子朝哥。"江闻皓越笑肩膀颤动得越厉害。

覃子朝佯装无奈地叹了口气，也跟着一起笑了起来。

黄昏的时候起了大风，吹得窗棂"哐哐"作响。

不知是谁家门口挂的灯笼被吹飞了，在地上一个劲翻滚，像团红色的火焰。

覃子朝坐在床上，背倚靠着墙，手里拿着他的重点习题册翻看。

江闻皓一副懒洋洋的姿势躺着，伸着两条胳膊举着手机打游戏，间或打开语音跟于斌他们对骂几句。

如此闲适而安逸的气氛与外界的狂风大作相隔绝。

江闻皓打了个哈欠，刚打算撂下手机歇歇眼睛，突然听到一阵振动。

他看看自己的手机，不是他的。

"覃子朝，你电话。"

覃子朝从床头柜里掏出他的老爷机，在看到来电显示后眸色一暗，赶忙按了接通。

"董老师……"电话那头传来杜亚男混乱的呼吸声，"喂，班、班长！我们现在在镇医院，老师她……"

"别急，慢慢说，老师怎么了？"覃子朝问着情况，已经从床上坐起来开始穿衣服。

江闻皓也意识到不对劲，跟着迅速收拾，又从钱包里翻出银行卡揣进兜里。

"今天我跟董老师看完校长回来，老师说要再去买点日用品，在商店门口的时候，老师突然说她喘不上来气，接着就晕倒了……"杜亚男带着哭腔，"店老板推了板车，我们一起把老师送到医院，现在正在急救室，也不知道是什么情况……”

“你在医院等着，我们马上过去。”

覃子朝说完挂了电话，火速跟徐秋云交代了句，便和江闻皓一起赶往镇医院。

他们冲进走廊的时候，董娥刚好被医生从急救室里推出来送进病房。

她已经醒了，只是脸色还很苍白，胳膊和膝盖上因为晕倒有几处擦伤，精神看着倒是还行。

见到覃子朝和江闻皓后，董娥牵了牵嘴角：“早上就该听你们的话，别只靠一顿饭硬扛……这下又低血糖了。”

看董娥还能打趣，杜亚男总算松了口气，眼泪后知后觉地涌了上来。

“老师，我都快吓死了……”

董娥抬手抚了下杜亚男的脸：“没事儿，老毛病了。我前阵子还跟江闻皓吹牛说这个冬天没怎么犯病，往后再不敢说大话了。”

覃子朝仍拧着眉，眸色深暗地注视着董娥。

江闻皓也觉得董娥这情况不像是简单的低血糖，不放心地问：“您现在感觉怎么样？”

“没事儿，医生说再留院观察一天就好。”

“别逞强了。”覃子朝沉声说。

董娥被他严肃的表情逗乐了，伸手拍了他一下：“臭小子，还敢教训我呢。”

覃子朝闭了闭眼，转过身：“我去找趟医生。”

“我也去。”江闻皓跟上。

杜亚男原本也想一起，但不放心董娥一个人在病房。她搬了个凳子过来坐在董娥身边，寸步不离地守着。

董娥平静地看向病房的门，神色安定，只是眼底隐隐流露出一抹怅然……

诊疗室里，负责董娥的林大夫正在观片灯上对比着董娥几次的CT片子，听到有人敲门后，点头让江闻皓和覃子朝进来。

“你们是小董的学生吧？”

两人点点头。

覃子朝问：“大夫，我们想来问问老师的病情。”

林大夫扶了下眼镜，将董娥的CT片子装进密封袋，这才又对他们道：“哦，就是老毛病。”

江闻皓皱眉，直截了当地问：“老毛病是什么病？”

“这个……”林大夫又扶了扶眼镜，“具体的我还是得跟董娥的家属聊。”

他说完起身端着保温杯出了诊疗室，临走前又叮嘱了句：“你们赶紧回去吧，别耽误功课。”

覃子朝和江闻皓对视了一眼，都明白在林大夫这里八成是问不出什么来了。

两人站在空荡幽长的走廊上，看着太阳一点点没入山坳，思考着接下来该怎么办。

就在此时，江闻皓的手机突然亮起。看到联系人，他第一次如此迫切地按下接听。

“喂，爸！”

电话那头的江天城“嗯”了声后就直奔主题：“你之前让我托人检测的药结果出来了，主要功能是止痛。”江天城的话音顿了下，“癌痛。”

江闻皓神色一滞。

江天城：“我已经托人联系了咱们这儿最权威的专家，之前你妈生病的时候也是一直由他负责的。你让你老师抓紧时间准备一下，我尽快派老陈去接她。”

第二十一章 回南天

今日的最后一缕余晖照在病床的床脚，像是果汁洒出的一团橙红色印子。

杜亚男见暖瓶里没水了，起身去锅炉房打开水，与推门进来的江闻皓撞在一起，手里的暖瓶“啪”地掉落在地。

董娥被吓了一跳，瞪了江闻皓一眼：“这孩子怎么整天横冲直撞的。”

江闻皓没回话，手脚麻利地收拾着董娥的东西。

这番操作直接把董娥整蒙了，“哎”了好几声：“干吗呢这是？子朝呢？”

“他去办手续。”

“办手续？”董娥张张嘴，“办什么手续？”

“明天一早我家司机来初云镇接我们，你得跟我回去。”江闻皓说着话，手上收拾的动作依旧没停，“江天城已经把医院、医生都安排好了，你一到就马上开始治疗。”

董娥沉默了，过了许久后才又无奈地轻笑了下：“这老林，都说了不让他告诉你们。”

“为什么？”江闻皓突然低喝出声。

一旁还蒙在鼓里的杜亚男被他吓得猛一哆嗦，暖瓶再次落地。

江闻皓背对着董娥，手里还拎着她的包，藏在额前碎发下的眸光剧颤着，攥着包的手死死收紧，整个肩膀都因压抑情绪而紧绷。

为什么？为什么都死到临头了还要做出这副轻松的样子？妈妈是，董娥也是！

“江闻皓。”董娥声音平静，冲江闻皓招了下手，“来，过来。”

江闻皓没动，像在跟一股无形的力量较劲似的，就是不转头。

他听到董娥好像叹了口气，接着有窸窣下床的声音。而后，他被搂进一个干巴巴的怀抱里。

江闻皓有一瞬的错愕，这具身体不知何时已经变得没有一丁点肉了，仿佛他只要稍微一用力，就会把董娥拦腰折断。这触感不禁又一次让他想起了临终前的谢菀。

“傻小子……我就是不想看见你现在这副样子。”董娥拍着江闻皓僵直的后背，抬手在他的眼尾扫了下，“好家伙，怎么还哭鼻子啊？这可不像你。”

江闻皓这才意识到他的脸上已经湿漉漉一片。

“帮我谢谢你爸爸，林大夫把我照顾得很好，我就先不考虑转院了。”董娥抚着江闻皓的头发，淡笑了下，“我的身体我自己最清楚。我现在唯一的愿望就是能多陪你们一天算一天……要是我真的运气不错，撑得到今年春天来，就把阳台上晒的那些葵瓜子种到教学楼楼下。”

董娥温柔地注视着江闻皓，平心静气地说：“小皓啊，老师不想最后浑身插满管子，死在医院里。”

“不是这样……”江闻皓看着她，很急也很想反驳，但话到了嘴边愣是又生生哽住。

他从没有像现在这么恨过自己，怎么连句劝慰的话都不会说。

“去，把子朝叫回来吧。”董娥顿了顿，“我想你们陪我说说话。”

江闻皓恍恍惚惚出了医院，眼前的景物都像是被抽了帧，快进得生硬，且毫无规律可言。

他呆呆站在门口，看着不远处街灯下站着的高大身影。

那人一动不动，神色藏在暗淡的天色里。偶尔有人经过他身边，都会被他吓得不由自主往边上绕开两步，此时的他与平日里温和有礼的学霸班长判若两人。

江闻皓深吸口气，朝覃子朝走了过去。

“董娥叫你回去。”江闻皓的视线在覃子朝脸上停了下又移开。

“她不想走对吧。”覃子朝用的不是问句，“我刚又去找了林大夫，他看我们已经知道了，就没再继续瞒着。董老师目前的状况很糟糕，肝、骨头、淋巴都有转移……”

江闻皓的眼睛又红了，低声骂了句，许久后才再次开口问：“她……还剩多久？”

“理想状态下，一个月。”覃子朝的喉结颤了颤，嗓音沙哑，“转院治疗的意义不大，她自己也很清楚这件事。”

“覃子朝，你再去劝劝她吧。”江闻皓咬着牙，“我们那儿无论是医疗技术还是设施条件都比这破镇子好太多，你劝劝她，让她不要放弃行吗……她最喜欢你了，你说的话她一定……”

“小皓。”覃子朝低声打断。

江闻皓怔怔盯着覃子朝，很希望覃子朝能像平时那样出个主意。可覃子朝只是喊了他一句，就再不说话了。

“你也同意她放弃治疗？”

覃子朝闭上眼，沉默地抿了抿唇，许久后才又缓缓睁开眼睛：“她这辈子都很要强，死的时候也想更有尊严些。”

“覃子朝！”江闻皓一把揪过覃子朝的领口，双目赤红，“什么叫死得有尊严？死了就是死了！死了就是再也见不到了！什么变成星星变成花，都是骗人的屁话！”

覃子朝被江闻皓拎着衣领，既不反抗也不发一言，只是纹丝不动笔挺地站着，看着眼前的人发泄嘶吼，直到对方筋疲力尽后一头撞向他的胸口，闷哑地哭出声……

当两人再次回到病房里的时候，杜亚男正坐在床前给董娥削苹果，她的眼睛红红的，显然也是刚哭过。

“怎么出去这么久？”董娥倒还是一副轻松的样子。

江闻皓扯了下唇角，没说话。

董娥又看向覃子朝，见他同样是沉着张脸，无奈地摇摇头：“我这还没死呢，别一副丧气的样子。不过你们可真有本事啊，我保密工作都做这么好了，你们还是搞到了我的药。”她边说边笑着看向杜亚男，“说，你是不是内奸？”

“老师，对不起，我……”杜亚男垂下眼，把掉到裤子上的苹果皮扔进垃圾桶。

董娥靠在病床上长舒了口气，看向窗外的夜色：“其实我真的不怕死，最开始知道自己肺癌晚期的时候竟然还有些高兴……我的爱人，我跟他分别了太久，现在终于又能再见到他了。”

江闻皓曾经听覃子朝讲过关于董娥和她爱人的事，知道董娥的爱人是个知识分子，还懂音乐和会弹琴，后来死在了一场大火里。

“这段时间我总能梦见他……我俩隔着一条很宽的河，我在这边，他在河对岸。最近的一次梦里，我看到有条蓝色的大鱼朝我游过来，好像是能把我送到他那边似的。醒来后，我整个人都在笑。”

董娥在说这段话的时候是真的露出了向往的神情。

末了，她收回思绪，又看了三人一眼：“要说我在这世界上还有什么牵挂，也就只剩下你们了……但是不怕，你们的生命里一定还会出现像我一样的人，不，他会做得比我更好。”

“没有人能比得过你！”杜亚男哭着埋进董娥怀里，“不会有了，再也不会有了……”

董娥顺着杜亚男的后背安抚着她："别忘了你答应我的话，考上好大学，让所有曾经轻视过你的人感到羞愧。你不是亚男，是云霄。

"还有你们。"她温柔地说，"你们都将成为我的骄傲。"

这一晚，江闻皓和覃子朝在告别董娥后并没有离开，而是在医院门口的台阶上坐了一整夜。

当次日第一缕阳光照在他们身上的时候，他们猝不及防，一下就长大了。

寒假转瞬即逝，眨眼间又迎来一个新学期。

随着高考的日子一天天将近，原先就为数不多能赖以喘息的机会更是越来越少。往日大家嘴里的日常八卦也被无数的"会"与"不会"，"考"或"不考"所代替。

这其中，江闻皓的变化无疑是最大的。他虽然还是时常那副散漫的样子，但只要细心留意就会发现，他再也没有在上课的时候睡过觉，那些曾经用来垫下巴的课本书页，更是永远都会翻到正在讲的地方。

对此，董娥深表欣慰。

在她短暂地又给学生们上了小半个月课后，终于还是因为体力不支彻底告别了班主任的岗位，每天待在宿舍里浇浇花、看看书，提前过上了退休生活，倒也自得其乐。

江闻皓和覃子朝每天都会去宿舍看她。

江闻皓被董娥强行要求看她就得带上吉他，于是每次他都一脸无奈地抱着吉他充当专业卖唱，董娥点什么他就唱什么。

而覃子朝则是被勒令探望病号也不能耽误学习，回回都被董娥抓着盘问半天。

杜亚男通过学校批准，彻底搬来了董娥宿舍跟她一起住，照顾她的饮食起居。往日怯懦胆小的神情似乎越来越少出现在这个女孩脸上，取而代之的是越发坚毅的眼神。

"江闻皓，再唱首歌来听听？"董娥呷了口从老校长那儿"劫"来的龙井泡的茶，惬意地眯起眼。

江闻皓不耐烦地掀掀眼皮，但还是懒洋洋地抱过一旁的吉他。

"五块钱一首，扫码还是现金？"

董娥被他逗乐了，一副地主婆的架势："别废话，让你唱你就唱！"

江闻皓没再还嘴，低下头轻轻拨了下琴弦。怀旧舒缓的曲调回荡在不大却整洁的宿舍里，窗台上的绿萝顶端隐隐有了泛青的苗头。

风雨带走黑夜，青草滴露水。

大家一起来称赞，生活多么美。
我的生活和希望，总是相违背。
我和你是河两岸，永隔一江水。
等待等待再等待，心儿已等碎。
我和你是河两岸，永隔一江水。

一阵潮湿的南风吹过，山里正式迎来了雨季。

连绵不断的雨丝敲打在玻璃窗上，墙壁仿佛像是块吸饱了水的海绵，湿润到墙皮脱落，留下一块块黏糊糊的痕迹。就连拖把上也生出了一丛丛蘑菇。

在这样的回南天里，云高一年一度的校庆日也如期而来。为了庆祝，这一天学校会给学生放半天假，晚上还会在食堂里给大家改善伙食。

董娥的身体受不住持续的湿冷。因为骨头发生病变，她的四肢在进入雨季后就肿得非常厉害，每动一下都像被无数根针扎似的，只能靠加大止痛药的剂量勉强撑着。

校庆这天难得没课，江闻皓和覃子朝就赶紧陪董娥去医务室找沈医生给她艾灸。

沈医生按了按董娥的小腿，看着那半天都不会弹起来的皮肤，脸皱成苦瓜："你是不是又多走路了？"

董娥本想扯谎说"没有"，被江闻皓无情拆穿："她昨天晚上跑来教室看我们晚自习。"

沈医生一脸"我就知道"的表情，将烧着的艾草装进铜盒敷在董娥腿上："遵下医嘱行吗，董老师？回南天对你不友好，不想疼死的话就乖乖待在宿舍别出门。下次我直接带着艾去你那儿就行。"

"哎，这怎么好意思，你一天天也挺忙的。"董娥一边给沈医生赔笑脸，一边偷偷拧了江闻皓的胳膊一把。

从医务室做完治疗出来的时候，已经是下午了。天黑压压的，不见光，虽然才五点多，却暗得像晚上。

雨仍在下，淅淅沥沥地浇打着刚返青没多久的树叶。医务室附近的小树林里蒙着层水雾，可见度不足数米。

董娥这会儿做完艾灸觉得身上没那么疼了，便想着跟两人一起去食堂吃饭，顺便热闹热闹，却被覃子朝制止。

"你先回宿舍，我们打完饭给你送过去。"

董娥被覃子朝一本正经的叮嘱搞得摇头叹了声："我算是知道江闻皓平时为什么总告你状了，比王主任管得还严。"她说着跟江闻皓打趣，"下次他再烦，我就替你做主。"

“我觉得他说得对。”江闻皓淡声道，“您都这么大岁数了，能不能听点话？”

董娥作势要打江闻皓，笑骂道：“臭小子，我多大岁数？我也就刚四十！”

她这话说完，江闻皓就沉默了，末了轻扯了下唇。

覃子朝将雨伞又往董娥那边挪了挪，避免她沾雨：“慢点走，老师，地上滑。”

董娥也知道自己这话又不经意间戳痛了两个孩子的神经，最近他们简直比自己还要敏感。

的确，四十岁，她也觉得还年轻。

昏暗的天光下隐隐走出了一个人，一身黑衣，没打伞，他穿梭在雨雾里，脚程很快，但时不时就会弯下腰在地上找寻着什么。

三人都认出了他，是邹莽原。

覃子朝原本不想董娥管他，要带着她从相反的路回教职工宿舍。

但董娥看着那抹瘦小的背影定了定神，最后还是朝他离开的方向缓步走去。

董娥的脚还肿着，行动有些不方便。

江闻皓跟覃子朝使了个眼色，覃子朝抿了下唇，撑着伞快步跟上。

邹莽原刚刚弯腰的位置有一块横着的腐木，当中腐坏最厉害的位置钻出了一簇蘑菇。

其中最大的一朵已经被邹莽原采了，只剩下那些刚刚冒头的。

江闻皓微微眯了下眼，这蘑菇正是见手青。

“去，你俩跟着他。”董娥也觉察出不对劲，“这蘑菇有毒的，别让他做傻事。”

覃子朝将伞递给江闻皓：“你送老师回去，我去看看。”

“你们一起，有情况也好有个照应。”董娥接过伞，“他要是拿去做标本就算了，要是干别的，千万得拦住了。”

雨下得越来越急，江闻皓和覃子朝跟在邹莽原身后，既不敢离得太近，怕被发现；又不能离太远，防止跟丢。

就这样始终隔着一段距离，他们穿过树林，经过实验楼下那座有雕像的荒败水池，又沿着后山的小路走了十来分钟，终于在曾经骆媛媛被关的器材室门口停了下来。

这里如今已经彻底废弃了，铁栅栏外被上了一道沉重的锁。在阴雨连绵的傍晚显得阴森森的，没有一丝生气。

邹莽原左右看了眼，江闻皓和覃子朝连忙躲到不远处的树后。只见邹莽原从兜里掏出一把钥匙，熟练地插进锁眼里，“咔嗒”把门锁打开，钻了进去。

器材室里有一股潮湿的霉味，雨水从墙壁的缝隙渗了进来，在地上留下一摊水迹。

邹莽原打开手电筒用嘴叼着，将陈旧的木架搬开，从布满灰尘的黑乎乎的角落里拎出了一个化肥编织袋。

他不慌不忙地将编织袋打开，在看到里面装的东西时，眼底露出一丝兴奋，将手探进去摸了会儿，从里面掏出了个碗大的药碾。

他抓了把袋子里的东西放在药碾上，一下接一下地磨了起来。手电筒被他放在一旁，因为接触不良，惨白的光飘忽闪烁着。

在有限的光源里，江闻皓和覃子朝看清了编织袋里的东西，不由得都倒吸了口凉气。

——那里装了许多见手青。

绝不是几次就能采集的量，应该是足足用了几年，起码也得是从高一的时候就开始着手准备了的。

那些见手青有的已经干了，有的发了霉，刚被放进去的则很新鲜，还保持着鲜艳的光泽。

不难想象，它们是怎样在无数个雨后被人一朵一朵捡了回去，又精心给藏了起来。

江闻皓的脊背有些发寒，不自觉地咽了口口水。说是邹莽原用来做标本的，鬼都不信！

一朵见手青从药碾里弹了出来，邹莽原弯腰想要捡起，不小心碰到了边上的手电筒。

手电筒滚了下，一点影子被照在墙上，邹莽原眸色一暗，猛地抬头："谁！"

江闻皓见被对方发现了，也不再躲藏，和覃子朝一起从门外走出来，进到器材室内。

邹莽原看到来者，略意外了下，接着勾勾唇，低头继续反复推着他的药碾。

"嘎吱——"

"嘎吱——"

声音回荡在室内。

"邹莽原，"江闻皓打破了这诡异的气氛，"什么情况？"

邹莽原没说话，又兀自磨了一会儿后才轻"啧"了声："你的语气怎么跟你身边那位越来越像了？这样不好。"

江闻皓蹙了下眉，因为邹莽原的语气令他感到厌恶。

"难得你来找我，我是很想跟你好好聊聊天啦，不过今天不行。"邹莽原的唇边仍带着笑意，视线自始至终落在药碾上，"我很忙，有一件很重要的事必须完成。等这件事做完，我就要离开这里了。"

邹莽原语调轻快，和平日里阴暗沉默的他全然不同。看得出来，他此时的心情应该很好。

覃子朝神色冰冷地注视着他，深知过去的他既然能做出在董娥的胶囊里放火药粉，将骆媛媛关在器材室一整夜的事，现下干出多过分的事都不稀奇。

“别做傻事。”覃子朝暗声警告。

“扑哧——哈哈哈……”邹莽原突然低声笑了起来，肩膀一颤一颤的。

接着，笑声戛然而止，他慢慢抬头冷冰冰地盯着覃子朝：“你少教训我！要不是你，江闻皓不会用现在这种眼神看我！他之前……他之前明明对我很好的……”

邹莽原的脸上闪过一丝恨意，接着就再次变成了古怪的笑：“不过没关系……现在都没关系了……”

江闻皓觉得邹莽原已经彻底精神失常了，在这儿跟他废话没有半点儿意义，将袖子一捋：“打晕了他，先把这些东西处理完再说。”

“没用的，江闻皓。”邹莽原淡淡道，“我说过我就要走了，临走前我会送给这里每人一份礼物，不管他们想不想收都必须得接受，就像他们曾经对我做的那样。”

“今天是校庆，所有人晚上都会聚在食堂。下午有附近的村民来送菜，后厨也很忙，没有人会注意到你。”覃子朝在说出这些话的同时，也感到一阵恶寒，蹙紧眉，道破了邹莽原的意图，“你该不会是想要趁机把这些见手青粉末混进大家的饭里，造成集体食物中毒吧？”

“哈哈哈……”邹莽原摇着头又发出一串笑，“所以我才说啊，覃子朝，我们真的很像。”

“你这个疯子！”江闻皓上前一把揪过邹莽原的领子将他推在墙上，抄起药碾狠狠摔在了地上。

“哐”一声闷响，药碾从中间裂开，碎了的见手青撒得遍地都是。

江闻皓又将那一麻袋的见手青通通倒出来，使劲在上面踩着。

万幸他们及时赶到，不然后果当真是不堪设想。

邹莽原安静地站在一旁，也不上前阻拦，就看着江闻皓将他精心准备的“礼物”踩得稀碎。

覃子朝仍神色暗沉地盯着邹莽原，总觉得事情没这么简单。

如果邹莽原是下定决心要做这件事，看到计划被人破坏，不可能像现在这般冷静。

除非……除非破坏这些见手青已经不能阻止他的计划实施了。

一道闪电划破天际，跟着便是几声炸雷。一个干瘦的身影突然出现在了器材室外，她的膝盖上沾着淤泥，伞被狂风吹得向上外翻着，头发被雨水浇得透湿，遮住了半张脸，显得既狼狈又惊悚。

邹莽原眯起眼，借着又一道闪电的光辨认了下来者，随即轻轻一扬眉梢：

"董老师，您还好吗？"

董娥没回答他的话，推开上前搀扶她的江闻皓和覃子朝，踉踉跄跄地朝他走近。

邹莽原扬起下巴看着她，唇边的弧度放大。他刚要露出一个轻蔑的笑时，一记响亮的巴掌狠狠落在了他的脸上。

"啪——"清脆的声音格外清晰。

邹莽原的脸偏向一边，瞬间就生出了五个鲜红的指印。他嘴角抽了抽，先前的笑意还没来得及收敛，就又是一巴掌。

江闻皓和覃子朝都愣住了。印象里，董娥虽然严厉，但也从不舍得打学生一下。

"邹莽原……"董娥的嗓音因为受冻变得更加粗哑，比被磨砂纸刮过还难听，"我这辈子过得很不幸，所以没办法告诉你这世界到底有多好……"

她说着，再次挥手打向邹莽原的脸，邹莽原下意识闭上眼，可董娥似乎因体力不支，身子猛晃了晃，那一个巴掌狠狠扬起，却是筋疲力尽地贴在了邹莽原的脸上。

"但你不能就不相信它了。"

董娥的手很凉，贴在邹莽原热辣辣的巴掌印上，让他有种很奇怪的感觉。

邹莽原一把挥开她的手："你少说教了，恶不恶心？还是顾好你自己吧！一辈子过成这样，你图什么？去死吧！"

"邹莽原！"江闻皓现在最听不得"死"这个字。他怒视着邹莽原，恨不得把他的头拧下来当炮踩。

邹莽原一边后退，一边笑："你们以为弄坏这些见手青我就没办法了吗？你们错了……我现在在这儿不过只是觉得量不够，想再给大家多加点……那些饭菜里早已经被我放过料了……他们一个也跑不了！欺负过我的人，一个都别想跑！"

"子朝！小皓！"董娥闻言也顾不上再跟邹莽原多说，"你们抓紧时间去食堂，让后厨的师傅千万不要开饭！"她边说边掏出手机要给校领导和安保处打电话，岂料手机进水根本开不了机。

江闻皓此时也不管什么违不违禁了，掏出自己的手机塞给董娥。

董娥迅速接过，再次催促："马上就到晚饭时间了，快去啊！"

两人最后又看了眼董娥和邹莽原，一头冲进雨里……

时间一点点推进，暴雨丝毫没有停下的迹象，反而越下越大。

覃子朝和江闻皓走后，废旧器材室里就只剩下邹莽原和董娥两人。此时的董娥再也没有力气站着了，她扶着墙慢慢瘫坐下来。

手电筒已经彻底没电了，整个屋内漆黑一片，只能靠短暂亮起的闪电看到彼此现在的样子。

邹莽原居高临下地睨着董娥，脸上还残存着明显的巴掌印。他顿了顿，缓步朝着董娥走去，蹲下身凑近了观察董娥的脸。

“董老师，”邹莽原咧嘴一笑，“你是不是要死了？”

董娥疲惫地看着他，喘了半天气后才沙哑地开口说：“快了吧。”

邹莽原用舌头舔了舔破皮的嘴角，歪着头又打量了董娥片刻，再次问：“其实我有个问题一直挺好奇的……你就一点儿没觉得不甘心吗？”

董娥动动嘴唇，话还没说出来就先剧烈地咳嗽了一阵。

邹莽原接着说：“你看你啊，明明和你男人那么相爱，可为了救火，你们一个被活活烧死，一个就此留下病根。你明明是发善心要送小时候的我回家，却差点被邹大山强暴，还背了那么多年不检点的烂名声……你明明是想教我学好，我承认事实上你也的确没少花心思，可到最后呢，我还是要去犯罪了……现在，你也要死了。老师啊，你就真的一点都没有恨过这个世界吗？”

“咳咳咳——”董娥又是狠命咳嗽了半天，邹莽原觉得下一秒她可能就真的要这么咽气了。

董娥的嘴皮动了动，好像说了句什么。

但她的声音很小，邹莽原没听清，于是将耳朵又凑近了些：“你说什么？”

“怎么不恨呢……”董娥笑了，“但是啊……”她的瞳孔突然一颤，一个翻身将邹莽原压在了身下。

邹莽原都还没反应过来，就只听“轰隆”一声巨响，废旧器材室的天花板竟因为暴雨直接坍塌了下来。

好在房顶只塌了一块，两人的位置恰好不在正下方，但董娥的腿还是被掉落的巨石狠狠砸中。

此时的食堂里已经聚满了人，到处弥漫着饭香。

学校今天总算舍得多开几盏灯，食堂里亮堂堂的。大师傅安排人手把饭菜分发到各个窗口，像是为了证明他们的手艺其实还不错，今天的食物也难得丰富多样。

红烧肉、鱼香茄子、肉末烧豆腐、什锦菌菇汤……

同学们饿了一天，绝大多数人为了这一顿甚至中午都没吃饭，此时早已拿着餐盘跃跃欲试，只等饭点一到就冲向窗口。

王城跟宿舍其他几个人坐在距离窗口最近的位置，用筷子戳着餐盘，四下张望：“班长跟皓子怎么还没来？这都快开饭了。”

另一个室友说：“要不咱直接替他俩打了饭，别到时候人来了连口汤都喝不上。”

王城点点头：“有道理……哎，你们看到那红烧肉了吗？里面还放了虎皮鹌鹑蛋呢！”

“要是天天都吃这些就好了。”

“你就在这儿想屁吃！以我的经验，今晚过后的连续一星期内都将是黑暗菜谱，准备好一次性捞回本儿吧，兄弟！”

几人正在嘈杂的食堂里聊着天，突然，大门被人“咚”一下推开了。

此时，正好一道惊雷响过，王城随着不少人的视线一起看向大门外的两个人，差点惊掉下巴：“乖乖，什么情况？”

江闻皓和覃子朝此时根本顾不上搭理王城，雨水将他们从头到脚淋得透湿，一路的冲刺让雨水不断被风吹着灌进他们的鼻腔。

江闻皓粗喘着捋了把脸上的水，对覃子朝说道：“你去后厨，食堂师傅跟你熟！我想办法拦住同学们。”

覃子朝一点头，两人迅速兵分两路。

“丁零——”

开餐铃打响了，江闻皓咬牙骂了声，逆着冲向取餐口的人群，随即一跃跳到了桌子上，冲着王城和宿舍几个人大吼：“王城！到窗口把着，千万别让大家吃饭！”

王城呆呆看着落水狗似的江闻皓，还有些搞不清楚状况：“不至于哈，兄弟，应该够吃。”

“快！”

虽然王城仍没明白江闻皓在发什么疯，但秉着这段时间建立起的革命友谊，他还是点点头召集了宿舍其他几个室友朝着取餐口跑去。

混在人群中的梁子洋和刘宇也看到了江闻皓。

刘宇：“那白痴干吗呢？”

梁子洋不屑地冷哼了声：“谁知道，狂犬病犯了吧。”

“话说郑强今天不是食堂监督员吗？也不知道给咱们先占个离窗口近的位置。”刘宇不满道。

“呵，你指望他？”梁子洋嗤笑，“人家最近正忙着挣表现混奖学金呢，还顾得上给咱俩占位置？”

“呸，这个死胖子。”刘宇正对不远处疏导人群的郑强不满，下一秒就见江闻皓直接踩着桌子冲到了郑强面前，一把抢过了他手里的喇叭。

“你、你干什么！”郑强被突然钻出来的江闻皓吓了一跳，第一反应江闻皓是来阻止他挣表现的。他红着脸挪动着企鹅似的身体拨开人群，踮着脚要把喇叭抢回来。

江闻皓踩着椅子重新站回到桌上，打开喇叭的开关：“都别——”

喇叭发出一阵刺耳的电流声，江闻皓顾不上耳膜疼，使劲拍了拍喇叭，但喇叭就是传不出声音。

他跳下桌子拎起郑强的领子：“怎么回事？”

郑强被吓坏了，结结巴巴地说：“可、可能是没电了。”

江闻皓这会儿快爆炸了，将喇叭朝郑强胸口狠狠一摔：“滚！”

话音未落，他就朝着取餐口跑去。

另一边，覃子朝在后厨找了一圈都没看到厨师长，眼见着就要开饭，他沉了口气让自己冷静下来，开始一个窗口一个窗口地交代打饭的阿姨。

但时间有限，他根本没办法做到认真解释，只能简短地告诉阿姨千万不要开饭。

打饭阿姨面面相觑，都不知道覃子朝是怎么突然出现在后厨的，更不理解为什么不让开饭。她们下午明明还接到厨师长的安排，说一定不要耽误开饭时间，一时间都有些发蒙。

此时，冲到窗口最前面的人开始按捺不住，乌泱泱的一片，嚷嚷着怎么还不开饭。

两个临近窗口的阿姨互相看了眼，犹犹豫豫地拿起勺子，接过餐盘，开始习惯性地抖大勺。

被接过餐盘的同学正跟阿姨软磨硬泡，说一共没几块的红烧肉都被她给抖掉了。

突然，餐盘被人猛地抽走，摔在了地上。

其中一个同学先是愣了下，紧接着怒视着江闻皓，骂了句：“你有病吧！”

江闻皓没还嘴，转身又冲向下一个窗口。

一旁的王城直接傻眼，但还是先拍了拍这位同学的肩赔笑脸：“不好意思啊，朋友，再等一等啊！等一等……”

另一个窗口同样也挤满了人，最前面的是刚刚掏钱插了队的梁子洋。他的手里端着餐盘，见到江闻皓后直觉来者不善，往后退了半步，防备地盯着江闻皓：“你又想干吗？”

江闻皓根本不搭理他，上来就先抢餐盘。

梁子洋一边后退一边吼：“江闻皓你是属狗的吗？想吃自己排队去啊！”

江闻皓这番操作显然也激起了众怒，排在后面的同学纷纷开始吵着让江闻皓遵守秩序，不要插队。

梁子洋又骂了句：“有病！”转身刚要走，只听窗口那边突然传出一声巨响，吓得他直接餐盘落地。

江闻皓看了窗口内的覃子朝一眼，就见他在食堂阿姨的惊呼声中，将面前冒着热气的饭菜连着铁槽一起掀翻在一旁。

他实在没时间解释了，眼下最快的方法只有尽可能地制造骚动，而后尽快处理掉这些食物。

覃子朝推开拦他的阿姨，低声说了句“抱歉”，而后又举起一格铁槽。可还没等铁槽摔落，临近的几个窗口就又接连发出“哐”“哐”几声！

覃子朝循声看去，只见一个瘦小的浑身是泥的身影不知何时也出现在了后厨，正面无表情地推开那些惊愕的打饭阿姨，像揭多米诺骨牌一样，将饭菜一格一格地掀落在地。

邹莽原？

梁子洋的饭被打翻了，此时他正一肚子火气，但无论是江闻皓还是覃子朝，他都不太敢惹。

眼下见到邹莽原这个全民公敌，梁子洋立刻开始大声地煽风点火道：“邹莽原！你爸就是这么教你糟蹋粮食的吗？食堂的师傅们忙了整整一下午，你这样做对得起他们吗？”

“哐当”一声，邹莽原抄起一槽子鱼香茄子直接朝梁子洋摔了过去。

梁子洋猝不及防被铁槽砸中，瞬间被浇了一身的饭菜，烫得“嗷嗷”大叫，上前就要跟邹莽原拼命。

邹莽原冷漠地看着怒不可遏的梁子洋，又端起一盆什锦菌菇汤朝人群泼了出去。

人群顿时陷入混乱，躲避的、尖叫的、怒骂的、害怕的、疑惑的……各类声音混杂在一起，在邹莽原眼里成为一场盛大的狂欢。

邹莽原看着这正在发生的闹剧，笑容越来越灿烂。

“哈哈哈——”他边笑边不断抢起一槽槽的饭菜，肆意抛向这些昔日的同窗，一时间，满桌满地都挂着落着各种饭菜油汤。

“邹莽原疯了！”

“邹莽原你怎么不去死！”

“日后别让我碰到你！”

“啊——汤溅着我了！”

“我的衣服！邹莽原你脑子有病吧！”

邹莽原在众人的咒骂声中，还是一刻不停地掀翻那些饭菜，一次又一次地砸向人群。

直到所有的铁槽都被邹莽原掀翻销毁时，王主任带着保安冲进食堂将他控制了起来。在兵荒马乱间，他匆忙抬头又看了人群中的江闻皓一眼，勾了勾唇。

那是江闻皓最后一次见到邹莽原。当晚他就被校领导带走了，后来好像还来了警察，第二天的早自习他也依然没有出现。

上课时，江闻皓无意间又回头看到了角落里那个空荡荡的座位。他有些出神，脑海里仍是邹莽原临走前冲他露出的那一抹笑，像是带着某种释怀和解脱……

接下来的一段时间里，关于邹莽原到底去了哪里的传言被同学们津津乐道。

有人说邹莽原是被警察带走了，后来又因为一些什么进了监狱。

有人说他怕被报复所以果断退学，到海南去打工了。

有人说自己姨妈家的谁，曾在初云镇火车站的铁轨附近见到过邹莽原，穿得跟个要饭的似的，正在沿着铁轨捡塑料瓶。

还有人顺着上面的故事往下讲，说邹莽原在捡瓶子的时候正好被经过的火车撞死了……

再然后，这些话题连带着食堂里的骚乱一起，随着时间和课业的双重压力渐渐都不再被提及。

没有其他人知道当日的饭菜里其实混入了大量的见手青粉末，由邹莽原亲手带来，又由他亲手销毁。

但见证了全程的江闻皓和覃子朝却明白，那天的邹莽原在一片咒骂他死的高呼声中，或许也想选择活上那么一回。

至于他为什么会在最后那么做，他们只知道应该是跟董娥有关，但具体两人那天到底又说了什么，就不得而知了。

春天的脚步随着这场连绵阴雨的结束正式到来。

阳光普照，蒸发了阴影里那团湿漉漉的水痕。

第二十二章 向日葵

董娥自从那天在器材室腿被碎石砸伤后，就再没能站起来。

覃子朝几乎利用了所有的课余时间亲手为她做了一辆轮椅。在风和日丽的日子里，他就会和江闻皓、杜亚男一起推着她在学校里面转转。

正是万物复苏之际，四处一片春意盎然，可董娥近来睡着的时间却越来越多。

她自己调侃说这叫“春困”，但知道她病情的人都明白，她的身体如同一节漏电的电池般，在不断地迅速消耗、衰竭。

这天又是个大晴天，春日的阳光透过窗户洒在教室里，照得人浑身上下软绵绵的。

江闻皓习惯性地托着腮，半垂着眼听着讲台上的老张就一道立体几何题展开全方位讲解。

也不知是今天的温度太过宜人，还是覃子朝大发慈悲没有抽他垫下巴的课本，许久没在课上睡觉的江闻皓只觉得眼皮越来越沉，在老张逐渐变远的声音里浅浅睡去……

他再睁眼时已经下课了，桌面被人用手指叩了两下，然后传来声熟悉的咳嗽。

江闻皓几乎瞬间就睁开了眼睛，抬头看到来者后，他带着睡意的眸子颤了颤，微微一跳：“您怎么来班里了？”

站在他面前的董娥白了他一眼，嘴上数落着：“一来就见你在课上睡觉，到底什么时候才能让人省点儿心？”

江闻皓又看了看董娥，觉得她今天的气色似乎比之前好了不少，甚至都没有坐轮椅。

董娥从上衣口袋里抓出一把葵瓜子：“我看今天天气好，这会儿刚好是大课间，你陪我到楼下的花坛里把它种了吧。”

江闻皓点点头，跟着董娥一起下了楼。

他发现董娥的脚步似乎也变得轻快了，像是又恢复到了病情恶化前的样子。有三三两两的同学从他们身边经过，吵吵闹闹的，也听不清具体在聊些什么。

两人一起来到了花坛边，金灿灿的阳光照着里面才开没多久的三色堇，颜色十分鲜艳。

董娥站在阳光下，弯腰用小铁铲松土。

江闻皓怕她累着，从她手里接过铁铲把土刨开，又把那些瓜子一颗一颗种了进去。

“你分开点撒，别挨得太近。”董娥在一旁指挥，“哎，又太远了！这给你三个花坛你都种不完！”

江闻皓没还嘴，他许久没被董娥这么训了，猛然听她这么一唠叨，竟还觉得有些亲切。

“向日葵开花晚，三四月份种下去，要到七八月份才能开花呢。”董娥轻声叹了口气，又笑了笑说，“不过没关系，到时候记得摘几朵来看我啊。”

“到时候一起来摘。”江闻皓种下最后一颗瓜子，拍了拍手上的土。

董娥安静地看了江闻皓一会儿：“小皓，还记得我跟你讲的那个梦吗？我梦到一条大鱼，带着我去到了河对岸，我的爱人在那里等我。”

江闻皓直起腰，轻轻“嗯”了声。

“我昨晚又看到它了。”董娥迎着暖阳，神色安然，“水面很平静，没有一点风浪。天气也很好，就像现在这样。他吹着口琴，那声音被风吹到了河对岸，我就听着口琴声坐在了大鱼的背上，朝他那边缓缓游去……”

江闻皓微微眯起眼，总觉得正在发生的一切是如此祥和美好，却又隐隐透着些不对劲。

他问董娥：“为什么只有我们两个？覃子朝和杜亚男呢？”

董娥转身从花坛后拿出一把吉他，递给江闻皓。

江闻皓看着那吉他，是很老旧的款式。如果没记错的话，应该是七八十年代比较流行的。

“再给我弹一首吧。”

江闻皓恍恍惚惚地接过吉他，看向阳光下的董娥。

董娥冲他笑着点点头，示意他快点。

江闻皓抿唇沉默了下，抱着吉他坐在了花坛边，垂眸扫动琴弦。

董娥一如当初文艺会演时那样，挺胸抬头，两手交叉摆在身前，调整好了丁字步，接着清了清嗓子。

风雨带走黑夜，青草滴露水。
大家一起来称赞，生活多么美。
我的生活和希望，总是相违背。
我和你是河两岸，永隔一江水。

波浪追逐波浪，寒鸦一对对。
姑娘人人有伙伴，谁和我相偎。
等待等待再等待，心儿已等碎。
我和你是河两岸，永隔一江水。

我的生活和希望，总是相违背。
我和你是河两岸，永隔一江水。

江闻皓忽然听到有人在叫董娥的名字，停下拨琴弦的手回头看去。只见一个穿着浅灰色工装的男人站在不远处的树下，冲这边笑着招手。虽然看不清那人的五官，但能感觉到对方的眼底带着爱意。

董娥深吸了口气缓缓吐出，接着伸了个舒舒服服的懒腰，对江闻皓眨眨眼，说：“我要走啦！”

江闻皓一慌，连忙问：“您去哪儿？”

董娥的背影逐渐没入春光，走向树下等她的人，最后又回头温柔地看了江闻皓一眼。

“河的另一边。”

…………

江闻皓猛地睁开眼，发现自己依然坐在教室里，只是窗外没了阳光，又开始下雨。

淅淅沥沥的雨声敲打着窗檐，间或还有几声闷雷。他呆呆看着台上讲课的老师，后知后觉地发现身边覃子朝的位置居然是空着的。

江闻皓拍了下前座同学：“覃子朝呢？”

“刚被王主任叫走了。”

他淡淡“哦”了声，再次扭头看向窗外。

从这个角度可以直接望向楼下的花坛，随风摇曳着的三色堇，枝叶与花瓣都被雨水拍打得轻轻发颤。

后面的两节课，覃子朝一直都没回来。下课铃敲响的一瞬间，江闻皓起身第一个冲出了教室，直奔政教处。

隔着雨幕，他看到政教处外面的台阶上有个人，也没有打伞，向来挺直的脊背此刻有些前倾，垂着头，一动不动地坐在那儿，像尊没有生命的雕塑。

江闻皓突然就有些不敢再向前走。他呆呆地注视着雨中的人，垂在两侧的手不断攥紧，松开，再攥紧，最后使劲吞咽了下口水，朝着对方一步步慢慢挪了过去。

“覃子朝。”

那人听到有人在叫他，反应了一会儿后才缓缓抬起了头。

江闻皓对上了覃子朝通红的眼睛。

“小皓，老师刚刚……”覃子朝闭眼使劲咬了下牙，“董老师走了。”

走入三月的暖阳里，与所爱再不隔着一江水。

按照董娥的要求，她的葬礼办得相当简单。

吊唁的场所就安排在她的宿舍里，也没有什么香烛纸钱长明灯，有的只是学生们送来的白色菊花，簇拥在一张她刚来云高任教时拍的照片周围。

年迈的老校长穿着一身肃穆的黑西装，在王主任的搀扶下给董娥深深鞠了一躬，鼻梁上架着的眼镜随着他的一次一次弯腰再起身而布满了雾气。

“节哀。”覃子朝冲老校长还了一躬。

老校长叹息着拍了拍他的肩膀：“你们都是董娥的骄傲。”

从头到尾，屋子里都回荡着阵阵啜泣与呜咽。

一班的学生在此之前其实没几个知道董娥生病的事，对于她的离开都有些接受不了。

江闻皓知道这并不是董娥想要看到的，于是整场吊唁，他都是一副相当平静的样子，和同样没有流一滴眼泪的杜亚男一起，将那些菊花整整齐齐地摆放在董娥照片的周围。

次日清早，董娥被火化葬入了杜陵山公墓。

这里离云高不算远，站在山顶的那棵松树下，可以直接眺望到整座校园。

江闻皓、覃子朝和杜亚男三人经过王主任的批准，同意他们一直把董娥送到杜陵山上去。

而后，他们在这里陪了董娥一整天，从清晨直到太阳落山。

江闻皓背着吉他，一首接一首地弹着董娥平日里爱听的歌。

没有哭泣，也没有歇斯底里，只是安静地听着雨打山林，看着那些叫不出名字的野花在春雨的滋养下含苞待放……

他们重新回到学校的时候，雨已经停了。云高的铁门下面依稀有两道剪影，一个蹲在地上，手里拿着烟杆，另一个揣着手四处张望。

在看到从杜陵山回来的杜亚男后，那个女人先是快走了几步，却又在看到杜亚男身边跟着的江闻皓和覃子朝时，猛地刹住了脚，退了回去。

“来了！”说话的人正是杜亚男的妈妈罗翠花，她用脚踹了踹旁边的男人。

老杜站起身，之前号称被邹大山打瘸的脚也在邹大山死后自动痊愈了。他往地上吐了口唾沫，又用布鞋碾了碾，在杜亚男发现他的时候清了清喉咙，将人叫住。

“咋的，真不认我这个爹了？”

杜亚男停下脚步，却没回头。

罗翠花见状忙堆起笑脸，亲热地去拉杜亚男的袖子：“这不是你过年都没回家，我跟你爸都想你了！哦，还有家傲！过年的时候他一直在念叨你哪，说姐姐怎么还不回来呀，想吃姐姐做的莴笋炒肉呀，被子也没人晒啦……”

“你们来干什么？”杜亚男冷声打断，一改往日的胆小怯懦，语气平静。

罗翠花见自己主动示好，杜亚男却不为所动，又有些恼。

“我看你就是跟着董娥学坏了。”她说着往地上啐了一口，“早知道，当初就该让你早点去镇上打工，也不会像现在这样学得连爹妈都不认！要我说，董娥她这就是遭了报应，自己不能生，一天天光想着抢别人女儿。”

“你说什么！”江闻皓的拳头握得“咯咯”响，红着眼就要上前跟他们拼命，被覃子朝拦住。

罗翠花让他吓得“哎哟”了声，抱着头蹿到老杜身后。

江闻皓被覃子朝攥着胳膊，能感觉到覃子朝的胸口也在沉重地起伏，应该是竭尽全力忍着才没动手。

江闻皓咬牙逼视着罗翠花，明白覃子朝是在用最后一丝理智，拴着他们不要在这种时候惹事，以免情绪失控造成不可挽回的局面。

“爸、妈。”杜亚男突然淡淡开口，淡定地注视着老杜和罗翠花，“这是我最后一次这么叫你们。从今往后，你们不要再来找我，我也不会再要家里一分钱。等你们老了，要是杜家傲不养你们，我会定期往家里打钱，但请你们不要再想着打扰我的生活，我是不会见你们的。”

“杜亚男！”罗翠花听着这话突然就有些发慌，“你这不孝顺的东西，我真是白养你了！”

“混账东西！”老杜粗声骂了句，直接又暴露了此番前来的目的，“我已经跟赵家说好了，你们先摆席订婚，然后你就跟着亲家到初云镇去！这学不用上了！”

“我国法律有规定，父母或者其他监护人不得允许或者迫使未成年人结婚，不得为未成年人订立婚约。即使我年满十八，订婚也并不能对婚姻具有任何约束性。”杜亚男逻辑清晰，态度冷静，“根据《中华人民共和国民法典》第一千零四十六条，结婚应当男女双方完全自愿，禁止任何一方对另一方加以强迫，禁止任何组织或者个人加以干涉……如果你们执意如此，我会直接申请走法律程序。老师已经把她律师朋友的联系方式给了我，对方会帮我的。”

罗翠花和老杜看着面前的杜亚男，都傻眼了。他们怎么也没有想到，曾经说话都不敢拿正眼看人的杜亚男，居然会变成现在这副样子。

江闻皓握紧的拳稍稍放松，和覃子朝一起望着杜亚男。

她真的变了，依稀间竟有了些董娥的样子，那么意气风发、那么从容自信。

“还有，我不叫杜亚男。”女孩勇敢地抬起了头，一字一句道，“我姓董，我叫董云霄。”

驱散浓雾，直冲云霄。

明明是夜晚将至，可太阳偏偏像是要跟人打个照面似的从云层间短暂地露出了头。

一时间，晚霞千里，如同一幅绝美的油画。

归鸟翱翔在玫瑰色的天际，飞向一颗最早升起的星星。

那是她啊。

董娥离开了，虽然最后也没能看到向日葵开花，但她精心播种下的每一粒种子已然生根发芽。

逝者已逝，活着的人仍要继续踏向征程。

接任董娥管理一班的是一位名叫曹刚的男老师，还是教语文，挺逗的一人，跟同学之间也没什么距离感，大家都喜欢叫他“刚子”。

江闻皓和覃子朝在平日相处时，都会默契地尽量避免谈及董娥。

毕竟有些伤痛就像一根扎入骨缝的刺，虽不痛彻心扉，却是持久绵长，只要稍微活动一下，就会突然提醒你，它其实一直都在。

这天下午又是全校大扫除，江闻皓被分配打扫教室。

刚子热血沸腾地给他扔来一块抹布，比了个大拇指，说：“少年啊！人生就像这块抹布一样，岁月的风霜让它遍体鳞伤，世界的洁净又非它不可！好好干，这片战场就交给你了！”

他说完，昂首阔步地离开教室，又去视察其他“战区”了。

江闻皓接过抹布，低笑了声“有病”，而后跟着其他几个留在教室里的人一起打扫起卫生。

夕阳将教室照得红彤彤的，被一届又一届学生打磨得光溜溜的桌面上反着一竖狭窄的光。

窗台上的绿萝刚被浇了水，它之前一直都是放在董娥的办公室里的，董娥走后，江闻皓便将它搬回了教室。

一班的学生都很爱护它，曾经有外班的人在走廊里打球，差点把绿萝打翻，被江闻皓拎着领子顶在墙上，声称要是绿萝掉一片叶子，就拿他当肥料。

后来这位同学果断把江闻皓告到了政教处，王主任让江闻皓在政教处门口罚站了大半天，最后还是覃子朝叫来刚子才把他给领走的。

口袋里的手机振了下，江闻皓掏出看了眼，是覃子朝发来短信。

覃子朝：打扫完了吗?

江闻皓：快了。

覃子朝：好，我这边也快了。待会儿你在楼下等我，一起去吃饭。

江闻皓发了个“好”后，将手机重新揣回了口袋。

“江闻皓，还不走啊？”班上的一个女生将扫帚放回教室后面的墙角，她现在已经彻底不怕这个从城市来的小少爷了。

“等人。”

“那行，你走的时候记得把门关了哈！”

其他同学陆陆续续地离开了，转眼间就只剩下江闻皓一个。

他往桌上一坐，打量着偌大的教室，又看看墙上的时钟。余晖洒落在他的肩上，将他散漫的神情藏进阴影里。

忽然，江闻皓发现黑板上的高考倒计时居然忘了更新。他跳下桌子，拖着脚步走到讲台上去翻粉笔盒，打算顺手把天数给改了，却发现粉笔盒居然是空的。

江闻皓“啧”了声，弯腰把手探进桌斗想摸摸看有没有碎的粉笔头，突然眸色一颤，整个人僵在了那里。

覃子朝打扫完清洁区，在返回教学楼的路上就又给江闻皓发了信息，但对方一直没回。

他在教学楼下站了会儿，见天都快黑了江闻皓都还没下来，微微蹙了下眉，快步朝班级跑去。

教室被暗淡的天光分割成明暗不一的几块。站在走廊上隔着门，覃子朝看到江闻皓正背对着他蹲在讲台上。

江闻皓大部分身影落在黑暗里，只有半边肩头上落了块橙红色的光。覃子朝以为他是不舒服，急忙上前查看情况，却在看到他布满泪水的脸颊时蓦地怔住，视线下移，看到了他怀里紧紧抱着的东西。

——那是董娥的袖套。

还没来得及洗，上面沾满了粉笔灰。

江闻皓哭得没有一点声音，死死咬着牙，但眼泪就是控制不住地往外涌。

这是自董娥离开后，他第一次哭泣，像个迷路的小孩儿，只能抱紧唯一从家中带出来的信物。

江闻皓缓缓抬头望向覃子朝。他哭得呼吸有点急促，脸也憋得通红，像是羞于被覃子朝发现了他的软弱，抬手胡乱抹了把脸。

袖套上的粉笔灰粘在他的脸上，又被眼泪冲花。

“看你大爷……”江闻皓抽噎了下，“转过去！”

覃子朝没动，仍是垂着眼沉默地注视着他。

江闻皓又用袖子使劲擦了擦脸，站起来想要背过身去。

下一秒，一个怀抱将他牢牢抱紧。

“没关系。”覃子朝的声音自头顶响起，他一下下轻拍着江闻皓的背安抚道，“没关系，哭出来就好了。”

“覃子朝……”江闻皓揪着覃子朝的衣领，无助地看着他，问道，“是不是因为我不够虔诚……所以许下的愿望从来都不能实现？”

覃子朝没说话，隔着教室的窗抬头望向最后一缕夕阳。

“不会的。”片刻后，他终于又再次轻声开口，“老师现在已经去了河的另一端，和她的爱人在一起。”

“真的吗？”

“真的。”

这句回答连同那抹残阳，一同浸入了这个春日的晚上。

这天夜里，宿舍又停电了，已经回暖的气候让301宿舍的人即便刚洗完澡，也还是出了一层汗。

后半夜，屋外总算开始刮风，树叶“沙沙”作响，随风摇晃。

江闻皓忽然浅浅睁开眼，看着面前的墙壁，出声问覃子朝：“起风了，明天是不是会降温？”

“早西北晚东南，是个晴天。”

“那就好。”江闻皓闻言，重新闭上了眼。

这样，载着老师的那条大鱼，就能游得更稳一些。

再后来，江闻皓不知何时睡着了。

听着他逐渐变得沉稳而绵长的呼吸，覃子朝小心翼翼地下了床打开宿舍门，悄悄走了出去。

启明星已经悬在天空，正如自己所说，应该会是个好天气。

操场的草坪上积攒着隔夜的露水，在路灯的照射下无声地滚入泥土。

覃子朝开始绕着操场奔跑，他目不转睛地盯着前方，不知疲累、不知休止，一圈又一圈……

直到天光越来越淡，晨雾也逐渐散尽，他才筋疲力尽地仰躺在塑胶跑道上，抬起胳膊，遮住了眼睛。

天是一天暖过一天了，某个午后，竟然传来了几声蝉鸣。

步入高三后，江闻皓每逢周末都会到路老师家学习乐理知识，准备不久后的艺考。

路老师和董娥以前在一个队下乡，跟她还有她爱人的关系都不错。那场大火他也在，脸上到现在都还有一片巴掌大的烧伤。

路老师虽然容貌有些吓人，但从他家的陈设装潢到他的习惯穿着都不难看出，他是个非常有格调的人。

老路脾气有点怪，平时也不怎么喜欢与人来往，但他从见江闻皓第一眼起就挺喜欢江闻皓，觉得这孩子在音乐方面有天赋。

知道江闻皓喜欢听黑胶唱片，老路还专门拿出了他的宝贝唱片机和收藏品。这天，两人一边听唱片，一边天南地北地扯些音乐近些年的发展，不知不觉就到了傍晚。

“覃子朝待会儿又来接你？”

江闻皓“嗯”了声。

“怎么跟放学接孩子的家长似的？”老路起身朝厨房走，“我做了桂花酸梅汤，正好等他来了一起喝点。这天真是越来越热了。”

屋外的丝瓜架轻轻晃了晃，老路家的小院门被人推开，接着就传来个嘹亮的大嗓门：“路老师在家吧？”

老路顺着厨房的窗户往外看去，只见一个烫着大波浪头的中年女人拎着两大兜子礼品，满脸堆笑地站在他院里。

女人身后还跟着个身材肥硕的男生，手里拿着把圆号。

江闻皓看到男生后一愣：“郑强？”

老路回头：“怎么，认识啊？”

江闻皓垂下眼：“不熟。”

老路将刚拿出来的酸梅汤又冻回冰箱里，摇头叹了口气：“这孩子的妈是真不死心，最近隔三岔五就带着她儿子往我这儿跑，非让我教他圆号。”

“你又不会吹号。”江闻皓有时候是真搞不懂一些人，总觉得搞音乐的就应该所有乐器样样精通，就像学计算机的就一定得会维修电脑一样。

老路冷哼了声：“你当他妈妈是真让他来找我学音乐？无非是不知道从哪儿打听到我跟央音的校长是同学，想托我在艺考的时候给他孩子走走后门。你说这些个家长一天天净琢磨些‘歪门邪道’，孩子能学好吗？”

听老路这么一说，江闻皓想想还真是。

随着高考一天天逼近，课业压力也是越来越大。近几次模拟考下来，原本成绩在班里还算不错的郑强竟然考得一次不如一次。

他自己也急，每天最早一个到教室，又最后一个回宿舍，一埋头就是一整天，恨不得住在教室里，可偏偏越拼命想考好就越考不好。

为此，刚子已经找郑强谈了好几回话，郑强的家人也给郑强买了各式各样的养脑护肝保健品，结果非但不见郑强成绩提高，反而把他养得更胖了，他早操跑个一两圈就上气不接下气，怕是体育这关要悬。

对于一个高中生来讲，最可悲的不是没好好学习导致成绩垫底，而是明明曾经被寄予厚望，却因为扛不住压力节节后退。这样的绝望感无疑是巨大的，于是郑强家也开始想退路，打算临时抱佛脚学学艺术，起码这样能上个不错的大学。

“路老师？”郑强的妈妈王秀芬推开了绿色的纱网门，探头进来，“哎呀！您在家哪，我还以为您有事出去了！”她说着连忙回头冲郑强招手，“这孩子！磨磨蹭蹭的！快，来跟老师打招呼！”

郑强扭捏地拿着他的圆号，从门外挪了进来，在看到屋里的江闻皓后，小眼一眯：“江闻皓？”

王秀芬一听郑强跟屋里的人认识，瞬间找到话题：“这是你同学吧？看看，之后你们就一起跟着路老师好好学！”

“秀芬姐。”老路打断，“我都跟您说了，我教不了。”

“您就别谦虚了，路老师！咱们镇的人哪个不知道您是大艺术家啊！”王秀芬边说边就要把礼品往老路手里塞，“再说啦，您一个也是教，两个也是教不是？”

“这不一样。”老路将礼品退回，“江闻皓有专业基础，我也就是帮他加强巩固一下。老实说，您孩子现在学音乐入门有些晚了。艺考的时候，全国各地的人才聚在一起，各凭本事，现在冲刺真来不及。要不，您试试看给他另请高明？”

“嗐，不晚不晚！”王秀芬跟老路使了个眼色，“只要是路老师的学生，能考不上吗？您说对吧？学费的事您千万别担心，需要多少只管开口提！都是为了孩子，再多钱我们这些做家长的也得花不是？”

“秀芬姐，这是当着孩子的面，有些话我不好说。”老路皱眉，明显有些不耐烦了，“艺考也是正规考试，没有您想的那些弯弯绕绕在里面。您请回。”

王秀芬吃了闭门羹，脸上多少有些挂不住，语气也不由得加重：“路老师，您看您之后应该也常住初云了吧？都是街坊邻居，有什么事互相拉一把，您怎么就能确定以后不会需要我们这些人呢？”

“请回。”

“你！”王秀芬愤愤瞪了他一眼，回头对郑强没好气道，“我们走！”

老路："您东西带好。"

王秀芬转身，没好气地把礼品挎回到身上，出了老路家门后忍不住狠拧了把郑强的耳朵。

"哎哟哟——妈，疼！"

"喊什么喊！人家收别人就是不收你，还不知道丢人？"

郑强揉着被揪红的耳朵回头看了江闻皓一眼，肥大的鼻头翕动着，一步步往后退着出了院子。他刚跨过门槛，就跟来接江闻皓的覃子朝撞上了。

郑强重心不稳，撞在覃子朝身上的时候整个人向后仰去。

覃子朝眼疾手快地将他扶住："没事儿吧？"

郑强没有道谢，眯着小眼打量着他。

一旁的王秀芬一看更来气了："好个老路，不是说不收学生？这不就又来了一个？"

覃子朝将郑强扶稳，又跟王秀芬点头问了句好，便快步踏进了院子。他今天跟徐秋云去了趟村里打扫老房子，回来得晚了些。

江闻皓正搬着小凳子坐在丝瓜藤下，抬头看见覃子朝来了便站起身："老路让你进屋喝酸梅汤。"

覃子朝点点头："不好意思啊，来晚了。"他接着又问，"郑强刚刚怎么也在？"

"他妈妈想让他学音乐，带着礼品来找老路。"

"路老师答应了吗？"

"你觉得呢？"

老路在屋里听到覃子朝来了，端着酸梅汤出了院子，给了江闻皓和覃子朝一人一杯。

三人站在檐下边喝酸梅汤边看着丝瓜藤上结出的小丝瓜。

等到天全黑了以后，两人才从路老师家出来。

徐秋云从老房子离开后，顺路又去了彩霞家找李婶说话，覃子朝答应来接江闻皓，就先回了镇上。

路过牛肉面馆时，江闻皓突然想吃。两人进店要了两碗牛肉面，边吃边又听见面馆老板在和隔壁小卖部老板说话。

"邹家的房子被卖了，钱已经在陆续还了。"

"是吗？那邹家那小子……"

"不知道上哪儿去了，听说犯了事儿被关进去了。"

"呸，活该！总之跟他爸一样，都是坏种！"

"可不，我老早就觉得那小子迟早得完蛋。"

"那你知道他到底犯的什么事儿吗？"

“啧啧，不清楚。”

江闻皓连喝了几口汤，用纸巾擦擦嘴。这家面馆的味道确实是很不错的，只是不知为何，他每次都吃不完。

两人出了面馆，沿着一条小街往家走，春末夏初的夜晚已经丝毫没了凉意，微风吹在人身上有种泡在温水里的感觉，十分舒适。

蛰伏了一整个冬季的虫子又开始在草丛间肆意鸣叫了，不知是谁家种的茉莉早早开了花，散发出阵阵清幽的香气。

“覃子朝，”江闻皓突然停下脚步，看向覃子朝道，“我想冲一把央音。”

“真的？”

江闻皓“嗯”了声：“央音的分数会比其他音乐学院都高，附中还会升进去一批人，竞争估计很激烈。文化课你得帮我。”

“放心，”覃子朝鼓励道，“你这么聪明，一定没问题。”

“你要去政法大学的对吧？”江闻皓说，“这样我们就又能在一个城市了。”

“江闻皓，我真的很高兴。”

“不过先说好，要是没考上，你可别怪我。”

“你一定行的，小音乐家。”

江闻皓皱眉：“你能别用这么恶心的称呼叫我吗？”

“大音乐家。”

这之后，江闻皓除了日常在校上课以及周末的专业课学习外，又多出了个一对一专项辅导。

他不得不再次感慨覃子朝如果去当老师，绝对能成为骨干。

在对方的针对性辅导下，江闻皓的文化课成绩已经稳在了音乐类艺术生的分数线上。

连刚子都对江闻皓称赞有加，拿着江闻皓字迹像鳖爬般的笔记本，非要留作纪念，声称等江闻皓将来红了，他就把笔记本挂班级墙上展览。

然而几家欢乐几家愁，在这最关键的一年里，有人顶着压力迎头而上，也会有人扛不住，顺水往下滑。

就比方说郑强。

他将所有的原因都归结在了梁子洋和刘宇身上，觉得是他们拖累了自己。

三人为此还打过一架，最后郑强被另外两人果断抛弃了。三人组正式土崩瓦解，梁子洋和郑强反目成仇，带头在班里排挤起了郑强。

郑强一方面恨极了梁子洋，一方面又畏惧他，心情不好，导致成绩更是越来越差。

这日，郑强请了个病假，把自己扔在宿舍瘫了一整天，觉得再这么下去，他就真完蛋了。

郑强望着天花板，眼神时而迷茫，时而不甘，时而怯懦……如此翻来覆去地消化了无数种情绪和想法后，他终于在太阳升起前做出了一个艰难的决定。

而这个决定，也在高考那天彻底改变了他的一生……

第二十三章 明天

夏去秋来，又是几度轮转，一眨眼就到了艺考的日子。

央音属于专招类院校，文化课过线后按照专业成绩择优录取。在覃子朝的帮助下，江闻皓的文化课成绩已经稳定在了线上，甚至还高出不少。

专招考试的地点在北京。这个周末，江闻皓订了两张从初云去往北京的火车票，因为覃子朝临时决定跟他一同前往。

在此之前，覃子朝从没去过北京。天安门、长城、故宫和北海公园也都是只在影音资料和书本上见到过，最主要的，他想去看看政法大学。

进京的列车奏响高亢的汽笛，越过连绵群山，将他们送到了这座繁华的都市。

到站后，恰逢夕阳西下。

正值上下班高峰，即便道路再宽阔也还是拥堵得不行。两人干脆选择搭乘地铁去往提前预订好的宾馆。

路上江天城给江闻皓打了通电话，江闻皓看了看，没接。

过了一会儿，江天城就又发了个大红包过来：带小覃好好转转。

江天城自从从王主任那里得知了江闻皓要考央音，并且大有希望的消息后，与江闻皓的联系就明显频繁了许多。

对此，江闻皓依旧保持着一贯不冷不热的态度。

冯婳隔着门听着他们父子二人的对话，倍感压力与危机，只想着尽早把江朗朗培养成人才，以免江闻皓日后真考上央音，她的儿子落于人后。

偏偏江朗朗在她的高压管理下一天天越来越叛逆，冯婳成日一个头两个大，又拿这宝贝儿子没办法。纵然看似光鲜的生活，终也还是免不了一地鸡毛。

当晚，江闻皓和覃子朝吃了烤鸭。两人从店里出来后沿着胡同散步，不知怎么就一路到了后海。

后海不是海，还没覃子朝老家边上的湖大，但四周开满了餐馆、酒吧，被一片灯红酒绿衬托得格外热闹璀璨。

江闻皓走得有点渴，刚想去买饮料，被一个一看就打扮得特别有文艺范的女孩拦住。

“不好意思啊二位！我们是摄影工作室的，方不方便给你们拍张照片啊？”女孩怕被当成骗子，赶忙递上工作室的资料和名片，双手合十，“照片精修后，我会发给你们，拜托拜托啦！”

江闻皓看了覃子朝一眼，覃子朝点点头。

女孩激动得两眼放光，回头叫边上的摄影师抓紧时间，带着他们到了桥边。

摄影师在镜头里边构图边指挥着：“来，二位！靠近一点……对对，高的那个帅哥稍微低点头，另一个小帅哥仰点脸，非常好！”

摄影师：“我数三、二……”

“咔嚓”一声，画面被定格了下来。

之后的艺考进行得很顺利，江闻皓觉得应该是稳了。

出考场后，他第一时间给老路打了通电话。

老路的态度显得很平常，表示自己的学生目标就不该只是被录取，而是专业第一。

江闻皓卸下了考试包袱，又陪覃子朝去了趟政法大学。

因为还要赶着回去全力冲刺高考，他们没敢在北京多做停留，买了连夜回初云镇的车票。

临走前，在车站附近的麦当劳，覃子朝又看了眼点餐牌上儿童套餐的随赠玩具，在那儿默默站了一会儿。

“想要吗？”江闻皓说，“我送你。”

覃子朝笑着摇了摇头，随后揽住江闻皓的肩，一起走入了拥挤的人潮。

回到云高后，覃子朝马不停蹄地投入到最后的冲刺阶段。

又过了一个多月，江闻皓收到了央音的专业合格证书，这意味着之后只要保持现在的文化课成绩，考上央音基本没太大问题了。

比起覃子朝，余下的时间里他明显要轻松了不少。

看着对方没日没夜、废寝忘食的样子，江闻皓总觉得自己该干些什么。于是，向来四体不勤、五谷不分的江少爷破天荒干起了伺候人的活。

见覃子朝端着盆子要去洗衣服，江闻皓当即把人按回了凳子上，接过他手里的盆子，淡声吩咐：“你坐着，我去。”

覃子朝有些不放心，想说洗个衣服花不了多少时间。江闻皓屈指叩了叩他的笔记：“给我好好念书。”说完，一挽袖子去了盥洗室。

对于好不容易能够管一管覃子朝，江闻皓竟还有点暗爽，心说不就是洗一洗、搓一搓、泡一泡嘛，问题不大。

结果也不知道为什么，他倒了将近一整袋洗衣粉，愣是搓不出泡沫。

江闻皓盯着盆子“啧”了声：“别是买到假的了吧？”

路过的王城见江闻皓站在水池边一脸苦大仇深的表情，也好奇地凑上来跟着一起看，最后忍不住问：“哥们儿，这里头有什么啊？”

“咱学校是不是快干不下去了？”江闻皓冷声说道，“小卖部都开始卖假货了。”

“嗯？”

江闻皓冲洗衣粉撇嘴：“不起泡沫。”

“嗞，这不应该啊……”王城拎起那袋“洗衣粉”，正反面看了看，“哥哥……这是盐吧？”

江闻皓脸上划过一丝局促，夺过“洗衣粉”凑近了看，还真是！

王城顿时爆笑出声，指着江闻皓垮起的脸，乐得眼泪都要飙出来了。

江闻皓低声骂了句，嘴硬道：“这厂家纯属有大病，包装整得跟奥妙似的。”

“哈哈哈，奥妙！”王城笑得更厉害了，“牛啊牛啊，别说还真挺像的！哈哈哈！覃子朝——覃子朝——”

他边笑边要往宿舍跑，想把今日最佳笑话散布出去，却被江闻皓一把抓着胳膊又给拽了回去：“再笑就给你整包灌下去。”

王城憋着气，浑身仍在颤抖。

江闻皓冷着脸拧开水龙头，将水开到最大，把覃子朝那件“腌渍 T 恤”扔在下面胡乱一冲就算洗完了。

覃子朝做完了一套卷子，就见江闻皓和王城一起回来了。

王城一看见覃子朝就又想笑，绷着嘴角问：“那什么，班长，你最近身上没受伤吧？”

覃子朝扬了下眉：“没啊，怎么了？”

“没事儿没事儿！”王城连连摆手，“我怕你要是身上有个小伤小口的遭不住。”

“咳。”江闻皓在边上清了下嗓子，瞥了王城一眼，“你今天不用学习？”

“学！”王城很识趣地打住，拿着课本和习题册去了自修室。

江闻皓走到阳台，把覃子朝的衣服晾好，覃子朝看着他的背影，不由得轻轻勾了下唇角。

蝉鸣阵阵，这场面向全体高三生为期两天的战役，终于在盛夏滚滚的热浪中拉开了序幕。

总有人说“成败在此一举”，但江闻皓永远都记得董娥当初的那句话——一切不过才刚刚开始，只要尚在前行，就没有所谓的定局。

一如春去秋来，日月交替，看似是在反复轮转，但每一天又都在发生着不同的精彩故事……

考试前一晚，江闻皓背着吉他，和覃子朝一起上到了宿舍的天台。

繁星璀璨，其中有几颗尤为明亮。江闻皓仰头看着那些星星，总觉得其中一定就有谢菀和董娥。

他不知道一个人从开始相信美好的传说，到觉得是谎言，再到重新去相信，到底算不算长大。

但假如有一天，他也遇到了一个会在暴风雨夜哭泣的孩子，应该还是会这样安慰对方——那些我们深深思念着的人，都会变成天上的星星，永远陪伴在我们身边。

“唱首歌吧，小皓。”

江闻皓扭头看着星空下的覃子朝。这个人在他以为自己被世界抛弃的时候，毫无预兆、蛮不讲理地闯入了他的生活，一把拉住了不断下坠的自己，让他又开始期待起未来。

吉他奏起熟悉的旋律，被夜风吹散，回荡在安静的校园里。

Hey Jude, don't make it bad.
Take a sad song and make it better.
Remember to let her into your heart.
Then you can start to make it better.

Hey Jude, don't be afraid .
You were made to go out and get her.
The minute you let her under your skin.
Then you begin to make it better.

歌声带着几分漫不经心，在间奏后的新一个小节里又加入了一个声音。

And anytime you feel the pain.
Hey Jude, refrain.
Don't carry the world upon your shoulder.

For well you know that it's a fool who plays it cool.
By making his world a little colder.
Hey Jude, don't let me down.
You have found her now go and get her.
Remember to let her into your heart.
Then you can start to make it better.

江闻皓从考场走出来的时候，被耀眼的阳光照得眯起了眼。

世界又再次有了声响，航行的船只都在此时暂时停泊靠港。水手们肆意宣泄着心底的情绪，高中生的身份也终于在此时宣告结束。

覃子朝站在一棵树下，一如往日那般温和从容。

江闻皓松了口气，脚步轻快地向覃子朝跑去。

覃子朝递上一瓶冰镇可乐，江闻皓拉开拉环仰头畅饮。

不需要太多语言，只是一个眼神他们就明白，那个两人共同期望的未来，已经向他们敞开了大门。

这个暑假可谓是三年以来最轻松的一次。

杨志祁从东北老家打电话过来，让他们趁着这段时间去趟东北。

杨志祁在电话里告诉他们，自己在牡丹江待了一段时间后，又转战到了哈尔滨，现在在道外开了家烧烤店，小店不大，但生意还挺好。

江闻皓没去过哈尔滨，挺想到那儿去看看。两人查了下车票，余票居然还有点紧张。有一趟合适的也需要先到江闻皓家所在的城市，再从那儿转车去哈尔滨。

他们本想带上徐秋云一起，她这大半辈子没去过什么地方，过得也不容易，如今也该歇一口气了。

但徐秋云最近正跟李婶合计着一起在镇上开个小饭馆，李婶负责出钱盘地方，徐秋云料理后厨，也不太有时间。

看着徐秋云对开小饭馆这事儿还挺有劲头，覃子朝心里也替她高兴。

听说两个孩子要去看杨志祁，徐秋云专门又准备了一大堆特产，让他们给杨志祁捎去。

两人简单收拾了下行李，又约了关系好的几个室友一起吃了顿饭。

其中一个室友跟郑强刚好在一个考场。据他所说，郑强在数学考试的时候作弊被抓了，最后一场英语甚至都没再出现。

江闻皓闻言只是很淡地“哦”了声。

这个话题很快就又被其他开心的话题给盖了过去，沦落为了众人口中若干小事里最微不足道的一个。

抵达江闻皓家所在的城市时是上午，前往哈尔滨的车要到次日凌晨才会开。

得知江闻皓回来的江天城一早就派老陈开车在站外等着了，生怕江闻皓过家门而不入，直接跑了。

“既然到了，就回趟家吧。”老陈拉开车门，苦口婆心地劝，“最近江总心力交瘁，总在念叨你。”

“他心力交瘁，念叨我干什么？”

老陈摇头叹了声气：“朗朗那孩子也不知道是怎么搞的，最近变得特别叛逆，没少让江总头疼。加上冯……咳，冯婳那边也出了点事儿。”

江闻皓轻轻扬了下眉梢。

老陈讳莫如深：“总之，你见了她就明白了。”

见江闻皓还在犹豫，覃子朝拍了下他的肩：“回去看看吧。”

江闻皓觉得其实没什么必要，但又知道覃子朝这人识礼数，终是没再拒绝。

他们进到院子的时候，刘姨还是第一个冲了出来，接过江闻皓的行李，热情地说：“小祖宗，你可算回来了！”

江闻皓跟刘姨打了声招呼，一抬眼就发现江天城正站在屋内的落地窗前。

在对上江闻皓视线的时候，他点了下头，接着也走到了门口，问：“怎么这么久？”

“路上有点堵车。”老陈连忙回道。

江天城“嗯”了声：“饭做好了，进屋吧。”

江闻皓和覃子朝对视一眼，跟着刘姨进了门。

餐桌上摆满了丰盛的饭菜，江天城坐在主位，眼神全程都跟着江闻皓，直到他落座。

江闻皓敏锐地发现，桌子上只摆了三套餐具，属于冯婳的那套珐琅瓷碗筷并没有出现。

江天城又盯着餐桌当中的炖汤看了会儿，对刘姨说：“把冯婳叫下来一起吃顿饭，孩子难得回来一趟。”

“这……”刘姨面露难色，末了点点头，“我试试吧。”

江闻皓好奇心更甚，微微眯起了眼。

江天城转过头：“考得怎么样？”

江闻皓掀掀眼皮：“凑合。”

“上央音有把握吗？”

“凑合。”

父子俩聊不到几句，又习惯性地冷了场，江天城只能将目标放到了覃子朝身上。

“小覃呢？听你们老师说，你是要考政法？”

“是的，叔叔。”

江闻皓皱了下眉，对江天城私下打听覃子朝的事很不爽。他刚想开口怼，就被覃子朝先一步觉察到，在桌下撞了撞他的腿。

江闻皓抿抿唇，把话憋回去了。

“政法挺好。”江天城自顾自地说道，“将来毕业后是打算从事法律相关的工作？”

“嗯。”

“挺好。我公司的法务部门正好需要些新鲜血液，到时……”

“谢谢江叔叔。”覃子朝谦和地笑了笑，“我大学报考的是刑法相关的专业，和公司的日常业务可能不是特别匹配。”

江天城愣了下，片刻后又兀自点点头：“哦，是吗？”

“不过江叔叔以后要是有什么法律上的事需要咨询，可以随时问我。”

三人正说着，二楼冯婳房间的门发出细微的响动，跟着传来下楼声。

江闻皓抬了下眼，在看到冯婳后微微一愣，差点没认出来。只见她用一条丝巾裹着头，在屋里也还是戴着副墨镜。

即便如此，江闻皓也还是发现她的脸肿得厉害，鼻梁也变得很奇怪，像是被人捅了根钢筋。

江天城冲冯婳招招手示意她过来。

冯婳勉强冲江闻皓笑了下：“回来了。”

江闻皓发现，她的脸就像僵了一样，笑的时候颧肌动也不动，像是蜡像馆里的蜡像。

见江闻皓一直盯着自己，冯婳连忙神经质地又把纱巾拉了拉，遮住了半张脸。坐在餐桌上时，她也不说话，和当初最善于攻心和交际的她简直判若两人。

后来江闻皓从刘姨那里才知道，冯婳在两个多月前，跟她在同一个瑜伽班上课的阔太飞了趟国外，说是要做什么最先进的抗老项目，结果手术过程中引起了强烈的过敏反应，之后脸就变成这样了。

这件事情对冯婳的打击无疑是巨大的。江天城一方面因她不跟自己商量就偷偷跑去国外做手术的事感到生气，一方面又觉得她可怜，每天都在想方设法联系知名专家，看有没有什么办法能让她恢复。但目前得到的消息都不太乐观。

此时大门又响了声，一个胖乎乎的“小冬瓜”背着书包钻了进来。

冯婳一看自己儿子回来了，连忙起身迎了上去，帮他接过书包：“儿子回来了！”

江朗朗向后侧了下身，避开冯婳的手。

在看到她脸的时候，他的小脸不由自主地又皱在了一起。

“朗朗，过来跟哥哥打招呼。”江天城在饭桌前喊。

江朗朗斜了江闻皓一眼，不情不愿地挪到了桌前，在看到覃子朝后明显认出了他：“你怎么来了？”

江闻皓微微眯起眼，睨着江朗朗，江朗朗出于本能地缩了缩脖子。

江闻皓发现这个小屁孩连小学都还没毕业，耳朵上居然就已经打了耳洞。

“朗朗，妈妈带你洗手吃饭。”冯婳说着就又要来拉江朗朗。

江朗朗一把将她挥开，表情带着分明的嫌弃，接着就像是突然想起什么似的，两眼放光地看着江天城：“爸爸！我们明天就要开家长会了，到时你一定要开着最好的那辆车来学校，好不好？”

“明天啊……”江天城翻开手机备忘录看了眼，遗憾地说，“我明天还有个很重要的会，你让妈妈去吧。”

“是啊，朗朗，爸爸工作忙，明天妈妈……”

“算了，不用了。”江朗朗的脸吊了下去。

冯婳笑容一僵，衬得那张脸更加古怪。

江朗朗从桌上撕了个鸡腿，一边往楼上走，一边头也不回地说：“妈妈这个样子还是在家里待着吧。”

“江朗朗！”冯婳听到他这么说，瞬时红了眼眶。

她快步追上去，声音也不由得变得尖锐：“我是你妈妈！你不能这么跟我说话！”

面对情绪激动的冯婳，江朗朗似乎早已习惯了。他又使劲挣脱了几下，见冯婳仍紧紧抓着他，张嘴在冯婳的胳膊上猛咬了一口。

“啊！”冯婳吃痛地惊叫了声。

江朗朗赶忙摆脱束缚跑回房间，“砰”地关上了门。

冯婳看着家中昂贵的红木楼梯，愣了一会儿后，脱力地缓缓瘫坐在地上，双目无神。她捂着脸，无声地啜泣起来。

江天城看着她如同断线木偶般的样子，知道这顿饭终归是吃不好了，深叹了口气，对江闻皓和覃子朝说：“你们慢慢吃。”接着就上前扶起冯婳，带她回屋里安慰。

客厅一时间静了下来。

刘姨从厨房里探头往楼上瞟了眼，跟江闻皓使了个眼色，解气地小声骂了句：“活该！”

江闻皓闭了闭眼，也觉得被这么一闹，现下彻底没了胃口。

他站起身冲覃子朝扬了扬下巴：“覃子朝，我们出去玩。”

覃子朝也放下筷子：“好。”

两人迅速收拾起行李，在刘姨的连声招呼中一把拉开了别墅的大门……

夜幕下的哈尔滨灯火辉煌，道外相较于道里少了些商业感，却多出了几分烟火气。

在夜市里一家名为“老张烧烤”的小店外，两人再次见到了杨志祁。他依旧是站在灯牌下面叼着根烟，一副不太好惹的模样，只是原先的轮胎扳手如今换成了烤架和一把扇火用的蒲扇。

“祁叔。”覃子朝走上前唤了声。

杨志祁抬头看来，一双鹰眼中的光跳动了下，随即咧嘴哼笑了声：“呵，好小子！”

江闻皓和覃子朝朝祁叔走去，杨志祁冲他们朝店里一递下巴：“去，自个儿找地方坐，待会儿让你们尝尝我的手艺。”

阔别已久，杨志祁的东北腔似乎更重了。在初云镇蛰伏多年终于完成了此生最大的使命，如今的他总算卸下一身沉重的包袱，重新回归了烟火人间。

因为是夏天，很多食客并没有选择待在屋里，而是在街边支起桌椅。三五好友相约在此点些冰啤酒，配着花生毛豆小烧烤侃天说地，说不出的自在惬意。

杨志祁烤完了客人们的串儿，又专门整了几盘自己拿手的凉拌菜，连带着羊肉串和一整箱啤酒一起，让店里打工的小伙给送到了江闻皓和覃子朝面前。

看着滋滋冒油、色泽诱人的烤羊肉，江闻皓不禁扬了下眉：“想不到祁叔还有这本事？”

覃子朝笑了笑：“我也是第一次知道。”

杨志祁这会儿忙得差不多了，把围裙一卸，穿着个大汗衫走到他们跟前坐下，开了瓶冰啤酒：“来，走一个吧。庆祝你们高考结束，脱离苦海！”

两人也不客气，各自开了瓶啤酒跟祁叔碰了下。

杨志祁的目光在他们身上来回打量了下，问覃子朝：“说说，考得怎么样？上政法大学没问题吧？”

“应该没问题。”

杨志祁点点头，又看着江闻皓：“你呢？”

“央音，应该也还行。”

“好！好！”杨志祁满意地感叹了声，给他们一人递了串羊肉，“尝尝！说来也巧，我才回牡丹江的时候，在火车站附近帮人抓了个小偷。被偷的老爷子做了将近五十年的烧烤生意，跟我聊得挺投缘，直接把他的一手烧烤本事连带着秘方交给我了。”

江闻皓咬了口羊肉，果然味道极好！肉应该是专门腌制过的，作料的配比也刚好合适，既把羊肉的鲜香发挥到极致，又不抢它本身的味道，火候的把握更是炉火纯青。

江闻皓冲祁叔比了个大拇指："这是我吃过的最好吃的烤羊肉。"

祁叔被江闻皓哄得挺开心，使劲拍了拍他的肩膀，接着说道："这家铺面也是那老爷子家的，他现在跟家人一起到漠河去了，我就把店面给盘了下来。"

"漠河？"江闻皓来了兴致，他一直对祖国这个最北的小城市十分感兴趣，很想去看看。

"祁叔，从哈尔滨到漠河要多久？"

"坐火车十几个小时。"杨志祁问，"咋的，打算去一趟？"

"听说现在这个月份，是漠河最容易出现极光的时候。"

"有没有极光不知道，但星星是真挺漂亮的。"杨志祁说，"你们要想去，我就提前跟老爷子说一声，刚好他儿子在那边开了家旅行社。"

江闻皓抬头望向覃子朝："怎么样，去看极光吗？"

"好啊。"

杨志祁点头站起身道："行！你们先吃着，我去跟漠河那边联系下。"

"不忙，祁叔。"江闻皓连忙说，"我们两个自由活动就行。"

杨志祁想想也对："你们年轻人，自己玩还更方便些。"

他又重新坐了回来，继续拉着江闻皓和覃子朝喝酒吃肉，兴头来了干脆又去整了瓶白的，横竖要让覃子朝陪他划上两局。

久别重逢，自然是少不了的兴奋激动，这一喝就到了后半夜。

杨志祁的脸上早已蒙上了醉意，大着舌头一会儿说他们两个臭小子个顶个有出息，一会儿又莫名其妙地扯到了他前不久才买的一条秋裤上……

覃子朝见杨志祁说话明显开始逻辑不清了，划拳时便又故意放了几回水，又劝道："不早了，祁叔，您住哪儿？我们送您回去。"

杨志祁打了个酒嗝，摆摆手："我今儿晚上就在店里住。你们订好宾馆了没？没订的话我给你们安排。"

"来的路上就订过了。"江闻皓回道。

见杨志祁不信，他又把手机上的订单记录拿给杨志祁看了眼。

"我知道这宾馆。"杨志祁拿手一指，努力聚焦着涣散的目光，"嗝，就在那前面不远。"

江闻皓："对。"

杨志祁又缓慢地点了点头，说："行，你们明天还要去漠河玩，我就不拦你们了。"

他撑着桌站起身，脚步有些发飘，覃子朝见状赶忙将人扶住。

"我今天高兴……"杨志祁推开覃子朝，不让覃子朝搀自己，随即张开胳膊，一边一个把江闻皓和覃子朝架住，"你俩都给我好好的，听明白没有？"

“知道了，祁叔。”

漠河的北红村，是祖国最北的地方。即便时值盛夏，这里也依旧感受不到一丝暑气，分外凉爽。

当江闻皓踏上这片土地，站在漫天的星空下时，他突然就觉得有些恍惚，好像和覃子朝在初云山道上相遇的画面还在昨天。

“所以漠河到底能不能看到极光？”江闻皓将手揣在衣兜里，仰望着浩瀚穹宇。

“极光的确在这里出现过，但那已经是很久以前的事了。”覃子朝慢条斯理地解释，“我们这里是东经 123 度 17 分，北纬 53 度 33 分，能看到极光的概率微乎其微。”

江闻皓皱了下眉：“大哥，你怎么不早说？”

覃子朝顿了顿，笑了下：“又有什么关系。”

“覃子朝，你真是……”

江闻皓闭了闭眼，唇角向上勾起。他又抬头看了眼这漫天星河，向着前方奔跑起来。

“跟上！”他转身冲覃子朝大喊。

覃子朝轻声说了句：“来了。”迈开腿追上了江闻皓。

地平线的位置隐约有了亮光。

他们就这样，一起跑向明天……

尾声

七年后。

北京东边某座传媒产业园区内有一座明亮的白色建筑。不同于其他公司，它的门前并没有立着显眼的招牌，更没有跟风把那些不管和自己有没有关系的项目海报都挂在玻璃上。

但只要是行业里的人都知道，这是近些年圈子里最有名的一位新生代音乐制作人的地盘。

录音室内，刚出道不久的偶像团体正在录制他们的新歌。

看得出来，他们都很珍惜这次机会，毕竟公司为了和这位姓江的制作人搭上线，可谓是挖空了心思。

比他们更紧张的是经纪人，此时的他隔着玻璃正襟危坐在制作人的身边，端咖啡的手握紧，一会儿盯着他们家艺人，一会儿又偷偷瞄制作人几眼，观察着制作人的表情，生怕自家孩子哪里表现不好，这位江老师直接摔耳机走人。

毕竟，这样的事在之前可没少发生。

制作人戴着监听耳机，半垂着眼，神色淡漠，让人很难猜得准他现在的心情。

听完刚才那段录音的回放后，他的眉头微微拧了下，吓得边上的经纪人马上神经一紧，忙赔着笑脸忐忑地问："怎么样啊，江老师？不行就让他们再唱一次？"

制作人没立刻回话，屈指轻叩着桌面，片刻后跟一旁的录音师说："换 2.0 版本的配器试一下。"

"好的，江老师。"

制作人端起咖啡杯抿了口，咽下后打开对话话筒："别紧张，还不错。"

艺人们听到制作人的肯定，总算松了口气。不知为何，面对这个看着也没比他们大多少的制作人时，他们就是莫名会被对方的气场震慑到。

录制到了中间段，制作人仰靠在椅子上，闭眼捏着眉心：“先休息下吧。”他说着叫来小助理，“问问大家喝什么，我请。”

经纪人：“不用，江老师，我来请！”

“别客气。”制作人淡声道，在看到手机上的来电时站起身，“抱歉，我接个电话。”

转身的时候，他按下接通，电话里传来一个低沉温和的声音。

“还在忙？”

“应该快结束了。”

“午饭吃了吗？”

江闻皓没搭腔。

“没吃是吧？”对面的人叹了口气。

“啧，啰唆。”江闻皓的脸上划过一丝心虚，在跟覃子朝说话的时候多少还带着些少年时的稚气，“你出律所了？”

“堵在东五环上。”覃子朝顺手调了下行车导航，“刚刚顺便去接了董云霄，她刚从案子上下来。”

江闻皓扬了下眉：“顺利吗？”

“漂亮的一仗。”

对面窸窣了下，一个清冷的声音响起：“大制作人，好久不见了。”

江闻皓勾起唇角“哟”了声：“董律师。”

“听说你那儿今天有明星在录音？记得帮我要个签名。”

江闻皓哼笑了声：“我记得你的偶像不是金融大佬就是法学教授，什么时候对娱乐圈感兴趣了？”

“不是我，是我助手喜欢。”董云霄无奈道，“她自从上次见了你，就被你迷得要死要活，说什么你不出道简直暴殄天物。”

“就我这脾气还是算了吧，”江闻皓失笑，“不然绝对三天两头被黑上热搜。”

“耳机给我。”覃子朝将蓝牙耳机重新戴上，“我看了下，我们到你那儿估计还得一个小时。”

“行，我抓紧点时间。我看群里王城他们说都已经在回学校的路上了，咱们顺道去买几盒稻香村给他们带着。”

“已经买了。”覃子朝说。

“还得是您。”江闻皓一笑，“过会儿见。”

“好。”

江闻皓挂断电话回去继续工作。

大概又过了一个小时，工作室的门被人叩了两下，推开了。

经纪人本能地赶紧回头跟来者比“嘘”，唯恐影响到江老师工作，却在看到门口穿黑色风衣的高大男人时蓦地一愣，第一反应是：这是哪个明星？

江闻皓闻声也跟着回头，在看到覃子朝和董云霄后冲两人点了下头，用口型说了句“马上”，而后朝沙发扬扬下巴，示意让他们先坐。

经纪人的目光总忍不住往覃子朝身上瞟，捂着嘴问一旁江闻皓的助理：“那位……也是来录音的？”

小助理摇摇头，同样很小声地跟经纪人讲：“那是江老师的高中同学，大律师，超帅的对吧？”

经纪人：“真绝了！”

转眼，新一版的歌总算录制结束。

江闻皓切了话筒，对录音室里的艺人点头道：“我觉得可以定版了，大家辛苦。”

“江老师辛苦！”

艺人们从录音棚里出来，挨个跟江闻皓握手道谢。

其中有个染淡粉色头发的男生，是这个团的主唱，他总算得了机会跟江闻皓搭话，兴奋地说自己一直很喜欢他的音乐，看似是在“表白”。

但见惯了这些套路的江闻皓一听就明白对方是在借机攀资源。

果然，主唱趁队友和经纪人不注意，偷偷拿出手机：“我方便加江老师一个微信吗？后续还有些音乐上的问题想要请教您。”

江闻皓刚想开口拒绝，就被人揽到了一边。

覃子朝磁性的嗓音客气中带着疏离：“我猜您和贵公司的合约上应该有不得在未经公司允许的情况下，私自添加合作方联系方式的条款吧？”

小主唱看着眼前面容英俊、气场极强的男人，面色一僵：“这……”

覃子朝唇边仍带着笑意，对小主唱说道：“或许您应该先经过您经纪人的同意？”

董云霄在旁边看着，默默叹了口气，一个大名鼎鼎的刑事律师不好好办他的案子，跑来干“娱乐圈小督察”了。

车驶离产业园，离京上了高速，直奔初云镇。

窗外的景色不断向后倒退，从艳阳高照到红霞漫天。

车载音响里传来江闻皓作品集里的曲子，这是覃子朝车上唯一会放的音乐。起初江闻皓还挺感动，可翻来覆去地听，到后来自己都觉得烦了。他让覃子朝换点别的，但覃子朝对此乐此不疲，一点没有听腻的意思。

江闻皓打开了些窗户，让外面的风吹进来，见天色晚了，怕覃子朝疲劳，问道：“累吗？换我开会儿？”

“不用，山路不好开。”覃子朝说着，从后视镜里看了眼董云霄。见她已经在后座上睡着了，将音响的声音又调小了些。

江闻皓剥了颗话梅放进嘴里，轻声问："你说云姨这次能同意跟咱一起回北京吗？"

"不好说。"覃子朝摇了下头，"她在老家待惯了，现在跟李婶的小饭店开得也不错，估计劝不动。"

"也是……"江闻皓顿了顿，"那咱以后就经常回来。"

"嗯。"覃子朝一只手把着方向盘，另一只手伸过去揉了揉江闻皓的头。

"覃子朝，你这毛病到底什么时候才能改？"

"又忘了，下次注意。"

"呵，回回嘴上说的都是下次注意，心里想的却是下次还敢。"

"真聪明。"

他们在后半夜总算抵达了初云镇。

这七年里，初云的变化很大。火车站被拆了重建，如今也有了宽敞的候车室，不再只是一方孤零零的站台。

沿街的路灯也比以前排列得更密更亮，即便时值深夜，也还是能零星看到几家挑灯做生意的小吃摊。

汽修店还在，虽然三子最后仍没能通过自考，放榜那天还在电话里跟覃子朝大哭了一通，但他紧接着就把悲愤化为动力，一门心思扑在了经营祁叔留下的这家店上。

如今紧挨着汽修店的两间门面房也被他盘了下来，从中间打通，成了这里最气派的汽修店。

覃子朝见店里黑着灯，想着三子应该已经睡了，决定明天一早再来找他。

覃子朝问董云霄："你去宾馆还是……"

"宾馆。"董云霄想也不想地开口。

覃子朝喉结动了动，终是没多说什么。他打开导航，导向初云镇近两年才新开的一家宾馆。

抵达目的地后，董云霄下车冲他们一挥手："谢了啊，明天中午直接在云高门口碰头吧。"

"行。"覃子朝和江闻皓看着董云霄进了宾馆的门，掉转车头朝家的位置开去。

徐秋云因为要跟李婶一起做生意，在镇上的房子到期后又续租了两年，也就没再回村里。覃子朝工作后，就干脆直接把这套房子给买了下来。

在一家百货商店门口，江闻皓的眸光忽然晃动了下，隔着窗朝那间商店瞥了眼，也没多说什么。

那是曾经的邹家，而今已物是人非。

车子又转过一个弯，在一束温暖的灯光下，江闻皓看到了站在门口迎接的徐秋云。

一如曾经无数次那样，她踮着脚朝路口张望，在看到他们的车后，唇边就显出一个浅浅的梨涡。

不论长到多大、走了多久，总有个人在等着他们回家。

覃子朝刚把车停好，江闻皓就一拉车门窜了出去，张开手臂跟徐秋云深深拥抱了下，喊了句："云姨，我们回来了。"

"小皓饿了吧？"徐秋云弯起眉眼，"我做了你最爱吃的豆角烧肉。"

"妈。"覃子朝也锁了车紧随而来。

徐秋云眼尾的细纹荡开："路上累不累？快进屋洗把脸休息下！"

两人跟着徐秋云回了家，屋里的陈设依旧没什么变化，但卧室的被褥已经被体贴地换成了新的。

覃子朝不让徐秋云忙，自己到厨房去热饭。

徐秋云拉着江闻皓坐在桌前询问着两人的近况，末了终是犹豫着温声问："小皓，这次回来要不要也顺便去看看你爸爸？"

江闻皓的神色微微一滞。

这些年他和江天城一直保持着十天半个月才通一次话的频率，每回基本都是江天城主动打过来。

电话里也没别的什么事，经常是沉默多过说话。

而在这为数不多的联系里，他也还是知道了冯婳后来精神状态不断恶化，最后不得不住进了精神病院。江朗朗似乎很不能接受她变成了这副样子，在此期间几乎没怎么去看过她。

大概是年纪大了，江天城说话的语气不再像过去那般强势，甚至还带些讨好和小心翼翼，生怕哪句说得不对，被江闻皓挂了电话。

徐秋云知道江闻皓家的情况，见他半天不说话也没再多劝，抬手轻轻摸了摸他的脸："没关系，慢慢来……"

江闻皓牵牵唇，点了下头。

在这之后不久，江天城在开会时突然收到了一盒从北京寄来的糕点礼盒。因为他血糖高，糕点还是木糖醇的。

看着来自某个物流点的寄货地址，向来在工作时不喜形于色的江天城破天荒叫停了会议，带着那盒糕点回了办公室。

他锁上门，小心翼翼地拿出一个牛舌饼细细咀嚼着，连带掉在桌上的渣子也一并捏起来吃掉，直到泣不成声。

当然，这些都是后话。

躺在老房子里的小床上时，江闻皓有那么一瞬间觉得自己又回到了高中的时候。

在许多个或是阳光明媚，或是阴雨连绵的周六下午，从云高坐着公交车一路晃晃荡荡地回到初云镇，晚上就和覃子朝一起挤在这张小床上，有一搭没一搭地聊着天……

次日，三子一大早就从店里跑了过来。多年不见，他已经从当初的黄毛少年彻底变成了一个成熟的男人，鼻子下面还留着八字胡，油头向后梳着，看起来人模狗样的。

结果他一开口还是老样子："桌哥！问号！你们可算知道回来咧！"

覃子朝拍了下三子的肩："昨天回来得晚，还说一会儿去找你。"

"我这不是来咧吗！"三子也使劲拍了下覃子朝的后背。

江闻皓："别说，你现在还挺有大老板的派头。"

"真的哇？"三子不好意思地摸摸自己的油头，"你也不赖嘛，大艺术家！上次我还在电视上听到你的名字咧，我还见人就说这是我好兄弟！"

三子说着，突然像是想起了什么，揽着覃子朝的肩就把他拉出家门："桌哥桌哥，我送你个礼物！"

覃子朝只见家门口停着一辆极其拉风的哈雷摩托。

三子一拍车座，露出一排白牙："怎么样，喜不喜欢？"

覃子朝一直很喜欢摩托车，后来在北京还加入了俱乐部。他只简单看了一眼就知道这辆车配置顶级，怕是便宜不了。

"心意收下，但这太破费了。"

"嗐！你不要跟我说这些咧！"三子指了指覃子朝，"这车在我店里都快放坏咧，谁都不给骑，就等你咧！"

覃子朝看了眼江闻皓，江闻皓冲他点点头。

覃子朝终是不再推拒，对三子道："行吧，谢了啊，兄弟。"

"别废话咧！你们不是还要回学校吗？时间也不早咧，正好骑一圈，'遛遛车'咧！"三子说着，将车钥匙往覃子朝手里一抛，做了个"请"的手势。

覃子朝接过钥匙，取过崭新的头盔扣好，又将另一个给了江闻皓。

江闻皓长腿一迈上了车。

"走吧走吧！记得回来给我说说感受！"三子冲他们挥了挥手。

"抱好。"覃子朝发动摩托车，一只手捏紧离合挂好挡，另一只手匀速加了油门。

摩托车发出一声呼啸，朝着云高的方向卷尘而去。

他们飞驰在山道上，听着耳畔不断响起的风声，一时间时空交叠，江闻皓仿佛又看到了当年的自己坐在那辆红色铃木王的后座上。

他勾起唇角："加油门，覃子朝。"

覃子朝微微怔了下，随即一笑："你确定？"

"嗯。"

覃子朝和江闻皓抵达云高的时候，王城他们已经在校门口等着了。

看到骑着摩托车的覃子朝和江闻皓后，他顿时发出一声大笑："你俩也太帅了吧！"

两人将车停好，从上面跨了下来，摘掉头盔。

王城他们几个迅速围了上来，昔日的同学一见面，顿时就又回到了当初的样子。

王城还牵着个可爱的小女孩，正咬着手指，好奇地盯着两人看，而后一脸天真地问王城："爸爸，为什么别的叔叔都比你长得年轻？"

王城哭笑不得，冲众人道："见笑了啊！这是我女儿，平时就爱黏着我，非要跟我一起来。"

小女孩噘噘嘴："明明是爸爸说要把我带来显摆。"

一群人就这么说说笑笑地进入校门。

在此之前，王主任早已跟门卫处交代过了。

他们一路穿过再熟悉不过的林荫道，经过篮球场、食堂、宿舍……相较于初云镇，云高这么多年仍是没什么变化。

在经过教学楼时，他们不约而同地停下脚步，默默地听着楼上传来的朗朗书声。

阳光从繁茂的林间洒下，落在每一个人的脸上。

微风摇曳着花坛里的花朵，江闻皓抬眼望去，微微一怔。

那是一簇簇绽放的向日葵……

夕阳西下，同学们相约来到杜陵山顶。

他们的面前立着一块墓碑，四周没有一棵杂草，反倒长满了各色的野花，一看就是有人定期前来打理。

墓碑上的人正面带微笑地注视着他们，她的容颜并没有因为时光飞逝而变得苍老，一如曾经那般亲切年轻。

董云霄弯腰将一束向日葵放在了墓碑前。大家都没有开口说话，只是安静地久久注视着那个深深刻在他们心底，从没有忘记过的人。

这一刻穿越了时间与空间，他们仿佛又看到那人戴着沾满粉笔灰的袖套，站在讲台上意气风发的样子。

微风吹过，松涛阵阵。隐约间，江闻皓像是听到树林里传来一声微弱的响动，余光看到有个人影一闪，不见了踪迹。

他没有理会，亦没有回头。他知道一定是长眠于这里的她，用最纯净的心唤回了一个迷路的灵魂……

当最后一抹斜阳落进西山，天际遍布着火烧云时，同学们在山脚下挥手作别，而后继续踏上各自的征程。

回家的路上，覃子朝刻意放慢了些车速，不慌不忙地转过一个又一个弯。

江闻皓拉了拉他的衣角：“没油了？开得这么慢。”

“没关系，反正还有很多时间。”

闻言，江闻皓藏在头盔下的唇角微微上扬，脸上沾染了晚霞。

“也对。”

云层之上，星星已经亮起。

—正文完—

出版特别番外篇 夏日记

这件事发生在某一年盛夏……

那天江闻皓刚进班，就觉察出男生间的气氛很奇怪，大家似乎都一副跃跃欲试的样子。

上课的时候，他终是耐不住好奇，用笔杆戳了戳身边的覃子朝：“哎，你有没有觉得咱班男生今天不大对劲儿？”

覃子朝叹了口气，无奈地扬扬唇：“是啊，毕竟又到这天了。”

“什么意思？”

“试胆大会。”覃子朝顿了顿，“男生间自发组织的，现在也算是云高一年一度的传统了。”

“试胆大会？”江闻皓来了兴致，“展开讲讲？”

覃子朝屈指叩了下江闻皓的课本：“先听讲，下课再说。”

结果下课铃刚一响，王城就挤到了他们面前，根本不需要覃子朝开口就已经兴冲冲地问江闻皓：“怎么样，皓子，晚上的试胆大会你参加吗？这次的地点是在学校后山，那里以前是一大片坟场，别提多刺激了！”

“晚上不是有门禁吗？”江闻皓问。

“放心吧，有法子出去。”王城压低声音，“再说这活动都搞了不知道多少届了，宿管今天也会睁一只眼闭一只眼。”

江闻皓托着下巴，扭头问覃子朝：“你也去？”

覃子朝摇头：“不去。”

“哎，你别问他了。”王城接过话，“人家是班长，得守纪律。”

江闻皓“哦”了声，起身要去厕所。

王城见江闻皓不回复，连忙拉住他：“你到底去不去啊？我这正统计人数呢。”

“王城，你就别问了。”身后突然传来一个阴阳怪气的声音，江闻皓不用看也知道是梁子洋。

“小少爷才来咱这儿没多久，把他吓坏了怎么办？”梁子洋戏谑道，“到时候人家不知道又从什么渠道捅给学校，以后的试胆大会也甭想办了。”

江闻皓深吸口气，按捺住当众往梁子洋脸上招呼一拳的冲动，淡声道：“梁子洋，不找死会死吗？”

梁子洋也知道江闻皓不愿意再给覃子朝添麻烦，在教室这种地方不敢拿自己怎么样，于是奓着胆子挑衅道：“怎么样，敢比吗？今晚的路线已经确定下来了，两两一组从实验楼下的水池出发，一路穿过树林抵达后山，绕山转一整圈再回到出发点。这期间统共会设置三个点，取走相应的玻璃珠证明已到达，最后谁先回到出发点就算胜利。”

梁子洋冲江闻皓眯了眯眼，说：“你要是先到，我就当着大家的面喊你一声‘爷’。我要是先到了，你也得当着大家的面喊我‘爷’，并为之前的事跟我道歉。江闻皓，来不来？”

江闻皓盯着梁子洋那张令他厌恶的脸嗤笑了声，一点头：“就这么定了。”

“好！”梁子洋道，“今晚十点，谁不来谁是孙子！”

待梁子洋他们离开后，覃子朝碰了碰江闻皓的胳膊：“你真打算去？”

“不然给梁子洋当孙子吗？”江闻皓将帽子往下压了压，准备补觉。

覃子朝抿唇道：“我是担心梁子洋他们会借着这个机会整你。”

江闻皓斜眼看着他：“你看我怕？”

覃子朝喉结动了动，不再说话了，又思来想去了一节课，终究还是不放心，下课前对江闻皓说：“我跟你一起。”

江闻皓扬扬眉：“你不怕违反纪律了？”

覃子朝揉揉额角：“真不知道这种无聊的游戏到底是谁第一个提出来的。”

转眼间到了晚上，今夜的云层很厚，月亮也不似平时那般皎洁，显得有些昏黄。

白日里就很幽静的实验楼小树林在此时更加阴森，风吹过树林“沙沙”作响，废弃水池的水面上也跟着荡起一圈圈波纹，将月亮和雕像的倒影搅碎。

江闻皓抬头看着那座废弃的雕像，它的眼睛向下垂着，神情忧郁。原先因为潮湿而生出的青苔似乎更多了，几乎布满雕像的整张脸，越发古怪。

不久后，其他人也都陆续抵达了出发点，不止一班的人，还有些是外班的。

一个戴眼镜的男生作为主持人，按照惯例又把游戏规则跟大家讲了一遍，大体上跟梁子洋说的差不多。只是为了追求气氛，这个男生又专门丰富了一下前史。

“众所周知，云高的后山曾经是一片巨大的坟场，一直以来那里都频发怪事……”戴眼镜的男生故意把嗓音压低，神神秘秘的，“听上一届的学长讲，曾经云高有个生活老师特别严肃负责，一次在找几个半夜翻墙跑出去的学生时心脏病突发，就死在后山上。从那以后，总有人会在那儿看到这个生活老师提着灯笼找人，嘴里喊着学生们的名字……如果大家在待会儿的行动中听到有人喊你的名字，记得一定不要回答，否则就可能会被这位生活老师带走……”

“这故事都已经更新到2.0版本了？”梁子洋边上的刘宇嘀咕道，“我记得去年还没有‘喊名字’这块呢。”

王城凑到江闻皓和覃子朝边上，兴奋地对覃子朝说：“真想不到你会来！刚刚隔壁班的人还在问我，到底是怎么把你给劝动的。我说我可没那本事，还得是我家皓子啊！”

“咳……安静，安静点儿。”眼镜男生维持了下秩序，“听我把故事说完……关于后山的传闻还不止这一个。你们一定都见过山坡上的那棵老槐树吧？据说那棵树上曾经吊死过人，脚随着风一摆一摆。一会儿大家经过的时候一定不要多停留，特别是如果觉得脖子后面痒，千万别拿手摸，小心碰到那东西的脚尖……”

王城打了个哆嗦：“咝，我已经开始冷了。”

“还有……我也记不清具体是哪一届了，当时有人在试胆大会期间离奇失踪，可能是掉进了时间缝隙，永远滞留在了那个世界的后山……”话及此处，眼镜男生咧嘴露出了个自以为非常诡异的笑容，“好了，故事就先说到这儿，下面请按照分组准备出发吧！祝大家平安！”

这之后，参与者们开始按照之前的分组陆续朝后山出发，一次一组，间隔十分钟左右下一组再走。

“江闻皓。”梁子洋回头冲江闻皓做了个抹脖子的动作，冷冷一笑。

江闻皓低骂了一句，看时间差不多后，掰掰指关节，冲覃子朝一扬下巴：“走了。”

覃子朝点点头，和江闻皓并肩一起向着后山走去。

这边，刘宇边走边跟梁子洋嘀咕：“真该死，原本我还专门数了人数，要是江闻皓参与进来指定会落单，怎么最后覃子朝跟来了？”

“呸，狗腿子！谁知道那关系户给了他什么好处！”梁子洋站住脚，眼底划过一丝阴沉。

他们已经决定好今晚要吓一吓这位城里来的少爷，看他日后还敢不敢狂！

后山上也早已事先布置好了机关，只等着江闻皓中招！谁承想半路杀出个覃子朝。

“不行，得先想法子把他俩分开。”梁子洋摸着下巴思考道，结果半天都没听到刘宇的声音。他停下脚步，好奇地回头，只见刘宇一动不动地杵在那儿，两眼瞪大。

“干吗呢？走啊。”梁子洋不耐烦地催促。

刘宇僵硬地抬头盯着梁子洋，开口时声音有些颤抖：“我刚刚好像听到……听到有人在喊我的名字！”

梁子洋皱眉，四下看了看，眼前只有黑暗的树林和没到小腿的草丛。

“别瞎说，快走了。”他上前去拉刘宇。

此时，一只叫不出名的鸟突然从草间蹿了出来，发出一声怪叫，飞入树林深处。

刘宇和梁子洋都被吓了一跳，刚想松口气，只听夜幕深处再次传来一个沙哑的声音：“梁子洋——”

刘宇的脸倏地又白了，双腿止不住地打战：“听见没，也叫、叫你了……”

梁子洋低吼：“谁！给老子出来！”

回应他的只有一片死寂。

就在此时，刘宇突然觉得自己脖子后面有些发痒。他憋了口气，机械地一点点转身看去，瞬间被吓得“啊”了一声。

只见他身后的树上赫然吊着一个披头散发的女人，穿着双绣花鞋，鞋尖正随风一下一下踢着他的后脖颈！

“鬼啊——”

刘宇彻底崩溃了，丢下梁子洋一个人朝相反方向跑去！这地方他是一刻都不敢多待了！退出，必须退出！

“刘、刘宇！”梁子洋此时也吓得两腿发软，提着口气再次朝“女鬼”看去，只见它仍吊在那里随风飘荡，也没有进一步的动作。

梁子洋鼓足了毕生的勇气，朝她一点点靠近，这才认出女鬼居然是保健室里的人体模型，也不知道被谁吊在了这里，要故意整他们。

“王八蛋。”梁子洋咬牙骂了句，“别让我知道是谁干的！”

话毕，他又看了眼前方蜿蜒不见头的山路，咽了口口水。眼下他只有两个选择，要么放弃比赛，事后乖乖喊江闻皓一声“爷”，要么就是独自走完接下来的路。

在进行一番艰难的天人交战后，梁子洋狠狠一跺脚，埋头继续朝前方冲了上去。

与此同时，林中也有一道身影“嗖”地一闪，消失不见了……

再说江闻皓这边，他和覃子朝很快就来到了第一个弹珠放置点。

这里是位于后山的一座平房，以前用来存放教具之类的杂物，后来因为距教学楼比较远就逐渐废弃了。

如今杂物间早已经被搬空，也就没了上锁的必要，只用一条尼龙绳将门拴起来。

江闻皓看了眼松开的尼龙绳，应该是有人抵达过了。他推开门，和覃子朝一起走了进去。

室内同样是一片漆黑，空气里散发着一股灰尘味，搞得人鼻子痒痒的，总想打喷嚏。

“话说你刚刚有听到人叫吗？”江闻皓边找弹珠边问覃子朝。

“嗯，听声音好像是刘宇。”

江闻皓冷哼了声，打开抽屉翻找，突然就听身后传来“当”一声响。

两人同时回头，只见不知从哪儿掉落了一颗乒乓球，正在地上来回地弹跳。

江闻皓和覃子朝互看一眼，接着一起望向距离他们不远的木柜，迈步缓缓走近。

到了柜边，江闻皓目光沉了沉，伸手握住柜门猛地一拉。

“啊！”柜子里顿时发出一阵尖叫。

江闻皓猝不及防也被吓了一跳，借着窗外朦胧的月光仔细辨认，随即将眉一挑：“王城？”

“别叫我别叫我别叫我！”王城捂着耳朵，跟狗血言情剧里的女主角似的疯狂摇头，“我不听我不听我不听！”

江闻皓一脑门黑线，冲着王城打了个响指：“看清楚，我是谁！”

王城闭着的眼这才半信半疑地睁开一只：“皓、皓子？”他“嗷”的一声扑了上来，一把抱紧江闻皓的脖子，号啕道，“皓子、班长！我可算见着你们了！”

江闻皓看看王城那将近一米八的身高，又看看矮小逼仄的柜子，沉默两秒：“你能告诉我你到底是怎么把自己扭曲成这样，钻进去的吗？”

“哎呀，兄弟，这都不重要！”王城使劲吞了一口口水，“我刚刚见着‘飘’了！”

江闻皓和覃子朝无语。

见两人不信，王城使劲晃着江闻皓的脖子：“是真的！就是那个找学生的生活老师！打着灯笼，在后山上一跳、一跳、一跳……”

“还是僵尸。”覃子朝用拳抵着下巴笑道。

“你别不信！”王城煞有介事地说，“跟我一组的三班那陈飞！他开始就以为是有人恶作剧，要去看看，结果到现在都没回来！”

“他怕是先走了吧？”江闻皓说。

这个叫陈飞的他有印象，之前一起打篮球的时候就被这小子放过鸽子，讲真不太靠谱。

“不可能！”王城一口否定，凑近江闻皓紧张而又坚定地说，“他一定是被生活老师发现了！要不就是进入了什么时间缝隙，困在那个世界回不来了！你们之前应该也听说过吧，国外有架客机就是在正常飞行中突然失踪了，等再出现的时候已经过去了整整二十年！而飞机上的乘客却丝毫不见老，他们说才过去了两个小时！”

王城兀自“叭叭”说了一通，回头发现江闻皓和覃子朝早就又去找弹珠了。他缩缩脖子，赶忙跟在两人身后。

在柜子后方的缝隙里，江闻皓总算发现了事先被藏好的弹珠。他拿起来冲覃子朝一晃：“找着了。”

覃子朝点点头：“那就继续走吧。”

江闻皓扭头看着王城，扬了下眉：“你怎么说？”

王城一把拽住江闻皓的衣角，像块狗皮膏药似的贴着他：“我不管，我认㞞，我要跟你们一起走！”

江闻皓无所谓地耸耸肩，三人一起离开了废弃杂物间。

他们刚走没多久，梁子洋便一口气跑来了。看着漆黑的杂物间，他愣是在门口又做了半天心理建设，这才小心翼翼地推开门。

木门发出“吱呀”一声，缓慢而沉重地敞开。

梁子洋抬脚走进去，只觉得腿像灌铅了似的沉。

他战战兢兢地挪动着步子，活动开始前他专门花钱从眼镜男生手里买到了全部弹珠具体藏放的地点信息，眼下直奔着柜子走去。

就在梁子洋顺利找到弹珠的同时，器材室的门突然发出“咔嗒”一声，竟从外面关上了。

梁子洋连忙连滚带爬地去拉门把手，可门就是打不开！

“谁？到底是谁在恶作剧！”梁子洋大骂，“你出来！王八蛋！”

门口又静了一会儿，接着传来了一个极其沙哑且诡异的喊声。

“梁子洋——

“梁子洋——”

伴着那声音，窗户和门也开始剧烈震动。

梁子洋吓得一屁股坐在地上，身体不断向后挪：“你是谁！你是人对吧？

给我出来，别装神弄鬼！”

一阵夹带着哨子声响的风猛然吹来，杂物间的门“唰”地被掀开了。只见门外站着个矮小的身影，佝偻着脊背，像只年迈的猴子。

“梁子洋——”“猴子”的嗓子里发出“咯吱咯吱”的气泡声，一遍遍重复着梁子洋的名字，“梁子洋……梁子洋……我好冷啊……你来陪我吧……”

“猴子”边说边缓缓抬起了头，这下梁子洋算是彻底看清了！它怒目圆睁，青面獠牙，分明就是一副怪物长相！

“不要——不要——啊——”

大概是被本能的求生意识驱使，梁子洋居然一下子弹起来，朝着杂物间的大门冲了出去。他边喊边跑，一路朝着来时的方向往山下逃。

他走后，那“猴子”又独自在杂物间里待了会儿，这才伸手将脸上的傩面具缓缓揭掉，露出了本来的样貌。

竟是一直在暗处观察一切的邹莽原。

今天下午，他在后山无意间发现了梁子洋带着刘宇、郑强鬼鬼祟祟地布置机关，便知道他们一定是为了在晚上捉弄江闻皓。

邹莽原果断找了个地方先藏起来，等梁子洋他们走后，他就将那些机关通通破坏掉，同时决定要以其人之道，还治其人之身。他绝不允许这里的任何人欺负江闻皓！

此时，邹莽原长长地伸了个懒腰，只觉得通体舒畅。他又掂了掂从美术教室找来的傩面具，一转身又钻进了夜色中……

转眼间，江闻皓、覃子朝和王城三人抵达了第二放置点——后山菜地。

这里平时同样没什么人来，都是由食堂的师傅们负责打理。

只见苍茫夜色中，菜地里稀稀疏疏插着几个稻草人，它们穿着各色的褂子、戴着斗笠，一动不动地僵伫在那儿。

王城面对这幅景象整个人呆住了，张着嘴看看江闻皓又看看覃子朝，生硬地说：“别告诉我弹珠藏在这些稻草人身上，还得一个一个摸！”

江闻皓“啧”了声：“别说，很有可能。”

王城抱头直呼：“这也太变态了！”

“抓紧时间。”覃子朝用手点着那几个稻草人，“我找左边两个，小皓找中间两个，王城右边那个。”

“嗯。”江闻皓淡淡应了声，挽起袖子就朝中间的稻草人走去。

王城一看另外两人都已经开始行动了，他也只能硬着头皮往自己负责的稻草人跟前挪。

他闭着眼将手探进稻草人的褂子里一点点摸索，而后跟触电了似的赶紧缩了回来，冲江闻皓和覃子朝喊：“我这儿没有！”

“我这里也没。”覃子朝说。

江闻皓掀起眼皮看着自己面前的稻草人，抬手便要去掀它的斗笠。岂料下一秒，稻草人突然发出一连串“咯咯”的笑声。

王城险些被吓得闭过气儿去。江闻皓则是低骂了声，挥拳就朝稻草人的脸揍去。

稻草人见状赶忙抱头下蹲：“别，江闻皓！是我。”

江闻皓怔了怔，皱眉不确定地辨认着对方，喊道：“邹莽原？”

邹莽原举着双手站起身，冲江闻皓眨眨眼：“跟你开个玩笑，有没有被吓到？”

王城在认清是谁后，总算也松了口气。他抬手擦了把额头上冒出的虚汗：“搞什么啊，哥！平时也没见你这么活泼！”

邹莽原没理王城，仍看着江闻皓，说：“梁子洋和刘宇那组已经弃权了，其他人要么是走得慢，要么是还没找全弹珠。不出意外的话，你们应该是第一名。”

“你怎么知道梁子洋他们弃权了？”江闻皓问。

邹莽原轻轻勾了下唇，眼中带着一丝得意：“我就是用了些小技巧。”

“既然是比赛就该堂堂正正的。”覃子朝沉声说，“你这样，就算最后我们赢了，也不会高兴。”

邹莽原低笑了声，反驳道：“是梁子洋他们耍诈在前，他们今晚就是冲江闻皓来的。我不过只是想让他们长长记性，下次别再干这种事了。”

“好，梁子洋的事姑且不说，你又为什么要在杂物间吓王城他们？”覃子朝的语气又冷了几分。

“对啊！我跟你可是无冤无仇啊！”王城连忙接话，“还有，陈飞到底去哪儿了？”

邹莽原闻言稍稍歪了下头，片刻后才说：“不是我哦。”他再次看向江闻皓，“我一直都跟在梁子洋身后，到杂物间的时候你们已经走了，之后我抄近道来的菜地。”

邹莽原这句话不像说谎，也着实没必要说谎。

江闻皓和覃子朝对视了一眼，眸间都带上了思索。

今晚除了参加试胆大会的人，以及暗处的邹莽原外，应该还有一个“局外人”混在了里面。

王城和陈飞之前看到的，应该就是他！

在最后一个稻草人的衣兜里，他们果然发现了第二颗弹珠。现在只要沿着一条小路绕过菜地，再穿过一座林子，就能重新绕回到实验楼下的出发地。

而第三个放置点就在树林中，具体藏匿的位置不详，需要自行寻找。

夜更深了，林间一片寂静，只能听到脚踩树叶发出的“沙沙”声。

月亮被云层遮挡，四下更加黑暗。大概是空气中的湿度大，竟然还起了一层雾，为本就阴森的树林又平添了几分恐怖。

“这届策划人真是一点儿爱心都没有！”王城揣着手边走边忍不住吐槽，“这么大的林子到哪儿去找弹珠？”

“别抱怨了。”覃子朝道，“咱们还是分头找吧，不然又不知道要耽误多久。”

“赞成。”江闻皓点点头。

王城一听，急忙又奔到两人中间:“那我跟你俩一组！邹莽原你自己行吧？反正你也经常单独行动……”他话音突然一顿，“邹莽原？”

三人这才发现，原先跟在他们身后的邹莽原不知何时竟已消失不见了！

“邹莽原，别开玩笑了。”江闻皓拧起眉，“快点出来。”

四下并无回应。

王城的头上顿时又冒出一层汗：“他不会跟陈飞一样……神隐了吧？”

“不要自己吓自己。”覃子朝淡声道，“谁知道是不是又躲在哪儿想耍什么花招。”

王城扯扯嘴角，自我安慰似的玩笑道：“平时真看不出来这小子有这么活泼哈。”

“别管他了，这是学校，又不是真的深山老林，不会有事的。”覃子朝抿起唇，虽然这么说，但他也还是暂时没搞清楚那个“局外人”究竟是谁。

“覃子朝，你带着王城，我到那边去找。”江闻皓开口道。

“还是你俩……”覃子朝还没把话说完，江闻皓就已经快步走入了雾中。

江闻皓在林间穿梭着，目光迅速扫视着树洞等可能用来藏弹珠的位置，终于在一棵榕树下，江闻皓发现有块土明显是被新翻过的。

他蹲下身，找了个树枝刨开那堆土，果然在里面找到了一颗弹珠。他露出欣喜之色，刚想出声叫覃子朝他们过来，突然只觉得后脖颈一凉，有水正一滴一滴地落在他的皮肤上。

与此同时，耳边传来一声低哑的轻唤。

“江闻皓……”

那声音就在江闻皓的正头顶，他眸色一颤，本能就要往上看。

一束光猛然亮起，只见一张放大的、苍白的脸赫然出现在了江闻皓面前！水滴正从对方湿漉漉的头发上往下滴。

江闻皓向后一撤，坐在了地上。一只干瘦的手伸到了他头顶，果断给了他一记响亮的栗暴。

“臭小子！”对方又骂了一句，“大半夜的不回宿舍，等着明天看我怎么收拾你！”

江闻皓呆呆地盯着对方的脸……

董娥？

董娥关上手电筒，撇撇嘴：“你这什么怪表情？跟见鬼了似的，有没有礼貌？”

江闻皓还是没从刚才的震惊中回过神来，咽了口口水，说：“不是，您怎么在这儿？”

“还好意思问？”董娥气笑了，“你们宿管老师给我打电话，说你们这群臭小子半夜不睡觉，从宿舍偷偷溜出去搞什么试胆大会。”

“宿管说的？”

“不然呢？”董娥抱着双臂，一脸不满，“其他班的班主任老师也都出动了，这会儿估计正各自开展批评教育呢。你们这帮孩子，一点儿不让人省心！你看我这才刚洗完澡，头发还没吹呢。”

她“啧”了声：“不过你们几个跑得可真快，要不是我先看见了邹莽原，怕是还得好一通找。”

“邹莽原……”江闻皓喃喃，“合着邹莽原是被您抓走了。”

董娥一点头：“这不现在就来抓你了嘛。”

随着她的话，先被董娥抓到的覃子朝和王城从她身后走了出来。

董娥一看覃子朝就又没了脾气，叹了口气，说：“子朝，你也是，身为班长怎么能带头违反纪律呢？”

覃子朝垂着头，乖顺地听董娥教训，末了低声说：“对不起，老师，没下次了。”

“不过也能理解，”董娥自顾自地开始帮覃子朝找借口，“你是要替我看住江闻皓，对吧？”

“我？”江闻皓用手指指自己，被董娥拍了下。

“董老师，所以陈飞他……也是被老师找着了？”王城仍放不下和他同组的陈飞。

“嗯，被他班主任孙老师带回去了。”话及此处，董娥的语气不由得就又严肃了几分，“说起来，今晚跟你们一起出来的一个三班的同学不小心脚扭伤了，这会儿正在医务室处理呢。学校不让你们晚上出来瞎跑都是有原因的，云高本身就大，后山又几乎没有灯，真要是发生危险了怎么办？”

三人都知道董娥说得对，一句一句地赔礼道歉，心下也清楚关于云高夏季的试胆大会怕是要在他们这届彻底画上一个句号。

一阵晚风袭来，树林里的雾被吹散了，月亮又从云层中露了出来，皎洁的光洒向四周，为大地铺上一层银纱。

伴着阵阵蛙声与窸窣的虫鸣，董娥带着她的学生们一路朝着宿舍楼走去。

路过小池塘的时候，他们突然看到草丛间有星星点点的荧光跳动，掠过水面，飞向树梢，一明一暗地盘旋飞舞……

“是萤火虫啊。”董娥舒服地伸了个懒腰，感慨道，“夏天是真的到了。”

江闻皓还是第一次看见这么多萤火虫，停下脚目不转睛地看着，任凭荧光跳进他的眼眸深处。

此时，一只萤火虫落在他的肩上，他整个人都变得紧绷起来。

董娥玩笑道：“你怎么还怕虫子？”

江闻皓没回答，只是侧头静静观察着身上的小光点。

他当然不是怕虫子，只是想让它在自己身上留久一点。

“今晚的星星很漂亮。”覃子朝看着天空轻声说。

众人随着他的话也一同仰头看去，只见浓墨般的天穹上坠着璀璨的星河，与眼前这些飞舞着的萤火虫交相辉映，一时竟有些分不清哪些是星星，哪些是萤火虫。

王城撞了撞江闻皓：“皓子，那颗最亮的是什么星？”

“不知道。”

“北极星啊，傻小子。”董娥接话道，“是靠近北天极的一颗恒星。”

“又叫紫微星和北辰。”覃子朝说。

江闻皓点点头，继续凝望着那颗最亮的星星。

直到许多年后，但凡聊及夏天，江闻皓总还是会想起这一晚。

董娥未干的头发上带着潮湿的洗发水味，飘散进轻柔的晚风里。萤火虫轻点水面，小池塘泛起涟漪。天上星光璀璨，最亮的是北极星。

“吃西瓜了。”覃子朝切了盘西瓜端到江闻皓面前，“脆沙瓤，特别甜。”

江闻皓接过一牙西瓜咬了口，果然是汁水饱满。

覃子朝自己也拿了一块，在江闻皓边上坐了下来。

“今年好像特别热啊。”覃子朝说。

“嗯，蝉也格外能叫，吵死了。”

“这才是夏天嘛。”覃子朝笑了笑，“你刚刚在想什么？”

江闻皓正要吃西瓜的动作微微一顿，透过透明的偌大落地窗看向天边遍布的晚霞。

“那颗，是什么星？”他轻声问。

“金星，也叫长庚。”

江闻皓“哦”了声，又兀自安静了会儿才说：“我在想……那年夏天的事。”

—全文完—